W0370127

À PROPOS DE L'AUTEUR

Fan de happy ends autoproclamée et véritable experte en cupcakes, Gina Gordon a une passion pour les bouleversantes histoires de premiers baisers (vous savez, ceux qui donnent des papillons dans le ventre et font tourner la tête) et d'amour inconditionnel – surtout si elles sont agrémentées de scènes de sexe super hot. Elle vit dans l'Ontario avec son mari et leur adorable chien.

SEDUCE ME

GINA GORDON

SEDUCE ME

ROMAN

Traduit de l'anglais (États-Unis) par
ALBA NERI

Titre original :
RUSH

Ce roman est publié avec l'aimable autorisation de Ballantine Books, une marque de Random House, une division de Penguin Random House LLC.

© 2015, Andrea Foy.
© 2017, HarperCollins France pour la traduction française.

Tous droits réservés, y compris le droit de reproduction de tout ou partie de l'ouvrage, sous quelque forme que ce soit.
Toute représentation ou reproduction, par quelque procédé que ce soit, constituerait une contrefaçon sanctionnée par les articles 425 et suivants du Code pénal.

Cette œuvre est une œuvre de fiction. Les noms propres, les personnages, les lieux, les intrigues, sont soit le fruit de l'imagination de l'auteur, soit utilisés dans le cadre d'une œuvre de fiction. Toute ressemblance avec des personnes réelles, vivantes ou décédées, des entreprises, des événements ou des lieux, serait une pure coïncidence.

Le visuel de couverture est reproduit avec l'autorisation de :
Couple : © SHUTTERSTOCK/ROYLATYFREE/PHOTOSHOOTER2015
Réalisation graphique couverture : STUDIO PIAUDE
Tous droits réservés.

HARPERCOLLINS FRANCE
83-85, boulevard Vincent-Auriol, 75646 PARIS CEDEX 13.
www.harlequin.fr

ISBN 978-2-2803-7017-2 — ISSN 2271-0256

Pour ma mère, qui m'a laissé suivre mon propre chemin.

1

Max

Un jour de plus, une femme de plus qui baise face à la caméra pour de l'argent.

Rien à redire, en ce qui me concernait. Ça payait les factures et c'était ainsi que mon père avait passé les trente dernières années de sa vie et bâti son empire.

En tant qu'héritier de White Lace Productions, j'étais chargé de trouver les femmes les plus sexy et les plus motivées de la ville. C'était mon métier, et j'étais sacrément bon

J'ai poussé la porte du café ouvert vingt-quatre heures sur vingt-quatre et je suis entré dans l'établissement trop éclairé. Ben Lockwood, mon réalisateur et meilleur ami depuis le CM1, était à mes côtés, sa tignasse blonde aussi en désordre qu'à l'époque.

— Ta créativité dans la chasse aux talents ne cessera jamais de m'épater, a-t-il dit avec un petit toussotement.

Je lui ai tapoté l'épaule.

— Madame G. m'a assuré que ce sont ses meilleures filles. Ça va marcher.

Madame G. dirigeait une agence d'escortes très haut de gamme.

Un gage de qualité. Il s'agissait en plus d'une source inexploitée, ce qui me permettrait de montrer à mon père que j'avais ce qu'il fallait pour reprendre les rênes de White Lace. J'étais plutôt fier de mon idée. Je me serais octroyé un prix de la créativité, si j'avais pu !

Quand tu grandis avec des sex-toys dans le séjour, que des femmes à demi-nues prennent avec toi le petit déjeuner et que tu perds ta virginité à seize ans avec une star du porno, la question de suivre ou non les traces de ton père ne se pose pas. Et puis, combien d'hommes à sang chaud ne rêvent pas de travailler dans l'industrie du porno ? Très peu, n'est-ce pas ?

Mon devoir envers tous les autres était d'en tirer le meilleur parti possible.

Une blonde au joli sourire s'est adressée à nous depuis le comptoir d'accueil.

— Bonjour, que puis-je faire pour vous ?

— Nous avons rendez-vous avec... des amies. La réservation a été faite au nom de... Jade.

Un nom professionnel, sans aucun doute. Mais quand on monnaye des prestations sexuelles, le pseudo est de mise.

L'hôtesse a désigné d'un geste deux femmes assises face à face dans un box. Je l'ai remerciée.

J'ai traversé le café en regardant autour de moi. C'était un établissement tout à fait banal. Le mur du fond était occupé par des box avec des banquettes en similicuir facile à nettoyer. Au centre, un rail métallique séparait les tables en bois du comptoir, où des vitrines réfrigérées montraient un large assortiment de desserts à l'aspect délicieux. Mon œil a aussitôt été attiré par un cheese cake au chocolat. J'ai hérité de ma mère un bec sucré qui serait ma perdition si je n'allais pas courir plusieurs fois par semaine.

— Je ne m'habitue toujours pas à ce que nos rendez-vous

d'affaires consistent à rencontrer autant de filles dans le but de leur demander de se déshabiller ! a dit Ben derrière moi.

Même si, en l'occurrence, il s'agissait d'une simple prise de contact, la rigueur professionnelle m'obligeait à inspecter les candidates avant de proposer un contrat.

Dans le temps, c'était ce que je préférais... Ne vous méprenez pas, au départ, j'étais aussi emballé qu'un gamin de treize ans devant son premier *Playboy*. Mais à la longue, c'était devenu banal. Ennuyeux. La routine. Une femme nue me faisait autant envie qu'une séance de détartrage.

Si ce n'est pas malheureux, ça !

Je me suis retourné vers Ben.

— Tu te rends compte ? Si tu étais devenu le meilleur ami de Chuck Bannon au lieu de traîner avec moi, tu serais trader, à l'heure qu'il est.

Il a éclaté de rire au nom du dernier larron du trio de notre enfance. Le père de Chuck avait décroché un gros poste dans un prestigieux cabinet d'investisseurs à New York, sa famille avait déménagé, et nous n'avions plus jamais entendu parler de lui.

Quant à moi, le fils de Lana Lane et de Hirsh Levin, respectivement ancienne star du X et patron de White Lace Productions, mon futur avait été tracé d'avance, et je n'aurais pas pu me regarder chaque matin dans la glace si je n'avais pas embarqué mon meilleur pote dans l'aventure. Cela dit, Ben aurait été réalisateur dans tous les cas. Nous avons passé notre enfance à tourner, et je ne saurais dire combien de fois j'ai eu le rôle du méchant alien dans une production Lockwood.

Nous nous sommes approchés de la table et l'une de filles, une rouquine avec une chevelure flamboyante, nous a décoché un sourire aguicheur.

— Vous devez être M. Levin ?

Elle m'a tendu la main. Ses longs ongles rouges, qui se sont enfoncés dans ma paume, étaient aussi faux que ses seins — rien d'autre à dire à propos de sa poignée de main, par ailleurs molle et sans caractère.

— Et vous êtes…

Je savais juste que les femmes avec qui j'avais rendez-vous étaient deux des « meilleures ventes » de Madame G.

— Stella. Mais asseyez-vous, s'il vous plaît.

Elle a accompagné son invitation d'un geste. Soit elle avait plus de trente ans, soit la vie n'avait pas été tendre avec elle.

— Et je suis Jade, a dit son amie en me tendant la main.

Ses yeux, de la couleur du jade, pétillaient.

— Ravie de vous rencontrer, monsieur Levin.

Elle était beaucoup plus jeune que Stella. Ses cheveux auburn frôlaient ses épaules, ses lèvres gourmandes étaient d'un rose délicat, ses seins, de la taille parfaite pour les enrober d'une main. L'incarnation même de la jolie voisine recrutée dans une allée de centre commercial pour devenir un fantasme ambulant. C'était exactement le type de fille que je cherchais. Les nanas au look « star du porno » ne me faisaient pas d'effet. Malheureusement, mon père préférait les femmes du type Stella.

Même si j'avais le dernier mot sur les filles avec qui on signait, mon père avait une idée très précise de ce à quoi devaient ressembler nos actrices. Cette idée n'avait pas évolué depuis son arrivée dans l'industrie dans les années 1980, et j'essayais de ménager de la place à nos deux visions.

— Ben Lockwood, notre réalisateur.

Ben avait une liberté absolue en ce qui concernait l'aspect créatif, et il était responsable de chaque image et chaque vidéo commercialisées sous le label White Lace. Il avait aussi carte blanche en ce qui concernait le choix de nos collaborateurs techniques, des différents réalisateurs et photographes qui partageaient son goût du travail bien fait.

Il a serré la main de Stella, mais j'ai remarqué qu'il ne quittait pas Jade des yeux.

— Je vais nous commander à boire. Mesdames… ?

— Vanilla Latte, a dit Jade.

— Un café-crème, tout simplement, a répondu Stella.

Ben s'est éloigné vers le comptoir avec un petit hochement de tête.

— Merci d'avoir pris le temps de venir.

J'aimais rencontrer nos recrues potentielles en personne, cela me donnait avant tout l'occasion d'écarter d'emblée les filles paumées. C'était une sorte de discrimination et je détestais ça, mais j'avais besoin de filles responsables, qui prenaient au sérieux leur carrière. J'imposais une politique stricte qui bannissait aussi bien les droguées que les névrosées portées sur le drame.

— Qu'est-ce que vous nous proposez, concrètement, monsieur Levin ? Madame G. est restée assez vague, mais nous sommes intéressées.

Qu'elles soient déjà des professionnelles du sexe m'épargnait l'inquiétude habituelle, lorsque je traitais avec des aspirantes. Ces femmes avaient de l'expérience et savaient exactement où elles mettaient les pieds.

— Je suis le vice-président de White Lace Productions, responsable du casting et des repérages. J'engage personnellement chacun de nos acteurs.

Le métier regorgeait d'agences louches et de prétendus sites de mannequins sans scrupule, mais nous étions une boîte de production de films : on embauchait les gens dans la plus stricte légalité.

— Quand vous signez avec White Lace, c'est vous qui décidez.

Je suis là pour vous aider à construire une carrière, et pour qu'on gagne de l'argent, vous et moi.

Mon père, lui, voyait notre industrie comme un tremplin vers le vrai cinéma et se pliait en quatre pour que nos acteurs réalisent leurs rêves et finissent donc par nous quitter. Une philosophie diamétralement opposée à la mienne : gagner de l'argent. Nous avions un sacré turnover d'acteurs, cela va sans dire.

Ben est revenu avec les cafés pour les filles, les a posés sur la table, puis est retourné au comptoir.

— Notre production est de grande qualité, mais on surveille les coûts. Nous tournons dans des hôtels et des maisons privées. On filme des fantasmes, c'est aussi simple que ça.

Notre catalogue contenait aussi bien du porno romantique pour midinettes que des pratiques fétichistes extrêmes. Nous produisions deux véritables longs-métrages par an, mais le plus gros de notre offre consistait en de courtes scènes qu'on pouvait acheter en ligne. D'une certaine façon, c'était là que résidait la beauté du porno. Les possibilités étaient infinies et il y avait un groupe cible pour chacune d'elles.

— Qu'est-ce que vous cherchez, exactement ? a demandé Jade, tandis que Ben se glissait à côté d'elle sur la banquette avec nos boissons.

Elle posait les bonnes questions, contrairement à Stella qui perdait son temps à me faire les yeux doux.

— Je cherche des actrices ouvertes à tout type de scénario sexuel, positions et genres. Plus vous êtes polyvalente, plus vous vous ferez de l'argent.

Je connaissais assez le milieu des escortes pour savoir que le taux horaire des pros était très élevé et qu'il y avait peu de pratiques qu'elles refusaient.

— Nous serions plus que ravies de vous donner une idée plus

précise de notre savoir-faire, a susurré Stella en se penchant vers moi pour me caresser le bras du bout des ongles.

— Ce n'est pas nécess…

J'ai été interrompu par un bruit de chute tout près de moi, quelque chose de lourd.

En me retournant, j'ai découvert une jeune femme au visage doux qui poussait un soupir dépité. Son souffle a fait voleter ses mèches brunes autour de son visage et, quand elle s'est penchée pour ramasser les livres qu'elle venait de faire tomber par terre, j'ai pu apprécier la rondeur de ses petites fesses habillées de noir.

Qui aurait cru qu'un pantalon de yoga pouvait être aussi sexy ? Le bas du sien était négligemment fourré dans une paire de UGG beiges.

J'ai quitté la table pour m'accroupir à côté d'elle. Mes sens se sont emballés sous l'influx du parfum délicat qui flottait autour d'elle.

— Vous avez fait tomber quelque chose, ai-je dit en lui tendant l'un des bouquins.

Elle a accueilli ma remarque d'un petit rire craquant.

— Oui, c'est tout moi !

Ses yeux, d'un bleu vibrant, se sont levés vers moi. Elle avait un teint diaphane, une bouche framboise qui se passait de maquillage. J'ai dû faire appel à toute ma volonté pour ne pas coller le nez contre son cou, et mon sexe a tressauté inopinément dans mon pantalon. Émoi au premier regard… une chose qui ne m'était pas arrivée depuis un sacré bout de temps !

J'ai regretté de lui avoir rendu le bouquin si vite ; il m'aurait bien dépanné pour couvrir le renflement intempestif au niveau de ma braguette.

Sa tenue décontractée ne révélait pas grand-chose de son corps ; elle était à l'opposé des femmes que je côtoyais au quotidien. Pourtant, alors qu'elle était aussi banale qu'une glace à la vanille, quelque chose, chez elle, m'attirait irrésistiblement. Ou alors, c'était que ma queue avait tout à coup une envie folle de vanille.

— Désolée d'interrompre, Gra... Jade.

Elle a jeté un coup d'œil derrière moi, la bouche plissée en une moue coupable.

— Nous sommes en plein entretien, a répondu Stella.

Gra... Jade? Elle connaissait les escortes ? Est-ce que cela signifiait qu'elle aussi... Je n'ai pu que sourire. Oh ! oui. Je la voyais déjà se remplir les poches en jouant le rôle de la bibliothécaire coincée qui se lâche...

— Dans mon café préféré ?

— Il nous fallait un lieu public, tu comprends ? a répondu Jade avec un haussement d'épaules.

Maligne. Exactement le type de femme que White Lace cherchait.

La nouvelle arrivée a fini de ramasser les bouquins et s'est redressée. Moi aussi. Elle a repoussé ses cheveux sur ses épaules et m'a fixé de ses yeux turquoise. J'ai eu soudain l'impression que je venais de finir un marathon, essoufflé mais flottant dans une overdose d'endorphines.

— Ouf, j'ai eu peur, a-t-elle fait, en tenant avec difficulté le tas de livres contre sa poitrine. Je croyais que j'avais interrompu un rendez-vous.

J'aurais voulu tendre le bras pour l'aider, mais quelque chose d'invisible m'en empêchait. La même chose qui empêchait également ma langue de fonctionner normalement.

Elle est allée poser les livres sur une table un peu plus loin. Quand elle est revenue, elle m'a jeté un coup d'œil complètement... dépourvu d'intérêt. Mon bras a enfin daigné coopérer et j'ai pu lui tendre la main.

— Max Levin. Vous êtes... une collègue de ces demoiselles ?

Elle a porté la main à sa poitrine.

— Vous avez cru que… Oh ! non.

Son rire doux m'a fait sourire comme un idiot. Elle avait les joues en feu.

— Je ne suis…

Innocente. Timide. Avec un peu de maquillage, peut-être que… J'ai aussitôt chassé cette pensée : cette fille n'était pas faite pour le porno. Mais, pour la première fois depuis des années, j'avais vraiment envie de tester la marchandise pour en être certain.

— C'est notre colocataire, a dit Stella. Everly Parker.

— Everly va devenir avocate, a ajouté Jade avec une note de fierté dans la voix.

— C'est…

Pour laisser le passage à une serveuse, Everly s'est rapprochée de moi. Son parfum m'a enveloppé de nouveau et j'ai reculé d'un pas, alarmé par ce qui se passait dans mon pantalon.

— … le plan, en tout cas, a-t-elle terminé. Depuis toujours.

Pour une raison quelconque, j'ai senti que le cœur n'y était pas. Quand les gens désirent vraiment quelque chose, on voit au fond de leurs yeux l'étincelle de l'envie, parfois même celle du désespoir. Mais l'envie que je percevais chez Everly n'avait rien à voir avec la fac de droit. Ses yeux m'avaient interpellé dès qu'elle les avait levés de son tas de livres. Et ils criaient une envie de choses nouvelles. D'expériences. C'était un désespoir que je savais reconnaître. L'envie de s'abandonner. Cette même envie que je décelais quand une femme perdait ses inhibitions en même temps que ses vêtements.

— Avocate ?

Mon regard devait trahir, malgré moi, mon scepticisme.

— M. Levin est le vice-président de White Lace, a expliqué Jade.

— La maison de prod de films X ?

Everly a croisé les bras sur la poitrine, ce qui a mis en valeur ses petits seins insolents sur lesquels je crevais d'envie de poser les mains.

— Ah, notre nom ne vous est pas inconnu ?

Je n'ai pu m'empêcher de sourire. Quand on reconnaît un label, c'est que les produits parlent d'eux-mêmes.

Si elle vivait avec deux escortes, elle devait avoir l'esprit ouvert en ce qui concernait le sexe et l'argent. Peut-être que, contrairement à 80 % de la population, mon gagne-pain ne lui poserait pas de problème.

C'est ça, parce que les filles bien, comme elle, cherchent toutes un mec comme toi.

— Je ne savais pas que vous cherchiez à changer de… voie.

Elle regardait ses amies, visiblement attristée de ne pas avoir été mise au courant du rendez-vous.

— Nous nous renseignons, a expliqué Jade. Il n'y a rien de fait encore.

Everly a relevé le menton, et les yeux pour me regarder. Elle n'avait pas le choix, j'étais plus grand qu'elle de plus d'une tête.

— Mon métier est de rendre les fantasmes de chacun réels, mademoiselle Parker.

Le bombé de ses seins, que le décolleté de son T-shirt laissait deviner, me fascinait. Très érotique, tout en finesse.

— Je suis certain que vous en avez quelques-uns en réserve pour les jours de pluie.

— Vous savez que c'est grossier de ne pas regarder le *visage* des gens quand on leur parle ? a-t-elle rétorqué d'un ton cassant.

Son expression était aussi tendue que sa voix, ses yeux fulminaient.

D'habitude, je suis beaucoup plus discret quand j'examine la gent féminine alors que je n'y suis pas obligé, vu que mon job, c'est d'analyser les courbes et vallées de l'anatomie des femmes.

Mais elle avait raison de me remettre à ma place, je n'aurais pas dû me laisser aller à mes bas instincts.

— Hum… On dirait que je l'ai oublié.

Je me suis approché d'elle d'un pas lent, j'ai marché autour d'elle.

Le moulin à café s'est mis en route bruyamment.

Je l'aimais bien, cette fille. Elle avait beau se couvrir de la tête aux pieds, elle avait du caractère. Et de l'assurance. Mais une assurance différente de celle à laquelle j'étais habitué. Je gagnais ma vie en travaillant avec des femmes dont l'estime de soi s'appuyait sur leur physique. Pas elle. Mon intuition me disait qu'elle tirait sa fierté d'être première de la classe.

Elle a tourné la tête pour suivre mes mouvements, la respiration altérée.

Finalement, je me suis penché vers elle pour murmurer :

— Vous voulez peut-être m'apprendre les bonnes manières ?

Puis j'ai reculé avec un frisson de satisfaction.

Tu lui fais de l'effet.

Un effet passager, malheureusement. Sa réponse ne trahissait en rien son émoi.

— J'ai comme l'impression qu'il y a déjà une longue file d'attente de femmes en colère qui ont envie de vous faire la leçon.

J'ai entendu Ben ricaner derrière moi, et son petit toussotement, à la fin, n'a dû tromper personne.

— Touché, mademoiselle Parker.

— J'ai beaucoup de travail, a-t-elle conclu d'un ton sans appel. Je vous laisse à votre rendez-vous.

Je me suis réinstallé sur la banquette, le bras sur le dossier, et j'ai croisé les jambes.

— C'est vraiment dommage. Qui va me passer le savon que je mérite, alors ?

Elle a ri. Pas l'un de ces petits gloussements que je suscitais chez les femmes avec ma crânerie : non, elle se fichait carrément de ma poire.

— Au revoir.

Sur ce, elle a tourné les talons, non sans m'avoir passé en revue de la tête aux pieds.

J'ai l'habitude d'être regardé, par des femmes ou des hommes, que ce soit pour le simple plaisir du flirt ou dans le but évident d'atterrir dans mon lit. Mais on ne m'avait jamais regardé comme ça, avec un tel dédain pour tout ce que j'étais.

Cette femme ne me connaissait pas. Comme tant d'autres, elle se fiait aux apparences. J'avais envie de lui dire qu'une future avocate devrait songer à examiner d'abord les preuves. J'étais pourtant habitué à ce que les gens méprisent mon travail et ma personnalité. C'était l'histoire de ma vie, d'une certaine façon : j'avais grandi en entendant dire que ma mère était une sale pute et mon père un maquereau. Mais, même après des années du harcèlement vicieux dont les ados ont le secret, je n'avais jamais éprouvé un besoin aussi puissant de me défendre.

J'ai tourné mon attention vers Ben, Jade et Stella. J'avais pratiquement oublié ce pourquoi j'étais là.

— Désolée, s'est excusée Jade. Everly peut se montrer un peu raide, parfois. Mais elle est sous pression avec ses études.

— Où en étions-nous ? a fait Stella en se penchant de nouveau vers moi.

Ben la regardait d'un air perplexe, presque choqué. Elle ne s'en est même pas aperçue et a poursuivi, en ronronnant comme une chatte en chaleur :

— Je pensais que vous voudriez avoir un aperçu de nos talents.

Son petit numéro ne m'intéressait pas le moins du monde. J'étais… confus. Confus d'être plus intéressé par le rat de bibliothèque installé trois tables plus loin que par les deux femmes superbes face à moi.

Étais-je décontenancé par la vivacité de sa repartie, l'innocence de son sourire, ou était-ce autre chose ? Le fait qu'elle ait lu en moi comme à livre ouvert ? Elle savait que j'étais Max Levin, le roi du porno. Mais… elle s'en moquait.

J'étais entré dans ce café avec l'intention de rencontrer deux escortes et de leur faire signer un contrat de courte durée… Et je me retrouvais à essayer de comprendre pourquoi Mlle Banale avait éveillé de façon inopinée mon désir. Plus important encore, je voulais savoir pourquoi son indifférence m'avait piqué au vif. D'habitude, les femmes papillotaient des yeux et me fixaient d'un air rêveur. Pas cette fille, immune à mon charme. Et à mon fric.

C'était sacrément intrigant.

— Vous pouvez m'excuser une minute ?

Ben m'a décoché un regard étonné.

— Tu vas où ?

— Mesdemoiselles, je vous laisse discuter avec M. Lockwood de vos dispositions ? Vous nous direz ce que vous êtes — ou pas — prêtes à tourner.

Je me suis levé et j'ai sorti de ma poche un contrat type.

— Vous verrez aussi avec lui vos tarifs et les nôtres.

J'ai regardé Ben et l'ai gratifié d'une tape sur l'épaule.

— Page 12.

Le rat de bibliothèque m'avait lancé un défi.

Je n'en avais pas en fini avec elle.

Loin de là.

2

Everly

C'était la cinquième fois au moins que je lisais la même phrase !

Un truc sur le rapport entre assurance et responsabilité civile… Mais ça ne m'intéressait pas. Ce qui m'intéressait, c'était la conversation qui avait lieu trois tables plus loin. Mes deux colocataires — Grace Nolan, ma meilleure amie, et Sadie Spencer, sa collègue, Jade et Stella pour leurs clients — se posaient activement la question de se lancer dans l'industrie du porno. Je n'en étais pas surprise. Elles mordaient toutes les deux la vie à pleines dents, et Grace croulait sous son prêt étudiant. J'enviais leur capacité à avancer sans plan ; moi, j'en étais incapable. J'avais besoin de savoir à chaque instant où j'allais et ce que je devais faire.

En dépit de ma fascination pour leurs choix professionnels, j'étais encore plus fascinée par le mètre quatre-vingt-dix de solidité mâle qui avait eu la courtoisie de se lever de sa banquette pour m'aider à ramasser mes livres.

Max Levin.

Il était… séduisant. Séduisant du genre à vous faire tourner la tête. Du genre à accélérer votre rythme cardiaque et à vous laisser la bouche sèche comme après une marche de trois jours dans le désert. Et ce regard dense comme du chocolat noir ! Ses yeux m'avaient tétanisée. Ce mec, c'était du sexe. Il n'était pas seulement sexy, ou canon. Non, c'était du sexe orgasmique, nirvanesque. L'acte en soi. Un simple regard dans sa direction donnait envie d'en tirer une taffe et d'en soupirer de pur plaisir.

Non que j'aie seulement considéré la question.

Je venais à peine de le rencontrer et, surtout, je n'étais pas une fille *comme ça*. Sans dire qu'il semblait plus intéressé par mon corps que par moi en tant que personne. Le genre de mec habitué à ce que les culottes tombent à son passage. Mais pas la mienne. Oh que non ! La mienne était restée bien à sa place.

Mais sa façon de me regarder… On ne m'avait jamais regardée comme ça. Aucun ami, aucun amant, pas même un de ces balourds qui vous harcèlent dans les bars. Je n'arrivais pas à comprendre l'effet magique de ce regard, mais j'avais bien compris, en revanche, que si je ne m'éloignais pas au plus vite, je risquais d'y succomber malgré moi.

Je me suis installée à ma table habituelle. Dans mon café préféré. Entourée des mêmes personnes que je voyais trois ou quatre soirs par semaine. Nous étions des bons petits soldats de la révision, le nez fourré dans nos bouquins ou le regard rivé à nos ordinateurs. Les couleurs neutres du sol, des murs et des meubles aidaient à la concentration en créant une atmosphère propice à l'étude. Mais la véritable raison de mon attachement aux lieux, c'était le café.

J'ai porté le mug blanc à mes lèvres. Ma barista préférée était de service, ce soir, et le cappuccino était exquis. Elle avait un don pour préparer le café et ne manquait jamais de vous concocter une parfaite gourmandise brûlante.

En parlant de gourmandise brûlante, j'étais certaine que le corps de Max serait chaud, fort et…

Non ! Ce type était arrogant. Je l'avais su dès qu'il avait ouvert la bouche. Et trop beau pour son propre bien. Chaque aspirante actrice qui rêvait de percer écartait probablement les jambes pour lui, rien que pour avoir une chance de devenir une star.

Mais j'avais beau le trouver imbu de sa personne, cela ne m'empêchait pas de fantasmer plutôt que de réviser. Et de jeter constamment des coups d'œil vers leur table en me tordant le cou, malgré les six personnes qui s'interposaient entre nous. En quoi consistaient au juste les séances de casting ? Les filles étaient-elles filmées ? Y avait-il des scènes de nu ? Finissait-on par…

Je n'étais pas prude. J'avais regardé quelques vidéos. J'avais vu des femmes naïves se laisser convaincre de se déshabiller, avant de se faire baiser brutalement et sans émotion. Est-ce que…

Il fallait que je me concentre. On n'était pas dans un film et l'étudiante en droit coincée qui avait peur de son ombre n'allait pas finir avec le roi du porno.

J'ai secoué la tête et sorti mon ordinateur de son état de veille. Le curseur clignotait comme s'il s'impatientait, mais j'étais incapable d'écrire un traître mot. J'avais bossé très dur pendant longtemps pour être admise dans cette fac. J'avais réussi, j'étais à quelques semaines seulement d'obtenir mon diplôme et… je laissais ma vie me passer sous le nez.

Une seule personne aurait été d'accord avec moi sur ce dernier point. Mamie. Elle était décédée juste après Noël et m'avait légué sa maison ainsi qu'une liste de choses à faire avant de quitter la fac. J'ai ricané en y repensant. L'heure tournait et je n'avais pas coché un seul point de ladite liste ! À vrai dire, la seule chose que j'avais faite, c'était la recopier sur une feuille turquoise et la ranger dans mon agenda.

Je l'ai sortie. Elle comportait onze propositions aussi farfelues que fascinantes.

Sors avec un mec que tu aurais normalement snobé.

Accorde-toi le droit de te laisser aller.

Rate quelque chose.

Tente un exploit athlétique.

Lis un livre pour le fun.

Deviens le centre de l'attention.

Assiste à quelque chose de merveilleux.

Présente tes excuses — sincères ! — à quelqu'un.

Brise le cœur de quelqu'un.

Ris aux larmes.

Change la vie de quelqu'un.

À quoi elle pensait, vraiment, quand elle l'avait établie ! Elle savait parfaitement que j'étais débordée et que je n'avais le temps de rien. J'avais laissé tomber tout le reste pour parvenir à tenir le rythme !

J'ai glissé un œil vers mes colocataires. Grace et Sadie n'avaient pas peur de poursuivre leurs rêves. Ni de tenter de nouvelles expériences ou de prendre des risques, et je les enviais terriblement. Face aux mêmes défis que moi, elles les auraient relevés depuis belle lurette. Alors que moi, j'avais des dissertes à rendre, des examens à passer, une place à trouver dans le monde du droit.

Je gardais toujours la liste sur moi, j'avais ainsi l'impression d'avoir mamie tout près de moi. Ma pauvre mamie, qui a toujours essayé de m'ouvrir l'esprit, me poussait à déployer mes ailes et à m'envoler au-delà des murs que j'avais construits pour rester concentrée. Elle s'était déclarée vaincue le jour où j'avais cité la jurisprudence pour étayer mes raisons de rester travailler si tard la nuit. J'étais rongée par la culpabilité de l'avoir laissée mourir avec l'idée qu'elle avait échoué, et regrettais chaque jour la disparition de la seule personne qui n'attendait rien de moi. Je l'avais aimée profondément, je l'aimais encore, plus que personne au monde, et je voulais venir à bout de cette liste, pour elle. Seulement, je ne savais pas par où commencer.

Une ombre a obscurci ma table, et j'ai aussitôt glissé le feuillet sous un livre. C'était trop privé. J'ai relevé la tête et… j'ai oublié de respirer. Le spécimen d'un mètre quatre-vingt-dix se tenait devant moi.

— Qu… qu'est-ce que vous faites ici ?

Putain ! Incroyable mais vrai, il était plus beau qu'à première vue. Ses cheveux étaient ébouriffés comme s'il sortait d'une nuit de sexe torride. Son costume noir semblait taillé sur mesure. Sous sa veste ouverte, il portait une chemise d'une blancheur immaculée. Deux boutons ouverts, pas de cravate. Ses mouvements tendaient le tissu sur son torse. Un torse large, un torse d'athlète. Je n'ai pu m'empêcher d'imaginer qu'en cas d'érection, son pantalon ne pourrait pas…

J'ai refermé d'un geste brusque mon livre sans penser à retirer le crayon coincé dedans. De toute évidence, je n'allais pas pouvoir éviter une conversation…

Il a désigné la banquette face à la mienne.

— Je peux ?

J'ai acquiescé.

Il était en train d'envahir mon espace. Il en prenait beaucoup, d'ailleurs ; son corps tenait à peine entre la table et le siège. J'ai eu la gentillesse de tirer celle-ci vers moi pour qu'il respire mieux.

— Donc… Fac de droit.

Il s'est laissé aller en arrière, un bras le long du dossier. J'ai aussitôt eu envie de faire mes ongles sur lui comme un chat.

— Oui, fac de droit.

J'ai glissé les mains sous mes cuisses pour me prémunir contre la tentation de le toucher. Inutile de passer pour une cruche.

— Est-ce que… je peux vous aider ?

Il a refermé la main sur le bord du dossier, qu'il tapotait de l'index, toute son attention concentrée sur moi.

— Je voulais juste m'excuser pour tout à l'heure, vous avoir pris pour une escorte et tout ça.

Des excuses ? Alors ça… Il ne semblait pas du genre à présenter des excuses pour quoi que ce soit. Il n'avait pas eu l'air gêné ou honteux, quand je l'avais tancé pour sa façon de me mater. Dans d'autres circonstances, j'aurais même admiré son aplomb et la façon dont il assumait son caractère. Ce dont j'étais incapable.

J'ai haussé les épaules.

— Ce n'est pas grave. Ce sont des choses qui arrivent, quand on est copine avec Stella et Jade.

Cela n'arrivait jamais.

Je lui ai offert un petit sourire et il a éclaté de rire. La façon si sexy dont sa bouche s'incurvait et l'éclat de ses dents m'ont mise en grand danger de perdre ma culotte. J'ai pressé mes cuisses l'une contre l'autre. Ma culotte ne bougerait pas d'un iota.

Il s'est installé plus confortablement, comme s'il comptait passer la soirée là.

— Comment ça se fait qu'une fille comme vous cohabite avec deux escortes ?

Une « fille comme moi » ? Pourquoi voulais-je si désespérément savoir ce qu'il entendait par là ?

— Gra… Jade est ma meilleure amie depuis nos neuf ans. Elle a emménagé chez moi il y a six mois.

Ce que je n'ai pas dit, c'est qu'à l'époque mamie était en train de mourir, mais je n'en avais parlé à personne.

— Stella est sa collègue, et de fil en aiguille… elles vécurent heureuses à tout jamais.

Je n'ai pas non plus mentionné le fait que je ne voulais pas vivre seule dans cette grande maison.

— Donc, leur choix de… métier ne vous pose pas de problème ?

Je comprenais pourquoi Grace avait décidé de devenir escorte. Ce n'était pas quelque chose qui nous faisait fantasmer, quand on était au lycée, mais elle savait qu'elle ne pourrait pas gagner autant avec un autre job. Et puis, elle aimait le sexe. Mener la danse. Elle aimait le pouvoir qu'elle exerçait sur les hommes. C'était ce qu'elle m'avait dit, en tout cas. Malheureusement, ce ne sont pas des compétences qu'on acquiert en fac de droit.

— Je vais probablement passer le reste de mes jours dans un système où tout est blanc ou noir, mais je sais que dans la vie il y a beaucoup de zones grises. Et que c'est justement ce gris qui rend les choses intéressantes.

Cela dit, je n'avais pas une seule fois osé faire un pas du côté de ce gris.

— Stella et Jade sont belles. Intelligentes. Sophistiquées. Elles ont de la classe. Elles sont bien plus que leur métier.

J'ai soupiré. Même si Grace aussi faisait des études, je ne leur ressemblais en rien. Elles portaient du prêt-à-porter de luxe. Moi, j'achetais mes jeans et mes T-shirts en grande surface.

Il m'a lancé un regard perçant et j'ai dû dissimuler un frisson. Même avec cette expression sérieuse, ses yeux étaient renversants. Je devais vraiment prendre sur moi pour ne pas m'asseoir sur ses cuisses et cartographier jusqu'à la dernière des paillettes dorées qui éclairaient ses iris.

— Vous savez, ce n'est pas l'habit qui fait le moine.

Pour la deuxième fois, il me surprenait avec un commentaire prévenant et plein d'empathie. Il avait raison. J'avais beaucoup plus à offrir qu'une garde-robe quelconque et un look discret. Je faisais partie des meilleurs de ma promotion et j'avais été retenue pour un poste chez Sutherland, Sutherland & Marks, l'un des cabinets d'avocats les plus prestigieux de Toronto.

— Rassurez-moi, a-t-il ajouté. Vous n'achetez pas vos culottes par pack de trois ?

Dans le mille ! J'ai rigolé.

— Ce sont peut-être les meilleures.

Il a acquiescé d'un air trop solennel pour ne pas être ironique :

— Sur vous, sans aucun doute, ma belle.

J'ai soupiré en secouant la tête.

— On va éviter ce petit jeu, d'accord ?

J'étais consciente de ma place sur l'échelle de la sexitude, mais je ne me cachais pas pour autant derrière mes cheveux en mordillant les manches de mon T-shirt, quand un mec canon m'approchait. J'étais bien dans ma peau, j'avais confiance en mon corps, mon cerveau et mes plans pour l'avenir.

Mon avenir. C'était ce que je me répétais constamment. Mes parents et moi avions tout prévu des années plus tôt, quand je n'étais encore qu'une collégienne.

— Quel jeu ?

— Le jeu où tu me sers tes meilleures reparties et où je pars d'ici persuadée que tu es le mec le plus sexy et le plus gentil que j'aie jamais rencontré et que ma vie ne sera pas complète si je ne couche pas avec toi, ai-je répondu, me rendant compte après coup que j'étais passée au tutoiement. En gros, le jeu où tu essaies de nous charmer, moi et mes culottes par pack de trois.

Il y avait un truc dans son regard… Un truc que je n'avais pas remarqué lorsqu'il me matait effrontément. Grace avait parfois ce même regard brumeux qui disait qu'elle est présente, là, avec toi, mais ailleurs aussi. Max avait pris la même expression.

— Tu peux mieux faire, j'en suis sûre. Il doit y avoir autre chose, sous ce costume bien coupé.

Si je n'étais pas en train de le regarder, j'aurais loupé la fraction de seconde où il est resté bouche bée. J'avais traversé le vernis charmeur, mais il s'est très vite rattrapé pour ramener la conversation au ton qui lui convenait mieux.

— Donc, tu me trouves sexy et gentil.

Incorrigible.

— Ne me fais pas dire ce que je n'ai pas dit.

— Je te cite texto.

J'ai roulé des yeux incrédules.

— Si on était devant un tribunal, j'objecterais. Manipulation du témoin.

Il s'est penché plus près.

— Je n'ai aucune chance de gagner une discussion avec toi, n'est-ce pas ?

Je me suis tortillée sur mon siège. Son regard me scannait comme s'il avait un pouvoir spécial de super-héros. Sauf qu'au lieu de grimper au sommet d'un gratte-ciel d'un bond, il voyait à travers mes vêtements, caressait mon corps et imposait un rythme effréné à mon cœur.

— Tu peux toujours essayer…

Je n'ai pas fini la phrase et me suis laissée aller contre le dossier en essayant de paraître à la fois nonchalante et féminine. Depuis le temps, j'avais vu Sadie et Grace en action assez souvent. J'osais espérer qu'elles avaient un peu déteint sur moi.

— Comment devient-on vice-président d'une maison de production de films pour adultes ?

— C'est une affaire familiale.

— Vraiment ?

Il a acquiescé. Le droit était pour moi aussi une affaire de famille, plus littéralement qu'on pourrait l'imaginer, avec un père spécialiste du droit de la famille et une mère du droit des affaires. Mais j'avais un peu de mal à imaginer les conversations à table, chez lui.

— *Chéri, tu as passé une bonne journée ?*

— *Excellente, ma douce. Filmé une double pénétration très réussie.*

Je n'ai pu que sourire.

— Changer le monde en mieux, une scène de sexe à la fois ?

Il a souri, mais son sourire n'a pas atteint ses yeux. Je le connaissais depuis quelques minutes à peine, mais j'ai senti la différence.

— Quelque chose comme ça, a-t-il dit. Et toi ? Comment est-ce que tu comptes changer le monde ?

Mon cœur risquait d'exploser dans ma poitrine. Il fallait que j'évite tout contact visuel avec lui ou j'allais y passer.

— Je… Euh. En envoyant des méchants en prison. En empêchant les grandes compagnies de polluer à tout va.

C'était ma réponse toute faite quand on me demandait pourquoi je voulais devenir avocate. Je marchais sur les traces de mes parents. Je me la jouais un peu aspirante à Miss « Un Monde Plus Juste ».

— C'est une belle ambition. Mais quand est-ce que tu comptes t'amuser ? Tu n'as qu'une vie, comme nous tous.

Il avait planté ses yeux dans les miens, et je ne voulais pas les baisser de peur de perdre cette bataille tacite.

— Tu devrais la vivre.

Une sensation de déjà-vu m'a saisie.

— Pardon ? Qu'est-ce que tu viens de dire ?

C'était exactement ce que mamie me répétait. Opiniâtre, mamie. Comme une chanson en boucle, ses mots résonnaient dans ma tête. J'avais réussi à faire la sourde oreille pendant longtemps, convaincue que ce que mes parents voulaient pour moi me rendrait heureuse. Mais depuis qu'elle était partie, la voix devenait plus forte, plus puissante et insistante que jamais.

— Certains sont plus doués pour « vivre » que d'autres, ai-je continué en mimant en l'air les guillemets pour bien me faire comprendre. Tu obtiens toujours ce que tu veux, n'est-ce pas ?

J'ai pris le stylo posé à côté de l'ordinateur et j'ai commencé à taper sur le faux bois.

— Des voitures chères. Des cocktails hors de prix. Des femmes.

Touché-vexé. Je l'ai vu dans son regard, mais ça n'a duré qu'une fraction de seconde, le temps qu'il me décoche un sourire superbe en se laissant aller contre le dossier.

Seigneur, ce torse !

— Tu penses que je ne suis qu'un salaud en costume ?

Durant les, hum, deux premières minutes de notre rencontre, oui. À présent, je n'en étais plus si sûre, mais je gardais ça pour moi. J'ai répondu avec un sourire et un haussement d'épaules.

— C'est un beau costume, au moins.

J'ai cru qu'il allait daigner rire à ma blague, mais son attention était ailleurs. Il a tendu la main vers mon livre.

— Et ça, c'est quoi ?

Il a pris la liste.

— C'est assorti à la couleur de tes yeux.

— Rends-moi ça !

Paniquée, j'ai essayé de récupérer la feuille, mais il a esquivé promptement.

— Qu'est-ce que c'est ?

J'ai dégluti avec difficulté. Pour moi, être avocate signifiait défendre la justice et la vérité — mentir revenait à me trahir. Quelles que soient les circonstances. Et je n'allais pas commencer à cause de lui.

— C'est une liste d'expériences à ne pas manquer.

— Pardon ? a-t-il demandé, ses yeux parcourant la page d'un bout à l'autre. Tu es en train de mourir ?

— Non !

J'ai crié, mais aussi, on ne posait pas ce genre de question !

Il a fait une grimace d'incompréhension.

— Alors, pourquoi une liste comme ça ?

Cette fois-ci, j'ai réussi à récupérer le papier.

— Ça ne te regarde pas.

C'était un concentré de sujets intimes, cette liste. Des choses que je ne voulais pas qu'un parfait étranger sache que je n'avais pas faites, comme piquer un fou rire.

— Tu as déjà pu cocher quelque chose ?

— Au cas où tu n'aurais pas remarqué…

J'ai montré d'un geste la table avec ma panoplie d'étudiante.

— … je suis assez occupée, en ce moment.

Un grand sourire lui a fendu le visage.

Qu'il arrête ça, bon sang !

— Et si je te donnais l'occasion de cocher l'un de tes points ?

Qu'avait-il en tête ?

— Sors avec moi demain soir. Comme ça, ton point numéro un sera réalisé.

Il a dessiné un « X » en l'air du bout du doigt.

— Quoi ?

J'ai relu la liste. Même si je l'avais apprise par cœur, il fallait que je vérifie.

« Sors avec un mec que tu aurais normalement snobé. »

— Tu es… fou.

Mais il ne l'était pas. Il avait parfaitement raison.

« Détends-toi, cocotte. Tu n'as qu'une vie ! Vis-la à fond ! »

La voix de mamie…

C'est alors que ma barista préférée s'est approchée pour débarrasser ma tasse vide. C'est à peine si elle m'a remarquée, elle n'avait d'yeux que pour mon voisin de table. J'ai senti la jalousie me nouer le ventre, une émotion à laquelle je n'étais pas, mais alors pas du tout, sujette. Peut-être que je ne l'aimais pas tant que ça, cette fille. Est-ce que je m'étais trompée sur son compte ?

Elle est partie sans que Max semble s'être aperçu de son existence. Il ne m'avait pas quittée des yeux, pas une seconde. Il n'avait même pas cillé. J'ai dégluti avec difficulté. Je n'étais pas indifférente à sa présence non plus — les traits masculins de son visage, ses lèvres, du pur prêt-à-embrasser de luxe. J'avais chaud à certains endroits de mon corps dont je ne m'occupais pas depuis trop longtemps. Est-ce que c'était mal, d'avoir envie de sentir la douceur de ses lèvres sur les miennes, sur ma peau, sur chaque parcelle de mon corps ?

C'était une première, pour moi, cette attirance sexuelle qui démarrait comme une flammèche au creux de mon ventre, avant de devenir un incendie difficile à contenir.

Du calme, Ev.

J'ai serré les poings, sous la table. Je ne comptais pas lui laisser voir à quel point il me faisait de l'effet.

Il a repris la liste.

— « Sors avec un mec que tu aurais normalement snobé », a-t-il lu avec un grand sourire. C'est moi, ça, non ?

Il semblait curieusement ravi de ne pas être mon type. Mais je ne pouvais pas sortir avec lui. Si ?

Quand il s'est penché de nouveau vers moi, les pointes de mes seins ont réagi à cette invasion de mon espace personnel.

— Je parie que tu fais tout ce que tu es censée faire. Je me trompe ?

Il a attendu la réponse, tête penchée.

Il aurait gagné ce pari-là. Mais je ne comptais pas lui laisser croire qu'il m'avait percée à jour.

Quand il a repris la parole, il a pris soin de parler plus bas, comme s'il voulait s'assurer que personne ne pouvait nous entendre.

— Tu peux penser que je ne suis pas gentil. Ou que je ne suis pas sexy. Mais si on parle de t'offrir de nouvelles expériences…

Je ne pouvais pas détacher mes yeux des siens, consciente que s'il continuait à flirter je risquais de devenir une de ces donneuses anonymes de culottes.

— … Comment peux-tu décider que ça ne te convient pas, si tu n'essaies pas ?

J'ai pouffé.

— Je n'ai jamais essayé les rognons de taureau, mais je sais que ça ne peut pas me plaire.

Il s'est redressé, mais son sourire était toujours là. Il a frappé la table.

— Alors, c'est décidé ! Je passe te chercher demain à 22 heures.

Avec une belle souplesse pour un mec aussi grand, il s'est extrait du box et a désigné d'un geste la table où se tenaient mes colocs.

— Je demanderai ton adresse à Jade. Ç'a été un plaisir de te rencontrer, Everly Parker.

— Je ne peux… Attends…

J'ai essayé de le rattraper, mais ma main s'est refermée dans le vide. Comme un fantôme, il était apparu et avait disparu, me laissant complètement chamboulée et sans que je comprenne trop ce qui s'était passé.

J'avais gardé le nez et même la tête entière dans le guidon de mes études pendant trois ans ; rien ne m'en avait distraite — sauf Max Levin. C'était comme s'il m'avait arraché les œillères que j'avais mises pour rester concentrée et je me sentais un peu paumée. Tandis qu'il s'éloignait, j'admirais sa façade arrière, l'arrondi de ses fesses notamment, que j'aurais voulu sentir contre mes mains.

Plus je le regardais, plus j'avais envie de le toucher.

J'ai levé les yeux au ciel. Je ne croyais pas au surnaturel, je ne croyais même pas au destin. Ou, du moins, je croyais fermement qu'on crée son propre destin.

Mais je n'arrivais pas à me débarrasser du sentiment que Max Levin m'avait été envoyé pour m'aider avec cette fichue liste.

Bien joué, mamie. Bien joué !

3

Max

Je n'exagérerais pas en disant que ça avait été un choc pour moi d'apprendre qu'on avait mis Everly au défi de sortir avec moi. Bon, pas nommément avec moi, mais avec *quelqu'un comme moi.*

Si un dictionnaire avait eu à définir le type de mec qu'elle devait éviter à tout prix, l'article aurait présenté ma photo en illustration. Elle m'avait complètement pris au dépourvu quand elle m'avait donné l'impression de voir au-delà du personnage que je jouais depuis des années pour répondre aux attentes des autres.

Rien de surprenant, alors, que j'aie saisi l'opportunité de changer de sujet, quand la feuille de papier turquoise avait attiré mon attention. Une distraction parfaite. Je ne m'attendais pas, cependant, à tomber sur de genre de liste. Mon cœur s'était serré quand elle m'avait confirmé que c'était bien ce que je pensais. Je n'étais pas en état de me confronter à la mort. J'en avais ma claque. Heureusement, elle m'avait vite rassuré à ce sujet.

Dès la lecture de la première ligne, j'avais su que j'allais proposer mes services. En tout bien tout honneur, évidemment : ce rendez-vous n'aurait rien de sexuel. Une attitude étonnante et inhabituelle chez moi, du jamais vu. Ce n'était pas que je ne la trouvais pas séduisante. Au contraire. Avec son innocence, son ambition palpable et son dégoût sincère pour tout ce que je représentais, elle se situait à l'exact opposé de toutes les femmes qui m'avaient intéressé jusque-là. C'était aussi pour cette raison qu'elle m'attirait autant.

J'avais vu des milliers de femmes nues. Je tairais le nombre de celles avec qui j'avais couché pour éviter de passer pour un mythomane. Mais ma décision de garder pour une fois ma bite en laisse ne serait pas facile à tenir, d'autant moins qu'elle — ma bite — avait réagi face à Everly avec une vivacité qu'elle ne montrait plus depuis longtemps.

Mlle Parker ne comptait pas avoir de relations sexuelles avec moi, c'était une certitude… et sans doute exactement ce qu'il me fallait !

Mon téléphone a vibré dans ma poche. J'ai vérifié sur l'écran l'identité de mon correspondant : Bryce Camden, le propriétaire de l'Hôtel Concord, où j'occupais un penthouse. C'était la troisième fois qu'il appelait en trois jours, mais je n'avais toujours pas envie de décrocher. Ce qui était complètement inhabituel.

Quand je suis arrivé dans les bureaux de White Lace, toutes les têtes se sont tournées vers moi. Ce n'est pas de l'arrogance, juste un simple constat : tout le monde, de la réceptionniste aux vigiles, en passant par le jeune homme qui distribuait le courrier, me suivait des yeux. J'étais une légende dans nos locaux parce que j'étais le fils de Hirsh et Ellie Levin.

Certes, cette popularité m'était un peu montée à la tête. Comment aurait-il pu en être autrement ? J'avais grandi dans une maison aux mœurs très particulières, où le sexe était une affaire de plaisir, et l'amour une question sacrée qui n'avait rien à voir avec les péchés de la chair.

Toute ma vie s'était construite sur trois piliers : gagner de l'argent, chercher le plaisir et trouver l'amour.

J'avais foi en ces idéaux, avec une préférence pour l'argent et le plaisir. L'amour, dont mes parents parlaient autant, était une notion qui m'échappait un peu.

Je gagnais des tonnes d'argent avec les films et je l'utilisais pour me procurer du plaisir. Je conduisais la voiture parfaite. Je sortais avec des femmes de rêve. J'avais évité de perdre quatre ans de ma vie sur les bancs de l'université.

Peut-être qu'Everly a raison. Peut-être que j'obtiens toujours ce que je veux.

— Max !

Juste avant que j'aie pu entrer dans mon bureau, Tara Cummings m'est tombée dessus. Elle a glissé son bras sous le mien et posé la tête sur mon biceps, ses cheveux blonds me chatouillant la peau.

— Tu as vu ton père, aujourd'hui ? Je voulais le remercier de s'être porté garant pour le prêt de ma voiture.

Mon père, le sauveur… La plupart des acteurs qu'on embauchait étaient jeunes et ambitieux, et se frayaient un chemin dans l'industrie du porno afin de payer leurs études, ou de nourrir leurs enfants. Mon père les aidait avec leurs prêts ou leurs investissements, et faisait son possible pour qu'ils atteignent leurs buts. Mais il y avait aussi les acteurs au passé lourd, ceux qui se droguaient, ceux piégés dans des relations violentes. Mon père se faisait un devoir de veiller sur le bien-être de tous, ce qui le conduisait à prendre en charge des choses qui ne lui incombaient pas. Il envoyait des filles en cure de désintoxication ou s'arrangeait pour qu'un ex dangereux s'éclipse en échange d'une grosse somme d'argent. Je ne saurais dire combien de filles ont habité avec nous depuis mon enfance.

J'avais beau compatir, que mon père se démène pour qu'ils

puissent changer de métier n'était pas bon pour notre chiffre d'affaires.

J'ai essayé de m'écarter de Tara, mais elle m'a serré de plus belle.

— Je viens d'arriver, Tara. Pas encore eu le temps de le voir.

Elle m'a fixé de ce regard coquin que je lui avais vu un millier de fois. Un regard auquel je n'avais jamais succombé.

— Peut-être que je pourrais te remercier *toi*, à la place.

Il y avait une règle que j'imposais à tout le monde et que je respectais à la lettre : ne pas sortir avec les comédiens. Même si j'avais eu du mal à ne pas l'enfreindre à cause d'une fille que j'avais embauchée, un an plus tôt. Elle était belle — son sourire éclatant et adorable comme meilleur atout —, mais je ne pouvais pas m'engager. Plus important encore, je ne voulais pas le faire.

J'ai souri poliment.

— Tu sais bien que je n'y suis pour rien.

Elle a fait la moue, poussé un soupir théâtral qui a attiré mon regard sur le papillon tatoué sur son épaule.

— Tu es vraiment sûr que je ne peux rien faire pour égayer ta journée ?

Je savais déjà ce qui allait égayer ma journée, mais je devais ronger mon frein jusqu'au moment de mon rendez-vous avec Everly. Un coup vite fait dans mon bureau ne m'intéressait pas.

— Sûr et certain.

Je lui ai tapoté la main pour qu'elle la retire de mon bras. Ce qu'elle a fait, sous prétexte de repousser ses cheveux d'un air désinvolte.

— Une autre fois, alors.

Puis elle est partie d'un pas chaloupé vers l'une des nombreuses loges que nos acteurs avaient à leur disposition.

J'ai pu enfin entrer dans mon bureau. Nos locaux étaient sobres et fonctionnels et, comme nous tournions toujours à l'extérieur, nos besoins en mètres carrés étaient réduits. Sans les affiches de nos films sur les murs, l'endroit aurait pu faire penser à une agence immobilière.

J'ai frappé doucement sur la table de mon assistante en guise de bonjour.

Barbara était une femme d'âge moyen, mère de l'une de nos anciennes stars. Elle m'a tendu un dossier sans lever les yeux de son écran.

— Le rapport budgétaire de la dernière prod. Pas beau à voir.

J'ai juré entre mes dents, et elle m'a enfin regardé.

— Je t'ai imprimé le plan média de notre nouvelle campagne de com.

Elle savait que je détestais lire sur l'ordinateur ; pour une raison quelconque, mon cerveau analysait mieux les mots imprimés sur papier.

— Gros focus sur les réseaux sociaux, a-t-elle ajouté en haussant un sourcil.

Elle était mon assistante depuis que j'avais commencé à travailler avec mon père à plein temps, quatre ans plus tôt. Elle s'occupait d'organiser mon travail et mon agenda. J'aurais été perdu sans elle et… elle le savait.

— Merci. C'est ce que j'avais demandé.

Les souscriptions au site Web étaient montées en flèche et je voulais travailler sur nos relations avec cette communauté en ligne.

Elle m'a tendu un autre dossier.

— La liste pour le casting de demain. Il y a des nanas qui ne veulent pas comprendre, on dirait. Je vois leurs noms tout le temps.

J'ai éclaté de rire.

La liste contenait en effet deux ou trois noms que je connaissais déjà. Ces femmes essayaient depuis plus d'un an de décrocher un rôle chez nous, mais il leur manquait le petit plus qui faisait la différence. Elles avaient beau s'injecter du Botox ou du collagène, elles n'avaient pas ce je-ne-sais-quoi, cette étincelle que j'étais si bon à repérer.

Mon père et moi formions une bonne équipe. J'avais ce flair particulier pour dénicher les talents. Si j'engageais une inconnue, elle avait de fortes chances de devenir une star, raison pour laquelle on se bousculait au portillon pour signer avec nous. Sans parler des excellentes conditions de travail qu'offrait White Lace. Nous ne ménagions pas nos efforts pour que nos employés réalisent leurs rêves d'avenir.

D'où me venait ce talent ? Disons que j'étais tombé dedans quand j'étais petit. À grandir dans une maison pleine de stars du porno, j'avais fini par reconnaître d'instinct les gens qui en avaient les caractéristiques, j'imagine.

Je me suis caché dans mon bureau et, une heure plus tard, Barb a passé la tête par la porte. Elle n'a pas eu à s'annoncer, ces cheveux roux et courts que je voyais du coin de l'œil ne pouvaient appartenir à personne d'autre.

— J'ai récupéré ton smoking au pressing et tu as deux billets pour le gala. Tu es paré.

J'ai gémi, j'avais complètement oublié ce fichu gala. La grande soirée annuelle de Phoenix House, une association qui chapeautait six foyers pour femmes dans notre ville. C'était une cause qui tenait à cœur à ma mère. Elle avait consacré beaucoup de temps et d'énergie à aider des centaines de femmes à repartir de zéro. Elle avait même fait en sorte que la fondation embauche à plein temps un orienteur professionnel, dont la mission était d'accompagner ces femmes pour trouver leur voie.

— Merci, Barb. Le gala m'était sorti de la tête.

Elle a accroché le smoking au portant, à gauche de ma table.

— Il y a deux invitations, a-t-elle répété en tapotant l'enveloppe qu'elle avait agrafée à la housse en plastique.

— Je t'ai dit qu'une suffirait.

Je préférais assister seul à ce type de soirée. Les femmes avec qui je sortais avaient toutes un certain… look, et il était hors de question que je les expose aux regards curieux ou moqueurs des bien-pensants.

— Je n'aime pas t'envoyer dans la gueule du loup sans renforts.

Elle a croisé les bras, campée devant moi, et m'a enveloppé d'un regard ferme et maternel.

Ce que j'ai apprécié. Elle était ce que j'avais de plus proche d'une mère depuis longtemps.

— Ça te dirait, de venir avec moi, Barb ?

— Mon chéri, tu ne peux pas aller à cette sauterie avec une vieille à ton bras, a-t-elle répondu avec un clin d'œil, avant de me caresser la joue avec tendresse. Il faut que tu te trouves une fille bien, Max. Une fille qui sortirait avec toi pour d'autres raisons que celle de montrer sa coquille Saint-Jacques à l'écran.

J'ai éclaté de rire. En dépit de son âge et de ses instincts maternels, Barb avait un vocabulaire imagé.

— C'est pour ça que je préfère y aller seul. Je ne veux pas entretenir l'idée-cliché qu'on a de moi.

Je ne comptais pas arriver accompagné d'une bimbo aux gros seins pour leur donner des raisons supplémentaires de rire dans mon dos ! Même si certaines des épouses que ces hommes d'affaires exhibaient à leur bras avaient une plastique très similaire à celle de nos actrices.

— Tu sais bien comment sont ces gens-là… Je ne vois pas l'intérêt de soumettre une femme que j'apprécie à leurs regards méprisants.

Je n'avais d'ailleurs jamais compris pourquoi ma mère avait

perdu son temps avec un organisme de bienfaisance dont les membres, pour la plupart, pensaient qu'on blanchissait de l'argent, voire, qu'on faisait partie de réseaux de proxénétisme.

Il n'y avait aucune raison que, cette année, les choses se passent autrement. À quelques exceptions près, l'assemblée serait composée de couples collet monté qui ne parleraient que de leurs prestigieux clubs de golf et de leurs vacances en Europe, sans même faire semblant de s'intéresser aux gens qu'ils étaient censés aider. Ils ne venaient que pour se faire mousser.

— Eh bien, peut-être devrais-tu te trouver une jolie femme plutôt qu'une des nimphos auxquelles tu nous as habitués ?

Une jolie femme ? Où est-ce que j'allais trouver…

Le visage d'Everly s'est alors imposé dans mes pensées.

— Merde !

Je me suis passé les doigts dans les cheveux et j'ai serré le poing ; cette sensation de tension sur le cuir chevelu me faisait du bien.

— Est-ce que je suis obligé d'y aller ?

— Tu connais les règles. Il faut qu'un membre de la direction y assiste, a-t-elle répondu, accoudée au fauteuil en cuir en face du mien. Et ce n'est pas ton père qui le fera.

Dans un document qui ressemblait plus à une lettre qu'à un testament, ma mère avait laissé des instructions très précises pour qu'on exécute ses dernières volontés. Et, comme mon père se serait fait hacher menu plutôt que d'assister à l'un de ces événements, c'était donc à moi de m'y coller.

Vers 15 heures, j'ai reçu un e-mail de Stella m'informant que Jade et elle souhaitaient poursuivre leur démarche. Je faisais passer des auditions, afin de tester les compétences des comédiens avant de leur proposer un contrat. Aussi étrange que cela puisse paraître, le sexe est une compétence. Un savoir-faire qui s'acquiert et se développe avec l'expérience. L'excellence est une conséquence de l'assurance, et il est rare que les débutants montrent assez d'assurance.

À présent que les escortes avaient confirmé leur envie de travailler avec nous, je pouvais annoncer la nouvelle à mon père.

J'ai frappé à la porte entrouverte de son bureau.

— Papa ?

Il avait pratiquement le nez collé à l'écran de son ordinateur. Il me faisait rire, il avait encore oublié ses lunettes.

— Maximillian ! s'est-il écrié de derrière la grande table en chêne.

J'ai fait la grimace, je détestais mon prénom officiel. Qu'est-ce qui leur avait pris, à mes parents, de choisir un nom pareil ? Je n'étais pas un fils à papa prétentieux, dont la famille était riche depuis des générations. Notre fortune était toute récente et n'avait rien de respectable. Aux yeux d'une bonne partie de la population, en tout cas.

Le bureau de mon père ne faisait aucune concession à l'esthétique : les murs étaient gris et les meubles en acier. S'il s'était agi d'un autre producteur de notre branche, j'aurais dit que l'acier était un choix pratique : tellement plus facile à nettoyer après les « signatures de contrat » avec les starlettes en herbe. Mais pas dans son cas. Il devait avoir ses besoins, aucun doute là-dessus, mais en même temps, j'étais sûr qu'il n'avait couché avec personne depuis que maman était partie. Incroyable, compte tenu de notre métier, où les tentations étaient constantes. En tout lieu, bureaux, plateaux, couloirs. Sur chaque écran, télé ou ordinateur.

— Nous avions rendez-vous ?

Il a consulté son agenda d'un air perplexe. La table était presque vide à l'exception de l'ordinateur, d'une corbeille à courrier et d'une photo de ma mère. Nombreux étaient ceux qui avaient un avis arrêté sur lui. Libertin. Dépravé. Marchand de chair. Mais pour ceux qui le connaissaient vraiment, il était avant tout un homme de cœur, généreux et dévoué. Un mari fidèle, aussi. Il travaillait certes entouré de femmes aux mœurs peu conventionnelles, mais il rentrait chaque soir à la maison pour retrouver son épouse, sans se soucier qu'elle ait eu des relations sexuelles avec cinq hommes dans la semaine. Il était resté à ses côtés, même quand on lui avait diagnostiqué un cancer du sein. Même quand elle était trop malade pour sourire. Il était là, pour elle, avec elle.

— Non, ai-je répondu en avançant vers lui. Mais il y a quelque chose dont je voudrais te parler.

Il m'a fait signe de m'asseoir et a repoussé les papiers devant lui.

— J'ai toujours du temps pour toi. Attends…

Il s'est mis à chercher quelque chose parmi les dossiers qu'il venait d'entasser.

J'ai alors remarqué, surpris, sa chevelure devenue pratiquement grise. Comment avais-je pu ne pas m'en apercevoir avant ? Il n'avait rien fait pour le dissimuler. C'était pourtant une pratique courante dans notre milieu, où nombreux étaient ceux qui se coloraient les cheveux, comme s'ils croyaient échapper ainsi aux effets du temps. Pas mon père. Ses cheveux poivre et sel lui donnaient un air distingué et correspondaient parfaitement à ses cinquante-cinq ans.

— Tiens, a-t-il fait en me tendant un journal. On dirait que tu vas devoir te trouver une nouvelle tanière.

L'article, que j'ai lu en diagonale, parlait des grands hôtels de Toronto, rachetés un à un par des chaînes américaines. Il révélait aussi que Bryce avait mis le Concord en vente.

J'ai grogné.

— C'est probablement pour ça qu'il essaie de me joindre depuis trois jours.

— C'est vraiment dommage. J'espère que l'acheteur ne va pas le faire démolir.

Moi aussi, je l'espérais, et pas seulement parce que cela m'obligerait à déménager. Le Concord était l'un de mes endroits préférés, en ville. Il n'était certes pas normal de vivre à l'hôtel, mais à quoi bon avoir un chez-moi, je n'y étais jamais. Je ne cuisinais pas. Et le tarif mensuel que Bryce m'accordait était plus qu'avantageux. Un échange de bons procédés compte tenu de tous les clients que j'amenais au bar.

— Tu sais que tu peux revenir à la maison, le temps de trouver un endroit qui te convienne. Elle est vide depuis que tu es parti.

J'aimais mon père, mais j'avais passé l'âge de vivre sous son toit. J'avais besoin de mon propre espace, où me réfugier après mes journées chargées.

Je me suis contenté de hocher la tête et de replier le journal sous mon bras.

— De quoi voulais-tu me parler ? a-t-il demandé.

— J'ai prospecté pour élargir notre réseau de casting afin de trouver de nouveaux talents... avec un peu d'expérience.

Ces filles n'avaient pas d'expérience devant les caméras, mais elles en avaient indéniablement dans le domaine sexuel.

— Génial, a-t-il fait avec un clin d'œil, l'index pointé vers moi. On débauche des stars de la concurrence ? Elles bossent pour qui, actuellement ?

— Elles ne travaillent pas dans l'industrie, elles sont... escortes.

Son expression impénétrable m'a poussé à défendre ma position.

— Des escortes très haut de gamme. Leur... manager me les a recommandées chaleureusement. J'ai rencontré deux filles il y a quelques jours et elles veulent passer une audition.

— Des escortes ?

C'était la première fois depuis qu'on travaillait ensemble qu'il n'approuvait pas l'une de mes décisions. Mon ventre s'est noué. Je tenais à prouver que j'étais digne de m'appeler Levin. Je ne pouvais pas me permettre un impair alors que, bientôt, j'allais prendre le relais à la tête de l'entreprise.

— Très bien, a-t-il dit finalement. Continue.

Et il est retourné à son écran.

J'aurais pu lui dire que je voulais filmer des animaux en train de s'accoupler qu'il m'aurait aussi donné son feu vert. Mes parents ne m'avaient jamais critiqué, pas une seule fois. Que diable, Maximillian signifie « le plus grand » en latin ! Un prénom réservé aux héritiers des grandes familles, aux capitaines de l'équipe de foot du lycée. Je n'étais ni l'un ni l'autre.

— N'oublie pas que la semaine prochaine tu assistes à la rencontre avec les distributeurs. Tu as beaucoup à apprendre.

J'étais né pour ça. J'avais été formaté pour ça. Mais en voyant mon père derrière son bureau surdimensionné, la culpabilité m'a submergé. Pour la première fois de ma vie, je n'étais pas sûr de vouloir suivre ses pas.

Ma rencontre avec Everly m'avait fait remettre ma vie en question. Je savais qui j'étais et me donnais un mal fou pour que tout le monde autour de moi le sache, mais… je n'étais plus certain de vouloir continuer à être cet homme-là.

Et si, dans la vie, il y avait plus que des seins et des fesses ?

Comme je n'avais pas répondu, mon père a reporté son attention sur moi.

— Je ne rajeunis pas, alors, plus tôt tu pourras mener la barque sans moi, mieux ce sera.

Je ne comprenais pas pourquoi il était si impatient de me passer le relais, et cela m'inquiétait. Est-ce qu'il savait quelque chose que j'ignorais ? Mes parents avaient mis six mois à me révéler que ma mère était gravement malade, et elle était morte peu de temps après. Je regrettais tout ce temps perdu chaque jour.

— J'ai bâti cette entreprise pour toi, mon fils, a-t-il dit en levant les mains. Tout est pour toi.

J'ai secoué la tête pour refouler ces sombres pensées. J'étais Max Levin. J'allais bientôt prendre la tête de White Lace Productions. Je savais que j'allais réussir et, pourtant, j'étais mort de peur. Mais ce n'était pas un thème à aborder avec lui. J'ai donc changé de sujet.

— Tara est passée tout à l'heure pour te remercier de t'être porté garant pour son prêt.

Il a souri.

— Une fille charmante.

Sa volonté constante d'aider les autres me dépassait. Je n'étais pas un égoïste sans cœur et je donnais généreusement aux œuvres de charité, mais, contrairement à lui, je ne me pliais pas en quatre pour aider le premier venu. Peut-être qu'il y avait quelque chose d'autre derrière sa philanthropie, quelque chose qui m'échappait.

Il a fouillé un moment dans ses dossiers avant d'en retirer une feuille de papier avec un sourire, comme s'il avait enfin trouvé ce qu'il cherchait. Mais quand son regard a rencontré le mien, son air heureux a disparu et il a poussé un long soupir.

— Ta mère et moi n'avons pas bâti cette entreprise pour amasser des richesses. Notre but était de partager avec les autres. D'aider ceux qui ont eu moins de chance que nous.

Nous avions déjà eu cette conversation. Ce n'était pas la première fois qu'il me faisait la morale à propos des actions désintéressées.

J'avais toujours vécu avec l'argent de mes parents, mais je n'en aurais bientôt plus besoin, car j'aurais mon propre argent à dépenser. Le jour de mon vingt-quatrième anniversaire, dans quelques semaines, je disposerais du capital de mon fonds de fiducie.

Mon père a fait le tour du bureau pour venir poser la main sur mon épaule.

— Faire de l'argent, c'est une chose. Signer des chèques, une autre. Mais le gagner vraiment, c'en est une tout autre encore.

C'était em… embêtant, ça. Parce que je n'avais pas fait grand-chose pour mériter la fortune qui allait m'échoir. Et que signer un gros chèque une fois par an ne me coûtait rien. Peut-être que la véritable générosité impliquait de donner de son temps, ou de mettre de côté ses priorités pour rendre heureux quelqu'un d'autre…

Il m'a gratifié d'une tape affectueuse sur l'épaule, puis il est parti sans rien ajouter, me laissant seul pour que je médite ses propos. Ce qu'il faisait souvent quand il voulait me donner une leçon.

J'ai regardé ma montre. J'avais encore quelques heures devant moi avant mon rendez-vous avec Everly. Si elle m'ouvrait la porte. Rien n'était moins sûr.

Il n'y avait qu'une chose que j'aimais faire, quand la vie devenait trop compliquée, trop ennuyeuse ou trop déroutante.

Courir.

J'ai donc pris ma voiture et je suis passé au penthouse pour récupérer mes affaires de sport.

Peut-être que tout ce dont j'avais besoin c'était de me dépenser un peu et m'aérer la tête. Peut-être qu'après quelques kilomètres et beaucoup de transpiration, je trouverais simple comme bonjour de botter les fesses à la crise existentielle qui ne voulait pas dégager du pas de ma porte.

4

Everly

Je fixais le vide devant moi, tandis que le professeur parlait en long, en large et en travers de droit contractuel.

J'avais beau l'entendre, je n'écoutais pas un traître mot de ce qu'il racontait parce que j'étais trop agitée à la perspective de mon rendez-vous en fin de journée.

J'avais un véritable rendez-vous.

Un rendez-vous avec Max Levin.

Rien que d'y penser, je sentais le feu me monter aux joues et… ailleurs. Et si le simple fait de penser à lui me mettait dans un tel état, qu'est-ce qui se passerait, s'il me touchait ? S'il m'embrassait ?

Non. Il n'y aurait pas de baisers, parce que ce rendez-vous, il me l'avait proposé par pitié. Il se pouvait même qu'il me pose un lapin. Alors que j'avais vraiment besoin de lui pour rayer la première ligne de la liste. Même si je n'avais pas la moindre d'idée de la façon d'effectuer le reste, ce rendez-vous était le coup de pouce dont j'avais besoin pour démarrer. Et pour aller jusqu'au bout.

Je le devais à mamie.

J'ai tout à coup été prise de panique. Qu'est-ce que j'avais fait ?

Pourquoi avais-je accepté ce rendez-vous la veille de la date de rendu de mon dossier sur le Code des assurances ?

Je me suis affalée sur la chaise, la tête appuyée contre le dossier, la voix du professeur en simple bande-son pour mes fantasmes.

Il devait être 3 heures du matin quand j'avais enfin réussi à me coucher. Dès que j'avais posé la tête sur l'oreiller, mon cerveau avait relancé le film dont Max était le héros. Max et ses lèvres gourmandes. Max et sa dégaine assurée et sexy en diable, qu'il avait dû mettre des années à perfectionner.

J'ai continué à fantasmer sur lui pendant le reste du cours, de sorte que, quand le professeur a dit « et c'est tout pour aujourd'hui », Max et moi étions devenus assez intimes.

Comme s'il avait été programmé pour sonner à ce moment-là, mon portable a vibré dans ma poche.

Je l'ai sorti et… j'ai gémi. Je n'étais pas d'humeur à parler à ma mère. Il fallait une certaine endurance pour supporter une conversation avec elle et je n'étais pas prête. Alors qu'elle s'attendait à ce que je le sois toujours. Ma vie durant, Regina et Clayton Parker — j'ai nommé mes géniteurs — avaient suivi très attentivement mes résultats scolaires. « Très attentivement » était un pâle euphémisme, en fait : ils les contrôlaient au dixième de point près. Et je ne m'étais jamais rebellée contre leur surveillance, parce qu'ainsi, au moins, ils s'intéressaient à moi. Quand vos parents sont des bourreaux de travail jamais à la maison, vous feriez n'importe quoi pour attirer leur attention. Et quand on vous lit des articles de la *Revue canadienne de droit* en guise d'histoire du soir, vous n'envisagez pas qu'il y ait un avenir hors la loi, pour ainsi dire. À présent que j'étais dans la dernière ligne droite, les ingérences de ma mère atteignaient des sommets.

J'ai pris une ample inspiration, soufflé longuement pour me détendre et, enfin, j'ai décroché.

Sa voix a grincé dans mon oreille.

— Everly, chérie, tes résultats du semestre seront décisifs pour ton entrée chez Sutherland, Sutherland & Marks.

Le cabinet où j'étais censée débuter comme stagiaire après l'obtention de mon diplôme. J'avais passé un entretien pour y entrer l'année précédente, mais je ne me méprenais pas : si j'avais été prise, c'était en grande partie grâce à l'amitié entre mes parents et Marks.

— C'est déjà fait, maman.

— Même les contrats les mieux bétonnés ont une faille, ma chérie.

Elle a soupiré.

La sempiternelle faille dans le contrat : son cheval de bataille. Je m'étais souvent demandé si elle avait trouvé des failles dans son contrat de mariage et, si tel était le cas, combien de temps elle avait mis à les dénoncer. Parfois, la façon dont elle regardait mon père me faisait mal, mais il ne semblait pas s'en soucier. Il avait le cœur aussi dur qu'elle.

— Je travaille autant que je peux, tu sais. Je suis même passée trois fois à la permanence pour vérifier avec mon professeur que j'avais bien cerné les enjeux du sujet.

Ce n'était pas que je rencontrais des difficultés, mais le droit contractuel me semblait particulièrement tordu. C'était malheureusement l'une des matières que je devais valider pour obtenir mon diplôme avec une spécialisation en fusions et acquisitions. Tout comme ma mère, bien sûr. Elle tenait absolument à ce que je suive sa voie sans en dévier d'un centimètre. Ce qui me donnait parfois des sueurs froides.

— Si tu as besoin qu'on révise ensemble ce week-end, on le fera. Je ne te laisserai pas gâcher nos efforts de ces trois dernières années.

Nos efforts ? Ne s'agissait-il pas de ma vie ? Ce n'était pas moi la responsable de ce que je faisais ou ne faisais pas ?

Apparemment, ma mère n'avait pas reçu ce mémo. Ou bien elle l'avait fourré à la poubelle sans le lire, comme ceux qui parlaient du soutien chaleureux qu'on apportait à son conjoint ou de l'inconditionnel amour maternel.

Si tu veux quelque chose dans la vie, tu dois tendre la main et le prendre.

— Écoute, maman, je n'ai pas le temps de discuter, là…

Il fallait que je rentre chez moi et que je me prépare pour un rendez-vous qui me terrifiait.

— Oui, je comprends. Tu dois retourner à tes livres. Appelle-nous quand tu en auras le temps, qu'on vérifie ta stratégie de révision.

Je ne comptais pas lui dire que je n'avais pas prévu de travailler avant le lendemain. Je faisais un petit break largement mérité.

— Ce n'est pas la peine. Tout est sous contrôle.

C'était faux et archifaux. Plus on approchait des examens, plus je me sentais paumée.

Avant qu'elle ait le temps de m'enfoncer plus encore avec son scepticisme, j'ai raccroché.

Je venais de rentrer chez moi quand j'ai entendu un gémissement… puis des grognements… puis le bourdonnement distinct d'une vibration bien particulière.

Les filles savaient qu'il était interdit de ramener leurs rendez-vous à la maison, c'était d'ailleurs une règle qu'elles s'étaient imposée avant même d'emménager avec moi.

J'ai posé mon sac sur la chaise à côté de la porte, passé l'escalier qui menait à l'étage… Le bruit venait du salon. Grace et Sadie étaient devant mon ordinateur, les joues en feu, un grand sourire aux lèvres.

— Je peux savoir ce que vous faites ?

Sadie s'est tournée vers moi, radieuse.

— On regarde du porno.

Décidément, le porno était devenu un thème récurrent dans ma vie depuis que Max Levin avait croisé mon chemin.

— Sur mon *ordi* ?

— Oh ! il était là, a poursuivi Sadie en balayant d'un geste mon reproche, avant de retourner à l'écran, manifestement fascinée.

— On étudie la concurrence, est intervenue Grace en m'invitant à m'approcher. Allez, Ev, ramène tes fesses.

— Oh ! je… je ne peux… Je dois…

— Pose-toi et mate ce porno, bon sang !

Grace avait une voix redoutable de mère. Parfois, rien qu'en l'entendant, je me raidissais parce qu'elle me faisait trop penser à la mienne — même regard sévère, même détermination pour imposer leur volonté.

J'ai donc obtempéré. J'ai traversé le salon où rien n'avait changé depuis que ma grand-mère avait acheté la maison, dans les années 1980. La moquette, vert pâle, était assortie au papier peint des murs. Les deux fauteuils et le canapé à fleurs autour de la table basse avaient bénéficié de la protection d'une housse en plastique jusqu'à ce que je convainque mamie de s'en débarrasser.

— Les gars sont sexy, a dit Sadie en enroulant sa chevelure rousse en un chignon désordonné.

C'était comme ça que je les préférais : nature, elles-mêmes. Des femmes déterminées qui n'avaient pas froid aux yeux, avec un grand sens de l'humour et un cœur encore plus grand. Bon, peut-être pas Sadie, pas tout à fait. Elle savait montrer les dents et je n'aurais pas voulu l'avoir comme ennemie.

— Grave, a confirmé Grace. Tu savais que les sites pornos entraînent statistiquement moins de risques pour ton ordinateur que les sites ordinaires ?

J'ai ri.

— Où est-ce que tu as appris ça ?

Elle a cherché dans sa mémoire avec une moue concentrée.

— Sur W5, je crois.

Une escorte qui était aussi étudiante en master de finances et accro à W5, le magazine d'actu économique le plus vu du Canada. Grace cassait tous les stéréotypes !

Je ne me sentais absolument pas le droit de juger leur gagne-pain. Au moins, elles se donnaient les moyens d'arriver à leurs fins. C'était un choix de vie. Moi, plus j'étudiais, plus je me battais pour obtenir une place prestigieuse, plus j'étais malheureuse. Je mettais ce sentiment sur le compte du stress, et je me disais qu'un jour, tous mes efforts porteraient leurs fruits et que ça irait mieux.

J'ai fixé l'écran. Un monsieur très joli introduisait avec enthousiasme son sexe dans celui d'une demoiselle. Ils étaient tous les deux jeunes, vingt ans et des poussières, tous les deux sexy. Leur peau luisait, leurs lèvres étaient rougies d'avoir beaucoup embrassé, ou léché, ou sucé, je l'ignorais puisque j'avais raté la mise en bouche…

Bizarre de regarder du porno avec des copines ?

Oui. Très.

J'ai inspiré profondément en espérant calmer l'excitation qui risquait de me trahir. Grace et Sadie suivaient la scène comme si c'était la chose la plus normale du monde.

J'ai toussoté.

— Est-ce que ça…

Embarrassée, j'ai serré les cuisses discrètement avant de continuer.

— … ne vous excite pas ?

— Bien sûr que si, a fait Grace. Ce mec est canon !

J'ai acquiescé.

— La star du porno la plus sexy que j'aie jamais vue.

Ce qui ne voulait pas dire grand-chose, étant donné le peu de films que j'avais regardés. La star du porno la plus sexy du monde continuait sa besogne. Et moi, je n'ai pu m'empêcher de remarquer…

— Sa bite n'est pas si grosse, si ?

Les acteurs du X n'étaient-ils pas censés avoir de gros seins, de gros membres ?

Sans me regarder, Sadie a cliqué plusieurs fois sur la flèche « revenir en arrière » du navigateur et, quand elle a trouvé la vidéo qu'elle cherchait, elle l'a fait démarrer au moment clé.

— La vache !

Ce n'était pas normal, ça. C'était un bras, pas un pénis ! J'ai penché la tête… Comment la fille arrivait-elle à tout mettre dans sa bouche ?

— La voilà, la grosse bite, a fait Grace, morte de rire.

J'ai haussé les épaules.

— Il y en a de toutes les tailles et toutes les formes, j'imagine.

— C'est le cas en ce qui concerne White Lace. Ils produisent des séries pour tous les goûts. Cougars. Étudiants. BDSM. Papas sexy. Baby-sitters…

Elle a reporté son attention sur l'écran.

— Celle-ci appartient à la série « Fellation sauvage ». Et c'est étonnamment excitant.

— C'est brutal.

L'acteur empoignait les cheveux de l'actrice si énergiquement qu'il lui en tirait la peau du visage. Ça devait faire mal. Il enfonçait son sexe très loin dans sa bouche, et les bruits qu'elle faisait… J'ai cru qu'elle allait vomir. Quand le gars s'est enfin retiré, elle a passé un long moment à respirer désespérément, comme si elle avait failli se noyer. Puis ça a recommencé.

Pas excitant du tout.

— Tu plaisantes ? a dit Sadie. C'est comme ça que les mecs aiment.

C'est ce que Max aime ?

— Je ne suis jamais sortie avec un mec qui aimait ça.

Non que j'aie couché avec tant de mecs que ça. Juste deux. Cela remontait à mes premières années d'étudiante. Et ça n'avait pas été glorieux. Dans un cas, j'avais laissé un beau gosse très populaire se servir de moi comme tutrice avant de me mettre dans son lit. J'avais vraiment cru qu'on vivait un truc chouette, alors, quand il avait cessé de me parler, j'en avais été dévastée. Je n'ai jamais su s'il avait réussi son premier trimestre de Sciences-Po.

Le second gars, je le connaissais depuis le lycée. L'histoire avait duré quelques mois. Il m'appelait au gré de son humeur et je jouais le jeu. J'avais des besoins, moi aussi, mais pas le temps ou l'énergie qu'il fallait pour tout ce qu'une relation impliquait : des sentiments, un engagement, des sorties.

— Mais ce soir, tu sors avec l'un d'eux.

Sadie a haussé plusieurs fois les sourcils, l'air coquin.

Merde. J'avais oublié que Max leur avait demandé notre adresse. Elles étaient au courant du rendez-vous.

J'ai fait le tour du canapé pour m'asseoir sur la table, face à elles. J'appréhendais leur réaction et je préférais détourner le regard pour ne pas avoir une image trop nette de leurs éclats de rire qui ne sauraient tarder parce que, sans l'ombre d'un doute, que je sorte avec Max Levin c'était juste… à exploser de rire.

Grace s'est redressée légèrement pour replier une jambe sous elle et s'installer plus confortablement sur le canapé.

— Raconte. Tout. Tout de suite.

J'ai pris une longue inspiration.

— Vous ne vous marrerez pas ?

Hors de question que j'explique le pourquoi — la liste. Certaines choses devaient rester privées, mais je m'étais persuadée qu'elles allaient se moquer de moi. Max et moi, c'était l'image même du couple improbable.

— Ma chérie…

Sadie s'est penchée pour poser une main sur mon genou.

— Il n'y a aucune raison qu'on se marre et, surtout, il était vraiment temps que tu sortes avec un beau mec.

Elle s'est retournée vers Grace, qui a approuvé en me tirant les cheveux gentiment.

— Sérieux, tu vis comme une nonne. Je dirais que tu n'es sortie avec personne depuis… depuis que tu as commencé tes études de droit.

Exact. Trois ans sans rencard. Encore une chose que la fac m'avait volée.

Sadie a chantonné :

— On dirait que l'une de nous va découvrir ce qu'il y a sous ce costume !

J'avais passé les dernières vingt-quatre heures à imaginer Max — des pectoraux en acier, des abdos en tablette de chocolat. Avait-il la peau douce ? Est-ce qu'il s'épilait ?

Grace m'a adressé un petit grognement rassurant.

— Je crois que notre petite Everly rougit.

— Tu t'es préparée ? a demandé Sadie tout à fait sérieusement.

J'ai haussé les épaules.

— Qu'est-ce que tu veux que je prépare ?

Ce n'était pas comme si je devais passer un test après le rendez-vous.

— Il voit des femmes nues avec des gros seins et des fesses fermes à longueur de journée, a répondu Sadie comme si j'avais perdu la tête. Il bande en permanence, probablement.

— Ça doit être inconfortable, à la fin, non ?

Plaisanter aux moments embarrassants était ma spécialité.

Grace a ri.

— Je suis sûre qu'il peut inviter dans son bureau toute une brochette de nanas pour éviter d'avoir mal aux boules.

J'ai gémi. Elles avaient raison. Même si je n'étais pas prude — la preuve, je regardais du porno avec mes colocataires —, je n'étais pas très aventureuse non plus. Quant au volume et à la fermeté de mes seins et de mes fesses, autant ne pas en parler.

Sadie m'a regardée avec un intérêt renouvelé. Ses cheveux roux chatoyaient dans la lumière ténue de la lampe derrière le canapé.

— Tu es consciente qu'il aura certaines… attentes.

Je me suis raidie. Ma liste disait « sortir avec quelqu'un », pas « coucher » avec le quelqu'un en question.

— Tu crois qu'un type comme lui est adepte de la position du missionnaire ? a-t-elle continué d'un air sérieux. Tu te doutes que non, n'est-ce pas ? Il voudra te sodomiser et jouir sur ton visage.

J'ai lâché un « Oh » outré.

— Pas besoin d'être si explicite.

— Everly…

Grace m'a frotté l'épaule affectueusement.

— Max Levin bosse avec des stars du porno au quotidien. Il regarde des films à longueur de journée. Tu crois vraiment qu'il est doux et gentil ?

J'ai fait de mon mieux pour cacher mon anxiété. Je savais où je mettais les pieds, mais j'avais juste rendez-vous avec lui.

— Il a tout vu, et il a probablement tout fait.

Sadie s'est tournée vers l'ordinateur et elle a passé en revue les vidéos sur le site de White Lace.

— Tu t'en sors comment, côté pipes ?

J'ai haussé les épaules.

— Je connais le principe.

Quoi ? Nul besoin de savoir comment faire une fellation. Ce n'était pas au programme.

— Oh ! ma chérie ! On a tellement de choses à t'apprendre !

— J'apprécie cette main tendue, les amies, mais il n'y aura qu'un seul rendez-vous. Et pas de pipe.

Sadie s'est levée pour attraper le sac qu'elle avait accroché à la poignée de la porte du salon.

— Au moins, prends ça, a-t-elle fait en me mettant un livre dans les mains.

L'Art de la fellation.

J'ai éclaté de rire et lui ai tapé dans le dos. Mamie voulait que je lise un « livre juste pour le fun ». Celui-ci tombait à point nommé.

— C'est parfait, Sadie. Merci.

— Il passe te chercher à quelle heure ? a demandé Grace.

— 10 heures.

— Qu'est-ce que tu vas mettre ?

Sadie frétillait d'excitation.

— Laisse-nous t'aider à trouver. On peut…

J'ai levé la main pour l'arrêter.

— Max a rendez-vous avec Everly Parker. Telle quelle. Je ne vais pas me marier avec lui, et je n'ai aucune intention d'essayer de l'embringuer dans une relation. Je suis ce que je suis. Je ne vais pas m'habiller sexy juste pour être plus à l'aise en public avec lui.

J'ai soupiré pour marquer ma détermination.

— Porte au moins mon soutien-gorge push-up gel, a insisté Sadie avec un clin d'œil. Il te fait des nénés spectaculaires.

— J'apprécie le geste, mais je ne vais pas changer de style juste pour le caresser dans le sens de son ego déjà surdimensionné, encore moins cautionner sa conception des femmes.

Sortir avec Max me faisait trop cogiter. Comme si j'avais besoin de lui pour ça !

— Cette enfant est beaucoup trop intelligente pour son propre bien, a fait Sadie en me pointant du pouce.

— Donc, on ne va pas jouer à *Elle est trop bien* ? a demandé Grace avec une moue dépitée. J'adore les changements de look !

— Désolée, Grace.

C'était un rendez-vous purement pragmatique. Un moyen pour moi de commencer à m'attaquer à cette fichue liste.

Me préparer ne m'a pas pris beaucoup de temps.

Emprunter le soutien-gorge de Sadie non plus.

5

Max

J'ai emmené Everly dans mon bar préféré : Le Concord Lounge.

La voir dans un lieu public m'avait semblé le seul moyen de tenir en laisse ma libido. Libido qui ne me donnait pas une minute de répit depuis que je l'avais rencontrée.

Je l'ai guidée vers la porte, une main sur la cambrure de ses reins. Fridge, le videur, m'a accueilli avec une poignée de main virile et une accolade, plus virile encore. Son surnom lui venait de sa carrure de réfrigérateur industriel, mais il s'appelait Ryan Maddox, et il était l'un de mes meilleurs amis.

— Maxy, a-t-il dit avec un coup d'œil à Everly, un dernier verre avant de monter ?

— Monter où ? a-t-elle demandé.

Je me suis penché vers elle.

— J'habite au-dessus.

Préférant ne pas m'étendre sur le sujet, j'ai enchaîné :

— Fridge, Everly Parker. Everly, voici Fridge.

Elle lui a tendu la main avec un sourire charmant ; il a répondu avec un clin d'œil.

— Mes amis m'appellent Ryan.

— Enchantée de faire votre connaissance, Ryan.

Il a fait un geste vers l'intérieur.

— Je dirai à Bryce que tu es là.

On déroulait le tapis rouge pour m'accueillir, comme toujours.

— Merci, mon vieux. À tout'.

Je lui ai tapoté l'épaule et il a décoché à Everly un de ses sourires tout sucre et tout miel, avant de me lancer un regard entendu. Son attitude un rien goguenarde m'a fait comprendre qu'il fallait que je lui parle. Que je lui explique la situation. Everly n'avait rien à voir avec la brochette de femmes qui attendaient de l'autre côté du cordon rouge — décolletés pigeonnants, robes moulantes, talons aiguilles —, habillées comme pour passer une audition à White Lace.

Le contraste avec la femme installée avec moi au bar était frappant.

Ce soir, elle portait un jean brut et un petit gilet noir boutonné jusqu'au cou. Ses cheveux retombaient sur ses épaules en une cascade de boucles chatoyantes — l'un de ses meilleurs atouts, à mon sens. J'étais étrangement attiré par ces boucles, je crevais d'envie de passer les mains dedans, d'y enfouir le nez. À vrai dire, je voulais découvrir l'effet que ses cheveux produiraient sur mon ventre, alors que sa bouche se refermerait autour de ma queue.

Un frisson m'a parcouru et j'ai vite repoussé ces pensées. Everly n'avait *aucune* intention, aucune, de me laisser toucher ses cheveux, encore moins de me sucer. Elle se considérait comme trop bien pour moi, et n'était là qu'à cause de cette fameuse liste. Et moi, tout en sachant que j'étais bien plus que Max Levin, producteur de films X, j'ignorais encore ce que je mettais dans ce « bien plus ».

Un rendez-vous. Un seul. Relations sexuelles non incluses.

Même si je n'arrêtais pas de fantasmer sur elle. Surtout lorsqu'elle buvait une gorgée de sa boisson et que je voyais la pointe rosée de sa langue contre le bord du verre.

On nous avait installés à l'une des places VIP, à l'extrémité du bar, face à la piste de danse, et j'observais la centaine de personnes qui s'y entassaient ; Everly, elle, semblait abîmée dans de profondes réflexions.

Les corps, éclairés çà et là par les lumières stroboscopiques, se trémoussaient, se frottaient en rythme avec la musique. Je me demandais si elle le remarquait ou si elle était trop perdue dans ses pensées. Je sentais qu'elle pensait à quelque chose de concret, j'entendais presque les rouages de son cerveau tourner. Son regard était voilé, distant. Elle avait beau être à côté de moi, elle n'était pas *avec* moi : ses songeries l'entraînaient ailleurs.

Peut-être qu'elle se récitait la Constitution du Canada ou quelque chose dans le genre.

De temps à autre, elle m'adressait un petit sourire. Petit, vraiment. Il fallait que j'améliore ma performance, si je voulais lui montrer ce que c'était que passer un bon moment !

— À quoi tu penses ? ai-je demandé.

— Pardon ?

Elle a eu une expression un peu déconcertée. Comme si elle avait oublié où elle était. Ou comme si elle n'en avait rien à faire d'être là avec moi. Une attitude à laquelle je n'étais pas habitué… Mais j'ai toujours aimé les challenges.

— On dirait que quelque chose te tracasse.

J'ai dû hurler pour me faire entendre par-dessus un rap assourdissant, le tube du moment, qui a fait redoubler l'ardeur des danseurs.

— Raconte-moi ce qui te préoccupe.

Je lui ai pris la main et me suis penché vers elle. Elle s'est raidie contre le dossier en velours et a retiré sa main d'un geste brusque.

— Désolée… je…

Elle a cherché ses mots en se mordillant la lèvre. J'ai dû faire appel à toute ma volonté pour ne pas poser le pouce dessus.

— C'est juste que… Je dois rendre un dossier demain. Je ne devrais pas être là.

La culpabilité la rongeait.

Je savais parfaitement ce que cela faisait, de se consacrer sans réserves à quelque chose. White Lace avait été toute ma vie, durant les quatre dernières années, et le serait pour les trente à venir.

J'ai senti un pincement au cœur, et un sentiment inconnu, ou que je n'ai pas su identifier, s'est emparé de moi. Consacrer ma vie à White Lace, était-ce vraiment ce que je voulais ?

— Tu aurais pu annuler le rendez-vous.

Quand j'étais entré chez elle, j'avais été surpris de découvrir une déco surannée. On aurait dit la maison d'une dame de quatre-vingts ans et non pas celle d'une étudiante et ses deux colocataires escortes.

Elle a secoué la tête.

— Il faut que je les coche, tous ces points.

Les engrenages se sont remis en route. Son esprit carburait de nouveau à plein régime.

— Pourquoi ?

— Tu poses toujours autant de questions ? a-t-elle répondu d'un air agacé.

— C'est la future avocate qui dit ça ?

Elle a semblé soudain très intéressée par ce qui se passait autour de nous. Elle cherchait manifestement une façon de détourner la conversation.

— Écoute, je n'ai pas d'attentes, ai-je dit.

Je me suis reculé dans le fauteuil, les mains levées pour montrer que j'étais inoffensif.

— Je serai un parfait gentleman.

Son visage a trahi fugacement sa déception. Bien.

Je me doutais qu'elle manquait d'expérience avec les hommes. Je ne serais pas allé jusqu'à dire qu'elle était vierge, ça non, mais il était évident qu'elle n'avait pas eu beaucoup de relations. Sa petite moue déçue avait boosté mon ego, mais je n'allais pas pousser l'avantage. Elle s'était peut-être persuadée qu'elle voulait qu'il se passe quelque chose, mais je savais parfaitement que si j'essayais quoi que ce soit, elle s'enfuirait en courant.

— Ça tombe bien, le gentleman, parce que je n'ai aucune intention de tomber à tes pieds !

J'ai souri. Elle avait de la repartie, et j'aimais ça. J'aimais aussi qu'elle ne cherche pas à m'impressionner, encore moins à me séduire.

— Je suis venue seulement parce qu'il fallait que je sorte avec quelqu'un… comme toi.

Pour elle, j'étais un cliché sur pattes. Libertin. Amoral. Macho. Coureur. Bon, sur ce dernier point, elle n'avait pas tort.

— Qu'est-ce que tu crois que je fais, au juste, quand je sors avec une femme ?

Elle n'a pas hésité.

— Tu l'invites dans un endroit chic, tu l'impressionnes avec ton fric et ta belle gueule, puis tu l'emmènes chez toi, ce qui est, ma foi, très pratique…

Là, elle a fait un geste vers le plafond pour désigner le penthouse.

— … et tu lui fais l'amour d'une façon sublime qu'elle n'oubliera jamais.

Elle était en train de… se moquer de moi ! Elle me trouvait risible. Pour Everly Parker, Max Levin n'était qu'une bonne blague.

— Et si je n'ai pas envie de coucher avec toi ? Tu n'es pas mon genre, tu sais ?

C'était la vérité, elle n'était absolument pas mon style. Ce qui ne m'empêchait pas d'avoir envie d'elle à en crever.

En dépit de la pénombre du club, j'ai vu son regard se rembrunir.

Je ne voulais pas la blesser. Je mourais d'envie de la jeter sur mon épaule et de m'enfermer avec elle dans ma chambre. Mais je ne pouvais pas le faire. Everly Parker était quelqu'un de bien. D'authentique. Une fille intelligente et classe. Elle méritait mieux qu'un coup d'un soir. Elle méritait mieux que moi.

Elle s'est ressaisie et a réussi à composer un sourire à peu près crédible. Trop tard, je l'avais percée à jour. J'avais piétiné le peu d'assurance qu'elle avait pu avoir, avec les gros sabots de mon arrogance.

— Alors… Peut-être que j'aurais dû te demander le numéro d'un de vos acteurs. Au moins, j'aurais eu la garantie qu'il savait comment… faire plaisir à une femme.

— Devine qui leur a tout appris ?

Je lui ai fait un clin d'œil. Elle a piqué un fard.

Si je voulais qu'elle se lâche un peu, il fallait que je parvienne à lui changer les idées. Et comme je ne pouvais pas lui faire l'amour jusqu'à ce qu'elle oublie ses soucis, il ne me restait qu'une option.

— On danse ?

— Euh…

Elle a encore une fois torturé sa lèvre en fixant la piste.

— Je suis plutôt du genre à rester sur le bord et à regarder les autres, en fait.

— Pas ce soir.

J'ai fini mon cocktail d'un trait et je l'ai invitée à faire de même. Elle a refusé d'un geste. J'ai alors pris son verre et le lui ai mis dans la main.

— Allez, tu peux le faire. Ça va te détendre.

Après une courte hésitation, elle a fini par obtempérer.

Je lui ai attrapé la main — c'était bon, sa peau douce contre la mienne. Nous nous sommes frayé un chemin parmi les corps en sueur, et je me suis arrêté au milieu de la piste pour profiter de l'anonymat que procurait la foule.

Nous étions face à face, et j'ai commencé à bouger en cadence avec la musique. Je n'avais jamais été un grand danseur, mais j'étais capable de suivre le rythme. D'autant plus que, dans ce club, il y avait plus de fricotage que de danse. Aucune compétence requise pour cela.

J'ai posé les mains sur ses hanches. Elle a jeté un coup d'œil autour de nous, comme pour vérifier que personne ne regardait.

— Détends-toi, ai-je murmuré à son oreille.

Ses cheveux sentaient bon, un doux parfum d'agrumes.

— Personne ne regarde.

Je me suis approché un peu plus, mes hanches ont frôlé son ventre. Levant les yeux vers moi, elle a dégluti avec difficulté. J'ai repoussé ses cheveux pour dégager son visage — ce joli minois à peine maquillé. Si différent de ceux que je côtoyais chaque jour. Si empreint d'innocence. De douceur. Un visage que la vie n'avait pas encore marqué…

Je n'avais qu'une envie, cependant : presser mes lèvres contre les siennes et changer sa douceur en passion. Balayer sa détermination farouche, pour l'emmener dans un endroit où seul le plaisir existait. Parce que m'abandonner au plaisir était ce que je faisais le mieux. Ce que j'avais toujours fait. Mais il fallait que je repousse cette envie pressante de la dévorer.

J'ai posé une main sur sa nuque. Elle a relevé la tête, sa bouche à quelques centimètres de la mienne. Je n'avais qu'à me pencher légèrement pour l'embrasser, elle n'avait qu'à reculer d'un pas pour l'éviter. Je n'allais pas la retenir. Même si chaque cellule de mon corps désirait le contraire. Même si je rêvais de la serrer contre moi.

Nos regards semblaient aimantés. J'en ai oublié de respirer. Elle me voyait enfin pour de bon. C'était la première fois que son attention n'était pas portée sur quelque chose ou quelqu'un d'autre. Elle était présente, complètement, avec moi.

Alors que j'étais sur le point de céder à mon envie de l'embrasser, elle s'est retournée dans mes bras, son dos contre mon torse.

Mes mains sont descendues sur ses hanches, et j'ai commencé à bouger. Elle a accepté l'invite, et nos corps se sont balancés en cadence.

Puis le tempo a changé. Un morceau lent, sensuel. Parfait pour ce que j'aurais aimé faire avec elle ailleurs que sur cette piste de danse.

À ma grande surprise, elle a passé les bras autour de mon cou. J'ai alors glissé les paumes sur son ventre, et faufilé le bout de mes doigts sous son pull, furtif, discret.

Incapable de résister une seconde de plus, j'ai repoussé ses cheveux pour exposer son cou, et fait courir ma bouche sur sa peau. Si douce, si chaude. J'ai senti son pouls palpiter sous la pression de mes lèvres.

Je l'ai serrée contre moi pour que tout le monde sache qu'elle était avec moi, uniquement avec moi. Du moins pour le moment. Nous sommes restés ainsi pendant un instant hors du temps. J'étais ébahi par la facilité avec laquelle nos corps s'emboîtaient.

Mais, comme toutes les bonnes choses, notre étreinte a pris fin. En l'occurrence, parce que quelqu'un m'a bousculé brusquement.

Everly s'est écartée d'un bond. Pourtant, lorsqu'elle s'est retournée vers moi, cette connexion puissante était encore là.

Mais elle n'a pas duré.

De retour au bar, nous étions empruntés, mal à l'aise ; la

conversation n'arrivait pas à démarrer. Je lui ai proposé un autre cocktail en tentant de garder l'air détaché.

Des femmes que je connaissais — dont certaines de façon intime — sont venues me dire bonsoir. L'une d'elles s'est même interposée entre Everly et moi, lui tournant sciemment le dos, et a fait courir son doigt sur mon bras avec un regard de chatte en chaleur. Je ne me rappelais même pas son prénom.

J'ai hurlé pour me faire entendre au-dessus de la musique.

— Je suis avec quelqu'un, ce soir.

Elle a alors regardé Everly par-dessus son épaule avec ce regard que je connaissais bien et qui voulait dire : « Espèce de garce, il est à moi. » D'habitude, ça m'amusait que deux femmes soient prêtes à se crêper le chignon pour moi. Mais là, tout ce que je voulais, c'était que cette nana débarrasse le plancher et me laisse en tête à tête avec Everly.

Laquelle a réagi avec beaucoup de classe en lui tendant la main avec un sourire.

— Enchantée de vous rencontrer.

L'autre l'a ignorée et m'a lancé un dernier regard prétendument séduisant, avant de s'éloigner avec un déhanchement plus que lascif.

Quand j'ai reporté mon attention sur Everly, son sourire perdurait, ce sourire qui signifiait : « Je sais que tu es un salopard » et me rendait fou d'indignation.

— Tu passes un bon moment, alors ?

— Je passe le moment que je m'attendais à passer.

Qu'est-ce qu'elle entendait par là ? Et pourquoi son regard était-il redevenu distant, alors qu'un instant plus tôt on dansait sur la piste comme s'il n'y avait eu que nous deux au monde ?

— Tu t'attendais à t'emmerder ?

— Je m'attendais à te voir crâner et à ce que des nanas se jettent sur toi.

Deux sur deux. Bien joué, Max !

— On dirait que tu es la seule femme à ne pas avoir envie de se jeter sur moi. Je veux bien, mais pourquoi ?

Elle a posé son verre sur le bar et rajusté son pull.

— Je dois y aller maintenant. Merci pour cette soirée médiocre.

Sans attendre ma réponse, elle a quitté le bar et disparu dans la foule. J'étais incapable de bouger, encore moins de marcher. Trop troublé. Elle venait de me planter. Dans mon propre club. Non, mais !

Puis je me suis élancé vers la porte.

En me voyant, Fridge m'a indiqué la droite du pouce avec un sourire railleur. En quelques foulées, j'étais sur le trottoir. Un peu plus loin, Everly s'engouffrait dans un taxi. J'ai couru vers la voiture et, de justesse, j'ai réussi à l'empêcher de fermer la portière.

— Tu crois que tu vas où, là ?

— Chez moi. Il est tard et je dois…

— … finir un dossier pour demain. Je sais.

Elle a poussé un soupir, et secoué la tête.

— Écoute, Max, on va en rester là. J'ai eu ce que je voulais. Maintenant, les choses peuvent retourner à la normale.

J'ai passé la moitié du corps dans l'habitacle pour lui attraper le bras et je l'ai fait sortir. Extraire son corps menu du taxi a été un jeu d'enfant.

— Qu'est-ce que tu fais ?

Sa voix est montée dans les aigus.

— Ce n'est pas encore l'heure de rentrer.

De ma main libre, j'ai sorti mon portefeuille et lâché vingt dollars sur le siège passager, en faisant signe au chauffeur de s'en aller.

— C'était le seul taxi ! Comment je vais faire pour rentrer ?

Elle a tapé du pied sur le trottoir, indignée. Craquante. Mais elle n'allait pas s'en tirer aussi facilement. J'avais choisi d'ignorer la véritable raison de notre rendez-vous — sa liste — mais si elle devait me larguer comme un malpropre, j'avais droit à une explication.

— Parle-moi de cette liste.

Il fallait que je comprenne. Que je sache. D'où venait cette liste ? Pourquoi c'était si difficile pour elle ?

— Je... Je...

Sa façon de bafouiller était adorable. Celle dont elle bougeait les lèvres en se parlant à elle-même plutôt qu'à moi, plus encore.

Je lui ai lâché le bras et elle a frotté l'endroit où mes doigts avaient laissé une marque. Je n'avais jamais touché une femme autrement qu'avec respect, même dans le feu de l'action. Et si j'avais usé de la force — j'avais connu des adeptes de la fessée — c'était à leur demande, comme un jeu.

Avec un long soupir, elle a fini par dire :

— Ma grand-mère est morte juste après Noël.

Eh merde ! Moi, encore, avec mes gros sabots.

— Je suis désolé de l'apprendre.

— Merci. Elle m'a laissé sa maison et... la liste.

Ce qui expliquait la déco vieillotte.

— Elle a stipulé qu'il fallait que j'en aie coché tous les points avant la remise des diplômes. Sans donner d'explication. Aucune !

Elle a levé les bras au ciel.

— Ça n'a ni queue ni tête, mais il y a toujours eu une raison derrière ses actions, même les plus loufoques. Je ne vais pas douter d'elle maintenant.

— Pourtant, tu n'avais pas encore attaqué la liste, quand on s'est rencontrés.

— Je sais, a-t-elle répondu d'un air dépité qui m'a donné envie de la prendre dans mes bras. C'est juste… que je ne savais pas par où commencer.

Elle s'est tue et m'a fixé d'un air pensif, puis elle a pouffé. J'aimais ce petit rire qui lui échappait quand je faisais quelque chose qui l'amusait. Mais là, je n'avais rien fait.

— Je crois que c'est ma grand-mère qui t'a envoyé. Exprès. Je la crois tout à fait capable de ça !

Je me suis tapoté le menton du bout de l'index.

— Cette liste me paraît assez accessible. Ça pourrait même être fun.

À vrai dire, j'aurais pu, à titre personnel, cocher toutes les lignes sauf une. Et après ma soirée avec Everly, je serais parvenu au bout.

— Pour quelqu'un comme toi peut-être, a-t-elle dit avec un soupir. Moi, je ne suis même pas capable de me souvenir de la dernière fois où je me suis vraiment amusée !

Elle a fait quelques pas vers le mur en brique, toujours très tendue, le regard absent de nouveau, comme si elle pensait à tout autre chose qu'à notre conversation.

— Elle me conseillait de profiter de la vie. Je ne l'ai jamais écoutée.

C'était exactement ce que je lui avais dit.

— Écoute, Max, tu as fait ta part. Le rendez-vous est terminé. Tu peux retourner à ton monde, maintenant. Un monde où un mec comme toi ne sortirait *jamais* avec une fille comme moi.

« Un mec comme toi. » Elle ne cessait de le répéter. Quel genre de mec pensait-elle que j'étais ? J'aurais vraiment aimé le savoir. Mais j'avais une question plus urgente à poser.

— Tu crois que je ne te veux pas ?

Elle était folle. Et qu'elle soit à l'opposé de ce que je pensais vouloir ne m'empêchait pas d'avoir envie d'être avec elle.

Je l'ai attirée contre moi et j'ai frotté le nez contre son cou.

Elle sentait l'orange ou quelque chose dans le genre. Le parfum d'agrumes ne m'a jamais émoustillé, mais là, il me faisait l'effet d'un puissant aphrodisiaque.

J'ai embrassé la ligne de sa mâchoire, puis sa joue, avancé lentement vers ses lèvres en m'attendant à chaque instant à ce qu'elle me repousse.

Mais non.

Elle a lâché un petit soupir éperdu, a baissé la garde. J'ai saisi ma chance et posé ma bouche sur la sienne. Délicatement. Quand elle a collé son corps au mien, sa poitrine contre mon torse, je l'ai enveloppée de mes bras et mon baiser est devenu plus impérieux.

Je l'ai serrée fort, parfaitement conscient qu'elle devait sentir mon sexe dressé contre son ventre. Je ne pouvais plus réfléchir. Seulement agir.

Je l'ai soulevée et, d'instinct, elle a refermé les jambes autour de ma taille. J'ai avancé vers le mur pour nous stabiliser. Les mains de chaque côté de son visage, j'ai basculé le bassin pour soutenir son corps. Je me suis écarté un instant ; elle avait fermé les yeux, et sa bouche attendait la mienne. Le désir irradiait de chaque fibre de son corps. Lorsqu'elle m'a regardé, ma poitrine s'est serrée, et j'ai eu l'impression que mon cœur allait en jaillir.

— Waouh…

Mon soupir ébahi a fait naître un sourire sur son joli visage radieux.

Et les baisers ont repris de plus belle. Je voulais me montrer doux, mais sa bouche me répondait avec une fougue inespérée. Ce petit rat de bibliothèque savait comment embrasser.

C'est pourtant elle qui a calmé le jeu ; elle a encadré mon visage de ses mains, posé son front sur le mien. J'ai senti sur ma peau son haleine sucrée. Je voulais qu'elle me regarde dans les yeux, je voulais retrouver cette connexion. C'était une envie encore plus forte que mon désir.

— Max, a-t-elle murmuré. Repose-moi, s'il te plaît.

J'ai obéi sur-le-champ. J'étais prêt à faire tout ce qu'elle me demanderait. Tout, sauf la mettre dans un taxi et la laisser partir.

Elle s'est laissée glisser jusqu'à ce que ses pieds touchent le trottoir sale. Les doigts pressés sur les lèvres, elle a enfin affronté mon regard.

— Maintenant tu me crois ? ai-je demandé.

Elle n'a rien répondu, s'est passé la langue sur les lèvres, nerveusement. J'ai dû faire appel à toute ma volonté pour ne pas continuer à l'embrasser.

— Tu veux qu'on aille chez toi ?

Elle avait posé la question d'une voix à peine audible sous la sirène hurlante d'une voiture de police qui passait à toute vitesse, mais, malgré le bruit, je l'avais entendue. Elle ne pouvait pas se dédire et je ne voulais pas qu'elle le fasse. Ce qui ne signifiait pas pour autant que j'allais donner suite à sa requête.

— Non, ma belle.

Elle s'est raidie, le visage rembruni. Le regard dur qui lui servait de bouclier a remplacé la flamme du désir dans ses yeux.

— On pourrait peut-être cocher d'abord un autre élément de ta liste ?

— Tu veux m'aider, mais pas coucher avec moi ? a-t-elle demandé, visiblement étonnée. Voyons, elle est où, la clause en tout petits caractères en bas du contrat ?

J'ai éclaté de rire. La future avocate ne se reposait jamais !

— Pas de clause en petits caractères. Une proposition franche et honnête.

— C'est… bizarre.

Elle n'imaginait pas à quel point.

— Pour moi aussi.

Personne n'a dit que tu ne finirais pas dans mon lit. C'est juste partie remise.

J'ai souri.

— Je crois que je sais comment t'aider à cocher un autre point. Est-ce que tu veux bien me retrouver demain à 18 heures au Centennial Park ?

Après une légère hésitation, elle a fini par accepter avec un hochement de tête.

— D'accord.

J'ai songé au contenu de la liste. *Être le centre d'attention. Perdre le contrôle.* Là, je voyais déjà comment faire. Quant à *contempler quelque chose d'étonnant*, si ma bite était hors jeu, je devrais faire preuve de créativité.

Pour d'autres points, je ne pouvais pas l'aider. *Briser le cœur de quelqu'un*, par exemple. Elle allait devoir trouver un autre bon Samaritain. Jusqu'à présent, le mien était parfaitement intact et je tenais à ce qu'il le reste.

Plus j'y pensais, plus l'idée de l'aider me séduisait. C'était peut-être même une chance de lui prouver que je n'étais pas juste un mec qui payait des gens pour baiser devant une caméra.

Peut-être qu'en l'aidant j'allais enfin devenir l'homme que j'avais toujours voulu être.

6

Everly

J'avais passé la journée en pilote automatique et c'est à peine si je comprenais pourquoi et comment je me retrouvais sur le parking du Centennial Park.

J'attendais, appuyée contre le coffre de ma voiture. J'avais rendu le dossier de justesse à 17 heures en le glissant sous la porte du bureau du professeur. Toute ressemblance avec un écrit de niveau universitaire serait purement fortuite ! Ma conclusion était un ramassis d'incohérences et j'étais presque sûre d'avoir mal numéroté les notes en pied de page. Si j'arrivais à obtenir la moyenne, ce serait parce que j'en avais rédigé les trois quarts avant de rencontrer Max.

Au point où j'en étais, je décidai de blâmer le manque de sommeil. Je m'étais mise au travail dès que j'étais rentrée, après notre rendez-vous, mais même si je n'avais pas eu de travail à rendre, je n'aurais pas fermé l'œil de la nuit.

À cause du baiser.

Ce baiser qui avait fait flamber mon corps et déclenché en moi quelque chose que je n'avais jamais ressenti auparavant. Et ce moment sur la piste de danse… Indescriptible. Il m'avait fait tout oublier. La fac. Le devoir à rendre. Mes parents autoritaires. Tout. Et je n'avais rien tenté pour garder les pieds sur terre. Parce que c'était trop bon.

J'ai fermé les yeux en remontant mon sweat à capuche autour du cou pour me protéger de la brise fraîche du printemps. J'ai écouté le bruissement du vent dans les branches. Le chant des oiseaux dans les arbres. La musique qui rythmait les exercices endiablés qu'un groupe de femmes exécutait sur la pelouse, un peu plus loin.

J'ai plongé avec un plaisir coupable dans mes souvenirs. La vague de frissons que les mains de Max avaient soulevée sur ma peau. Mon cœur affolé dans ma poitrine, mon pouls qui martelait mes tempes. Je m'étais retrouvée à bout de souffle alors qu'il avait à peine frôlé mon visage. Je ne pouvais pas imaginer la réaction de mon corps, si d'aventure je me retrouvais nue contre lui.

J'avais certes très peu d'expérience sexuelle, mais je n'avais pas besoin de plus pour savoir que Max Levin saurait me faire rattraper mon retard en la matière.

Sauf que cela n'arriverait pas. Hors de question. Je ne pouvais pas me le permettre.

Je ne pouvais pas le laisser troubler ma concentration. Alors que je n'avais même pas le temps de dormir, lui permettre de m'aider pour la liste était pure folie. La veille, j'avais accepté sa proposition sous l'influx du désir et des cocktails, mais c'était une mauvaise décision et je le savais. Pourtant, j'étais venue au rendez-vous et j'attendais à présent en tremblant d'excitation cet homme dont j'aurais mieux fait de me tenir éloignée.

— Alors, prête ?

La voix désormais familière m'a sortie de mes pensées.

J'ai ouvert les yeux et me suis retrouvée face à Max Levin…

sexy en diable avec un short de basket noir et un sweat blanc. Un voile de sueur couvrait son visage hâlé, le fil des oreillettes pendait autour de son cou. Difficile de savoir si je préférais le Max version sportive ou celui en costume sur mesure.

Ni l'un ni l'autre.

Max Levin ne te plaît pas. Souviens-toi. Max Levin ne te plaît pas.

— Prête à quoi ?

— On va courir ! a-t-il annoncé en désignant la piste d'athlétisme. *Faire quelque chose de sportif*, c'était bien ça, non ?

J'ai ricané. Pour une raison quelconque, le rire raffiné qui m'était naturel lorsque je discutais avec des adultes et des collègues brillait par son absence quand je parlais avec lui.

— Tu prends cette liste très au sérieux, on dirait…

Je ne comprenais pas ses raisons. Je n'avais même pas décidé comment j'allais m'y prendre, et lui, en vingt-quatre heures seulement, était sur le point de me faire cocher une deuxième tâche.

Il y avait anguille sous roche. Trop gentil pour être honnête. Personne ne se donnait autant de mal pour aider une inconnue avec une liste absurde dont elle cherchait à venir à bout pour faire plaisir à feu sa grand-mère. Mère Teresa elle-même m'aurait envoyée paître.

— C'est une affaire à prendre au sérieux, non ? Nous n'avons pas tellement de temps avant la remise des diplômes. Je ne me crois pas en mesure de t'aider pour certains de tes objectifs, mais pour le reste, je ferai de mon mieux.

— Tu te souviens du contenu de la liste ?

Il a sorti son portefeuille de sa poche et en a extrait un bout de papier sur lequel il avait noté, presque littéralement, les instructions de mamie. La première ligne était déjà rayée. Je lui ai souri, touchée par sa bonne volonté.

— Tu as fermé ta voiture ? Alors, on y va.

Nous avons marché jusqu'au bord de la piste. Des coureurs, hommes et femmes, passaient devant nous sans nous voir, concentrés, essoufflés. Un groupe de femmes que j'avais observé depuis le parking entamait à présent une série de flexions des jambes sous l'œil attentif d'un entraîneur qui hurlait des encouragements pour les garder motivées. Ce n'était pas une méthode qui marcherait avec moi.

Max s'est mis à trottiner sur place en roulant des épaules. Puis il a commencé à faire des moulinets avec les bras, m'a fait signe de l'imiter et… j'ai compris que je ne pouvais plus y échapper. Mes capacités athlétiques étaient la seule chose qui me complexait plus que mon manque d'expérience dans la vie.

Avec un sourire, il m'a guidée sur un enchaînement d'étirements qui étaient, m'a-t-il expliqué, indispensables pour assouplir les muscles et ne pas se blesser. La souplesse n'était pas mon fort non plus, mais j'ai fait de mon mieux.

Ensuite, il a sorti un chronomètre.

— La meilleure méthode pour apprendre à courir, ce sont les intervalles. Nous allons marcher pendant cinq minutes, et courir ensuite trente secondes. Puis on recommencera, encore et encore.

— Trente secondes ?

Ça, j'en étais capable. Trente secondes me paraissaient un exploit tout à fait à ma portée.

— Prête ?

Nos yeux se sont rencontrés. J'en ai ressenti l'effet partout dans mon corps, jusqu'au bout des orteils, au plus profond de mon ventre. Cet homme, allez savoir pourquoi, avait le pouvoir de me toucher à l'intérieur. Tout à coup, il ne faisait plus si frais.

J'ai acquiescé. Sans perdre une seconde, Max a déclenché le chronomètre et un bip aigu s'est fait entendre. Il a commencé à courir. Je lui ai emboîté le pas.

Les intervalles se sont succédé. J'ignorais combien de temps s'était écoulé, mais j'avais les poumons en feu. Le point de côté qui me poignardait le foie — ou alors le pancréas ? — était devenu une crampe qui me tenaillait maintenant tout l'abdomen.

Chaque pas était une torture, mais mes pieds continuaient à frapper la terre ocre de la piste à un rythme régulier. Fierté quand tu nous tiens ! À mes côtés, Max ne transpirait même pas.

Il allait biper, ce fichu chronomètre ?

Au bout d'un moment, les intervalles de trente secondes me semblaient plus longs que les cinq minutes de marche. C'était la honte, une forme physique aussi catastrophique !

— C'est bientôt la fin ?

Ma voix était à peine audible, j'étais hors d'haleine.

— Aucune idée.

Il se moquait, et, à ce moment précis, je l'ai haï.

— Ne pense pas au temps, a-t-il ajouté. Seul compte le prochain pas.

Le cosmos a dû avoir pitié de moi, car le chronomètre a enfin émis un long bip salvateur.

J'ai ralenti, les deux mains sur mon flanc endolori, en souhaitant ne jamais avoir mis les pieds sur cette piste. Il devait bien exister des activités sportives qui ne ressemblaient pas autant à une séance de torture, non ? J'aurais préféré passer ce temps à réviser. Ou, même, à écouter Sadie et Grace me raconter leurs pires rendez-vous. Des anecdotes à vous faire dresser les poils !

Les instructions de mamie disaient « Tenter un exploit athlétique ». *Tenter.* Elle n'avait pas parlé de réussir.

Mais tu n'es pas du genre à abandonner.

Je me suis traînée hors de la piste pour m'arrêter sous un arbre, près de la barrière qui délimitait le périmètre.

Penchée en avant, les mains à plat sur mes cuisses en feu,

j'ai essayé de reprendre mon souffle. J'ai dégluti avec difficulté, plusieurs fois, un goût de sang au fond de la gorge. J'aurais aimé prendre une longue inspiration — l'air me manquait —, mais mes poumons me faisaient trop mal.

L'ombre de Max s'est projetée sur l'herbe devant mes pieds.

— On dirait que tu souffres ?

— Oh ! qu'est-ce qui te fait dire ça ?

En dépit de ma tentative d'humour, j'étais à l'agonie. Il s'est penché sur moi et a appuyé sur ma taille, pile à l'endroit où la crampe était la plus féroce.

— Respire profondément.

Il m'a habilement massée du bout des doigts. Quelques inspirations plus tard, la douleur commençait à s'estomper.

— Ça va mieux ?

J'ai confirmé d'un hochement de tête.

— Où est-ce que tu as mal encore ?

Mortifiée. J'étais mor-ti-fiée. Et moi qui avais cru que ce serait du gâteau ! J'ai essayé d'ignorer la douleur. En vain. Il ne me restait plus qu'à feindre que tout allait bien.

— Comment sais-tu que…

J'ai voulu m'écarter de lui, et mon corps m'a trahi lâchement. Une crampe, cette fois-ci au mollet, m'a fait trébucher et j'ai manqué de me cogner la tête contre l'arbre.

— La prochaine fois, pense à boire avant de faire de l'exercice. C'est la déshydratation qui provoque les crampes, m'a-t-il expliqué. Allez, assieds-toi.

J'ai hésité. Je n'étais pas habituée à suivre des ordres, à part ceux de mes parents. Mais j'ai compris à son ton déterminé qu'il n'accepterait pas un « non » comme réponse. Sans dire que soulager mes jambes de mon poids semblait une excellente idée.

Avec un soupir laborieux, j'ai posé les fesses sur l'herbe.

Il s'est assis à côté de moi. Ses larges épaules ont envahi mon champ de vision et, quand il a fermé les mains sur mon mollet, j'ai frissonné. Il a commencé à me masser, a pétri le muscle de ses doigts chauds, chassant la douleur. J'ai gémi… de soulagement, bien sûr. Cela n'avait rien à voir avec le contact de sa peau sur la mienne, pas du tout. Ni avec l'expression de ses yeux rivés aux miens. Ses iris noisette mouchetés de doré me rappelaient les fêtes de Noël au coin du feu.

— C'était très bien, pour une première fois, a-t-il dit en changeant de mollet.

Je n'avais pas de crampe à la jambe gauche, mais j'ai gardé cette information pour moi. J'appréciais l'effet de ses mains sur mon corps. Un petit peu trop, peut-être.

— Ouais, super. Je me sens en pleine forme.

Il a souri, et son sourire a déclenché une drôle d'émeute dans mon bas-ventre. J'ai essayé de penser à autre chose — le feu allait me monter aux joues, et il comprendrait alors que cela n'avait rien à voir avec l'effort que je venais de fournir. Le massage ne m'aidait pas à retrouver mon souffle, bien au contraire. Rien d'étonnant à cela, la proximité de Max me pompait l'air que j'essayais d'aspirer. Et d'autres choses : ma capacité à raisonner, mon intelligence. Si je n'y prenais pas garde, j'allais devenir un prénom de plus sur son tableau de chasse.

J'ai donc changé de sujet.

— Où est-ce que tu as appris à masser comme ça ?

Il a haussé les épaules, un geste étonnamment humble pour un type aussi sûr de lui.

— Tu fais de l'athlétisme ?

— Depuis le lycée. J'étais dans l'équipe de cross, et maintenant, je cours parce que j'aime ça.

Voilà donc comment il entretenait ce corps chaud brûlant ! Je ne pouvais qu'approuver la méthode.

— Au moins, je peux cocher un deuxième point sur la liste, ai-je dit en laissant aller ma tête en arrière, fière de ma prouesse.

— Pas encore.

— Comment ça, pas encore ?

J'ai redressé la tête, presque indignée, m'efforçant d'ignorer l'effet incendiaire de ses yeux sur moi.

— Ce n'est que le premier jour du programme. Il va falloir venir six jours par semaine.

— Programme ? Mais qu'est-ce que tu racontes ?

— Au moment de la remise de diplôme, tu seras capable de courir deux kilomètres. C'est un objectif raisonnable, je trouve.

Il a marqué une pause avant d'ajouter, avec un sourire :

— Mais il faudra faire tout ce que je te dis.

J'étais en plein dans mes révisions pour les examens finaux. J'étais si près d'obtenir mon diplôme que je pouvais presque sentir l'odeur du parchemin. Me laisser distraire par une activité sportive, qui plus est en compagnie de Max, n'était pas la meilleure décision que je puisse prendre.

— Je ne suis pas bonne pour exécuter des ordres.

— Je te crois sur parole, a-t-il rétorqué en tapotant le bout de mon nez de son doigt. Et c'est pour ça qu'on va beaucoup s'amuser.

— Je n'ai pas encore accepté.

J'ai enlevé l'élastique qui retenait mes cheveux et ils sont retombés en cascade sur mes épaules. Max a suivi le mouvement, le regard soudain rêveur.

Ce mec était entouré de centaines de femmes prêtes à tout pour lui. Et moi, je ne m'imaginais pas m'attacher, encore moins aimer quelqu'un au point de le laisser entrer dans ma vie. D'après ce que j'avais appris de l'amour en observant le mariage de mes parents, c'était une décision arbitraire, contraignante et sans appel.

— Mais tu le feras.

Oh ! je le détestais ! Il avait raison. Non seulement à cause de la liste, mais aussi parce que j'étais incapable de renoncer à la chance de passer six soirs par semaine avec lui. C'était n'importe quoi. Je détestais qu'il me fasse prendre des décisions qui ne me ressemblaient pas. J'étais sous son charme. Subjuguée. Et j'avais horreur de ça.

— Je ne comprends toujours pas pourquoi tu veux m'aider.

— Je ne suis pas l'affreux personnage que tu imagines.

J'ai croisé les bras avec un sourire. C'était un geste innocent, mais la direction de son regard m'a fait comprendre que cela mettait mes seins en valeur. J'ai reposé les mains sur l'herbe avec un grognement.

— La défense n'a rien à ajouter.

— L'avocate ne se repose jamais.

J'ai haussé les épaules.

— C'est mon métier. Mon futur métier, en tout cas.

Max était à l'opposé des valeurs auxquelles je m'identifiais. J'étais cartésienne, il était irrationnel. Je suivais un plan soigneusement tracé depuis des années, il vivait dans l'insouciance.

— Et en quoi consiste ce programme, au juste ?

Oh ! ce sourire ! J'étais perdue.

Mais je pouvais glisser un grain de sable dans son plan. En choisissant une autre activité physique, par exemple. À pratiquer dans un lit. En ce qui me concernait, du moins.

Je n'avais jamais couché ailleurs que dans un lit, alors qu'il avait sans doute testé toute sorte d'endroits. Peu importait. J'avais envie de faire l'amour avec lui. Une envie qui me dépassait. Je n'en avais jamais éprouvé d'aussi forte, pour personne. Et je savais qu'accepter sa proposition allait multiplier par cent mon désir.

Malgré ces émotions troublantes, je m'avisais que ma respiration avait repris un rythme normal. Je me sentais bien, je n'avais mal nulle part, mais je commençais à avoir froid. Sans que cela ait aucun rapport, bien sûr, avec le fait qu'il n'avait plus les mains sur moi.

Il s'est relevé d'un bond. Il était encore plus impressionnant, vu en contre-plongée. Avec ces manières de parfait gentleman dont il avait fait preuve lors de notre première rencontre, il m'a tendu la main. Je l'ai prise et il m'a tirée vers lui. J'étais ramollie par l'effort et la puissance de son geste m'a prise au dépourvu. Je me suis écrasée contre sa poitrine. Est-ce qu'il l'avait fait exprès ? J'aurais juré que oui. Une main encore dans la sienne, l'autre contre son torse, j'ai levé les yeux vers lui. Son souffle caressait ma peau et je sentais, mélangée à celle de son parfum, son odeur naturelle, légèrement musquée. J'ai été prise d'une envie folle de coller le nez à son cou et de m'y oublier, mais, je ne sais comment, j'ai eu assez de présence d'esprit pour reculer d'un pas et mettre entre nous le minimum de distance requis pour arriver à penser.

Nous nous sommes dirigés vers le parking.

— J'ai une idée pour t'aider avec un autre point de la liste, si tu veux…

Sa volonté de m'aider était sidérante. Mais je n'allais pas m'en plaindre. J'aimais passer du temps avec lui. J'aimais celle que je devenais dans ces moments-là. Et j'aimais tout particulièrement que sa présence me fasse oublier de penser à l'avenir. Même si cela n'empêchait pas l'avenir d'approcher à toute vitesse !

— Tu as des projets pour ce week-end ?

Oui, rattraper le retard massif que j'avais dans mes révisions.

— Au cas où tu l'ignorerais, a-t-il continué, l'abus de révisions est mauvais pour ta santé.

— Je n'ai pas…

Comment avait-il deviné ? J'aurais pu être occupée pour… tout un tas d'autres raisons.

— D'accord, oui. Je vais travailler pour mes exams.

— En fait, je pensais à ce soir. Ou plutôt, à demain très tôt. Je viendrai te chercher à 4 heures.

— Du matin ?

Il était fou ! Qu'est-ce qu'on allait pouvoir faire, avant même le lever du soleil ?

— Je t'ai dit que j'allais réviser.

— Parfait, comme ça, tu seras déjà réveillée. Je te dis donc à tout à l'heure. Bosse bien !

Il est parti en me gratifiant d'un clin d'œil et je suis montée dans ma voiture, vibrante d'anticipation. J'allais rentrer, prendre une douche et replonger dans mes cours sans m'accorder une seconde de distraction. Puis, à 4 heures du matin, je retrouverais Max. Et je partirais à l'aventure.

7

Max

Je suis arrivé chez Everly deux minutes avant 4 heures du matin. C'était affreusement tôt, mais j'étais impatient de la revoir. Les heures écoulées depuis que je l'avais laissée sur le parking m'avaient paru interminables.

À ma grande surprise, je n'ai pas eu à sonner. J'étais encore dans la voiture quand elle s'est glissée hors de la maison, en refermant la porte doucement derrière elle. Elle est venue vers moi d'un pas élastique.

Mon estomac aussi, semblait suspendu à un élastique. Il chutait, rebondissait… Une drôle de sensation. À croire qu'un essaim de papillons fous y faisait la fête.

Des papillons… Ça ne me ressemblait pas.

Tout en sachant qu'elle n'était là que pour avancer sur sa liste, je me demandais si elle était aussi excitée que moi de me retrouver.

J'ai sursauté quand elle a ouvert la portière. Elle avait encore les cheveux légèrement humides. L'odeur acidulée de son shampooing a empli l'habitacle et j'ai inspiré longuement pour m'en enivrer.

— Je tiens à dire…

Elle a marqué une pause pour accrocher la ceinture de sécurité.

— ... que je n'ai pas dormi. J'ai passé la nuit à essayer de deviner ce qu'on allait faire.

Il y avait une note différente dans sa voix. Plus... légère. Joueuse. Ce qui m'a laissé espérer que mes efforts pour semer la pagaille dans ses projets produisaient l'effet escompté, c'est-à-dire, la détendaient.

J'ai regardé l'heure sur le tableau de bord.

— Tu as encore quarante-cinq minutes pour cogiter, mais je peux d'ores et déjà t'annoncer que tu vas voir quelque chose d'incroyable.

J'ai commencé à rouler.

— T'es plutôt sûr de toi, non ?

Elle a croisé les bras et s'est carrée dans le siège en feignant de bouder, mais, quand j'ai tourné la tête vers elle, j'ai vu qu'elle avait un sourire mutin.

— On me l'a déjà dit.

À cette heure-ci, il y avait tellement peu de circulation que nous avons mis moins d'une demi-heure pour arriver au port. J'étais passé voir Ben la veille, en fin de journée, pour récupérer les clés de son bateau. Un *cabin-cruiser* de neuf mètres, parfait pour contempler un lever du soleil qui s'annonçait somptueux.

Une fois garé, je suis sorti de la voiture. Une brise fraîche m'a caressé la peau, les carillons des bateaux tintaient au loin. Everly a attendu que je vienne lui ouvrir la portière. J'ai vu d'abord ses baskets se poser sur le bitume, mais l'éclairage était si faible que je ne pouvais pas distinguer clairement les traits de son visage. Je n'avais cependant pas besoin de lumière, chaque courbe et méplat de son joli minois était gravé dans ma mémoire depuis le jour de notre rencontre.

Elle est restée assise.

— J'ai déjà vu des bateaux, tu sais ? J'ai même l'habitude de naviguer. Mes parents sont membres d'un country club.

Elle était si surprenante ! Elle ne se comportait pas comme si elle venait d'une famille qui avait de l'argent, bien au contraire. Peut-être que nous étions moins différents qu'elle le croyait.

— Pourquoi tu ne te détends pas, en attendant de découvrir la suite.

J'ai tendu la main et elle l'a prise pour me laisser l'aider à sortir de la voiture.

— Ça dépend. Tu m'emmènes vers une mort prématurée ou y a-t-il vraiment quelque chose d'incroyable sur ce bateau ?

J'ai ri de bon cœur.

— Le truc incroyable n'est pas le bateau. Il sert juste à entretenir le suspense.

J'ai passé le bras autour de ses épaules et l'ai attirée à moi.

— Mais tu sauras quand tu verras.

Nous avons marché vers le long embarcadère métallique dont l'accès était verrouillé. J'ai utilisé la carte de Ben pour l'ouvrir et elle m'a suivi sur la passerelle, regardant autour d'elle en silence. Un puissant lampadaire éclairait la pénombre et j'ai enfin pu distinguer son visage. Elle ne s'était pas maquillée, ses joues étaient roses, ses cils longs et soyeux. C'était rafraîchissant pour moi, habitué à des femmes qui avaient des tonnes et des tonnes de maquillage et de laque, des faux ongles, des seins en silicone. Tout, chez Everly, était authentique, et surtout sa personnalité. Elle portait de nouveau un pantalon de yoga, et j'admets que je ne me suis pas privé de mater son petit cul parfait.

— C'est très énigmatique, tout ça… Et un peu déconcertant.

Je n'en étais pas étonné. J'avais compris depuis le début qu'Everly menait une vie réglée comme du papier à musique, où les surprises n'avaient pas leur place.

— Tu n'aimes pas les hommes qui ont un côté mystérieux ?

Un coup de vent a redoublé le tintement des carillons autour de nous et j'ai frissonné. Je n'aurais su dire si c'était à cause de ce son fantomatique ou si j'avais peur d'entendre qu'elle n'aimait pas les hommes comme moi.

— Dans *La Loi et l'Ordre,* je serais plutôt la deuxième partie du titre, tu vois ? Je ne cherche pas à résoudre le crime à tout prix, seuls les faits m'intéressent.

La brise jouait avec ses cheveux, qui chatouillaient mon cou. Elle m'a regardé et a ajouté :

— Mais j'imagine que c'est là que tu interviens. Le mystérieux inconnu qui arrive pour combler mes lacunes.

À mes yeux, elle n'en avait aucune. Elle était douce. Intelligente. Belle. Déterminée. Elle savait ce qu'elle voulait et travaillait dur pour l'obtenir. Alors que moi, on m'avait tout offert sur un plateau, avec, en bonus, un gode plaqué or.

— C'est deux bateaux plus loin.

Quand nous sommes arrivés devant le cruiser, Everly a éclaté de rire en découvrant les trois lettres peintes sur la coque.

— TNA ? Attends… Total Nonstop Action ? Le truc de catch ? Sérieux ?

— C'est tout Ben, ça.

Je me suis toujours demandé comment il réussissait à persuader des femmes d'embarquer sur un bateau baptisé de la sorte.

Je l'ai aidée à se hisser à bord, puis j'ai fait coulisser la porte vitrée. L'intérieur était étouffant, après avoir été fermé tout l'hiver, mais nous n'allions pas y rester longtemps.

— Mets-toi à l'aise pendant que je prépare tout.

Elle s'est assise sur le petit canapé côté bâbord. Je me suis d'abord arrêté au bar. Ben laissait toujours des provisions en prévision de ce type de situations, qui, pour lui, se présentaient souvent, au milieu de la nuit, avec une femme — au moins. J'ai rempli un seau de glaçons avant d'y entreposer une bouteille de Veuve Clicquot, et j'ai attrapé deux coupes. Puis j'ai désigné du menton les couvertures en flanelle verte sur le canapé.

— Tu veux bien les prendre et me suivre ?

Nous sommes montés sur le pont supérieur et j'ai posé le champagne sur un rebord. J'ai étendu une couverture sur la banquette et tapoté l'assise en une invite muette. Everly m'a regardé, un peu déconcertée.

— C'est… sympa. Romantique.

— Tu n'imaginais pas que j'avais un côté romantique ?

— Franchement ?

Elle a penché la tête comme si elle cherchait ses mots, mais, fidèle à elle-même, elle a murmuré :

— Non.

Sa réponse m'a blessé. Profondément. À un endroit que rien n'avait atteint jusqu'à présent.

Il devait bien y avoir eu un temps où j'étais romantique…

— Je ne pensais pas que ton aide pour la liste incluait un peu de romance.

Raison de plus pour continuer. Même si je n'y avais pas songé en projetant notre escapade.

J'ai versé le vin dans les coupes.

— Ni de champagne.

— Je suis un homme surprenant, ai-je dit en levant mon verre.

Elle a bu une longue gorgée et s'est laissée aller contre le dossier. J'ai posé sur nous la deuxième couverture. Le ciel était encore d'un bleu d'encre, mais on devinait un filet de jour argenté sur la ligne de l'horizon.

— Alors, qu'est-ce qu'il y a de si merveilleux ici ?

Je me suis relevé d'un bond et j'ai débouclé ma ceinture pour commencer à défaire ma braguette. Avec un cri faussement scandalisé, elle a posé la main sur la mienne et a éclaté de rire. Un rire léger, pétillant comme le champagne, que je ne lui avais jamais entendu.

— Ce n'est pas ça, le truc merv…

Elle s'est interrompue et redressée brusquement en se rendant compte qu'elle avait la main à quelques millimètres de mon sexe. Qui s'était redressé, lui aussi, justement à cause de sa main.

— Enfin, je suis sûre que c'est merveilleux… Je suis sûre que ça convient, mais…

— Que ça « convient » ?

— Je…

Elle était craquante quand elle bafouillait parce qu'elle ne savait plus quoi dire. Et je trouvais ça d'autant plus mignon que j'étais certain qu'elle avait les capacités oratoires d'un crack du barreau.

J'ai refermé mon pantalon d'un geste solennel.

— Ne t'inquiète pas. Je me doutais bien qu'il faudrait cocher encore deux éléments au moins avant de te montrer ma queue.

Elle a poussé un long soupir soulagé et ses épaules se sont relâchées. Je n'avais pas imaginé que ma plaisanterie l'affolerait à ce point. Il allait falloir la rassurer. La mettre en confiance. Et c'était exactement ce que je comptais faire.

Sauf qu'elle m'a posé une question qui m'a mis hors-jeu.

— Parle-moi de ta famille.

C'était à mon tour de pousser un soupir. Je n'avais pas l'intention de divulguer des informations perso, ça ne faisait pas partie du deal. Mais son regard bienveillant m'a convaincu.

— Voyons…

Je me suis passé la main dans les cheveux et rassis, le dos contre le bastingage.

— Je suis né ici, à Toronto. Ma mère a rencontré mon père

sur son lieu de travail… C'était une star du porno. Ils formaient un beau couple, et leur mariage a duré vingt et un ans, jusqu'à sa mort, il y a cinq ans.

J'ai regardé ailleurs.

— Cancer du sein.

— Oh ! Max… Je suis désolée.

J'ai haussé les épaules. Je n'avais rien à ajouter à propos de ce moment clé de ma vie, où j'avais eu l'impression que le sol s'ouvrait sous mes pieds. Le moment où j'avais décidé que plus jamais je n'aimerais autant, pour ne plus avoir le cœur brisé.

— Elle a continué… à travailler… après leur mariage ?

Elle arborait une expression gênée. Poser des questions indiscrètes n'était pas facile pour elle.

— Pendant un certain temps. Ensuite… À partir d'un certain âge, l'industrie ne veut plus de toi. Alors, elle a fait de la prod, du conseil. Elle collaborait étroitement avec mon père. Elle restait aussi beaucoup à la maison avec moi.

Que dire de plus ? J'avais eu une drôle d'enfance, mais une enfance heureuse.

— Pour moi, c'était la chose la plus normale du monde.

Je l'ai regardée dans les yeux.

— Je parle de leur gagne-pain.

— Ça ne te dérangeait pas ?

— Honnêtement ? Non.

J'ai pris une gorgée de champagne.

— Mes parents m'ont appris très tôt que l'industrie du porno, eh bien, c'était une industrie.

Elle s'est mordillé la lèvre. J'ai deviné qu'une question la taraudait.

— Vas-y. Demande ce que tu veux.

— Est-ce que… tu as vu ta mère… tu sais…

J'ai fait la grimace.

— Je baisserai dans ton estime, si je te réponds que oui ?

Elle a couvert sa bouche de sa main.

— J'étais gamin, c'était un accident. Quelqu'un avait laissé le disque dans le lecteur DVD. Mes parents ont dû se poser avec moi et m'expliquer tout un tas de choses.

Un épisode plus que déroutant. J'avais douze ans. Je voulais juste regarder *Harry Potter*.

— Ce qui est curieux, c'est que cette femme, dans les films ou sur les boîtes de sex-toys, elle ressemblait à ma mère, mais ce n'était pas ma mère.

J'ai cherché son regard. Je voulais absolument qu'elle comprenne que toute sa vie, jusqu'à son dernier souffle, Ellie Levin avait été une femme élégante et pleine de douceur. Ce qu'elle avait pu faire à l'écran n'avait aucun lien avec l'amour qu'elle portait à mon père, ni la façon dont elle m'avait élevé ou dont elle m'aimait. Tout ce que je souhaitais à Everly, c'était que ses parents lui aient montré autant d'amour. J'espérais qu'ils étaient aussi fiers d'elle que mes parents l'étaient de moi.

— Et toi, pourquoi tu veux devenir avocate ?

Elle a vidé sa coupe d'un trait et s'en est resservie une autre. Quelque chose devait clocher pour qu'elle réagisse aussi nerveusement à une question aussi simple.

— Pardon. C'est secret-défense ?

— C'est ce que j'ai toujours voulu faire… Mes parents sont avocats. Ils voulaient que je suive leurs pas, ils m'ont aidée à faire des choix, à prendre les bonnes décisions.

— Mais c'est vraiment ce que tu veux, *toi* ?

Elle a haussé les épaules, l'image même du doute. J'avais déjà remarqué que l'anxiété crispait son visage quand elle parlait des examens ou des dossiers à rendre. C'était cette même expression qu'elle arborait à présent. Comme si elle était sur le point de se mettre à crier.

Je savais ce que la pression parentale pouvait représenter. Mon père avait toujours voulu que je reprenne son entreprise et je n'avais jamais songé à remettre son souhait en question. Je connaissais le terrain, c'était un chemin tout tracé. Je tenais aussi à lui prouver que j'en étais capable. Je voulais qu'il soit fier de moi.

Everly fixait le vide, soucieuse. Alors qu'elle profitait gaiement de l'instant présent, une simple allusion à son avenir d'avocate l'avait poussée à se renfermer.

— Hey…

J'ai repoussé les mèches rebelles qui s'étaient échappées de sa queue-de-cheval et retombaient sur son visage.

— Reste avec moi. Tu n'as pas le droit de te perdre dans tes pensées et de me laisser là tout seul !

Elle a levé les yeux au ciel avec un sourire. Le jour allait bientôt se lever. J'ai caressé son oreille du bout du nez en l'attirant contre moi.

— Tu sais, a-t-elle dit, j'attends encore de voir quelque chose d'incroyable.

J'ai éclaté de rire. La patience n'était manifestement pas sa plus grande vertu !

8

Everly

À vrai dire, je n'aurais voulu être nulle part ailleurs… Mais je ne comptais pas le lui avouer. Comme je ne comptais pas lui dire que, s'il avait essayé de faire passer son pénis pour le truc incroyable, j'aurais sans doute coché immédiatement le point sur la liste, si vite qu'on aurait même oublié qu'il y avait un jour figuré.

— Je pense que tu as besoin de te détendre un peu pour bien profiter de ce truc incroyable qui ne va pas tarder, Everly.

Il était plus perspicace que je ne le lui aurais accordé. Il s'était aperçu que je me mettais en retrait avant même que je m'en rende moi-même compte.

— Ah, bon ? Et que proposes-tu pour me détendre, Max ?

Je n'ai pu m'empêcher de sourire. Il m'a serrée un peu plus fort contre lui, son autre bras a caressé le mien doucement.

— Ferme les yeux.

Il a regardé vers l'horizon. Le soleil ne s'était pas encore levé, mais le ciel commençait à se teindre de pourpre et d'orangé. C'était… à couper le souffle.

Quand il a découvert que je ne lui avais pas obéi, il a répété :

— Ferme les yeux.

J'ai obtempéré. J'ai même posé la tête sur son épaule.

— Pense à quelque chose qui te rend heureuse.

Il n'y avait qu'une seule chose qui me faisait plaisir. Ma chambre. C'était mon jardin secret, mon refuge. Je l'avais remodelée complètement, toute seule comme une grande. La déco était ma passion et j'espérais, avec le temps, parvenir à rénover la maison de mamie de fond en comble. Je savais aussi que je n'éprouvais aucun plaisir à l'idée de devenir avocate. La perspective seule m'emplissait d'anxiété.

— Ça y est ? Tu es concentrée sur ce qui te rend heureuse ?

J'ai hoché la tête.

— Laisse-moi deviner…

Il a fait claquer sa langue.

— Notre baiser, l'autre soir, devant le Concord ?

— Ça, ça m'a rendue plus qu'heureuse.

J'ai retenu mon souffle en espérant qu'il ait perçu le sens profond de ma réponse. J'avais peur d'avoir réagi excessivement quand il avait défait sa ceinture. C'est que… je ne m'y attendais pas. Personne ne sort son pénis comme ça !

Sauf un mec qui travaille dans le porno, peut-être.

J'ai rouvert les yeux pour plonger aussitôt dans le regard brûlant de Max. Mon corps a flambé sous le feu sombre qui l'animait. Il voulait la même chose que moi.

J'ai tourné la tête pour échapper à ce regard et j'ai murmuré :

— Je sais ce qui me rend heureuse en ce moment précis.

— Est-ce que ça te rend heureuse que je te touche… là ?

Il a glissé la main sous mon sweat et, du bout du doigt, a dessiné un cercle autour de mon mamelon. J'ai regretté de ne pas porter un soutien-gorge rembourré, il devait parfaitement sentir mon sein pointer sous le fin coton.

Un petit gémissement m'a échappé. Sous la magie de ses doigts, mes tétons sont bientôt devenus des petits points durs et douloureux. Le seul remède pour apaiser cette sensation aurait été que sa bouche se pose dessus, mais on m'avait appris que c'était vilain de réclamer.

La brise marine a balayé ma peau quand il a relevé mon pull jusqu'à mon cou. Il a suivi le relief de mes clavicules avant de descendre entre mes seins, vers mon nombril, qu'il a encerclé délicatement. J'ai frissonné, en proie à une excitation qui ne faisait qu'augmenter sous l'effet des allers-retours que son autre main faisait entre mes cuisses, par-dessus mon pantalon.

Je me suis cambrée pour lui faire comprendre, comme je le pouvais, que j'étais prête à aller plus loin. Trois ans à participer au club de débats de la fac, et j'étais incapable de trouver les mots pour m'exprimer !

— Est-ce que ça te rend heureuse, que je te touche… là ?

Il a glissé la main dans mon legging, sous ma culotte. Sa paume était chaude sur ma peau nue.

J'ai écarté les jambes pour l'inviter à apaiser sur-le-champ cette envie qu'il attisait à chacun de ses gestes.

— S'il te plaît…

Un de ses doigts a frôlé mon clitoris, et quelqu'un a gémi. C'était moi, mais on aurait dit un animal sauvage. C'était exactement ce que j'avais l'impression d'être. Un animal en manque, affamé, prêt à dévorer sa proie. Max.

Mais, d'abord, je voulais que ce soit lui qui me dévore.

J'ai retenu mon souffle quand il a posé sa main en coupe sur mon sexe. Sans la moindre pudeur, j'ai commencé à me frotter contre lui.

— J'avais envie de faire ça depuis la première fois que je t'ai vue, a-t-il murmuré à mon oreille, glissant un doigt en moi. Oh ! j'en étais sûr !

— Toujours… aussi…

C'était à peine si j'arrivais à respirer. Il jouait avec mes nerfs. Au propre et au figuré. Un autre doigt a rejoint le premier.

— … arrogant !

J'ai senti contre ma joue la courbe de son sourire.

— Je préfère penser que c'est juste la bonne dose d'assurance.

Je n'avais jamais été aussi excitée de ma vie. Aussi déchaînée. Aucun homme ne m'avait fait un effet pareil. Mon expérience sexuelle, bien que limitée, m'avait appris certaines choses. J'étais persuadée que, le moment venu, je saurais satisfaire un homme au lit. Mais Max avait réduit cette conviction en miettes, m'obligeant à revoir mes idées sur la passion et le plaisir. J'aurais voulu faire table rase de mon passé pour tout apprendre avec lui. Depuis le début.

— Laisse-toi aller, Everly. Oublie tout.

J'ai fait ce qu'il me demandait. Je me suis concentrée sur le son de sa voix. Sur le clapotement des vagues contre le bateau. Sur les carillons, au loin. Et surtout, sur les sensations qu'il faisait naître avec ses doigts, son haleine chaude contre mon cou.

Qui aurait cru qu'on puisse susciter autant de désir du bout des doigts ?

J'ai ouvert les lèvres pour accueillir son baiser affamé. Sa langue a cherché la mienne, et j'ai répondu avec une fougue que je ne me connaissais pas. Dire que quelques jours plus tôt encore, il était l'homme « que normalement j'aurais snobé ».

La spirale du plaisir montait et montait au fond de mon ventre. L'obscurité s'était peu à peu diluée dans la lumière. Max m'a mordu le cou et j'ai joui juste au moment où le soleil pointait à l'horizon. J'ai senti sa chaleur sur ma peau en même temps que sa lueur dorée nous enveloppait.

Je n'avais jamais vu un aussi beau lever de soleil. J'étais sur le pont d'un bateau avec un mec canon qui faisait des folies avec mon corps.

— C'est…

— Incroyable ?

Il avait parlé dans un murmure. Son souffle chaud m'a donné la chair de poule et, de nouveau, mes seins ont pointé pour réclamer son attention. Je voulais sa bouche sur moi, sa queue en moi.

Mais qu'est-ce qui m'arrivait ? Les vidéos que j'avais vues avec mes collocs avaient pris le contrôle de mon cerveau !

— Oui, c'était… incroyable.

J'avais du mal à parler, du mal à recouvrer mon souffle. Affalée contre lui, j'étais molle comme une poupée de chiffon. Comme une junky qui vient de se shooter. J'étais accro. À mon propre plaisir.

— Et ton timing était… parfait.

Je n'en revenais pas.

— Tu es très doué.

— Ton visage, quand tu jouis…

Il ponctuait ses mots de baisers sur mon cou, mon nez, mes lèves.

— … trop sexy, a-t-il conclu. J'ai envie de le voir de nouveau.

J'ai frémi. Je crevais d'envie de recommencer, moi aussi. Et tant pis pour les examens !

— Dis-moi, j'ai une question…

Il m'a serrée, fort, entre ses bras. J'aurais voulu me fondre en lui.

— Était-ce mieux que de réviser pour ton examen de vendredi ?

J'ai pouffé sans le moindre raffinement. J'avais beau essayer, j'étais incapable de me montrer sophistiquée à proximité de Max.

Mais j'avais un problème bien plus important que mon envie grandissante de coucher avec lui. Je venais de comprendre que mon bonheur et le droit étaient incompatibles. Et ça, ça me fichait la trouille de ma vie.

9

Max

Il y a des gens qui pensent que rien n'est plus beau dans ce bas monde qu'un coucher de soleil. Pour d'autres, c'est une fleur qui s'ouvre, pour d'autres encore, le sourire d'un bébé. Ce sont, certes, des choses d'une beauté indiscutable, mais pour moi, elles ne tenaient pas la comparaison avec le visage d'Everly au moment de l'orgasme.

Je ne pourrais jamais l'oublier. L'image était gravée au feu dans ma mémoire. Enregistrée de façon indélébile dans mon lobe temporal.

Cet instant-là, sur fond de ciel rose, orangé et pourpre qui mettait en valeur son teint diaphane, c'était ce que j'avais connu de plus proche d'une révélation mystique.

Une autre révélation s'était produite au moment où elle avait enfin osé s'abandonner au plaisir pour me laisser m'occuper d'elle. J'avais su, d'instinct, comment l'encourager, jusqu'où la pousser, à quel moment la laisser s'envoler.

C'était beau. Enivrant. Et je voulais renouveler l'expérience encore et encore.

Mais, au-delà de la beauté du moment, faire passer son envie avant mon propre désir m'avait changé. Ce qui ne m'avait pas empêché de bander comme un âne, détail qui n'avait pas dû lui échapper.

Dans le film de ma vie, j'avais toujours tenu le rôle de celui qui recevait, y compris l'argent du fonds en fiducie dont je pourrais disposer après mon anniversaire. Mon père avait raison. Je n'avais aucune idée de l'euphorie qu'on pouvait ressentir, quand on faisait quelque chose pour son prochain. Je me doutais, bien sûr, qu'il ne parlait pas d'orgasmes. Et je n'étais pas un sale égoïste, je donnais volontiers pour les causes qui me touchaient, mais force était de constater que signer des chèques ne m'avait jamais procuré des émotions aussi puissantes.

Installé dans la salle de casting, je fixais le canapé où allaient bientôt s'asseoir des femmes prêtes à se déshabiller devant moi, en échange d'un gros chèque.

La porte s'est ouverte et Ben est arrivé, ses cheveux blonds parfaitement tirés en arrière, sans doute parce qu'ils étaient encore mouillés. Sous peu, les mèches allaient partir dans tous les sens, lui conférant un look de surfeur, atout majeur dans son jeu.

— Tu étais passé où, mon salaud ?

Ben n'avait pas de filtre entre ses pensées et ses mots et, la plupart du temps, ça m'amusait. Sauf quand il se mêlait de mes affaires sans que je le lui aie demandé. Je n'étais pas certain de vouloir qu'il sache que je passais tout mon temps libre avec Everly.

Il n'y avait pas grand-chose à dire, en plus. J'allais juste l'aider pour sa liste, pour la satisfaction de savoir qu'au moins une personne sur terre ne me considérait pas comme une ordure.

— J'ai… Je vois quelqu'un.

Il m'a regardé sans rien dire, interloqué.

J'ai ajouté :

— La fille du café.

Toujours pas de réaction. Puis :

— L'amie de Jade et Stella ?

Et là, explosion de rire hystérique.

— Tu déconnes ?

Il a ri si fort que j'ai cru qu'il allait littéralement se taper le cul par terre.

— C'est pas vrai ! Cette minette ?

— Qu'est-ce qu'elle a, cette « minette » ?

J'étais, malgré moi, sur la défensive. Il s'est arrêté de rire et m'a lancé un regard curieux.

— Rien du tout, a-t-il répondu. Tu sais que tu ne vas pas pouvoir te la faire ?

Je n'avais aucune intention de lui révéler qu'elle n'avait pas semblé réfractaire à ma main dans sa culotte.

— C'est peut-être ça, le truc.

Il a levé les mains en geste de paix et, avec sa perspicacité habituelle, a changé de sujet. Il s'est assis à côté de moi.

— J'ai prévenu qu'on pouvait commencer.

Nous étions à la recherche de nouveaux talents pour deux de nos séries les plus populaires — baby-sitters et étudiantes. El, l'assistante de mon père, a passé la tête par l'entrebâillement de la porte. Nous avons hoché la tête et elle a fait entrer une jeune femme, blonde et mince.

Sourire timide, yeux bleus, minijupe noire, petit top rose pâle. Et une plastique parfaite. Condition indispensable, mais pas suffisante, pour faire carrière dans notre branche.

— Asseyez-vous.

Je lui ai indiqué le canapé Chesterfield en cuir noir qui se trouvait face à nous.

Elle s'y est assise posément, les jambes bien serrées, les mains sur les cuisses. Si elle n'enlevait pas la Super Glue de ses genoux, inutile d'espérer ne serait-ce que débuter dans le métier !

Ben et moi nous sommes présentés, puis j'ai commencé à poser les questions habituelles.

— Comment vous appelez-vous ?

— Abby Hoffman.

— Quel âge avez-vous, Abby ?

— Dix-neuf ans.

— Vous avez fourni à El une copie de votre permis de conduire et de votre passeport ?

Elle a acquiescé.

— White Lace Productions produit des films de divertissement pour adultes. Ce qui signifie que nos acteurs ont des rapports sexuels devant la caméra. Est-ce que vous avez compris que vous auditionnez pour ce travail spécifiquement ?

— Oui.

Après en avoir terminé avec le reste des questions obligatoires, j'ai pu enfin poser la plus importante :

— Abby, pourquoi voulez-vous faire du porno ?

C'était une question simple, mais, systématiquement, les candidats arboraient la tête de quelqu'un à qui on demande de résoudre sans calculatrice une équation différentielle.

Chose que je serais incapable de faire, d'ailleurs. Même avec une calculatrice.

— Euh…

Elle a fixé le sol en tirant nerveusement sur sa jupe.

J'ai regardé Ben avec une expression neutre. Il m'a fait signe de continuer. J'ai pris mon ton le plus rassurant.

— Il y a bien une raison qui vous a poussée à venir, Abby.

Sa réponse allait déterminer la durée de l'entretien.

— L'ar… L'argent.

Je lui ai souri, rassurant.

— Très bien. C'est un début. Continuez.

— J'en ai besoin pour payer mes études.

C'était assez courant. Belle Knox, l'étudiante de l'université de Duke qui s'était lancée dans le porno pour s'acquitter de ses droits de scolarité, avait fait des émules.

— Qu'est-ce que vous étudiez ?

— Je suis en prépa de médecine.

Un sourire a éclairé son visage. J'ai aussitôt pensé à Everly, dont l'expression s'assombrissait dès qu'elle évoquait son avenir professionnel.

— Je veux devenir oncologue.

— Belle ambition.

J'aimais ça. J'appréciais aussi qu'elle soit assez maligne pour comprendre qu'un job de vendeuse au centre commercial ne suffirait pas pour payer les factures. Elle avait sans doute fait les comptes et s'était dit qu'il valait mieux liquider au plus vite son prêt étudiant, plutôt que d'attendre d'avoir un diplôme et un découvert aussi profond que le Grand Canyon.

— Avez-vous déjà une expérience comme actrice ?

C'était un détail sans importance, mais, parfois, les anciens élèves de l'option théâtre au lycée se révélaient étonnamment bons.

Nous tournions seulement deux longs-métrages par an impliquant de mémoriser un rôle. La plupart de nos produits se passaient d'intrigue et de dialogue, pour mieux se concentrer sur le sexe. Le réalisateur expliquait comment il envisageait la séquence, et il revenait aux acteurs de l'incarner. S'ils étaient capables d'improviser une repartie drôle et sexy, c'était bonus.

— Est-ce que vous aimez le sexe ?

— Oui !

Son expression s'était à nouveau éclairée. Plus détendue, elle m'a regardé dans les yeux.

— J'aime beaucoup le sexe. C'est pour ça que je me suis dit que, plutôt que de coucher avec des gars dans ma chambre du campus, je pouvais le faire en échange d'argent. Et… j'aime beaucoup les acteurs de vos vidéos *Le Feu au campus.*

Ce qui voulait dire qu'elle aimait les hommes style « le voisin de palier ».

— Est-ce que vous voulez bien nous parler un peu de vos expériences ?

En général, je restais parfaitement concentré sur ce que racontait la candidate. Je scrutais son expression, cherchais à comprendre ce qui l'intéressait et pourquoi. Mais en l'occurrence, je n'entendais que certains mots-clé.

Trios.

Est-ce qu'Everly a déjà tenté l'amour à trois ?

Sexe anal.

Est-ce qu'Everly a essayé la sodomie ?

J'ignorais pourquoi je me posais ces questions. Qu'elle n'ait pas eu beaucoup d'expériences était évident, mais je savais mieux que quiconque qu'il ne fallait pas juger aux apparences. Elle était peut-être plus délurée que je ne le pensais.

— Avez-vous déjà eu des rapports sexuels avec une femme ?

Ben, qui se cantonnait d'habitude au rôle d'observateur silencieux, avait dû se rendre compte que j'étais à l'ouest ; il avait pris les choses en main.

J'ai regardé Abby. Elle a poussé un soupir en faisant non de la tête.

— C'est une condition préalable ?

— Absolument pas.

J'ai coché la case « Non » à côté de l'entrée « Expériences avec personne du même sexe ».

— Je ne vous cache pas, cependant, que c'est mieux payé.

Elle s'est tordu nerveusement les mains.

— Est-ce que je peux en rester aux hommes, pour l'instant ?

— Bien entendu. On ne vous forcera jamais à faire quoi que ce soit.

Un autre avantage de travailler pour White Lace, c'était que les acteurs restaient maîtres de leur carrière. Des employés satisfaits garantissaient des scènes de sexe réussies, et des scènes de sexe réussies garantissaient des bénéfices satisfaisants.

— Et maintenant, si vous le voulez bien, nous aimerions voir votre corps.

Sans hésiter un instant, elle a enlevé d'abord le haut pour exposer un soutien-gorge en dentelle noire qui couvrait ses jolis petits seins, bonnet B tout au plus. Sous la jupe, la culotte assortie n'était qu'un triangle minuscule sur son pubis.

J'avais touché la culotte d'Everly, qui n'était ni en satin ni en dentelle, mais en coton tout simple. J'ai ri tout bas en y repensant. Peut-être qu'elle achetait vraiment ses culottes par pack de trois.

Abby m'a jeté un regard paniqué. Oh... Je n'avais pas ri aussi discrètement que je le croyais.

— Excusez mon collègue, est intervenu Ben en me lançant un regard assassin. Il doit se souvenir de la comédie que nous avons regardée hier soir.

J'étais si embarrassé que j'en avais les joues en feu, ce qui ne m'arrivait jamais ! Il fallait que j'arrête de faire l'imbécile et que je me concentre.

— Je suis navré, Abby. Je vous prie de m'excuser, j'avais la tête ailleurs. Vous êtes... vraiment charmante.

— Vous pouvez tout enlever, a proposé Ben.

Elle avait un corps bien proportionné et ferme, qui correspondait exactement aux goûts du public des séries pour lesquelles on auditionnait actuellement.

— Est-ce que vous vous masturbez, Abby ?

Elle a hoché la tête.

— Installez-vous sur le canapé, mettez-vous à l'aise. Les pieds sur les coussins, si vous voulez bien.

Ben a alors pris la main.

— Tu connais ton corps ? Je te tutoie, hein ? En général, on se dit « tu » dans le métier, et tu peux faire de même, bien entendu. Tu connais bien ton corps, Abby ? Tu sais ce qui te fait plaisir ?

Mordillant son pouce avec un sourire timide, elle a acquiescé.

— Montre-nous.

Elle a lancé un regard hésitant autour d'elle.

— Vous n'êtes pas en train de filmer, n'est-ce pas ?

— Sois rassurée, on n'est pas une de ces fausses agences. White Lace est une maison sérieuse. Si tu parviens à jouer devant moi, je n'ai besoin de rien d'autre.

Elle a souri, soulagée sans doute de ne pas avoir à affronter la caméra tout de suite, et s'est laissée aller contre le dossier matelassé. Elle a glissé un doigt dans son sexe, et, de l'autre main, s'est griffée doucement la cuisse.

Avec délicatesse, elle a longuement effleuré son clitoris, avant de plonger les doigts plus profondément en elle. Elle avait une jolie chatte, rose et serrée, complètement épilée. Qui ne me faisait aucun effet.

Il y avait des années qu'une femme ne m'avait pas chamboulé. Le cœur qui bat fort, les papillons dans le ventre, c'était de l'histoire ancienne pour moi. Mon cœur ne s'emballait qu'au lit, quand je baisais une femme choisie au hasard parce que j'avais besoin de relâcher les tensions.

Ne vous méprenez pas. J'adorais plus que tout enfoncer ma bite dans la chaleur humide d'un sexe. Mais je me fichais de savoir à qui appartenait ce sexe, seule la sensation comptait. Rien à voir avec une attirance quelconque, encore moins avec quelque chose de plus profond que la recherche du plaisir.

Jusqu'au soir où j'avais aperçu le joli cul d'Everly entre les tables, quand elle s'était penchée pour ramasser ses livres.

Un gémissement étouffé est venu du canapé.

J'ai levé les yeux, mais au lieu d'une inconnue au cours d'un casting, j'ai vu Everly. Ses boucles brunes s'étalaient sur le dossier du canapé. Ses yeux bleus étaient rivés aux miens alors qu'elle titillait son clitoris et que, de l'autre main, elle pinçait son mamelon.

Bordel de bordel !

J'ai regardé Ben, en espérant presque qu'il soit aussi surpris que moi par le changement de personnage. Mais il s'est contenté de lever son pouce sous la table.

La respiration d'Abby est devenue plus lourde et, un instant plus tard, son corps s'est tendu contre le cuir, au moment de l'orgasme.

Ma journée risquait de mal se passer, si je me laissais hanter par l'image d'Everly. Il fallait que j'agisse.

— Abby, je crois qu'on est prêts à passer à la vitesse supérieure. Toi aussi ?

Avec une longue inspiration, elle s'est passé les mains sur les cuisses comme si elle lissait la jupe qu'elle ne portait pas et s'est levée pour venir vers moi.

Je l'ai arrêtée d'un geste.

— Pas moi, ma belle.

Elle s'est tournée vers Ben.

— Ni lui.

Très à propos, la porte s'est alors ouverte, et Lance Rodman est entré dans la pièce.

Abby a écarquillé les yeux. Lance était imposant, l'un de nos plus grands gabarits. Et je ne parlais pas uniquement de ses attributs. Il passait sa vie à soulever de la fonte et, parfois, j'avais peur que les spectateurs aient l'impression de regarder un match de catch plutôt qu'un film X.

— Sympa, a-t-il murmuré en s'approchant d'Abby qui arborait toujours une expression médusée. On est prêts ?

Il a enlevé son short de surf. Il bandait déjà. Ce mec était une trique ambulante. Il s'est caressé un peu avant de se tourner vers Abby, toujours aussi impressionnée.

— Ne t'inquiète pas, beauté. Je vais tellement te faire mouiller que ma grosse queue ne te fera que du bien.

Ce fanfaron me faisait rire. Il ne pouvait pas s'empêcher de choquer les débutantes.

— À genoux.

Il a placé Abby face à lui, une main sur son épaule. Elle a posé un genou par terre.

— Voyons ce que tu sais faire…

Avec Lance aux manettes, on pouvait se contenter de regarder.

— Est-ce que ça t'excite, de sucer un inconnu, beauté ?

Bingo ! Elle était là, l'étincelle dans le regard d'Abby.

Elle a refermé sa petite main sur le sexe qui pointait vers son visage et l'a caressé sur toute la longueur. Puis elle a eu un geste inattendu : elle a craché une fois, puis une autre, tout en augmentant la vitesse de ses mouvements.

— C'est ça, beauté.

Il lui a pris le menton.

— Il n'y a que toi et moi, a-t-il murmuré en lui pinçant un sein.

Puis il a penché la tête en arrière avec un gémissement.

La vache ! Abby venait d'enfourner la presque totalité des vingt-trois centimètres dans sa bouche.

Ben, plutôt avare d'expressions durant les castings, m'a tapé sur le bras. Cette fille, c'était quelque chose.

— C'est si bon, bébé, a grogné Lance. Donne-moi tout…

Il lui a passé la main sur la nuque.

— Ouais, c'est ça. Vas-y…

C'était à cause de cette capacité à mettre les filles à l'aise que Lance était toujours ma première option pour les castings. Il avait un don particulier pour leur faire oublier leurs craintes, se détendre, ce qui me permettait de deviner leur véritable nature sexuelle. Quoi que, Abby ne semblait pas trop inhibée.

— C'est bon ? Dis-moi à quel point ça te plaît…

Elle a murmuré, la bouche pleine ; elle ne s'en tirait pas mal pour une première fois. Elle savait ce qu'un homme voulait entendre quand on le suçait.

Mais il y avait encore une vérification à faire, indispensable avant d'embaucher quelqu'un. Je me suis levé pour me placer derrière Lance et regarder par-dessus son épaule pour avoir le point de vue de la caméra subjective.

— Lève les yeux, beauté. Montre à Max à quel point tu veux que je jute sur ton visage.

Elle a obtempéré. Ses yeux bleus ont plongé dans les miens et, de nouveau, ce n'était plus Abby mais Everly qui se trouvait à genoux, devant moi ; c'était son regard turquoise qui m'enveloppait, alors que ses lèvres gourmandes suçaient *ma* bite. Au beau milieu de ce café.

Un grognement de Lance m'a ramené à la réalité. Le souffle lourd, le pouls au-dessus de la vitesse autorisée, je suis retourné à la table d'un pas chancelant et me suis écroulé sur la chaise. J'ai regardé Ben, qui semblait aussi confus que moi.

Devant nous, Lance a poussé un long râle et je l'ai vu retirer sa queue et la tenir pour que sa semence tombe sur la bouche et la langue d'Abby, qui a tout pris, les yeux fermés.

Ben s'est approché d'elle avec une boîte de Kleenex. Elle l'a saisie, l'air un peu déçu.

— C'est fini ? Vous ne vouliez pas me voir… en action ?

— Est-ce que j'ai l'air d'avoir fini, ma belle ? a fait Lance en caressant son sexe toujours dressé.

Elle l'a regardé, épatée, et Lance, sans lui laisser poser d'autres questions, l'a soulevée dans ses bras en lui indiquant d'accrocher les jambes à sa taille, puis l'a portée jusqu'au canapé. Sans transition, il s'est mis à genoux devant elle et a plongé la tête entre ses cuisses. Elle a gémi, cramponnée au cuir capitonné pour mieux se frotter contre lui.

— Oh ! oui, tu es bon… Très bon…

Il la dévorait fébrilement, et elle se mordait les lèves pour ne pas crier, le visage tordu de plaisir.

— Je parie que les joueurs de football, sur le campus, ne lui ont jamais fait ça, a commenté Ben à mi-voix.

— Oh ! mon Dieu !

Une Abby tremblotante, dont tout le corps avait rougi, s'est cambrée à l'impossible, une main sur la tête de Lance pour le presser fort contre son sexe. Il n'avait pas encore dit son dernier mot. Il l'a attirée sur le bord des coussins et s'est placé entre ses jambes. Il lui a tapoté plusieurs fois le clitoris, suscitant chez elle des petits gémissements ravis, puis il a commencé à la pénétrer. Lentement, très lentement.

— Tu es serrée, bébé. C'est bon, si serrée.

Je dirais qu'il a bien mis une minute à entrer complètement en elle. Puis il a commencé à bouger, des coups de reins bien rythmés, qu'elle encourageait avec un murmure entrecoupé de mots bien choisis, rien à voir avec les dialogues bateau qu'on entendait souvent dans le porno. Elle aurait pu être la petite copine de n'importe qui. Ce qui était exactement ce que je cherchais.

Ben se tortillait sur sa chaise, et je l'ai vu se rajuster l'entrejambe. Cette fille était une trouvaille. Une perle rare. Je le savais, même si elle ne me faisait pas le même effet qu'à mon pote. Elle interpellait mon cerveau de producteur. Je voyais déjà les zéros s'ajouter à notre chiffre d'affaires, parce que les hommes allaient adorer se branler devant les vidéos où elle allait jouir en se caressant, ses grands yeux innocents rivés aux leurs par écran interposé.

Quant à moi, c'était le calme plat dans mon pantalon. J'avais regardé trop de scènes de sexe, je les avais planifiées, chorégraphiées, analysées, j'en étais vacciné. Et si j'étais loin de mener une vie de moine, il était de plus en plus rare que j'aie des érections spontanées.

Jusqu'à ce que ma route croise celle d'Everly. Mais je préférais ne pas penser à elle alors que j'étais dans cette salle de casting en train de regarder une autre femme se faire sauter.

Lorsqu'ils ont fini, j'ai indiqué à Abby la salle de bains au fond de la pièce, pour qu'elle puisse se rhabiller tranquillement. Elle a pris ses affaires et a dit au revoir à Lance avec un sourire satisfait et un regard ébahi. Il faisait toujours cet effet-là à ses partenaires.

Avant de quitter la pièce, il a désigné la porte derrière laquelle elle avait disparu.

— Elle est faite pour la série *Pipes sauvages*.

C'était une autre de nos séries phares, où l'on mettait en scène des fellations brutales. Puis il est parti, sans même se donner la peine d'enfiler son short.

Une fois qu'on s'est retrouvés seuls, Ben m'a lancé un regard interrogateur.

— On peut savoir ce qui t'arrive, aujourd'hui ?

— Aucune idée. Je ne suis pas dans mon assiette.

J'étais surtout hanté par le souvenir d'Everly.

— Qu'est-ce que tu penses de cette fille, alors ? ais-je demandé pour détourner son attention.

— J'ai hâte de la diriger dans un film.

Abby est ressortie des toilettes, habillée et coiffée, et je me suis levé pour lui serrer la main.

— Pas la peine de tourner autour du pot : nous recherchons exactement des filles comme toi. Bienvenue.

Ses yeux ont brillé.

— Merci beaucoup !

— Mon assistante te contactera.

Nous avions encore cinq actrices à rencontrer, mais, à l'exception d'Abby, aucune n'a retenu mon intérêt. L'une d'entre elles m'a même traité de connard. Elle n'était pas la première et ne serait certainement pas la dernière. Mais pour une raison quelconque, cette fois, ça m'a affecté.

Je m'étais réfugié dans mon bureau, l'esprit à cent mille lieues de White Lace Productions.

Je devais passer la soirée au gala de bienfaisance. Je ne voulais pas y aller. Plus important encore, je ne voulais pas y aller seul. J'ai regardé mon smoking, accroché au portant. Il fallait que je me mette sur mon trente et un… Everly, à quoi ressemblerait-elle, habillée pour un gala ? Et si je m'arrangeais pour l'habiller en star ? Elle serait alors le centre d'attention de la soirée, aucun doute. Elle serait si éblouissante que les gens se retourneraient sur son passage. Et moi, à son bras, je serais le roi du monde.

J'ai pris le téléphone pour parler à Barbara.

— Tu crois que tu as le temps d'acheter une robe de soirée et de la faire livrer avant 18 heures ?

Même si j'étais sûr qu'Everly possédait dans sa garde-robe ce qu'il fallait pour ce gala guindé, j'aimais l'idée de lui offrir quelque chose. Je voulais qu'elle se sente spéciale. Mais j'avais besoin de soutien logistique.

J'ai cherché le numéro de Jade dans l'agenda de mon téléphone.

— Monsieur Levin, je croyais que Ben vous avait prévenu que j'avais changé d'avis à propos…

C'était Ben qui leur avait fait passer l'audition, à Stella et elle. J'avais délégué, je ne m'étais pas senti à l'aise à l'idée de voir en action les colocataires d'Everly.

— Oui, il m'a transmis l'info. Mais ce n'est pas pour ça que j'appelle.

Il fallait que je revoie Everly. Plus concrètement, à présent que je l'avais entendue jouir, je voulais l'entendre de nouveau.

De préférence, la bouche collée contre mon oreille pendant qu'elle me chevaucherait.

10

Everly

La voix bourdonnante du professeur qui pérorait sur l'estrade m'endormait comme une berceuse. J'étais morte de fatigue, et je n'avais pas l'excuse, cette fois encore, d'avoir étudié jusqu'au bout de la nuit.

Je ne comprenais rien au cours. Je regardais le prof, mais c'était Max que je voyais, sa voix que j'entendais. Je sentais encore ses mains sur mon corps, ses lèvres sur les miennes.

Tout à coup j'ai eu très chaud, et je me suis enfoncée dans mon siège, bien contente que le cours ait lieu dans un grand amphi, où personne ne pouvait voir que je serrais les cuisses avec un frisson, en fantasmant sur la bouche de Max pressée contre des parties de mon corps que la bienséance empêche de nommer en public.

C'était inédit pour moi, qu'un homme suscite une telle réaction physique, alors qu'il n'était même pas à proximité. Je ne savais qu'en penser.

— Tu penses à moi ?

Quand on parlait du loup ! Je me suis retournée ; il était là. Beau à tomber par terre. Il n'y avait que lui pour rendre sexy une chaise de la fac. J'ai failli crier, je me suis reprise à temps pour murmurer :

— Mais qu'est-ce que tu fais ici ?

Il s'était proposé pour m'aider à cocher tous les points de la liste, et avait même accompli l'exploit de m'en faire rayer trois en trois jours. Mais je ne pouvais m'empêcher de rester sur mes gardes. Un homme comme lui qui s'entêtait à passer du temps avec une fille comme moi ? Cherchez l'erreur !

— Comment tu as fait pour me trouver ?

— C'est peut-être Jade qui a mentionné quelque chose…

Il s'est penché vers moi. L'odeur épicée de son parfum m'a enveloppée et a semé la pagaille dans mes neurones.

— Après, je suis passé au bureau d'accueil. Je peux me montrer très persuasif, quand je veux, tu sais ?

Je n'en doutais pas. Avec son sourire éclatant et son aura de mauvais garçon, peu de femmes devaient lui résister. J'étais bien placée pour le savoir. J'avais déposé armes et bagages sous l'effet de son charme. Et toutes mes culottes en coton.

— On n'avait pas rendez-vous à 16 h 30 ?

Un « chut » impatient est venu me rappeler qu'on était en cours. La honte !

— Il faut que j'écoute.

J'avais parlé tout bas, l'index sur les lèvres pour lui intimer de se taire. L'examen pour cette matière aurait lieu dans moins d'un mois.

Le regard sagement tourné vers le prof, j'ai tenté de me concentrer sur ce qu'il disait, mais avec Max derrière moi, c'était peine perdue. Je sentais sa présence plus grande que nature, son charisme sexuel dont le champ magnétique m'attirait irrésistiblement.

Une petite tape sur l'épaule a attiré mon attention. Du coin de l'œil, j'ai vu qu'il me tendait un bout de papier. Je l'ai pris.

Le message, gribouillé à l'encre bleue, disait :

J'ai envie de toi.

J'ai dégluti avec difficulté en serrant le message contre ma poitrine, de peur que quelqu'un ne le lise. Mes seins n'ont pas eu besoin de plus pour pointer.

Je me suis contorsionnée pour m'éloigner de lui, faisant preuve d'une souplesse que je ne me connaissais pas. Il fallait que je l'ignore. C'était impératif.

Une minute plus tard, il me tapotait de nouveau l'épaule. Je n'avais qu'à repousser sa main, non ?

Non. J'avais trop envie de lire son petit mot.

Je l'ai déplié :

Te concentre pas comme ça, tu m'excites.

J'ai étouffé un petit rire. C'était vraiment cocasse, comme situation. La fille assise à trois sièges de moi m'a lancé un sale regard. De toute évidence, elle ne comprenait pas ce que Max fichait avec une nana aussi insignifiante que moi. Ils étaient très désagréables, ces regards méprisants que je récoltais, quand j'étais avec lui.

Et encore, si elle savait ce que tu fais quand tu es avec lui…

Je me suis pris la tête entre les mains. Je n'avais jamais échangé de mots cochons avec un homme. Ce n'était pas sur la liste de mamie, mais rien ne m'interdisait de tenter de mon plein gré de nouvelles expériences. Et avoir un échange torride avec Max me semblait un bon point de départ.

J'ai répondu :

Tu as toute mon attention.

Je l'ai entendu s'esclaffer derrière moi. Je n'étais pas aussi canon que les nanas qu'il fréquentait, mais, au moins, je pouvais le faire rire.

Le professeur débitait son cours sans discontinuer. J'ai mâchonné le bout de mon stylo pour me donner une contenance. C'était tout ce que je pouvais faire.

Nouvelle tape. J'ai pris le mot sans hésiter.

J'aimerais bien que ma bite soit ton stylo.

J'ai plié le papier et l'ai glissé dans mon cahier. Si je voulais l'éconduire, le décourager pour de bon, je n'avais qu'à lui dire clairement qu'il ne se passerait rien de sexuel entre nous. Sauf que ce n'était pas ce que je voulais.

C'était trop bon, ce mec canon qui s'intéressait à moi ! Même si je ne comprenais toujours pas ses raisons. Il pouvait avoir n'importe quelle nana à n'importe quel moment. Alors pourquoi se donnait-il autant de mal pour me mettre dans son lit ?

Mais était-ce bien important de le savoir ?

Cette histoire n'avait rien à voir avec le grand amour. Et tout avec le plaisir. Un domaine dans lequel je savais qu'il excellait.

Encore une tape. Encore un bout de papier.

J'ai passé la journée à fantasmer sur ma queue dans ta bouche.

Il était surchauffé, tout à coup, l'amphi. J'ai enlevé mon pull, même si je ne portais en dessous qu'un débardeur. Je m'en fichais. Ma température était montée de plusieurs degrés.

Je me suis retournée vers Marx et je n'ai pas manqué de remarquer que son regard s'est aussitôt posé sur mon décolleté. Cette fois-ci, qu'il me mate ne m'a pas dérangée. Cette fois-ci, je voulais qu'il me contemple de la tête aux pieds.

Quand, finalement, il a levé les yeux, nous nous sommes

dévisagés longuement, mon cœur battant plus fort à chaque seconde. Ma gorge était sèche et mes jambes serrées si fort que j'étais sûre d'avoir des courbatures le lendemain.

Nos échanges étaient censés se faire autour de ce drôle de deal qu'on avait passé pour la liste, mais son attitude ne m'aidait pas à rester concentrée sur l'objectif. Il était une tentation ambulante.

Il a tendu la main, un bout de papier coincé entre les doigts.

Un colis t'attend chez toi. Je passe te chercher à 19 h.

Je l'ai entendu bouger et, du coin de l'œil, je l'ai vu partir. Son parfum m'enveloppait encore, cette odeur épicée qui m'agaçait au départ, et qu'à présent je voulais sentir sur ma peau.

On n'irait donc pas courir au parc, ce soir. Je n'allais pas m'en plaindre. J'avais gagné en endurance, mais pas au point de prendre du plaisir sur la piste.

C'était peu dire que je n'avais jamais aimé les surprises : je les détestais. Pourtant, bizarrement, j'étais tout excitée à l'idée de m'embarquer dans une nouvelle aventure avec lui. Et si son plan du jour incluait un orgasme, qui étais-je pour refuser ?

11

Max

Pour la première fois en cinq ans, je suis arrivé au gala de bienfaisance parfaitement calme.

Je ne savais pas si c'était parce que je n'étais pas seul, ou si c'était plus particulièrement la main tiède d'Everly sur mon bras qui m'apaisait.

Cette année, au lieu de louer comme d'habitude une salle surdimensionnée et impersonnelle, la fondation avait choisi la suite d'un grand hôtel de luxe. En tant que suite, le lieu était immense, mais si on voulait, comme moi, passer inaperçu, l'espace semblait terriblement réduit.

Il était déjà difficile d'échapper aux regards dans une salle surdimensionnée et impersonnelle…

J'ai présenté mes invitations aux hôtesses d'accueil, mais avant qu'on ait franchi les portes, Everly m'a attiré sur le côté.

— Je suis comment ?

La robe que Barb avait trouvée lui allait parfaitement. Elle avait l'air parfaite. Elle *était* parfaite. Et toute à moi. Au moins pour ce soir. Le satin noir ceignait ses courbes discrètes, le décolleté plongeant formait un drapé au creux de ses seins. Elle avait boosté le glamour de la robe avec des escarpins rouge sang et de grandes boucles d'oreilles. Jade avait joué remarquablement son rôle d'habilleuse.

— Éblouissante !

J'ai pressé un baiser sur sa tempe. Elle était soigneusement maquillée et je ne voulais surtout pas gâcher ses efforts.

— Tu es la plus belle femme de la soirée.

Elle a pouffé.

— On n'est même pas entrés !

— Pas besoin d'entrer pour le savoir.

Son sourire s'est détendu. Je n'avais pas compris qu'elle était nerveuse à ce point. Elle n'avait aucune raison de l'être. Le monde derrière la porte — prestige et respectabilité, renommée et excellence — était plus le sien que le mien. Ces gens-là me mépriseraient toujours parce que je venais du porno. C'était sans doute la raison pour laquelle je ne m'obstinais pas à entrer dans leur petit club. Mes efforts auraient été vains.

Ou peut-être étais-je paresseux et blasé. Contrairement à Everly. Elle venait d'une famille prestigieuse et, pourtant, bossait d'arrache-pied. Cela dit, je commençais à soupçonner que ses efforts étaient encore plus vains que les miens.

La main sur la cambrure de ses reins, nous sommes entrés ensemble dans la gueule du loup.

J'étais déjà venu dans cette suite. Ma mère y avait dirigé un film quand j'étais gamin. Pendant la journée, elle tournait et je jouais avec ma console ; le soir, elle m'emmenait manger des hamburgers et des sundaes. Les lieux m'étaient étrangement familiers, comme si tout cela était arrivé dans une autre vie et, en même temps, les souvenirs me revenaient, intacts, frais —

comme tout ce qui était lié à ma mère. Elle me manquait tous les jours depuis qu'elle était partie.

La suite était déjà emplie d'invités qui paradaient, un verre à la main. La tension qui me tenaillait le ventre me donnait soif, à moi aussi.

Chaque fois que j'assistais à ce type de soirées, je percevais une drôle de vibration que j'avais du mal à identifier. Quelque chose en rapport avec ce mélange de gens bien, avec qui ma mère avait aimé collaborer, et d'individus qui trouvaient de bon ton de mépriser la façon dont ma famille avait fait fortune.

Avec une précision de métronome, toutes les têtes se sont tournées vers nous dès que nous avons mis le pied dans le salon principal. Une femme, dans un coin, s'est même couvert la bouche pour murmurer quelque chose à l'homme à côté d'elle. Ils auraient au moins pu attendre que j'aie tourné le dos ! Parfois, j'avais envie de crier pour qu'ils puissent se scandaliser de ma goujaterie de roi du porno, mais je parvenais toujours à me souvenir à temps que ma mère avait encaissé la tête haute des choses bien pires.

Les doigts d'Everly ont serré les miens.

— Tout le monde nous regarde, a-t-elle murmuré entre ses dents serrées, dans un sourire forcé.

Je me suis penché pour répondre de la même façon :

— Et ça te fait quoi, d'être le centre de l'attention ?

Les émotions se sont alors succédé sur son visage. Stupeur, émerveillement, joie. Puis elle a carré les épaules avec un sourire de défi, comme pour dire « Si ça les amuse… »

Je lui ai pris la main, la serrant sans doute un peu plus fort que je n'aurais dû, pour l'entraîner vers le bar, une vue spectaculaire sur le lac Ontario, à nos pieds. J'ai commandé deux coupes de champagne.

Adossée contre le bar, elle a parcouru la salle du regard en buvant une longue gorgée. Je n'étais manifestement pas le seul à stresser. Peut-être qu'elle stressait aussi dans ce type de situation.

— C'est très… bien, oui, très… classe. Je t'assure que j'aime cette robe et la porter, mais…

Son cerveau infatigable revenait à la charge.

— … ne vaudrait-il pas mieux dépenser l'argent pour les gens qui en ont besoin, justement ?

— Il ne faut pas confondre les dons de bienfaisance avec la générosité authentique. Les grosses pointures qui sont ici donnent beaucoup, mais ils attendent un retour sur investissement en notoriété et reconnaissance.

Et j'ai ajouté, en me penchant vers elle :

— Sans parler de gros avantages fiscaux.

— Mais pas toi.

Ce n'était pas une question.

— Non, pas moi.

Ma mère était attachée à cette cause, donc moi aussi. C'était le seul point sur lequel j'imitais son besoin inépuisable de partager sa fortune avec ceux qui avaient eu moins de chance.

Une petite mèche barrait le front d'Everly, et je n'ai pu résister à l'envie de la repousser derrière son oreille, lui frôlant le front au passage.

— Qu'est-ce qui se passe dans ta petite tête de génie ?

— Pourquoi soutenir cette cause, et pas une autre ?

C'était une bonne question, pour laquelle je n'avais qu'une réponse partielle. La véritable réponse, on ne me l'avait jamais donnée.

— Ma famille a toujours contribué. Je perpétue la tradition.

Quelques personnes se sont approchées pour nous parler. Parmi elles, certaines étaient de mon côté, d'autres contre moi. Même après trois coupes, Everly était suffisamment futée pour les départager. Le ton, le regard glacial, l'air pompeux de ceux qui me prenaient de haut ne la trompaient visiblement pas. Mais je jouais le jeu, exactement comme eux : sourires, phrases convenues. Tel que ma mère l'aurait voulu.

Jusqu'à ce que Mme Dashill se jette sur moi.

— Mon cher Max, quel plaisir !

Elle a claqué deux bises dans le vide.

— Et quelle charmante jeune femme !

Elle était devenue veuve récemment, mais l'épreuve ne l'avait pas radoucie.

— C'est formidable que tu aies enfin laissé tomber les filles… de ce milieu.

Elle parlait, bien entendu, des actrices du X. Elle a continué, cette fois-ci à l'attention d'Everly :

— Je le lui ai dit des dizaines de fois… Il peut encore changer de vie. Ce n'est pas de sa faute, s'il est né dans une famille de mécréants.

J'ai adoré voir Everly se redresser, outrée.

— Excus…

Le tintement d'un couvert sur un verre l'a empêchée de continuer. Elle a pincé la bouche et s'est tournée pour faire face au président du conseil d'administration, debout à l'autre bout de la salle, qui regardait autour de lui avec un sourire satisfait. Len Howard avait succédé à ma mère à la tête de la fondation, et le moins qu'on puisse dire, c'était qu'il n'appréciait ni le métier qu'elle faisait ni l'origine de notre fortune. Il allait sans dire que ses médisances à mon propos n'avaient pas amélioré l'image que les gens avaient de moi.

— Merci à toutes et tous d'être venus. Nous célébrons encore une fois une année d'excellent travail et de réussites.

Il a continué, débitant les mêmes banalités que les années

précédentes. J'ai cessé de l'écouter, jusqu'à ce qu'un nom réveille mon attention : « Samantha Price ». Je connaissais ce nom, c'était celui de la bénéficiaire de la bourse Ellie Levin, et c'était moi qui la lui avais personnellement décernée. Je savais tout au sujet de Samantha — son histoire, ses projets — mais jusqu'à présent, elle n'avait été qu'un dossier. Là, elle était devant moi, devant toute l'assemblée, et s'apprêtait à parler. C'était une jolie femme avec de longs cheveux blonds et un nez retroussé.

— Phoenix House m'a sauvé la vie.

Elle, je l'ai écoutée. Elle nous a raconté son passé d'adolescente prostituée, son expérience de la violence physique sur fond de toxicomanie, le moment où elle avait touché le fond quand son souteneur l'avait laissée pour morte dans une ruelle, après qu'un client l'ait battue sauvagement. Elle s'exprimait de façon éloquente, et son récit déchirant m'a ému profondément.

Soudain, j'ai entendu mon nom.

— Max Levin, êtes-vous dans la salle ?

J'ai relevé la tête brusquement, Everly m'a serré le bras. Len m'a désigné d'un geste à l'intention de Samantha, qui a continué, en me regardant droit dans les yeux :

— Je veux profiter de cette occasion pour remercier la famille Levin, car je suis l'heureuse bénéficiaire de la bourse Ellie Levin. Je n'ai pas eu l'occasion de rencontrer Mme Levin, ce que je regrette, mais je n'imagine pas commencer ma nouvelle vie sans remercier l'homme qui a fait ce don plus que généreux pour aider quelqu'un comme moi.

Je fixais le bout de mes chaussures, tétanisé, ignorant comment réagir. En général, quand on m'interpellait en public, c'était pour m'insulter ou me rabaisser, jamais pour me remercier. Cela constituait pour moi une expérience nouvelle et très, très étrange.

Tout le monde me regardait, aussi bien mes « amis » que mes

détracteurs. Mais leur opinion à mon égard ne comptait plus pour moi, car j'avais contribué à améliorer la vie de cette jeune femme. À cette pensée, quelque chose jaillissait en moi, comme une eau s'échappant d'une digue qui se crève. J'étais submergé par une émotion indescriptible qui partait de mon cœur et s'emparait de tout mon corps. Je me sentais plus léger, plus heureux.

— Oh mon Dieu, Max !

Dès que Samantha a fini son discours, Everly s'est tournée vers moi, les yeux étincelant d'admiration. Elle était si excitée que sa voix était montée de trois octaves.

— C'est merveilleux ! Pourquoi tu ne m'avais pas dit qu'il y avait une bourse en honneur de ta mère ?

— Ce n'est pas… grand-chose.

J'aurais préféré qu'elle ne le sache pas. C'était une chose d'admettre que je donnais de l'argent pour des œuvres de charité, une autre, d'admettre que j'avais donné *des millions*.

Elle s'est penchée vers moi pour continuer en un murmure passionné :

— Comment ça, « pas grand-chose ». C'est énorme ! Le nombre de personnes que tu aides !

Je savais qu'elle avait sur le bout de la langue une question qu'elle n'osait pas poser, je commençais à la connaître.

— Allons, mon garçon, ne sois pas si modeste, a dit une voix que je connaissais bien, tandis qu'un main affectueuse s'abattait sur mon épaule. Tu fais un travail formidable.

— Marty…

J'ai souri en serrant sa main entre les miennes pour lui témoigner ma reconnaissance. Il était membre du conseil d'administration à l'époque de ma mère et il avait continué son œuvre. Il était également le seul homme à m'avoir montré de la sympathie, depuis cinq ans que j'assistais au gala.

— Content de te voir, Marty !

Il s'est tourné vers Everly.

— Son humilité le dessert. Sa mère a pratiquement bâti la fondation et, chaque année, Max est notre plus grand bienfaiteur. Même s'il a oublié de nous présenter. Martin Shaw.

— Everly Parker, a-t-elle dit en nous regardant tour à tour, encore sous le coup de la surprise.

— C'est agréable de le voir en si charmante compagnie, a continué Marty en me désignant du menton. Il vient toujours seul.

Parfait. Merci, Marty, de dévoiler en moins de dix phrases tout ce que je ne voulais pas qu'elle sache !

— Vous devez être spéciale, si Max vous a amenée ici.

De mieux en mieux !

— Oh… Je…

Everly a porté la main à sa poitrine d'un geste délicat, et je cherchais désespérément une façon de nuancer la remarque de Marty, quand j'ai entendu derrière moi des chuchotements indignés.

— J'ai vraiment du mal à comprendre qu'ils acceptent l'argent de cet individu !

— Ce sont des entreprises comme la sienne qui poussent les femmes à la drogue. Les personnes qu'on héberge dans nos foyers sont ses victimes.

Il y avait tellement d'ignorance et de mensonges dans ces commentaires que c'en était ridicule.

J'ai pensé à nos actrices. Iris avait deux fils scolarisés dans le privé. Arlène travaillait depuis chez elle comme planificatrice financière et possédait trois diplômes en gestion et investissement. Michelle, tout comme Everly, faisait des études de droit. Abby, notre dernière recrue, était en prépa de médecine.

Ces femmes ne se droguaient pas et n'avaient pas besoin que

nos assistantes sociales les aident à se remettre en selle. Je ne mentirais pas, la vie dans le milieu n'était pas de tout repos et certaines personnes faisaient de mauvais choix. Mais la plupart de mes employées menaient une vie somme toute normale et épanouie. Elles aimaient le sexe et avaient besoin d'argent, elles se servaient donc du premier pour obtenir le deuxième.

Mais il y avait toujours quelqu'un pour noircir le tableau. Ces hypocrites étaient incapables d'aller au-delà de mon travail pour essayer de connaître l'homme derrière l'image sulfureuse. Je me demandais comment mon père avait pu supporter cela pendant trente ans.

Marty a attiré mon attention loin des commentaires ignorants.

— Ellie était une maîtresse de cérémonie hors pair, extrêmement douée pour amener les gens qui avaient déjà signé de gros chèques à donner un peu plus.

Je l'aimais bien, Marty. Il appréciait sincèrement ma mère, qui le considérait comme un ami. Il était même venu plusieurs fois dîner à la maison.

— Une femme déterminée, on dirait, a commenté Everly.

Je suis intervenu :

— C'est peu de le dire ! Tout à l'heure, tu me demandais pourquoi elle était aussi attachée à cette cause, et franchement, je l'ignore. Je sais seulement qu'elle disait que ces femmes avaient besoin d'aide et que c'était une chance pour nous de pouvoir la leur apporter.

Je savais, en revanche, que cela n'avait aucun rapport avec son histoire personnelle. Sa famille était riche, ce qui expliquait l'existence de mon fonds fiduciaire. Elle aurait pu exercer n'importe quel métier, elle avait choisi le cinéma érotique. On m'avait dit que mes grands-parents avaient mis longtemps à l'accepter, mais qu'ils avaient fini par se faire une raison.

— Ellie débordait d'assurance. C'était une femme forte, la plus forte que j'aie jamais rencontrée. Elle avait mal au cœur en voyant la détresse de ces femmes qui ne savaient pas à qui s'adresser, qui ignoraient ce dont elles étaient capables. Elle voulait juste aider.

Marty a continué dix minutes à dire du bien de ma famille, avant de nous laisser, pour aller se mêler aux autres invités. Je n'avais aucune envie de l'imiter, et j'ai fendu la foule avec Everly jusqu'au petit salon adjacent. Nous nous sommes postés à côté de la fenêtre.

Le lac était magnifique la nuit. Calme, féerique.

Loin des gens, il faisait moins chaud, et Everly a serré les bras autour de son buste avec un frisson avant de se frictionner les biceps de ses petites mains. J'ai enlevé ma veste pour la lui poser sur les épaules.

Elle m'a remercié d'un sourire.

— Tu aurais pu m'en parler, tu sais ?

— De... ?

— Ta mère, cette fondation, tes dons.

Elle s'est approchée un peu plus pour poser la main sur ma joue, le pouce sur ma bouche. Je l'ai happé entre mes lèvres. Rien qu'une caresse, et j'avais envie de la dévorer.

— Mais ça ne change pas mon opinion sur toi. Je te vois toujours comme un petit con d'égoïste, né avec une cuillère d'argent dans la bouche.

J'ai ri.

— C'est noté.

— Tu m'as invitée juste pour me permettre de cocher un autre point de la liste ?

Elle me regardait comme si elle posait la question pour obtenir simplement confirmation.

Je n'étais pas sûr de vouloir lui répondre. Je pouvais mentir, au risque de ne plus jamais trouver le courage de me montrer tel que j'étais devant quiconque. Ou avouer la vérité, au risque de me prendre un râteau.

Aucune des deux options ne me faisait envie.

Dans sa robe noire, elle, en revanche, me faisait terriblement envie. Son allure à mon bras, quand nous étions arrivés. La façon dont elle avait relevé le défi après avoir deviné mes intentions… C'était si excitant que j'aurais pu la prendre contre la fenêtre, sur-le-champ ! Mais il ne le fallait pas. Je ne voulais pas gâcher ce… truc. Ce qui se passait entre nous. Même si j'étais incapable de le définir.

Je n'allais évidemment pas lui forcer la main, mais cela ne m'interdisait pas de la pousser à tenter de nouvelles expériences. D'autant plus que sa liste ne parlait que de ça. Cette chère mamie n'avait pas forcément en tête l'épanouissement sexuel de sa petite-fille, mais… je n'étais pas la grand-mère. Plutôt le Grand Gourmand Loup.

À part nous, il n'y avait qu'un autre couple dans la pièce, mais ils se tenaient à l'autre bout et discutaient passionnément.

J'ai fait un pas de plus pour me trouver face à Everly et dos au reste du monde.

— Tu es incroyablement belle, ce soir.

J'ai déposé un baiser doux sur ses lèvres et me suis écarté aussitôt. Elle a lâché un petit grognement frustré. Elle sentait si bon… J'ai collé le nez contre son cou. Cette odeur d'agrumes. Je bandais déjà.

J'ai glissé une main entre nous, en toute discrétion.

— C'est la robe, a-t-elle murmuré. C'est elle qui me rend belle.

Ses yeux étaient rivés au sol. J'ai changé de tactique et lui ai pris le menton pour l'obliger à me regarder.

— Les vêtements ne font que refléter la beauté de ceux qui les portent. Ne l'oublie jamais.

Elle a ébauché un sourire. Tout en elle était fraîcheur, candeur, innocence. Cela me bouleversait, me donnait une envie furieuse de balayer toute sa douceur pour l'emmener avec moi du côté obscur.

Une envie trop puissante pour y résister.

Alors, j'ai repris mon plan diabolique. J'ai posé la main sur son pubis et j'ai froissé le tissu entre mes doigts pour le faire remonter.

Elle a crié tout bas :

— Max !

Elle a essayé de me faire lâcher prise, mais j'ai tenu bon.

— Qu'est-ce que tu fais ?

— À ton avis ?

J'ai baladé mon doigt sur la peau douce de sa cuisse et je l'ai entendu… j'ai entendu le petit gémissement de plaisir presque inaudible qu'elle n'a pu contenir.

— Ces gens pensent déjà que je suis un dégénéré.

Elle a posé les mains sur mes épaules et a serré fort.

— Moi, je ne le crois pas. Et toi, tu ne dois pas les écouter.

Elle m'a regardé avec admiration, comme si elle croyait sincèrement que je valais plus, bien plus qu'un petit con né avec une cuillère en argent dans la bouche.

Et merde ! Je faisais quoi, maintenant ?

Par chance, ma bite qui se dressait avec une détermination farouche a pris les rênes.

— Tu sais… Il y a des avantages, à être un dégénéré.

Elle a penché la tête avec un sourire mutin.

— Ah, bon ? Raconte…

— J'ai en ce moment précis des pensées franchement indécentes. Des pensées que la plupart des gens n'oseraient pas évoquer à voix haute.

Ses épaules ont frémi, et elle s'est pressée contre moi en laissant ses mains descendre jusqu'à mes hanches.

— Par exemple, je suis en train de penser que j'ai envie de voir cette robe tomber autour de tes chevilles depuis que je t'ai vue dedans.

Sa bouche a dessiné un « oh » muet.

— Ou que je regrette de ne pas t'avoir enlevé la culotte l'autre jour sur le bateau pour te voir en entier.

Le brouhaha qui venait du grand salon servait de fond sonore.

— Mais on ne m'y reprendra plus.

Quelque chose a assombri son regard. Ce n'était pas de la peur, ni de l'inquiétude. C'était du désir, et il dansait comme une flamme dans la lumière tamisée pour me donner son feu vert. Mais… je n'étais pas sûr que ce soit une bonne idée. Il y avait tant de bonnes choses chez Everly. Elle était lumineuse, saine, inentamée. Et moi, j'étais un être sombre et souillé.

— Tu… tu veux venir chez moi ?

Je n'avais pas cessé de caresser sa cuisse en cercles paresseux et sa question m'a surpris.

— Qu'est-ce qu'on y ferait ?

— Tu pourrais…

Je voulais qu'elle le dise. Je voulais l'entendre reconnaître qu'elle en avait autant envie que moi.

— … m'aider dans mes révisions.

Ce n'était pas la réponse que j'espérais. Il fallait peut-être la cajoler davantage.

— Hum. Et c'est tout ?

J'ai frôlé son cou du bout du doigt et elle a frissonné. J'ai parlé tout bas au creux de son oreille pour être sûr que personne ne puisse nous entendre.

— Et si je voulais te raccompagner chez toi pour poser ma bouche sur ta jolie chatte ?

Elle a retenu son souffle avec un petit sursaut, choquée et excitée à la fois.

Elle avait bu au moins cinq coupes de champagne. Verre après verre, son corps s'était détendu, et j'avais eu l'impression de voir sauter un à un les haubans qui la retenaient. Il était évident qu'elle n'avait aucune envie de travailler.

J'ai remonté un peu plus la main tapie sous sa jupe pour continuer à la titiller.

— Je parie que si je passe les doigts entre tes cuisses, je vais trouver ta culotte trempée.

Elle m'a décoché un sourire narquois.

— Qui te dit que je porte une culotte ?

Elle savait jouer ! Elle me mettait au défi de la toucher pour voir si j'étais capable d'aller au bout de mes propos provocateurs. En public. J'ai jeté un coup d'œil vers le couple qui continuait à discuter à l'autre bout du salon. Ils ne nous avaient même pas remarqués.

Mes yeux plantés dans les siens, j'ai remonté en souriant la main sur l'intérieur de sa cuisse très, très lentement. Plus j'avançais, plus la température de sa peau montait.

Incroyable !

Elle n'avait pas menti.

Everly l'étudiante sage était venue à la soirée sans culotte !

Aucune barrière ne s'interposait entre sa chair tendre et moi.

Elle a écarté légèrement les jambes et j'ai glissé les doigts en elle. Elle mouillait. C'était délicieux, plus encore quand elle a ployé la tête en arrière avec un gémissement plus qu'audible. J'ai posé ma main libre sur sa nuque pour qu'elle revienne à la réalité.

— On va prendre notre temps.

Si je rentrais avec elle, je savais ce qui allait se passer. Je ne saurais pas résister à l'envie d'aller jusqu'au bout. En même temps, je ne voulais pas que la soirée se termine tout de suite. Encore moins lui refuser ce qu'elle voulait.

— Mais détrompe-toi, ma belle, je n'ai pas l'intention de m'arrêter là.

12

Everly

J'avais réussi à emmener Max chez moi.

Un texto de Grace, quelques heures plus tôt, m'avait appris que Sadie et elle sortaient ; j'étais donc seule avec lui. Complètement.

Que diable allais-je faire ?

Je me suis déchaussée dès que nous sommes entrés dans la maison — mes talons étaient en train de me tuer —, et j'ai invité Max à me suivre. Nous sommes montés à l'étage, en silence. Les marches craquaient sous mes pieds nus.

Il est entré dans ma chambre, mon refuge, d'un pas solennel, et a regardé autour de lui, un soupçon de sourire au coin des lèvres.

— Ah ! Ça ressemble un peu plus à ce que je m'attendais à trouver l'autre jour, quand je suis passé te chercher.

— C'est-à-dire ?

— La déco. C'est…

Il s'est frotté le menton comme s'il cherchait le mot.

— Ravissant. Vraiment.

Ma chambre était ma fierté et ma joie. La projection matérielle de ma véritable personnalité. Mon grand lit blanc, avec son cadre capitonné, se trouvait face à la porte. De chaque côté, sur les tables de chevet, j'avais installé des petites lampes ivoire et, en face, une commode. Aux pieds, un banc de rangement, tapissé de blanc et de turquoise, contenait des couvertures et des oreillers supplémentaires. J'avais peint en gris flocon les murs et écrit au pochoir, au-dessus du lit, mon prénom en grandes lettres noires.

J'adorais le design d'intérieur. C'était une activité qui me ressourçait et m'apaisait. Elle me faisait oublier la pression de mon quotidien stressant. J'avais de grands projets pour le reste de la maison, mais j'hésitais à faire disparaître les souvenirs de mamie. Non, ce n'était pas vrai : la vérité, c'était que je n'avais pas une minute pour mes loisirs.

Je savais que si je l'avouais à Max, il me conduirait sur-le-champ dans un magasin de bricolage. Une partie de moi en avait envie — pour lui faire porter la responsabilité de m'éloigner de mes livres et, ainsi, ne pas culpabiliser. Ou pas autant.

— La déco, c'est toi ?

J'ai acquiescé. Il a eu un geste d'approbation.

— Ça te correspond. C'est discret au premier coup d'œil, mais si on prend du recul pour observer en détail… c'est spectaculaire !

Malgré moi, le compliment m'a emplie d'une fierté aussi grisante que le champagne. Non seulement parce qu'il appréciait mon sens de l'esthétique, mais aussi parce qu'il venait de me décrire d'une façon complètement inédite pour moi et qui correspondait parfaitement à l'image que je voulais renvoyer. Et c'était lui, Max Levin, parmi tous les gens que je connaissais, qui avait trouvé la formulation juste.

J'étais dans de beaux draps !

J'ai soupiré en hochant la tête.

— Je ne sais pas ce que je fais avec toi.

Il allait bientôt prendre la tête d'une des plus grandes maisons de production de films pour adultes du continent. Il avait son destin, j'avais le mien, et ils étaient incompatibles.

— Tu te sers de moi pour parvenir au bout de ta liste, tu l'as oublié ?

Non. Mais passer du temps avec lui était devenu plus important que cette fichue liste. Je le voulais en moi. Sur moi. Sous moi. Je le voulais de toutes les façons possibles et imaginables.

Il a claqué des mains et s'est redressé.

— Alors, on se met à bosser ou quoi ?

J'ai apprécié cet effort pour nous ramener au projet de départ. Je risquais d'être nue dans moins d'un quart d'heure, mais je pourrais au moins me dire que j'avais essayé.

— Tout de suite.

J'ai attrapé un élastique pour m'attacher les cheveux.

— Ça te dérange, si j'enlève ma robe ?

Oh. Mauvaise formulation.

— Des révisions à poil ? Si on m'en avait parlé avant, je n'aurais pas refusé de faire des études.

Je me tenais devant lui en attendant patiemment qu'il se retourne. Ce qu'il n'a pas fait.

— Je t'en prie, a-t-il dit. Fais comme chez toi.

C'est donc moi qui me suis tournée. J'ai enlevé d'abord le haut de la robe et, me couvrant les seins d'un bras, j'ai attrapé de ma main libre un T-shirt dans un tiroir. Je ne m'étais pas donné la peine de mettre un soutien-gorge. Non que j'aie voulu l'aguicher…

Ensuite, j'ai enfilé un pantalon de yoga sous la jupe. Sans prendre la peine de passer une culotte avant. J'espérais encore qu'il tienne sa promesse de ne pas s'arrêter aux baisers.

Je me suis installée à mon bureau, et, en bonne obsessionnelle compulsive, j'ai disposé soigneusement mes stylos et crayons, deux surligneurs et mon bloc-notes. Son sourire amusé exprimait clairement ce qu'il pensait de ma maniaquerie.

J'ai ouvert mon livre et tiré mes fiches de mon sac.

— Bien sûr, tu fais des fiches.

— Elles sont extrêmement efficaces. On ne se moque pas des fiches.

J'ai essayé de travailler, incapable d'oublier sa présence. Il s'est allongé sur le lit et a pris un magazine sur ma table de chevet. Chaque fois qu'il en tournait une page, ma concentration s'émiettait davantage. Max était là. Dans ma chambre. Sur mon lit. Comme dans les fantasmes qui m'obsédaient depuis que je l'avais rencontré.

J'ai fini par m'avouer vaincue avec un gémissement.

— Ça ne marche pas !

— Je te l'avais dit, a-t-il triomphé d'un petit ton moqueur.

J'ai pivoté sur ma chaise et lui ai lancé un stylo. Comme s'il s'y attendait, il l'a attrapé et l'a laissé tomber sur l'édredon.

— J'ai une idée, a-t-il déclaré en s'asseyant sur le bord du matelas. Passe-moi ces fiches.

Il s'intéressait au droit, maintenant ? Je les lui ai données, confuse. Il les a passées en revue.

— Quand j'étais enfant, on a adopté un chien. Il venait d'un refuge et se comportait très mal. Ma mère a alors embauché un éducateur canin qui venait à la maison. Il nous a expliqué qu'il fallait utiliser le renforcement positif. Nous devions l'inciter à obéir par des récompenses.

— Tu as des croquettes dans les poches de ton smoking ?

— Pas ce soir, non, a-t-il répondu du tac au tac en montrant les fiches. Je vais t'interroger, et pour chaque réponse juste, j'enlèverai un vêtement.

J'ai pouffé.

— Quoi ? Comme au strip-poker ? C'est du strip-étude ?

— Ma récompense ne te motive pas, on dirait.

Au contraire, je la trouvais extrêmement motivante. Mais je la trouvais… contre-productive. Comment allais-je retenir quoi que ce soit, s'il se déshabillait ? Grâce au jogging, je savais qu'il avait de jolies jambes et des bras musclés, mais je n'avais jamais vu son torse. Ni son ventre. Ni…

— Admettons qu'on joue à ton jeu, ai-je lancé.

— Admettons.

— Admettons que je gagne.

— Admettons.

— Admettons que tu te retrouves complètement nu.

— Admettons.

— Il se passe quoi, ensuite ?

Il a marqué une pause et mon cœur aussi.

— Ensuite, tout dépendra de toi.

Un frisson m'a traversée. On y était. Le moment de vérité. J'étais sur le point de coucher avec Max Levin. J'en avais envie depuis que j'avais posé les yeux sur lui. Ce qui était à la fois excitant et sans précédent.

— Tu ne veux pas savoir ce qui se passera, si tu te trompes ?

— Non.

Je lui ai fait un clin d'œil. Incroyable ! Je flirtais avec lui sans la moindre pudeur.

J'ai croisé les jambes et les bras d'un air décidé.

— Allez, c'est parti.

Il a commencé à examiner les fiches en détail.

— Attends, tu n'as pas le droit de choisir.

— Bien sûr que si, c'est moi qui vais me retrouver à poil !

Il a tapé la moitié du paquet avec l'autre moitié.

— Première question : « La responsabilité sociale des entreprises se définit comme… »

Fastoche. Le droit des sociétés, c'était ma spécialité.

— … le rendement d'une entreprise sur le plan environnemental, social et économique ainsi que les répercussions de l'entreprise sur ses intervenants à l'interne et à l'externe.

— Très bien.

Il a posé les cartes et tiré sur son nœud papillon pour le défaire. Sans me quitter des yeux, il l'a fait coulisser sous le col de sa chemise et, avec un geste théâtral, l'a tenu un instant entre ses doigts avant de le laisser tomber par terre.

D'un coup d'œil rapide, j'ai estimé que je n'avais qu'à répondre correctement à quatre questions pour le déshabiller complètement. Cinq, s'il décidait que chaque chaussette comptait comme un vêtement.

C'était à ma portée.

Il a posé la deuxième question. J'ai roulé des yeux.

— Je croyais que c'était censé être difficile ! L'expression commerciale est reconnue comme une activité protégée sous l'article 2 (b) de la Charte canadienne des droits et libertés.

Il a enlevé sa chemise. Très lentement.

— Troisième question.

De nouveau, j'ai répondu correctement.

La question suivante était tirée d'une étude de cas. J'ai essayé de prêter attention pendant qu'il lisait l'énoncé, mais la perspective de découvrir une nouvelle zone de son corps nuisait gravement à ma concentration.

Pas au point de m'induire en erreur, cependant. Un instant plus tard, Max se trouvait face à moi… en boxer. Je ne m'étais jamais posé la question du type de sous-vêtement masculin que je préférais, c'était du pareil au même, pour moi. Rien ne m'avait donc préparée à la vision de Max vêtu d'un bout de coton turquoise qui lui ceignait les hanches et moulait son… abondant matériel. Abondant et en érection. Sur le point d'échapper à sa prison de tissu.

Je voulais libérer le captif. J'étais avocate, après tout.

J'avais *besoin* de voir Max nu. Plus que d'obtenir mon diplôme. C'était urgent parce que, sinon, quand aurais-je de nouveau l'opportunité d'avoir le mec le plus sexy de la terre dans son plus simple appareil, dans ma chambre ? Sans mentionner qu'il m'avait donné carte blanche si je gagnais le quiz.

— Question suivante ? ai-je demandé en m'éventant d'une main.

Mais j'avais trop chaud pour que cela me soulage un tant soit peu. Le désir palpitait contre les coutures de mon pantalon et s'étendait à tous mes membres.

Max a toussoté comme s'il avait besoin de s'éclaircir la gorge, alors qu'il était évident qu'il se retenait de rire. Je m'en fichais pas mal. C'était lui qui m'avait mise dans cet état. Dans tous mes états, plutôt, en se déshabillant. Je ne voulais pas savoir ce qui allait se passer quand il me toucherait enfin. Je le savais, en fait. J'en avais eu un aperçu, sur le bateau. Et au cours du gala.

Il a fini de lire la question, et j'ai récité avec un grand sourire que, d'après la jurisprudence, la négligence de Jane avait provoqué l'écroulement du bâtiment et impliquait donc une faute délictuelle et contractuelle à l'égard de Bob.

Sans hésiter, il a posé les fiches sur le lit, a accroché les pouces à l'élastique de son boxer, s'est relevé légèrement, et l'a fait glisser le long de ses jambes.

Et moi qui croyais qu'il allait ôter ses chaussettes !

Il s'est rassis et a levé les yeux vers moi.

— Tu as gagné.

J'étais sans voix. Sa… était… Elle était… parfaite. Je me fichais pas mal qu'elle soit grande ou petite. Incurvée ou droite. Mais je ne m'attendais pas à la perfection. Quand je parlais de perfection, je voulais dire que sa bite semblait faite spécialement pour moi et rien que pour moi. J'ai oublié, à cet instant précis, son métier et son passé. Je n'avais qu'une seule pensée : Max était — de la tête aux pieds — à moi. Je n'avais qu'à tendre la main pour me servir. Peut-être que tout ce que j'avais à faire c'était le chevaucher… Il glisserait en moi, sans poser de question.

Je l'ai dévisagé. Sans me quitter des yeux, en un geste dont il ne devait pas être conscient, il s'est caressé.

C'était à peine si j'ai réussi à souffler :

— Refais ça…

C'était excitant. Chaud brûlant. Son geste se répercutait au fond de mon ventre comme s'il y était.

— Que je refasse… ça ?

Il s'est caressé de nouveau.

J'ai écarquillé les yeux, je n'avais jamais vu un homme se masturber.

— Tu veux que j'éjacule ?

Je me suis passé la langue sur les lèvres. Peut-être que je voulais plus que ça… Mais pour l'instant…

Pour l'instant, il bandait plus fort que lorsqu'il s'était déshabillé. Je regardais, fascinée, la courbe bien dessinée de la couronne, la veine sombre qui descendait jusqu'à disparaître dans l'ombre, entre ses jambes…

— Tu dois me le dire, a-t-il insisté, sans cesser de se toucher. Dis-moi que c'est ce que tu veux.

Ce n'était pas facile. J'ai acquiescé, mais il m'a fait comprendre d'un geste que ce n'était pas suffisant. Je me suis mordu la lèvre.

— Ou… Oui.

Il s'est penché pour enlever ses chaussettes, mais je l'ai arrêté.

— Garde-les.

J'en avais besoin pour être sûre que je ne rêvais pas. Max Levin complètement nu aurait pu n'être que le produit de mon imagination. Max en chaussettes, c'était forcément la réalité.

— Petite perverse, a-t-il dit avec un sourire. Tu aurais du lubrifiant ?

J'ai secoué la tête.

— De la crème ?

Ça, j'avais. J'ai bondi vers ma table de chevet pour prendre ma crème pour les mains. Il a levé un sourcil quand je la lui ai tendue.

— C'est pour *les mains*. Les filles ne peuvent pas l'utiliser... là. Sauf à vouloir choper une vilaine infection.

Il a ri en même temps qu'il en déposait deux noisettes dans sa paume.

Je me suis approchée. Je voulais être aux premières loges. Les mains enduites de crème, il a augmenté la vitesse de ses mouvements. C'était plus brusque, plus fort que je ne l'aurais imaginé. Et mille fois plus excitant. Ces râles qui venaient du fond de sa gorge. La façon dont il gardait les yeux sur moi. Je me suis demandé combien de temps il allait tenir... et ce que je pourrais faire si je voulais le réduire, ce temps.

— À quoi tu penses ?

J'étais curieuse de savoir ce qui se passait dans sa tête.

— Pas besoin de penser. Rien qu'en te regardant, je pourrais finir...

J'ai porté un doigt à ma bouche... mais je n'arrivais pas à aller plus loin. J'ai mordillé mon ongle. Oser ou ne pas oser, telle était la question. Une étincelle sombre a traversé son regard et j'ai su que je n'avais pas le choix. C'est moi qui avais allumé ce feu sombre dans ses yeux, et je ne voulais pas qu'il s'éteigne.

J'ai sucé le bout de mon doigt, puis je l'ai introduit un peu plus loin. J'ai serré mes seins entre mes bras, et il a gémi. Sa respiration est devenue haletante. Il a serré plus fort sa queue. Moi, j'ai commencé à me caresser un sein. D'abord, je me suis contentée de poser ma main libre dessus, puis j'ai pressé doucement, et caressé de mon doigt humide le bout déjà durci.

Ensuite, j'ai écarté les jambes. La maille du pantalon épousait le relief de mon sexe.

Il a lâché un juron entre ses dents.

— Approche.

J'étais déjà à côté de lui, sur le lit, avant de m'être rendu compte de ce que je faisais.

Il était si beau ! Je ne me lassais pas de le regarder. Ses mains si fortes. Son torse musclé. Ses abdos parfaitement définis. La largeur de ses épaules. J'ai fait courir mes mains sur sa peau, ses bras, sa poitrine, son cou. Je me suis penchée pour aspirer son parfum musqué, devenu mon odeur préférée.

Il a posé ma main tout près de son sexe. Je l'ai pris, l'ai caressé. Sa respiration s'est accélérée. Il a rattrapé la crème et m'en a enduit la paume.

Sa langue a dessiné une ligne humide du col de mon T-shirt au lobe de mon oreille. Dans un murmure brûlant, il m'a demandé :

— Fais-moi jouir.

Tant de désir en si peu de mots ! J'ai reconnu, avec un frisson, l'urgence qui déformait sa voix. C'était la même qui m'avait fait gémir, l'autre matin, sur le bateau.

J'étais concentrée sur les mouvements de ma main. Enduite de crème, elle glissait facilement en un va-et-vient cadencé. Je serrais et desserrais, changeais de rythme. Chaque variation suscitait chez lui un gémissement et le poussait insidieusement vers le point de non-retour.

Je me suis mise à genoux sur le matelas, collée à son flanc, mes seins contre son bras, une main sur son sexe, l'autre qui caressait son dos. Il a crispé les doigts sur la couette. Son autre main malaxait mes fesses, mais j'étais au-delà des préliminaires. Je voulais qu'il jouisse. Je voulais lui donner un plaisir aussi explosif que celui qu'il m'avait fait découvrir.

Mon poing bougeait si vite qu'il semblait flou. Max tremblait de tout son corps. J'ai senti qu'il était sur le point de jouir.

J'ai pressé un baiser sur sa tempe et, la seconde d'après, il s'est emparé de ma bouche, fébrile, impérieux. Sa langue a cherché la mienne et je ne me suis pas fait prier. Ses hanches montaient et descendaient pour accompagner l'intensité de mes caresses, ma main claquait contre son ventre, nos respirations affolées emplissaient la pièce.

J'ai gémi quand il a croqué ma lèvre, puis il a ployé la tête en arrière avec un râle déchiré, tandis que des gouttes brûlantes retombaient sur ma main.

Il m'a attrapé la nuque pour m'embrasser de nouveau, et m'a bercée contre lui en un baiser violent et tendre à la fois.

Je me suis assise sur les talons et j'ai ôté mon T-shirt pour essuyer son ventre et ses cuisses. Puis je me suis allongée sur le matelas en l'entraînant sur moi dans le même mouvement. Oh ! que c'était bon, son poids sur moi ! Son sexe était encore dur, il pouvait me donner ce que je voulais. Et ce que je voulais, c'était le sentir en moi. Sans délai.

— S'il te plaît…

L'envie avait rendu ma voix méconnaissable. Je n'avais jamais désiré quelque chose aussi fort de ma vie. Je n'avais jamais voulu être possédée par quoi que ce soit, par qui que ce soit. Mais à ce moment-là, j'avais l'impression que j'allais mourir s'il ne me prenait pas sur-le-champ.

— Everly…

Je l'ai embrassé pour le faire taire. Il allait protester et, franchement, je n'en comprenais pas la raison.

— J'ai besoin de plus. J'ai besoin…

Il a murmuré à mon oreille :

— Je sais ce dont tu as besoin.

Il s'est relevé et j'ai essayé de le retenir. En vain. Ses mains étaient déjà en train de faire glisser mon pantalon le long de mes jambes.

La seconde d'après, sa langue s'immisçait entre mes cuisses, précise, déterminée, puis il a aspiré mon clitoris dans sa bouche.

Oh Seigneur.

Il a déposé un baiser sur chacune de mes cuisses, puis un autre entre les deux.

Oh putain.

Puis il s'est mis à me lécher avec des coups de langue langoureux, des caresses gourmandes qui montaient et descendaient, et me mettaient dans tous mes états.

Oh il-n'y-a-pas-de-mots.

Les mains agrippées à la couverture, je me suis abandonnée à son savoir-faire. Je n'arrivais plus à respirer, et je ne pouvais pas empêcher les sursauts de mon corps chaque fois qu'il me prenait entièrement dans sa bouche. Sa langue ne me donnait pas de répit, mais, chaque fois que je me croyais sur le point de jouir, il calmait le jeu. Il m'a fait avancer et reculer sur la spirale de l'orgasme pendant un temps qui m'a semblé durer des heures. C'était une torture de ne pas arriver à jouir, mais c'était la torture la plus délicieuse du monde.

Finalement, il a eu pitié de moi et a glissé un doigt, puis un autre en moi, sans cesser de me lécher comme si sa vie en dépendait. Mon corps s'est crispé une dernière fois et un orgasme terrassant m'a emportée dans une autre dimension. Quand j'ai rouvert les yeux, une éternité plus tard, son regard m'enveloppait avec adoration.

— Tu es si belle ! a-t-il murmuré en déposant un baiser sur mon sexe.

La douce pression de ses lèvres sur ma peau brûlante était un délice. Je n'avais rien contre le fait qu'il s'attarde encore entre mes jambes, mais j'avais besoin de plus. Je voulais qu'il plonge en moi, qu'il me prenne ; je voulais sentir son sexe dans le mien et les sensations retentir dans mon corps comme les alarmes dans une ville en feu.

— Max ?

J'ai tendu le bras en tâtonnant pour trouver ce dont j'avais tellement besoin, mais il a replongé entre mes cuisses.

— Oh mon Dieu !

C'était si bon ! Comment regretter ce qu'il ne me donnait pas, alors qu'il était en train de me donner… autant ? J'étais incapable de maîtriser les convulsions de mon corps, mais il a posé la main sur mon ventre pour me maintenir contre le matelas, sans cesser de me lécher. Puis il est descendu pour titiller l'orée de mon sexe avant de revenir sur mon clitoris. Il l'a refait une fois, une autre, jusqu'à ce que j'aie l'impression de flotter au-dessus de mon corps. Sans pour autant perdre une miette des sensations sublimes qu'il provoquait.

Puis sa langue audacieuse a fureté entre mes fesses, dangereusement près de l'endroit interdit. Pourtant, je n'ai éprouvé ni choc ni répulsion, c'était tout simplement bon. Une nouvelle nuance dans le plaisir. Ses mains sont remontées le long de mon buste, ses doigts frôlant la courbe de mes seins. J'ai crié de plaisir. J'adorais tout ce qu'il me faisait.

Je planais si haut qu'il me semblait impossible de jouir encore, et pourtant, j'ai senti qu'un nouvel orgasme montait en moi avec une puissance imparable.

En même temps qu'il prenait mon clitoris dans sa bouche, j'ai inspiré longuement, puis j'ai relâché l'air en soupirs entrecoupés. C'était trop, je ne savais plus comment respirer. Je n'étais plus qu'un millier de sensations indicibles.

Enfin, la tension qui s'était accumulée après tant de caresses a lâché et l'orgasme a explosé, m'arrachant un cri éperdu. La chambre tournait autour de moi, la terre entière tournait autour de nous en un tourbillon délirant de lumières colorées.

Sa langue continuait à caresser mon clitoris, et je tremblais de la tête aux pieds. Je ne voulais pas que ça s'arrête. Seigneur, je venais de jouir contre sa bouche et j'en voulais encore.

Une véritable junky du plaisir. Totalement accro à Max. Mais… est-ce qu'il allait me donner enfin ce que je voulais ? Allait-il me *baiser* ?

Oh ! s'il te plaît, s'il te plaît.

Quand il est remonté sur le matelas pour s'étendre à côté de moi, et qu'il m'a enveloppée tendrement de ses bras, son torse contre mon dos, j'ai su qu'il ne le ferait pas.

Pourquoi ? Pourquoi ne voulait-il pas faire l'amour avec moi ? Est-ce qu'il croyait que ce serait trop pour moi ? Que ses envies étaient trop… extrêmes, pour une fille sans expérience comme moi ? Grace et Sadie avaient probablement raison. Un homme comme lui devait avoir besoin de plus que de sexe bien gentillet pour s'éclater. En fait, il me ménageait. Je le sentais, dans chaque caresse de sa main qui montait de ma cuisse à ma hanche, pour redescendre de nouveau.

Soudain, j'étais sûre qu'il éprouvait de la pitié pour la petite Everly qui ne s'amusait jamais. Sûre qu'il me trouvait coincée.

Un nœud de larmes m'a brûlé la gorge ; je les ai ravalées. Pour la première fois de ma vie, je doutais de moi — de mon corps. Je n'étais pas son type. Certes, je le savais, mais j'avais pourtant cru voir quelque chose dans ses yeux, quand il me regardait. Que j'avais été naïve ! Il travaillait dans le porno depuis des années, il devait avoir une panoplie de regards à utiliser selon les occasions.

Peut-être que je m'étais trompée. Peut-être qu'il n'y avait pas chez lui la profondeur que j'avais voulu y voir. Peut-être qu'il était aussi creux et égoïste que je l'avais imaginé au départ.

13

Max

Je me suis enfermé toute la journée dans mon bureau, afin de peaufiner les arcs narratifs des prochains films de la série *Baby-sitters*. L'un des projets aurait comme vedette Abby, la fille que Ben et moi avions recrutée quelques jours plus tôt.

Impossible, cependant, de rester concentré ; j'étais hanté par l'image d'Everly nue et tremblante sous l'effet de mes caresses.

Ce qu'on avait vécu la veille m'avait ébranlé — pardon pour le mauvais jeu de mots. J'avais eu de nombreuses expériences sexuelles, avec beaucoup de femmes, aux endroits les plus variés, dans toutes les postures possibles et imaginables. La diversité des pratiques était le piment de ma vie sexuelle et, plus elles étaient extrêmes, plus je m'éclatais. C'était cette diversité qui rendait les choses à peu près intéressantes, étant donné que je ne cherchais pas de connexion intime avec mes partenaires. J'étais habitué à baiser à loisir, mais avec Everly, nous avions pris notre temps. Comme des adolescents qui découvraient la sexualité. Nous étions sortis ensemble trois fois et je n'en étais qu'au stade des caresses poussées. Au lycée, je n'attendais pas si longtemps pour glisser la main dans la culotte d'une fille. Pourtant — à ma grande surprise, je dois dire —, je n'avais jamais été aussi comblé.

Quand j'étais rentré chez moi, après notre rendez-vous, je m'étais couché en espérant rattraper un peu de mon sommeil en retard avant la longue journée qui m'attendait, mais je n'avais pas pu dormir. Je bandais encore et ne cessais de fantasmer aux façons dont je pourrais corrompre l'innocence d'Everly. Quoique, d'après le peu que j'avais pu voir — son expression quand je m'étais masturbé devant elle —, peut-être n'était-elle pas aussi innocente que ça.

Mais elle méritait bien mieux que mes fantasmes pervers — les seuls qui me venaient à l'esprit, étant donné mon métier. Comment étais-je censé avoir une relation normale avec une fille, quand tout ce qui me venait en tête, c'était d'éjaculer sur son visage ou de la sodomiser ? Et je ne parlais là que de mes fantaisies les plus habituelles, tirées des situations où je me trouvais constamment, parce que les femmes avec qui je sortais le demandaient. Comme je produisais des films pornos, on imaginait que j'aimais baiser comme dans ces films. Un a priori qui avait la peau dure et qui, pourtant, n'aurait pas pu être plus loin de la vérité.

— Tu es partant, pour une soirée poker ?

Ben a débarqué dans mon bureau, les cheveux retenus en catogan, ce qui voulait dire qu'il sortait de la salle de montage.

— Je ne peux pas. J'ai… rendez-vous.

Il s'est laissé tomber dans l'un des fauteuils en cuir en face de ma table.

— Tu veux dire que tu vas voir Everly ? a-t-il demandé en croisant les jambes nonchalamment comme à son habitude.

— Je te l'ai déjà expliqué, je l'aide à s'entraîner au jogging.

Nous nous connaissions trop bien pour qu'il gobe mon excuse, et son « Hum, hum » dubitatif me l'a confirmé. J'ai enregistré le document sur lequel je travaillais pour lui consacrer toute mon attention. Mais, au lieu de me pousser dans mes retranchements, il a lancé :

— Je crois que je vais organiser une petite soirée chez moi. Pour pendre la crémaillère, et tout ça.

Il venait d'acquérir une maison neuve au bord du lac. Sa première maison, superbe. Je la connaissais de fond en combles, puisque, avec Fridge, nous l'avions aidé à emménager. Il m'a pointé du doigt.

— Tu ne peux pas refuser, mon pote. Invite Everly, si tu veux.

— Lui imposer une bande d'abrutis comme vous ? Hors de question, *mon pote* ! Je lui présenterai d'abord mon p…

— Max !

En parlant du loup…

La voix tonitruante de mon père m'a fait bondir. Depuis quelque temps, sa présence me mettait les nerfs en pelote. Il s'est avancé vers mon bureau avec un hochement de tête à l'intention de Ben.

— Salut, Benson.

— Bonjour, Hirsh. Content de vous voir.

Pour la plupart des gens, mon père était une figure intimidante, mais pas pour Ben, qui avait pratiquement grandi chez nous. À partir du moment où ma mère avait compris que la sienne préférait la compagnie de n'importe quel mec plutôt que celle de son fils, elle avait pris Ben sous son aile et l'avait considéré comme un deuxième fils.

Ben s'est levé pour partir, mais mon père lui a fait signe de se rasseoir.

— Tu peux rester, fiston. Je ne serai pas long.

— Qu'est-ce qu'il y a, papa ?

Je n'avais aucune envie de discuter de mon avenir à la tête de White Lace. Les dernières fois que le sujet était venu sur la table, je m'étais trouvé en proie à des sentiments confus. Je n'étais plus si certain de vouloir marcher dans les traces familiales.

— Je viens de discuter au téléphone avec Randall Hunter.

Randall Hunter était le plus grand producteur de porno de la Silicon Valley. Mon père le considérait comme un ami, alors que pour Randall, mon père était avant tout un rival. Cette petite nuance en disait long sur la personnalité de mon père. Se faire des ennemis ne l'intéressait pas. Ce qui l'intéressait, c'était de gagner de l'argent.

— Qu'est-ce qu'il veut encore, celui-là ?

Randall passait sa vie à nous appeler pour essayer de nous convaincre d'établir ce qu'il appelait « un échange de bons procédés », quand ce qu'il voulait, c'était nous emprunter des actrices sous contrat au coup par coup, pour un seul film. Or, si nos employés étaient les mieux payés de l'industrie, c'était parce que j'y travaillais d'arrache-pied. Ou que j'y avais travaillé, en tout cas.

— Il m'a fait une offre d'achat.

J'ai relevé la tête brusquement pour chercher son regard, que je m'évertuais pourtant à éviter depuis qu'il était entré. Ben a eu une réaction similaire.

— Vous avez l'air aussi choqués que moi.

— C'est une offre intéressante ? ai-je demandé.

J'espérais que ce soit même une offre qu'il ne puisse pas refuser.

— Assez bonne pour que je me pose la question… le temps d'une seconde.

Ben a lancé un sifflement admiratif.

— Et tu en penses quoi ? ai-je demandé.

Dis que tu vas y réfléchir. Dis que c'est l'occasion de partir vers de nouvelles aventures. Dis que je n'ai pas à choisir entre un chemin tout tracé et la culpabilité de t'avoir déçu.

— Je ne vais pas abandonner au premier venu la compagnie

que j'ai mis des années à bâtir. White Lace est notre famille. On l'a dans le sang. Je dirais même que j'y ai laissé mon sang.

— Tout à fait, Hirsh. Et Maxy saura la faire prospérer en gardant ce bel esprit, n'en doutez pas.

Puis il a ajouté avec un sourire :

— Avec mon aide, bien sûr.

— Vous avez du flair, vous les jeunes. Vous savez ce qui se fait et ce que les gens likent sur « Facemachin » ou « Twister ».

Ben et moi avons réussi à ne pas éclater de rire. Mon père essayait de suivre les réseaux sociaux, mais il était aussi à l'aise qu'un poisson sur un vélo.

— Entre ton sens des affaires, Max, ton œil pour les talents, et le génie créatif de Ben, cette compagnie peut doubler en taille et en bénéfices. J'en suis convaincu.

— Max ne veut pas vendre, a déclaré Ben en me regardant. Hein, que tu ne veux pas ?

La vente de White Lace le mettrait dans le pétrin, mais c'était peut-être ce dont il avait besoin. Il avait des doutes, infondés à mon avis, sur son talent de cinéaste, et tourner de films de cul était sa façon de ne pas affronter ses peurs.

— Il ne s'agit pas uniquement de nous, Max. Les techniciens, les acteurs, ils ont besoin de nous. Il n'y a pas tellement d'endroits sûrs pour les hommes et les femmes qui ont choisi l'industrie du sexe. Si on vend, qui va leur offrir des conditions de travail décentes, qui va leur laisser une chance de réaliser leurs projets ? Pas Randall Hunter.

Et voilà ! Ma dose de culpabilité de la journée ! Il se sentait investi d'une mission et il espérait que je m'en empare avec le même dévouement que lui. Sans songer à me demander mon avis.

— En plus, qu'est-ce que tu ferais dans la vie, si tu n'avais pas White Lace ?

C'était exactement la question que je me posais inlassablement depuis… depuis que j'avais rencontré Everly. Depuis le jour où quelqu'un m'avait enfin percé à jour. Mais si mon propre père me croyait incapable de quoi que ce soit d'autre, qui allait me faire confiance, si je décidais de tenter ma chance dans un secteur d'affaires plus conventionnel ?

J'avais de l'argent et, dans quelques semaines, j'entrerais en possession d'une véritable fortune qui me permettrait de me lancer en solo, si j'en avais les couilles. Mais il y avait peu de choses dans ce monde pour lesquelles j'étais bon, et sortir de ma zone de confort n'en faisait pas partie.

White Lace et moi, c'était pour la vie, apparemment. J'avais intérêt à y trouver mon compte, d'une façon ou d'une autre.

— Bon, papa, on dirait que tu n'as pas eu à réfléchir longtemps.

— Tu es très bon dans ce que tu fais, Max. Ne l'oublie pas.

Je connaissais la chanson, c'était même la bande-son de ma vie : j'étais très bon. Pour tout. Et j'y avais cru, jusqu'à peu. Il y avait quelque chose dans sa façon de me regarder qui me disait qu'Everly ne se laissait pas berner par cette prétendue excellence, qu'elle avait vu au fond de moi et que ce qu'elle y avait trouvé n'était pas très ragoûtant.

Mon père avait déjà la main sur la poignée de la porte quand il s'est retourné :

— Ah. Il faut envoyer l'e-mail pour la fête… Vous voulez bien vous en occuper ?

Il organisait toujours une soirée pour célébrer la fin du tournage des longs-métrages. C'était en fait un prétexte pour réunir tout le monde et passer un bon moment.

Ben et moi avons acquiescé à l'unisson, et il est parti.

J'avais invité Everly au gala de charité. J'envisageais de l'emmener dans la maison de mon enfance. Mais je ne comptais pas l'inviter à une fête de fin de tournage.

Non parce que j'avais peur qu'elle juge mon milieu. J'aurais été fier de me montrer en public avec elle. Mais je n'allais pas lui imposer certaines de nos actrices. Elle n'était pas comme elles, tout simplement, et risquait d'essuyer des regards de travers et des commentaires railleurs.

Non. Ce n'était pas ça. Qu'est-ce qui me prenait ? Les nanas qui travaillaient pour nous étaient pour la plupart des chics filles. En réalité, je ne voulais pas qu'Everly me voie dans mon élément ; je voulais mettre autant de distance que possible entre le mec du porno et elle. Or, elle ne pourrait plus nous dissocier, si elle m'accompagnait à cette fête.

— Quand il aura pris sa retraite, ai-je dit, on sera les boss, toi et moi.

— Tu es sûr de ça ?

Ben me regardait d'un air curieux.

— Évidemment !

Je mentais. Rien n'était moins évident. Mais je ne savais pas comment lui dire que j'étais mort de trouille à la perspective de diriger l'entreprise familiale, que je paniquais à l'idée de devenir, de façon permanente, le personnage que j'avais créé.

— Soyons clairs, c'est toi, mon pote, qui sera ze big boss, a-t-il dit avec un énorme sourire. Moi, je fais ce qu'on me dit.

Mon œil. Ben n'était ni mon second ni mon bras droit. Il était mon associé, aussi important que moi pour la survie de la boîte.

Avec un de ces sauts du coq à l'âne dont il avait le secret, il a enchaîné :

— Tu sais que Bryce vend le Concord ?

— Ouais.

— J'espère que l'acheteur va le remettre d'aplomb. C'est un

gâchis, pour l'instant. Entre de bonnes mains, la file d'attente pour entrer au club doublerait.

— C'est sûr. Il y a un potentiel monstre. Ça pourrait être l'hôtel le plus branché et le plus rentable de la ville.

J'avais des idées à la pelle, justement, pour le Concord. Trois ou quatre par jour, au moins.

— S'il y a quelqu'un qui sait miser sur un bon potentiel, c'est toi, Maxy.

Qu'est-ce qu'il racontait ? Tout ce que je savais faire, c'était des films pornos qui rapportaient. Acheter un hôtel m'obligerait à m'éloigner beaucoup trop de ma zone de confort.

Tu ne vas pas acheter un hôtel. Arrête de planer.

Mon avenir avait été déterminé avant même ma naissance, et personne ne me prendrait au sérieux dans le monde traditionnel des affaires. Mes interactions au sein de la fondation de ma mère l'avaient largement démontré.

Ben a levé le poing et on a topé.

— Allez, on se bouge ! J'ai encore beaucoup à faire, et je dois partir dans une heure.

— Rendez-vous *galant* avec Everly ?

Il a remué les sourcils comme si on avait encore treize ans. Comme si je risquais de manquer le sous-entendu.

— C'est un rendez-vous sportif, figure-toi.

Elle s'améliorait de jour en jour. Bientôt, elle courrait ses deux kilomètres comme une championne.

— Elle s'est déjà lassée de tes piètres performances au lit ?

— Piètres ?

Jamais eu de plainte. Sans dire qu'on ne « performait » pas au lit. Pas encore, en tout cas.

— Tout le monde ne peut pas être aussi bon que moi.

Je lui ai lancé un stylo qu'il a attrapé au vol.

— À plus, Maxy. Amuse-toi.

Si tout allait bien, on allait s'amuser. Après l'entraînement, j'avais l'intention de la faire rire. J'allais lui faire découvrir la chambre la plus secrète de la maison de mon père — la maison de mon enfance.

J'espérais seulement qu'elle saurait voir le côté drôle de mon dysfonctionnement.

14

Everly

Max ne m'avait pas laissé le temps de me changer après l'entraînement, et j'étais encore en sueur quand nous sommes arrivés chez son père. Normalement, j'en aurais été gênée, mais grâce au sport, et surtout, grâce à la séance de *stretching* au cours de laquelle Max m'avait aidée à étirer tous mes muscles, je flottais sur un nuage d'endorphines.

J'avais l'habitude des belles demeures, mais la propriété des Levin était à couper le souffle. Un immense parc verdoyant s'étendait à perte de vue derrière un grand portail grillagé. J'ai tout de suite imaginé Max et Ben, gamins, s'amuser à grimper aux arbres qui entouraient le beau manoir de style Tudor.

Max a ouvert la double porte en bois et a tendu le bras.

— Bienvenue.

J'ai hésité. Ce n'était pas banal, d'être invitée chez lui, chez son père. Est-ce que ça signifiait que notre relation passait à la vitesse supérieure ?

— N'ai pas peur. Nous n'avons pas de cachots à la cave… Enfin, plus.

Il m'a fait un clin d'œil et j'ai enfin franchi le seuil, en le frôlant au passage — je n'avais pas le choix, son corps prenait tout l'espace. Une décharge électrique m'a traversée. Est-ce que j'allais m'habituer un jour à son contact, à sa présence ?

Je me suis trouvée dans un grand hall circulaire, dallé de marbre ivoire moucheté d'or. Des colonnes dans le même matériau soulignaient les ouvertures, qui donnaient, à droite, sur une salle à manger, à gauche, sur un salon. Face à moi, un couloir menait vers la cuisine et, sur le côté, un escalier à l'italienne montait à l'étage.

La décoration était un peu datée, et franchement kitch. Comme si on l'avait façonnée en piochant dans le grenier de Liberace.

— C'est donc ici que tu as grandi…

— Oui. Ma mère aimait l'extravagance. Mes parents ont acheté la maison comme ça et l'ont laissée en l'état. Maman disait que ça lui donnait l'impression d'être une *show girl* de Las Vegas.

Deux guéridons baroques adossés aux murs accueillaient une petite forêt de photos encadrées. Une image a attiré mon attention : le portrait à contre-jour d'une très belle femme blonde, assise dans l'herbe, un verre de vin à la main. Elle portait une capeline blanche et de grandes lunettes en écaille. J'ai été touchée par l'incroyable douceur de son sourire. Elle ne ressemblait en rien à l'idée que je me faisais d'une ancienne star du porno. Pas de décolleté outrageux, pas de Botox, pas de collagène. Au contraire, une beauté rayonnant de naturel.

— Depuis la mort de ma mère, la première chose que mon père fait, chaque fois qu'il entre dans la maison, c'est embrasser cette photo.

Un autre fait inattendu. J'avais décidé de mettre en quarantaine tous les préjugés que j'avais à propos de Max et sa famille. C'était émouvant de penser que son père, qui avait entre les mains l'avenir de femmes qui gagnaient leur vie en baisant devant les caméras, rentrait chaque soir pour retrouver sa femme.

— Elle était très belle.

— C'est ainsi que je me souviens d'elle. La plupart des gens étaient incapables de voir au-delà de son métier. Elle avait beau faire profil bas, pour eux, elle restait la nana des films.

Son air s'est fait grave, et j'ai eu un pincement au cœur. Pour sa mère, qui avait dû faire face à l'ignorance des gens, pour lui, qui en avait été témoin, et de ce fait victime de la méchanceté de ces esprits étroits.

— Tu comptes me dire ce que nous sommes venus faire ici ?

J'avais posé la question pour alléger l'ambiance, mais aussi parce que je mourais de curiosité.

— Nous sommes venus pour exécuter un autre point de la liste.

Je l'ai suivi le long d'un couloir, puis nous sommes descendus au sous-sol, où il s'est arrêté avec un sourire devant une porte fermée.

— Tu es devant la Salle de la Réussite des Levin.

— La Salle de la Réussite ?

Et moi qui croyais que c'était mes parents, les obsédés de l'excellence !

— Avant d'entrer, je dois te prévenir que ce que tu es sur le point de découvrir pourrait te marquer à vie. Moi, j'en porte les séquelles, c'est pourquoi je tiens à te mettre en garde.

Qu'est-ce que j'allais découvrir ? Des trophées sportifs du lycée ? Un diplôme insoupçonné ? Une tasse « Au meilleur papa du monde » ?

— Prête ?

J'ai acquiescé, grisée d'excitation. C'était une sensation que j'éprouvais beaucoup plus souvent, depuis ma rencontre avec Max. Il avait fait de ma vie une pochette-surprise et j'aimais ça, alors qu'avant lui je détestais les surprises. Je préférais savoir à quoi m'attendre, être préparée et équipée en toutes circonstances. À son contact, je me débarrassais de vieilles habitudes. Et ça faisait un bien fou !

Il a ouvert la porte. Je suis entrée derrière lui dans une pièce fortement éclairée.

Et je suis restée littéralement bouche bée.

— Bienvenue dans la Salle de la Réussite des Levin !

Des preuves de leur réussite du sol au plafond, en effet. Des étagères le long de trois des quatre murs, couvertes de DVD de films pour adultes, des couvertures de magazines encadrées, des sex-toys. Le tout classé par année, à partir de 1995. Mais ce qui rendait l'ensemble complètement surréaliste, c'était qu'au milieu de ces objets liés à l'industrie du porno, il y avait des dessins d'enfant, des tableaux d'honneur du lycée, des certificats de participation aux concours Exposcience.

— Presque quinze ans d'étalage d'ego dans une seule pièce. Pas mal, non ?

J'ai avancé jusqu'au centre de la salle.

L'année 1995 était représentée par un exemplaire de *Playboy* avec une belle blonde en couverture, deux statuettes en cristal en forme de pénis, — « À la meilleure interprète féminine » et « À la meilleure orgie » — ainsi que par une mention d'honneur à la cinquième meilleure démarche scientifique.

Pour le millésime 2000, il y avait plusieurs statuettes, quelques sex-toys — dont un vagin moulé d'après Mme Levin et… deux médailles d'or du lycée, pour un championnat de cross et une course de fond.

Quand j'ai enfin réussi à détacher mon regard des étagères, je me suis tournée vers Max. Il attendait ma réaction avec une expression neutre. Je ne savais pas trop quoi en penser, encore moins quoi en dire. Était-ce bizarre que les réussites de Max soient mises en avant comme celles de ses parents ? Était-ce triste que, depuis l'enfance, sa vie soit jalonnée d'orgies filmées et de sex-toys ?

Non. C'est… hilarant.

Je n'ai pas pu me retenir plus longtemps. J'ai commencé à rire aux éclats. J'en étais presque pliée en deux.

— Tu trouves ça drôle ? a-t-il dit en croisant les bras sur sa poitrine.

Il n'avait pas l'air embarrassé, ni fâché. Je me suis rapprochée des étagères pour observer de plus près les objets.

— Essaie de te mettre à ma place un instant. Tu imagines ce que j'ai pu entendre, à cause du métier de mes parents ? Tu imagines la tête de ton meilleur ami — Ben, dans mon cas — en voyant mon diplôme de brevet accroché à côté d'un vibromasseur ?

J'ai ri de plus belle, incapable de m'arrêter.

— Tu te moques de mon enfance traumatique !

Il a posé une main sur son cœur en un geste faussement dramatique.

J'étais certaine qu'il avait dû encaisser un nombre effarant de blagues douteuses et de commentaires sur sa mère, mais il n'était pas du genre à se laisser définir par les autres. Je l'avais compris le jour de notre rencontre. Il était bien dans sa peau et sa vie lui convenait parfaitement, tant pis si quelqu'un trouvait à y redire. Je l'enviais à un point qu'il ne pouvait imaginer. Je ne savais pas qui j'étais, à part une étudiante en droit, à part la fille de mes parents. Mais, peu à peu, je commençais à me deviner. Grâce à Max, même s'il ne s'en rendait pas compte.

— Excuse-moi. Désolée, mais…

Je me suis arrêtée à l'année 1996, devant une peinture à l'huile qui représentait, j'ai du moins cru le comprendre, un cheval, posée à côté d'un exemplaire collector d'un livre de photographies : *White Lace : une légende.*

— J'avais cinq ans. Pas mal, hein ?

— Révolutionnaire.

— La cerise sur le gâteau, c'était de venir ici avec mes grands-parents.

Il s'est placé derrière moi et m'a enlacée, pressant sa tête contre la mienne.

— Imagine, Max, treize ans, qui veut frimer avec son prix de sciences. Puis les grands-parents qui se retournent, tombent sur la reproduction d'un vagin et s'intéressent au mode d'emploi.

J'avais mal au ventre à force de rire, mais je n'arrivais pas à me calmer. Cette pièce avait tout pour être pathétique, triste, traumatisante, pourtant, Max et sa famille avaient su accepter leur différence et en faire une richesse. C'était admirable.

Je me suis frotté les yeux, j'en avais pleuré de rire.

— « Rire aux larmes. »

Je me suis retournée, et il m'a embrassée sur le front. Puis il a sorti sa copie de la liste et, du bout du doigt, a dessiné un « x » sur le papier.

— Voilà. Ça aussi, c'est fait.

J'étais émue par la confiance qu'il m'accordait en me montrant cette pièce qui représentait un grand pan de son histoire familiale, leur dynamique étrange et touchante à la fois. Qu'il m'y ait invitée comptait plus pour moi, beaucoup plus, que le fait de cocher un nouvel élément de la liste.

Que dire ? J'étais soudain redevenue sérieuse. Cet homme se pliait en quatre pour aider une inconnue qui tenait à venir à bout d'une liste farfelue pour que sa grand-mère soit fière d'elle. Qu'est-ce qu'il en tirait, lui ?

J'ai posé la main sur son épaule.

— Merci.

Il a haussé les épaules avec une petite grimace comme pour dissimuler son embarras.

— Je fais juste ma part, a-t-il répondu.

J'ai reporté mon attention sur les étagères et j'ai remarqué que l'exemplaire de *Playboy* était signé. La belle blonde en couverture ne portait que des bas résilles et avait une cravache à la main. C'était tout de même très bizarre : c'était sa mère, et elle était nue.

— On ne dirait pas que c'est la même femme que celle sur la photo dans l'entrée.

Comme le jour et la nuit. Dr Jekyll et Mr Hyde. Lana Lane n'était qu'un personnage, finalement.

— Ma mère était très douce. Elle se maquillait à peine, s'habillait en jean et T-shirt, portait des grosses doudounes en hiver. La femme sur cette image en était une version que je ne comprenais pas.

— Est-ce que ça… ça t'embêtait, parfois ?

— Je suis tombé dedans quand j'étais petit, et mes parents ont toujours eu un discours très clair sur leurs motivations. Comme dit mon père : « Je suis un homme d'affaires, et il se trouve que l'industrie du sexe est une bonne affaire. »

J'ai regardé autour de moi avec un pincement au cœur. Mes parents n'avaient jamais pris le temps de célébrer mes réussites, il fallait toujours viser plus haut.

— Tu as eu de la chance, tes parents étaient fiers de tout ce que tu faisais.

— Tu crois ?

Il a saisi une cocarde en satin.

— Un prix d'orthographe gagné en sixième. C'est *too much*, non ?

Je me suis approchée pour dégager les mèches qui tombaient sur son front.

— Tes parents étaient fiers de toi, ai-je répété.

J'ai caressé sa joue, les muscles de son visage ont frémi sous mes doigts.

— C'est une bonne chose, tu sais… Ils étaient fiers et te l'ont dit. À l'inverse des miens.

Mon pouce s'est attardé sur sa bouche.

— Tes parents aussi doivent être fiers de toi, a-t-il murmuré contre mon doigt.

Il a enfoui la main dans mes cheveux et a enroulé une mèche autour de son poing. J'ai frissonné de la tête aux pieds, surprise par l'intensité des sensations que ce simple geste suscitait.

— Je n'ai jamais vu quelqu'un de si déterminé, de si concentré sur l'objectif à atteindre. Ça force l'admiration.

Il a commencé à me lécher le pouce. Un geste intime, langoureux, qui m'a fait penser à ses baisers, à sa tête entre mes jambes. J'ai dégluti avec difficulté, m'écartant légèrement pour plonger dans ses yeux chocolat, les mains sur ses joues. J'étais si troublée que j'avais du mal à parler.

— L'ad… miration ? Pour moi ?

— Depuis que je t'ai rencontrée.

Je ne comprenais pas. Il bossait dur, très dur — et ses succès le prouvaient, comme si de rien n'était. Alors que moi, je devais trimer vingt heures par jour juste pour garder la tête hors de l'eau.

— Je ne vois pas comment tu pourrais m'admirer.

Il s'est penché pour m'embrasser sur la bouche. J'ai senti son souffle tiède sur mes lèvres et…

— Max, c'est toi ?

Je me suis raidie en entendant la voix qui venait du haut des marches. Max a poussé un long soupir en posant son front sur le mien.

— Oui, papa. Je suis là. Je frimais devant tous nos « succès ».

Il a mimé des guillemets en l'air en prononçant ce dernier mot, puis, tout bas, il a ajouté :

— Tu veux rencontrer mon père ?

Est-ce que je voulais rencontrer Hirsh Levin ? Le grand magnat du sexe ? Le géniteur de l'homme le plus sexy du monde ?

Oh que oui !

Pourtant, je me suis contentée de hocher la tête.

Il a posé la main au bas de mon dos pour me faire remonter l'escalier. J'avais l'impression que mon corps allait flamber. C'était fou, l'effet que me faisait ce simple geste, alors que j'étais complètement habillée. Une rafale d'images m'a traversé l'esprit sans crier gare : la bouche de Max, ses mains sur ma peau, ses doigts furetant dans mon sexe…

Qu'est-ce qui me prenait ? Je me suis ressaisie. Ce cher M. Levin avait l'habitude de voir des femmes en chaleur, et ce n'était pas l'image que je voulais donner de moi.

Quand nous sommes arrivés dans la cuisine, le père de Max feuilletait un livre de cuisine, des lunettes de lecture au bout de son nez droit et pointu. Il était grand, élancé. Il avait le menton carré, des beaux cheveux poivre et sel, et portait un costume aussi élégant que ceux que son fils affectionnait.

Il m'a regardée de la tête aux pieds par-dessus ses lunettes, et j'ai compris de qui Max tenait son sourire de séducteur.

— Qui est cette charmante demoiselle ?

— Papa, je te présente Everly Parker. C'est…

Il a marqué une pause à peine perceptible et, pourtant, j'ai eu le temps de m'affoler. Qu'est-ce qu'il allait dire ? Et qu'est-ce que je voulais qu'il dise ?

— … une amie.

J'espérais que ma déception était passée inaperçue.

— Enchantée, monsieur Lev…

— Appelle-moi Hirsh.

Il m'a serré la main chaleureusement, puis a fait le tour de l'îlot pour sortir du frigidaire une plaque de cuisson avec des morceaux de poulet disposés dessus.

— Maximillian, ça me fait plaisir que tu sois passé. Vous restez dîner, j'espère. J'essaie une nouvelle recette. Ça va être bon.

J'ai dû étouffer un rire. Maximillian ? Il s'appelait *Maximillian* ? *Maximillian* m'a lancé un regard noir.

— On a prévu… autre chose, papa.

— Mais non, allons ! J'aimerais faire plus ample connaissance avec Everly, a répondu son père en me regardant.

Si on m'avait demandé, cinq minutes plus tôt, comment j'imaginais le roi du porno canadien, je crois que j'aurais décrit un homme moustachu avec un costume voyant et l'œil égrillard. Ou pas. Mais ce qui était sûr, c'était que je ne m'attendais pas à cette version culinaire de… Tom Hanks.

Ils avaient beau diriger une entreprise qui suscitait des commentaires outrés chez les bien-pensants, le père et le fils Levin formaient, à première vue, une petite famille comme une autre.

De nouveau, mon cœur s'est serré. J'avais grandi dans une famille on ne pouvait plus traditionnelle. J'avais des parents dont le but, dans la vie, était de me voir réussir. Mais ils ne me connaissaient pas. On se parlait comme des inconnus, nos conversations ressemblaient à des réunions de travail dans un cabinet d'avocats. Quand son père regardait Max, je voyais de l'amour dans ses yeux. De la fierté. Mes parents ne m'avaient jamais regardée comme ça.

Je me suis accoudée au plan de travail pour jeter un coup d'œil au livre de recettes.

— Qu'est-ce que vous allez cuisiner, ce soir ?

Hirsh a levé les bras avec un grand sourire.

— C'est décidé, alors. Vous restez.

Ma curiosité était piquée au vif, et passer la soirée avec Max et son père me semblait tout à coup une excellente idée. La passer loin de mes livres et de mon ordinateur, une bien meilleure encore.

En acceptant mon premier rendez-vous avec Max, je comptais cocher un ou deux trucs sur la liste, puis poursuivre mon chemin sans me retourner. Je n'avais pas prévu une seconde qu'il allait me pousser, comme ma grand-mère, à sortir de ma coquille et profiter de la vie.

Encore moins que j'aurais envie de l'écouter.

15

Max

Emmener Everly à la maison n'était pas sans risque, mais j'avais calculé stratégiquement le moment. Mon père ne partait jamais du bureau avant 19 heures, d'ordinaire. Sauf qu'il avait choisi ce soir-là pour rentrer plus tôt.

— Qu'est-ce que tu fais là, papa ?

Il m'a décoché un regard mi-indigné mi-curieux qui voulait dire : « Comment oses-tu décréter quand je peux entrer et sortir de chez moi ? » Puis il a souri et répondu, avec un haussement de sourcils, mais sans lever les yeux du poulet :

— Tu espérais avoir la maison pour toi ?

Il me taquinait. Alors qu'il ne me taquinait jamais.

— Je…

J'étais incapable d'articuler une réponse cohérente, et l'intervention d'Everly m'a sauvé.

— Max m'a montré votre Salle de la Réussite. C'est super !

Avant ce soir, je n'y étais pas retourné depuis un bon moment et, en descendant l'escalier, je m'étais senti comme un gladiateur sur le seuil de l'arène. J'avais de nobles intentions en y invitant

Everly, mais j'ignorais si elle allait trouver ça drôle, pathétique, ou franchement dérangeant. J'étais soulagé de constater que j'avais eu raison de miser sur son sens de l'humour.

— La mère de Max mettait un point d'honneur à célébrer les bons résultats.

Je me suis demandé ce qu'elle aurait dit, en apprenant que je n'avais rien ajouté à la salle depuis cinq ans.

— Mes parents sont très forts pour me pousser à réussir, a dit Everly, les yeux rivés au plan de travail, la voix un peu étranglée. Beaucoup moins pour célébrer ensuite mes succès.

J'avais passé ma vie à entendre des compliments, pour tout et rien. C'était excessif, et un psy en aurait probablement conclu que là résidait la cause de mon arrogance. Maman me répétait à longueur de journée que j'étais génial et je la croyais, mais depuis son départ, j'avais de plus en plus la désagréable sensation que l'amour maternel l'avait aveuglée.

— Everly, tu veux bien me passer l'huile d'olive ?

Elle s'est exécutée avec un sourire adorable. Mon père a compté tout bas en tournant la bouteille trois fois au-dessus de la poêle pour y verser un filet d'huile.

Je savais qu'il s'était mis à la cuisine. Il me parlait de ses nouvelles recettes et apportait parfois des restes à Barb, qui les dévorait avec des grognements de plaisir. Mais le voir en action, des étoiles plein les yeux devant du poulet cru, c'était vraiment bizarre !

Cela dit, utiliser enfin cette cuisine était une bonne chose. Ma mère faisait de son mieux, mais la gastronomie n'avait jamais été son fort.

— Je regarde beaucoup la chaîne Gourmet, a-t-il dit en ajoutant dans la poêle l'ail qu'il avait soigneusement haché. À les voir faire, on a l'impression que c'est facile.

— Vous avez l'air parfaitement à l'aise, vous aussi, monsieur Levin.

— Hirsh, ma chérie, Hirsh. Il suffit de regarder ; on apprend beaucoup en observant.

Il a remué l'ail avec une spatule en bois et a fixé Everly.

— Au bout d'un moment, on n'a plus besoin de recette.

C'était donc ça, la nouvelle passion de mon père ? La chaîne Gourmet ? Je ne savais pas si je devais m'en attendrir ou m'en inquiéter. Quoi qu'il en soit, je me suis promis de passer le voir plus souvent.

— Alors, comment est-ce que vous vous êtes connus ?

Il a mis le poulet et d'autres ingrédients à l'intérieur d'un sac avec un zip et a commencé à le malaxer.

— Des amies communes, a répondu Everly en me regardant. Elles ont rencontré Max dans la perspective de signer avec votre maison de production.

Les mains de mon père se sont figées sur le sac.

— Les escortes ?

— Oui, ce sont mes colocataires.

Il a marqué une pause pour verser du riz dans une cocotte.

— Et toi, qu'est-ce que tu fais dans la vie, Everly ?

Jolie pirouette pour apprendre si elle exerçait le même métier que ses copines. Bien joué, papa !

— Je fais des études de droit.

Mon père était en général inoffensif, mais il fallait dire que je ne lui avais pas donné souvent l'occasion d'interroger une petite amie. Je n'avais pas amené de fille à la maison depuis le lycée, mais je craignais tout de même qu'il fasse un commentaire sur ma vie affective — ou plutôt sexuelle. Everly n'avait pas besoin d'entendre des anecdotes savoureuses à ce sujet.

— C'est toujours pratique, d'avoir un avocat sous la main.

— Papa ! D'un, Everly n'a pas le droit de donner de conseils légaux pour l'instant, de deux…

Je me suis frotté la nuque. Elle devait avoir l'habitude qu'on lui pose des questions en rapport avec ses études, mais je ne voulais pas grossir la horde des solliciteurs.

Je l'ai regardée, elle m'a adressé un sourire presque imperceptible, et c'est là que je me suis rendu compte que j'étais nerveux. Je voulais qu'elle ait une bonne impression. Mon père était un homme profondément bon, qui avait du charme à revendre, mais j'avais tout de même peur qu'elle ne l'aime pas. Or, je voulais qu'elle aime tout ce qui me concernait. Ma famille. Mon boulot. Mon… tout.

— Tu sais que c'est la première fois qu'il amène une fille à la maison, depuis le lycée ? a lancé mon père en se lavant les mains dans l'évier. Tu dois être quelqu'un de très spécial.

Bordel, mais qu'est-ce qu'il foutait ?

Je me suis raidi, embarrassé, ce qui ne m'arrivait pas souvent, vu que j'avais appris depuis longtemps à laisser glisser les avis des autres.

Merci, papa.

— Max, si tu ouvrais une bouteille de vin ?

Il a désigné du menton la salle à manger, où il stockait quelques bons crus à portée de main.

— Tu peux allumer le gril, aussi ?

Ce n'était pas ce que j'avais en tête pour la soirée, un dîner en famille avec ma vie perso comme plat principal. Il y avait certaines choses que je préférais garder pour moi. À vrai dire, tout sauf mon amour du sport. Et si je me dévoilais un peu plus chaque jour avec Everly, mon père, lui, semblait décidé à tout déballer allègrement. Je risquais fort de me retrouver, comme qui dirait, à poil devant elle. Ce dont je n'avais nullement besoin ni envie pour le moment.

Lorsque mon père a décidé que son chef-d'œuvre gastronomique était achevé, il a dressé les plats sur l'îlot et nous sommes passés à table. J'étais épaté, je dois le reconnaître : le poulet était doré à point, et le riz coriandre, citron vert, une merveille d'équilibre acidulé.

J'ai ouvert une bouteille de pinot Grigio qui se mariait à la perfection avec les plats, mais j'ai, pour ma part, préféré les accompagner d'une bière fraîche.

Pendant le dîner, mon père a raconté à Everly l'histoire de White Lace. Comment, avec ma mère, ils avaient quitté la Silicon Valley pour regagner leur Canada natal, afin de créer leur propre maison de production.

Après quelques années de dur labeur, White Lace était devenue la plus grosse boîte du secteur. À l'époque, on tournait très peu de films pour adultes au Canada, et mon père avait misé sur ce manque pour développer l'entreprise. Il avait alors lancé la série *Eh !*, qui mettait en scène des petites satires autour de nos stéréotypes. Le propriétaire du camion à poutines — des frites, du fromage et de la sauce — qui saute les habituées sexy. Le producteur de sirop d'érable qui attire les femmes dans son lit grâce au délicieux nectar. Je m'amusais beaucoup à trouver de nouvelles idées pour *Eh !*, c'était une de mes séries préférées.

— Parlez-moi de Max quand il était plus jeune.

Aïe. J'ai lâché mon couteau. Ça ne présageait rien de bon.

— C'était un trublion. Toujours à grimper aux arbres. Une fois, il a escaladé la façade de la maison, mais n'a pas su redescendre. Il a fallu appeler les pompiers.

Elle a ri. Et moi avec elle. Je m'en souvenais comme si c'était hier. Je n'avais pas eu peur, j'étais surtout ennuyé d'avoir perdu des heures de jeu vidéo.

— Avec son ami Ben, ils passaient leur temps à tourner des films dans la cour. Ça n'a pas changé. Sauf pour le lieu de tournage.

— Et le succès financier, l'ai-je interrompu. N'oublie pas ça !

Everly s'est étouffée avec la bouchée qu'elle mangeait, et je lui ai tapoté le dos.

— Je parie qu'il avait du succès avec les filles.

— Tu n'imagines même pas !

Même si je n'avais jamais abordé avec elle mon adolescence, ni la manière dont j'avais perdu ma virginité, j'étais sûr qu'elle n'était pas surprise par la réponse.

Mon père a éclaté de rire.

— Je ne saurais dire combien de fois j'ai décroché le téléphone, juste pour entendre des gloussements à l'autre bout.

— On pourrait parler d'autre chose ?

Elle a posé la main sur mon bras.

— Je veux en savoir plus sur l'homme avec qui je passe autant de temps ces derniers jours. En plus, j'aimerais recueillir quelques anecdotes embarrassantes pour me moquer de toi, plus tard.

— « Autant de temps », c'est-à-dire ? a demandé mon père.

De quoi se mêlait-il, bon sang ?

— Max m'aide à m'entraîner pour une course de deux kilomètres. En gros, si je ne suis pas en cours ou en train de réviser, je suis avec lui. C'est à peu près ça, non ?

Elle a eu un sourire adorable. Et j'ai acquiescé.

Mon père m'a regardé d'un air curieux. Qu'est-ce qu'il allait encore trouver pour m'embarrasser ?

Il a levé son verre et porté un toast :

— C'est sympa d'avoir des invités. Je suis heureux de dîner en famille de nouveau.

Nous avons trinqué. Sa remarque m'a serré le cœur. Je n'avais pas cherché à passer du temps avec lui, dernièrement. Nous nous voyions au bureau, bien sûr, lors d'événements professionnels, mais cela ne pouvait compenser le manque de moments avec son fils, ni les soirées solitaires dans cette grande maison. J'ai soudain compris son engouement culinaire et son insistance pour qu'on reste dîner : il se sentait seul.

Après avoir rangé la cuisine, je l'ai remercié encore une fois et j'ai pris Everly par la main pour partir. Mais mon père m'a fait signe de venir lui parler en privé.

Discrète comme toujours, Everly nous a laissés seuls.

— J'espère que tu vas la garder, a-t-il dit en me serrant le bras.

— Je l'aide juste à finir un truc, j'ai répondu tout bas. Ce n'est pas grand-chose.

Il a soupiré en jetant un coup d'œil à Everly qui contemplait le jardin depuis la porte, dos à nous.

— Ben… Moi, je l'aime bien. Et toi, tu m'as l'air de vouloir lui prouver quelque chose. Ou le prouver à travers elle. Il se passe un truc, en tout cas…

J'étais aussi transparent que ça ? Tout ce que j'avais fait — ou comptais faire —, c'était dans le but de venir à bout de cette putain de liste. Pour elle, rien que pour elle. D'accord, il y avait de petits à-côtés pour mon bon plaisir. Mais elle semblait apprécier autant que moi. Autrement, j'aurais laissé tomber.

Cependant, une petite partie de moi voulait prouver que je n'étais pas le cliché ambulant que tout le monde voyait en moi. Et si j'arrivais à en persuader Everly, peut-être que je pourrais en convaincre d'autres aussi.

16

Everly

J'ai lâché les livres sur la table, plus bruyamment que j'aurais dû, puisque j'étais à la bibliothèque, mais je m'en fichais. Je voulais disparaître, or, tout ce que je pouvais faire pour l'instant, c'était enfouir la tête dans mes bras. Ce que j'ai fait.

J'ai senti le regard de Grace sur moi. Nous étions à notre place habituelle, dans la zone « travail en groupe », où nous nous retrouvions chaque mercredi, parce qu'on y avait le droit de parler. Et j'en avais plus que besoin.

— Qu'est-ce qu'il y a ? a-t-elle demandé, inquiète.

Sans même relever la tête, j'ai sorti mon exposé du sac et le lui ai tendu.

Elle a mis un moment avant de répondre :

— Tu as la moyenne, c'est déjà ça.

J'ai sursauté. La moyenne ne me servait à rien, j'avais besoin d'une mention « très bien ». Résultat que j'aurais obtenu, avant l'arrivée de Max dans ma vie, dans mon sommeil.

Max, dont j'étais en manque, d'ailleurs. Quand je n'étais pas en train de réviser, j'étais avec lui, et dormir ne faisait pas partie de nos activités.

— Ce n'est pas la fin du monde, a dit Grace en me pressant le bras. Tu peux rattraper ça, non ?

J'ai levé la tête pour la regarder.

— C'est trop tard. C'est le dernier semestre de ma dernière année. Si je foire…

Elle m'a enveloppée d'un regard plein d'empathie.

— Si je foire, Grace, je n'obtiendrai pas mon diplôme comme prévu.

Elle a répondu, du tac au tac :

— Est-ce que c'est si grave, finalement ?

Je me suis raidie.

— Évidemment !

Comment pouvait-elle suggérer une telle chose ?

— Même si je cartonne à l'examen, je n'aurais qu'une mention « bien ».

Elle m'a dévisagée intensément. Elle compatissait, oui, mais il y avait aussi de l'inquiétude dans son regard. Une inquiétude qui n'était pas causée par mes notes.

— Écoute, ça va aller. Ce n'est qu'une note. Tu ne peux pas être au top tout le temps. Personne ne le peut, et personne ne te le demande.

Sur ces mots, elle a repris ses révisions.

Mes parents me le demandaient. Et il ne leur venait même pas à l'esprit qu'il puisse en être autrement.

J'ai regardé autour de moi ces dizaines d'étudiants qui avaient le même but que moi. Étudier. Obtenir un diplôme. Réussir. Les deux filles, à côté de nous, gloussaient tout bas. Un groupe de garçons étudiait en silence, qui tapotant la table avec son stylo, qui se rongeant les ongles. D'autres, visiblement motivés, passaient un examen blanc. Ils étaient concentrés, déterminés. J'étais comme eux récemment encore, et je rêvais de journées de quarante-huit heures pour étudier davantage.

Un gars est passé à côté de nous, et visiblement hypnotisé par Grace. Qui aurait pu le blâmer ? Au naturel, Grace était la femme la plus belle que je connaissais. Ses cheveux auburn bouclaient joliment jusqu'à ses épaules, sans frisottis, gonflés et soyeux. Ses lèvres étaient d'un rouge framboise que je préférais largement au rouge pompier qu'elle mettait le soir. Elle était ma meilleure amie et j'aurais aimé qu'un peu de sa beauté déteigne sur moi. J'avais passé pas mal de temps, dans ma vie, à me demander ce que ça me ferait d'être regardée comme les hommes la regardaient. Depuis peu, depuis Max, je ne me posais plus la question. Il y avait dans ses yeux, quand il les posait sur moi, du rêve, du désir, de l'enchantement. Un monde de possibles. Du moins en avais-je l'impression.

— Tu n'as pas peur qu'un de ces jours quelqu'un te reconnaisse sur le campus ?

— Nan. Nos petits camarades n'ont pas recours aux escortes, et si certains le font, je suis au-dessus de leurs moyens, a-t-elle répondu avec un clin d'œil. C'est plus pour les profs, que je m'inquiète.

J'ai ricané.

— Tu bosses, ce soir ?

Elle a acquiescé.

— Johnny New York est en ville.

— Le mec riche ?

Grace ne s'étendait pas sur ses rendez-vous et j'en savais très peu sur ses clients. C'était rare qu'elle m'en parle, mais celui qu'elle avait surnommé Johnny New York était un habitué qui la réclamait chaque fois qu'il venait à Toronto.

— Ils sont tous riches, Evs.

Le Johnny en question semblait revenir plus fréquemment, ces temps-ci. Je me demandais si c'était à cause d'elle, mais ce n'était pas le genre de sujet que j'osais aborder. Et ce n'étaient pas mes affaires.

Même si j'étais curieuse.

— C'est quoi, son truc, à ce cher Johnny ?

— Oh ! il vient plusieurs fois par mois pour affaires. Je n'en sais pas plus.

— Il est célibataire ?

Elle a haussé les épaules.

— Je ne sais pas.

— Tu ne te demandes pas s'il est marié ou pas ?

Je ne comprenais pas qu'elle ne soit pas plus curieuse. Plus je passais de temps avec Max, plus je voulais en savoir. Et plus je me dévoilais, ce que j'allais certainement finir par regretter. Quand nous serions parvenus à bout de la liste et qu'il disparaîtrait, il ne me resterait plus que le souvenir d'un homme égal à nul autre. Et je serais bien avancée.

— On ne me paie pas pour poser des questions. On sort. On prend du bon temps… Il… C'est mon job, quoi.

Je me suis penchée sur la table pour demander dans un murmure :

— Il te plaît ?

— Il est séduisant, riche, il a réussi. Bref, il a tout pour plaire. Mais c'est toujours mon job.

— À force de vous fréquenter, ça ne devient pas… plus personnel ?

Peut-être qu'elle pourrait m'expliquer comment faire. Côté détachement. Pour le reste, je saurais me débrouiller. Je ne pouvais pas me permettre de devenir plus accro à Max que je ne l'étais déjà.

— Parfois, c'est inévitable, a-t-elle répondu avec une moue contrite. On discute, du coup, tu te surprends à expliquer pourquoi *Quand Harriet découpe Charlie !* est ton film préféré.

— Quel est son film préféré ?

Quelqu'un nous a fait comprendre d'un « chut » bien senti qu'il fallait baisser le ton.

Grace s'est penchée, elle aussi, pour s'approcher de moi.

— Les films des X-Men.

— C'est un nerd, alors ? Trop drôle ! Et sa couleur préférée ?

— Le vert.

J'ai penché la tête.

— Tu sais des choses comme ça sur lui et, pourtant, tu ne sais rien de lui.

— Je ne suis pas censée savoir quoi que ce soit sur lui.

— Il pourrait être marié…

Je me suis tue. Je n'avais jamais abordé ces aspects de son travail avec elle. Parfois, je lui envoyais un SMS pour vérifier que tout allait bien, mais j'ignorais tout de sa façon de gérer ses rendez-vous. Et c'était très bien comme ça.

— Ce n'est pas que je te juge, hein ! Désolée d'avoir posé ces questions. C'est juste que je serais incapable de ne pas me prendre la tête avec tout ça et…

Elle a fermé son ordinateur pour se concentrer sur notre conversation.

— Bon, d'où sortent toutes ces questions, Evs ?

J'ai poussé un long soupir.

— Je voudrais savoir comment tu fais pour mettre de côté tes sentiments, alors que tu passes autant de temps avec lui. Je…

Je m'étais piégée toute seule et j'allais devoir avouer la vérité.

Les « et si », les « je me demande » n'allaient pas suffire. Mais elle était ma meilleure amie, et elle avait déjà compris.

— C'est à cause de Max Levin ?

J'ai acquiescé.

— Vous avez baisé ?

— Grace !

J'avais le feu aux joues. Au corps aussi, mais pas à cause de l'embarras, à cause du souvenir des mains de Max sur moi.

— Parle plus bas !

Elle a croisé les bras sur la poitrine.

— Oui ou non ?

— Pas coucher… Mais d'autres choses.

— Oh ! la coquine ! a-t-elle dit avec un sourire complice.

J'ai laissé tomber ma tête entre mes bras avec un gémissement.

— Je ne te blâme pas. Il est chaud brûlant.

— Je ne sais pas ce qui m'arrive, Grace. Je… C'est la première fois de ma vie, la première, où ce n'est pas la raison qui commande. Je suis tellement hors de mon élément ! Dès qu'il est dans les parages, c'est mon corps qui décide.

Et justement, puisque je parlais de lui, mon corps réagissait. J'étais à la masse.

— Je peux deviner qu'il est à proximité parce que je me mets à vibrer comme un portable, je te jure. Je suis hypersensible quand il me touche. C'est complètement désarmant.

— Je vois bien de quoi tu parles, crois-moi !

Elle a baissé les yeux, et son sourire s'est mué en une expression embêtée.

— Avec un de tes clients ?

— Non ! Mais non, jamais ! Pas avec les clients.

Alors, là… Ça a éveillé mon intérêt. J'étais très curieuse de savoir qui était l'homme qui avait réussi à percer la carapace blindée avec laquelle elle se protégeait depuis qu'elle bossait comme escorte. D'autant plus qu'elle ne sortait jamais avec des mecs dans la vraie vie.

— Alors, avec qui ?

Elle a baissé la voix et la tête pour murmurer :

— Si je te le dis, pas un mot à qui que ce soit.

J'ai acquiescé.

— Même pas à Sadie.

J'ai acquiescé de nouveau.

— C'est Ben.

Je me suis redressée comme un diable qui sort de sa boîte.

— Ben ?

Elle a confirmé d'un hochement de tête.

— Ben… Ben Lockwood ? Ben, le meilleur ami de Max ?

À son tour de gémir.

— Oui. Ben. Celui-là.

— Mais quand ? Où ?

Ma voix a grimpé dans les aigus. Ma pauvre tête n'arrivait pas à traiter une donnée aussi bouleversante.

— Comment ?

— Je suis allée au casting.

Et Max ne m'en avait rien dit ? Tout de même, s'il avait auditionné Grace…

— Max n'était pas là. Il a dit qu'il préférait éviter, puisqu'on était colocataires et tout ça.

Mon cœur a manqué un battement. Il ne voulait pas voir ma colocataire nue… Est-ce que notre relation irait au-delà de la liste ?

Tu te calmes, Everly ? Il n'y a rien entre vous à part cette fichue liste.

— Tu as couché avec lui pour ton audition ?

Mon pire cauchemar. Si Ben avait « testé » Grace, ça signifiait que c'était la procédure habituelle, et que Max couchait lui aussi avec les candidates. Je n'avais pas posé la question, me répétant que ce n'était pas important, vu que ma relation avec lui n'avait rien de romantique. C'était purement… pragmatique. Donc, voilà, ça ne me regardait pas. Et pourtant.

— Ce n'était pas pour l'audition. Juste… c'est arrivé.

Elle a posé ses mains sur les miennes.

— Les auditions se font avec des acteurs de White Lace. Max et Ben ne couchent avec personne.

J'ai été submergée par une vague de soulagement qui m'a donné l'impression de sortir de l'eau et de respirer de nouveau.

Max ne couchait pas avec les filles qui se présentaient aux castings.

— Et… qu'est-ce que tu as fait, pour l'audition ?

Elle s'est redressée contre le dossier de la chaise.

— Nous avons discuté à propos de nos limites. Je me suis déshabillée. J'ai joué un peu en solo. Mais quand il a fallu passer aux choses sérieuses, je n'ai pas pu. Enfin… C'est surtout que je ne voulais pas.

— Alors, qu'est-ce qui s'est passé entre vous ?

Elle a poussé un long soupir.

— Je suis allée le voir dans son bureau. Il me semblait que je lui devais une explication, mais il a été super cool, a-t-elle fait en lissant la couverture de son cahier. C'était à cause de la caméra, du film. Un film, ça reste, ça peut traîner à jamais sur Internet. Alors que ce qui se passe avec les clients, c'est privé, uniquement entre eux et moi. Mais le porno… c'est accessible au premier venu.

Elle avait absolument raison. Une fois qu'elle aurait cédé ses droits à l'image, elle n'aurait plus aucun contrôle. Se lancer dans le porno était une décision à ne pas prendre à la légère.

— On discutait, posément, puis il a eu un silence bizarre et j'ai… Comme tu l'as dit, mon corps s'est mis à vibrer. J'étais déjà émoustillée, je venais de passer cinq minutes à me caresser et…

Elle n'a pas fini sa phrase, mais ce n'était pas nécessaire.

— Et… ?

La tristesse a assombri son expression, et ça m'a brisé le cœur.

— Il s'est rassis à son bureau et m'a dit que c'était dommage que j'aie changé d'avis, car il était sûr que les hommes paieraient sans hésiter pour me voir baiser.

J'ai fait la grimace.

— La classe, quoi.

— Tout ce que je veux, c'est oublier tout ça. Il a eu ce qu'il voulait, se taper une escorte gratos.

J'avais du mal à imaginer que Max soit ami avec un tel personnage, mais c'était peut-être inévitable, lorsqu'on bossait dans ce milieu. Peut-être que j'allais bientôt découvrir le véritable visage de Max.

Grace avait les larmes aux yeux et moi, envie de casser la figure à quelqu'un.

— Je ne l'ai même pas sucé.

À son tour d'enfouir la tête dans ses bras avec un gémissement. On s'est encore fait houspiller, et je me suis retournée brusquement.

— Chut toi-même !

La nana m'a lancé un regard noir, je lui ai rendu la pareille. Sa copine a suivi l'échange sans rien dire.

— On est à la bibliothèque.

— Oui, dans la zone de travail en commun. Si tu veux du silence, va ailleurs.

La fille s'est contentée de pincer les lèvres, et elle a baissé le regard.

Grace me regardait, hilare.

— Qui êtes-vous ? Certainement pas mon amie Everly !

— Pff. Je ne sais plus moi-même

Elle m'a pris la main de nouveau.

— Tu vois Max, ce soir ?

— À 17 heures. On va courir. Encore.

— Tu veux mon avis ?

Oh ! que oui.

J'ai acquiescé vigoureusement. J'avais vraiment besoin d'être guidée.

— Je ne sais pas jusqu'où tu veux aller avec lui, mais si vous couchez ensemble, c'est toi qui décides où et quand, et quoi et comment. Il faut que tu lui dises clairement ce que tu veux, a-t-elle déclaré avant d'ajouter, avec un sourire diabolique : En plus, ça les excite terriblement.

— Dis-moi, je suis curieuse… Tu aurais dû coucher avec qui, pour l'audition ?

Elle a ri tout bas.

— M. Grosse Bite.

— Oh. Aïe, non ?

— Tout à fait. Quoique, Ben n'est pas mal équipé, non plus.

Je pouvais en dire autant de Max. J'espérais seulement avoir la chance de faire plus ample connaissance avec lui avant qu'on ait fini de cocher tous les points de la liste.

Trois heures plus tard, j'étais de retour chez moi. Avec Max. Mes poumons ne brûlaient pas. Mes jambes n'étaient pas en gelée. Il n'y avait pas de goût de sang dans ma bouche.

Max m'a pressé l'épaule.

— Comment tu te sens ?

Excitée. Fière. Triomphante. Un cocktail de sensations grisant. Curieusement, je n'avais jamais éprouvé quelque chose de semblable avec mes études. J'étais tout le temps la première de la classe dans l'une des facs les plus prestigieuses du pays, et pourtant, je ne m'étais jamais sentie… comme ça.

— Grosso modo… Comme la reine du monde.

La seconde d'après, ses bras puissants m'enveloppaient. Je me suis laissé faire ; j'ai même pris l'initiative de me hisser sur lui, les jambes autour de sa taille. Il a pivoté pour m'adosser contre la porte d'entrée.

— J'ai l'impression que je pourrais courir et courir pendant des heures.

— C'est l'adrénaline, ça. Tu devrais te reposer, tout de même.

Je me suis écartée légèrement pour le regarder dans les yeux. Et, pour la première fois, j'y ai vu de la vulnérabilité.

— Merci, Max. Vraiment.

Il a haussé les épaules.

— C'est toi qui as fait tout le boulot. Je t'ai juste expliqué comment t'y prendre.

— Je ne parle pas que de la course. C'est aussi…

J'ai posé la tête contre la porte.

— Merci pour tout. La liste me paraît beaucoup moins intimidante grâce à toi.

Il a commencé à dire quelque chose, puis s'est interrompu. J'ai senti une nouvelle fois que des murs invisibles nous séparaient, et je l'ai regretté. Encore une fois. On avait d'autres choses à apprendre l'un sur l'autre.

— Je nous ai inscrits à un atelier santé de la Clinique du Coureur, a-t-il fait en me serrant un peu plus fort. Toujours sur deux kilomètres.

J'ai cherché sa bouche.

— Tout ce que tu voudras.

Je n'allais pas protester. Je ne voulais même pas savoir ce que ça impliquait, cet atelier santé. Tout ce que je voulais, c'était me concentrer sur le contact entre mes lèvres et les siennes. Ma langue saurait lui dire beaucoup mieux que mille paroles à quel point je lui étais reconnaissante.

— Mmm. Et ça ?

J'ai frôlé sa lèvre du bout du pouce.

— J'exprime ma gratitude.

Il a pressé les hanches contre moi.

— J'aime beaucoup ta façon de t'exprimer.

— Tu as de la chance, j'aime bien me répéter.

J'ai levé la tête pour recommencer, mais il s'est écarté, taquin.

Seulement, je n'étais pas d'humeur à plaisanter. Je lui ai passé la main dans les cheveux pour l'attirer contre moi. Nos langues se sont enlacées furieusement, en un baiser impérieux, exigeant.

J'ai tout oublié le temps d'un instant. Ma sensation de victoire, notre drôle de relation, qui j'étais et ce que j'étais censée faire de ma vie.

Jusqu'à ce qu'un toussotement me rappelle à la réalité.

J'ai posé le front contre le torse de Max pour reprendre mon souffle, avant de jeter un coup d'œil par-dessus son épaule. Grace, au pied de l'escalier, nous regardait avec un énorme sourire. Elle était pomponnée et maquillée pour un rendez-vous pro.

Comme toujours, elle était superbe dans une jupe crayon noire et un chemisier sans manches en satin rouge.

Max m'a laissée glisser à terre et a fait un quart de tour en me tenant contre lui. Un geste stratégique pour cacher le renflement de son short, à n'en pas douter.

— Désolée de vous interrompre, mais… je dois sortir.

Nous nous sommes écartés pour la laisser passer. Elle s'est penchée vers moi.

— Je t'ai envoyé un SMS, comme d'hab.

C'était notre protocole de sécurité : elle me laissait systématiquement un message avec le lieu du rendez-vous et les données de son client. Ça nous rassurait toutes les deux.

— Il y a des cookies à la cuisine, ils sont tout chauds… Comme vous, quoi.

Et elle est partie avec un clin d'œil.

— Les cookies peuvent attendre, a dit Max en me prenant dans ses bras pour monter à l'étage.

Mais, au lieu d'aller dans la chambre, il m'a posée devant la porte de la salle de bains.

— Arrêt ravitaillement ?

— Pas tout à fait, a-t-il répondu, en me prenant par la main. Je t'ai déjà dit à quel point j'aime les soutiens-gorge de sport ?

Il a enlevé mon T-shirt.

— Surtout…

Il a fait glisser son doigt sur ma peau mouillée, de mon cou au centre de ma poitrine.

— … celui-ci.

— Tu aimes bien mon décolleté ?

— *J'adore* ton décolleté.

Il m'a embrassée au creux de l'épaule.

— Et j'adore ton cou.

Il a continué à parsemer de baisers mon cou, ma joue, est remonté jusqu'à mon front pour descendre sur l'arête de mon nez, la pointe et, enfin, ma bouche.

— Et tes lèvres.

Sa langue a caressé la commissure de ma bouche avant de s'y introduire pour mon plus grand bonheur.

— J'adore tes lèvres.

— C'est vrai ?

Il s'est arrêté un instant pour me décocher un regard facétieux et acquiescer.

Il faut que tu lui dises clairement ce que tu veux.

Les mots de Grace ont résonné dans mon esprit. C'était ma décision, mon choix, mon envie. J'étais prête à passer à la vitesse supérieure. J'avais étudié avec tout mon sérieux de première de la classe le livre que Sadie m'avait prêté.

— Alors, si c'est vrai…

J'ai poussé un long soupir. Est-ce qu'il allait réagir comme je voulais.

— Si c'est vrai, il est temps que mes lèvres fassent connaissance avec ta bite.

17

Max

Seigneur !

Les grandes questions spirituelles, le paradis, l'enfer, le salut, tout ça… ça n'avait jamais été mon truc. Je n'y connaissais rien et je m'en fichais pas mal.

Mais sur le moment… Je me serais converti aux croyances d'Everly rien que pour sentir ses lèvres autour de ma queue.

J'ai ouvert le robinet de la douche. Pendant que l'eau chauffait, j'ai enlevé mon T-shirt et, sans me laisser le temps de réfléchir, j'ai ôté mon short et mon boxer dans le même mouvement.

Everly me regardait avec une expression gourmande qui valait mille compliments. J'aimais ce regard ravi qui flattait ma vanité de mâle, ce petit sourire en coin qui signifiait, d'après mon expérience, que des pensées coquines lui traversaient l'esprit.

Je suis retourné vers elle pour l'aider à se déshabiller. Le pantalon de yoga. Puis la culotte. Quant à ses seins, j'avais une meilleure idée.

Imaginer Everly accroupie devant moi, sa bouche sur mon sexe, me semblait l'idée la plus sexy du monde. Mais si on ajoutait à la scène ses petits seins dans sa brassière de sport, c'était encore mieux.

— Garde ça.

Elle a ri en secouant la tête et m'a suivi dans la baignoire. J'ai tiré le rideau pour que la vapeur nous enveloppe.

Je l'ai attirée contre moi, ma main à plat sur le bas de son dos… À vrai dire, très vite, je lui ai empoigné les fesses.

Sa respiration s'est accélérée, comme toujours dans les moments chauds. J'ai senti les battements de son cœur contre ma poitrine, aussi frénétiques que les miens.

— Je veux te donner du plaisir.

— Tu le fais toujours, bébé, ai-je dit en l'embrassant. Toujours.

— Non, mais… beaucoup de plaisir.

Ses yeux rivés aux miens, elle s'est agenouillée.

Oh ! bordel ! On y était. Enfin. J'avais très envie de faire l'amour avec elle, mais être à l'intérieur de sa bouche… j'y pensais tout le temps. Quelque chose à voir avec sa petite langue rosée, dont le bout pointait quand elle réfléchissait.

Mon cerveau a disjoncté dès que ses lèvres ont touché ma queue. Elle m'a embrassé, bouche ouverte, et sa langue a frôlé mon gland avec une délicatesse…

Une délicatesse exquise.

J'ai frémi. Un tremblement incontrôlable, parti de mes reins, qui est remonté le long de mon dos et m'a secoué les épaules.

Elle m'a léché de bas en haut, une fois, puis une autre. Sa langue a tracé le même chemin inlassablement, s'attardant un instant sur le bout avant de repartir. Refermant sa main autour de mon sexe, elle a plongé plus bas pour absorber mes bourses dans sa bouche.

Putain ! Qui lui avait appris tout ça ? Question rhétorique, bien sûr. Sa meilleure copine était escorte, non ? Que Dieu bénisse les escortes, parce qu'elles donnaient des tuyaux à leurs copines à vous faire perdre la tête !

Je n'allais pas tenir une minute de plus si elle continuait à m'aguicher comme ça. Heureusement, et ce n'était pas trop tôt, putain, elle a pris ma queue dans sa bouche. Avec une lenteur atrocement délicieuse. Puis elle a reculé la tête pour mieux revenir. Un peu plus profondément à chaque fois, et chacune de ces avancées infimes me bouleversait. Je sentais la moindre vibration de sa langue, la moindre pression de ses lèvres, et quand elle a ajouté les mouvements de sa main, me branlant en même temps qu'elle me suçait, mes jambes ont manqué de lâcher. Je fondais.

C'était la meilleure pipe de ma vie. Non pas une fellation, mais un chef-d'œuvre de l'érotisme. Et j'en avais vu un paquet.

— Putain, c'est trop bon !

Elle a gémi, un petit bruit qui a failli m'achever sur-le-champ. Mais il fallait que je me retienne. Je n'allais pas finir dans sa bouche. Pas la première fois. Pas sans savoir si elle aimait ça. J'allais me détourner poliment et éjaculer contre le carrelage.

Mais elle a continué.

— Bébé, je vais…

Les mains sur mes fesses, elle m'a pris encore plus profondément.

J'ai lâché un gémissement. Comme un train qui déraille, l'orgasme m'a frappé de plein fouet, explosant en moi comme je le faisais dans sa bouche. J'aurais voulu me cramponner à quelque chose, mes doigts ont glissé sur le carrelage. Tout mon corps a réagi, orteils crispés, genoux en coton, ventre contracté. Cerveau HS.

— Bébé, c'était…

Je n'avais pas assez de souffle pour finir ma phrase.

— … incroyable. Vraiment incroyable.

Elle m'a regardé avec adoration et fierté.

— Si j'avais su, la première fois qu'on s'est vus, que tu étais capable de faire ça, je t'aurais aussitôt demandé de te mettre à genoux.

— Tu… tu as aimé ?

Elle a parlé en regardant mon sexe encore dur.

— Aimé ? Putain, c'était génial !

— Donc, le livre avait raison, a-t-elle murmuré d'un air songeur.

— Le livre ?

Elle a levé les yeux vers moi avec un sourire timide.

— Je crois que j'ai oublié de te dire que j'avais coché un élément de la liste par moi-même.

Curieusement, qu'elle ait avancé sans moi m'a fait un peu tiquer. Je savais que je n'étais pas l'alpha et l'oméga de sa vie. Elle se débrouillait très bien avant de me rencontrer, mais l'aider me donnait une sensation que j'aimais bien — cette sorte de montée d'adrénaline, de bonheur, qui me traversait quand je la voyais sourire.

— Lequel ?

Elle s'est mordillé le pouce et a marmonné :

— Lire un livre pour le fun.

— Tu as lu…

Je n'en revenais pas ! J'ai secoué la tête, j'avais dû mal comprendre. Personne ne pouvait…

— Tu veux dire que… tu as appris ce que tu viens de… dans un livre ?

J'étais ravi. Non, plus que ravi : j'étais transporté qu'elle n'ait pas appris ça sur le terrain ou grâce à ses colocataires. Oui, c'était une attitude de macho à la con, mais c'était comme ça.

— Pas étonnant que tu sois la première de ta classe.

Elle a souri, les yeux rivés au fond de la baignoire. Elle n'avait pourtant aucune raison d'avoir honte. J'allais lui montrer à quel point en lui rendant la politesse — je voulais qu'elle éprouve autant de plaisir que moi.

J'ai décroché le pommeau du support, j'ai repoussé gentiment Everly contre le mur et lui ai fait poser une jambe sur ma cuisse, pour avoir un accès total à son sexe. Sans rien ajouter d'autre, j'ai dirigé le jet dessus. Elle a gémi, sa main cramponnée à mon épaule.

J'ai dessiné des cercles en prenant soin que l'eau titille son clitoris ; j'approchais le pommeau, puis l'éloignais pour provoquer des variations de pression. Mon but était de la faire jouir très vite. Je voulais voir son expression au moment de l'orgasme. J'en avais besoin, plus que de jouir moi-même. C'était la chose la plus authentique que j'avais dans la vie.

Sa poitrine montait et descendait par saccades, sa brassière était trempée, des gouttelettes ruisselaient entre ses seins. Je me suis penché et les ai léchées. J'adorais le goût de sa peau.

— Max…

Elle avait prononcé mon prénom d'une voix rauque, troublée. C'était ainsi que je la préférais. J'ai fait remonter lentement mes lèvres jusqu'au lobe de son oreille, que j'ai mordillé.

— Ça, c'est…

Le reste de la phrase s'est perdu dans une sorte de sanglot brisé.

— Remonte ton soutien-gorge.

De sa main libre — de l'autre elle s'accrochait à moi comme si sa vie en dépendait — elle a obtempéré. Impossible de résister à la vue de ses jolis seins sans en embrasser le bout rosé, tout dur sous ma langue.

Avec ce petit bruit de gorge qui me rendait fou, elle a roulé des hanches, m'aidant à trouver le point précis pour…

— Je vais jouir !

C'était un cri. Un vrai cri, joyeux et fier. J'éprouvais le même sentiment.

L'orgasme, puissant, l'a fait s'arc-bouter, la tête contre le mur.

Rien qu'à la regarder, j'ai failli jouir une deuxième fois. Et quand elle s'est écroulée dans mes bras, son souffle chaud et lourd sur ma peau, j'ai compris qu'il fallait changer de lieu.

J'ai fermé le robinet et attrapé deux serviettes avant de soulever Everly dans mes bras pour la porter dans la chambre, où je lui ai enlevé sa brassière trempée et l'ai séchée en prenant un plaisir fou à revisiter son corps enfin complètement nu. Un coup de serviette sur moi, et nous nous sommes glissés sous la couette.

Elle s'emboîtait parfaitement au creux de mon corps. Comme si elle était une extension de moi, la meilleure moitié de mon tout un peu bancal.

— Parle-moi de ton travail.

Sa question, posée d'une voix douce, m'a surpris. Je ne m'attendais pas à faire la conversation. Ni à des câlins. Encore moins à parler boutique.

— Qu'est-ce que tu veux savoir ?

Il m'était difficile d'entrer dans les détails de mon métier avec qui que ce soit, et je me voyais encore moins raconter à Everly l'envers du décor… Elle savait ce que je faisais dans la vie, mais j'espérais, de façon plus ou moins consciente, que tant qu'elle resterait éloignée, de l'autre côté de la barrière, elle pourrait peut-être me maintenir aussi en dehors de tout cela.

Elle s'est redressée, en appui sur un coude.

— Qu'est-ce que tu préfères avant tout dans ton boulot ?

J'ai poussé un long soupir. Elle avait dû éprouver la même chose quand je l'avais interrogée sur ses études : incertitude, malaise, tension.

— Tu préfères que je trouve une question plus facile ?

Elle utilisait mes propres armes contre moi. J'aurais voulu

dire non. Je pouvais très bien lui servir la réponse bateau que je donnais toujours, mais je n'arrivais pas à lui mentir. Pas à elle.

— Peut-être…

— D'accord.

Elle a bougé et ses cheveux mouillés ont balayé mon bras. Je l'ai regardée, elle a souri.

— Quels sont les films qui ont le plus de succès ?

Voilà une question facile.

— Le porno de lesbiennes. Et ceux avec de très jeunes acteurs. Les MILFS restent très vendeuses. Mais ça dépend vraiment de la province dont il est question. Chacune semble avoir ses goûts.

— J'ai vu pas mal de porno dernièrement — tu sais, avec les filles qui préparaient leur audition… Et je me demandais… cette série de vidéos où on ne voit jamais la tête du mec ? Ça doit vraiment marcher.

Elle a cherché mon regard.

— On appelle ça des scènes PDV. PDV pour « point de vue ». Le spectateur a l'impression d'être au cœur de l'action, il voit ce que l'acteur voit. L'actrice regarde la caméra et entre ainsi directement en contact avec la personne qui regarde.

— Mais qui s'occupe de la réalisation ?

— Il n'y a pas vraiment de réal. C'est le cameraman qui prend toutes les décisions. Quand Ben a commencé, c'était lui qui faisait les scènes POV.

— Il a dû coucher avec pas mal de femmes.

Avec des centaines, mais j'ai gardé cette donnée pour moi.

— C'était son contrôle de qualité à lui. Il fallait sortir ce type de films et il ne faisait confiance à personne d'autre. Depuis, on a embauché des techniciens très doués ; il vérifie juste une fois le travail terminé.

Elle est restée silencieuse pendant un petit moment.

— Je n'imaginais qu'il y ait autant d'aspects techniques.

— C'est une entreprise, avec tout ce qui va avec. En plus, il y a le côté esthétique, quoi que certains en pensent. Il ne suffit pas de mettre deux corps devant un objectif. C'est pourquoi, alors qu'on trouve tout ce qu'on veut en porno amateur sur le Net, les gens continuent à payer pour avoir accès à des films de qualité sur des sites qui ne présentent pas de danger pour leur ordinateur.

— Quand tu ne produis pas de film porno, tu y réfléchis ou tu analyses ce qui se fait ailleurs ?

— Ça t'inquiète ?

Je n'aurais pas dû poser la question. Après tout, si ça la dérangeait, c'était son problème. On n'avait pas une relation romantique, même si ce moment calme, l'un contre l'autre, elle me caressant doucement le torse, me semblait terriblement romantique.

— Non.

Elle avait répondu tout bas, mais d'un ton convaincu et convaincant. Je l'ai crue.

— Les films pour adultes sont un secteur du marché comme un autre. Une façon de gagner de l'argent.

— C'est ce qui te motive le plus, alors ? Gagner de l'argent ?

Le fric, oui. C'était mon but principal. Je n'aimais pas l'industrie du porno, c'était juste mon métier. Je travaillais sans passion, ce qui ne m'empêchait pas d'engranger des bénéfices faramineux. D'une certaine façon, mon détachement était un atout qui me permettait de prendre des décisions objectives. Cela dit, ces derniers temps, l'argent avait perdu de son attrait et pas seulement parce que j'allais recevoir un beau pactole dans moins de quinze jours.

— Je veux que mon père puisse être fier de moi. C'est ce qui m'importe le plus.

Je l'ai ramenée vers moi pour qu'elle soit blottie contre mon corps. Je n'étais jamais resté allongé paisiblement comme ça dans un lit avec une femme. J'avais fait beaucoup de choses au lit avec beaucoup de femmes, mais des câlins tendres, pas vraiment.

— Moi aussi, je veux que mes parents soient fiers de moi.

J'avais compris dès notre première rencontre qu'elle avait une certaine ambition de vie. Mais plus je la connaissais, plus je voyais à quel point ses parents avaient la mainmise sur son avenir. Tout comme moi, Everly était tiraillée entre l'envie de leur plaire et celle d'être heureuse. Moi, j'avais appris que, parfois, malheureusement, on ne pouvait pas avoir les deux.

Elle a cherché mon regard, et, incroyable mais vrai, j'ai recommencé à bander. Je n'avais qu'une envie, plonger ma queue dans sa chatte, sa jolie chatte rose et suave. Mais c'était une mauvaise idée. Je voulais qu'on prenne notre temps. La montée d'adrénaline que le sexe me procurait d'ordinaire n'était que ça : une montée d'hormones. Une fois mes envies assouvies, l'intensité estompée, je passais à autre chose.

Alors qu'avec Everly, l'intensité avait une cause différente, une cause profonde et cachée que je n'arrivais pas à identifier. Et je pressentais que, lorsque je l'aurais fait, j'aurais franchi un dangereux point de non-retour.

18

Everly

Il fallait que je travaille. Je ne pouvais plus repousser. J'avais trop traîné, et mes résultats s'en ressentaient. Enfin, il n'y avait eu qu'un mauvais résultat à proprement parler, mais ce n'était qu'une question de temps avant que le reste ne glisse sur la même pente savonneuse.

Après un nouveau round d'orgasmes sans passer par la case accouplement, j'ai réussi à m'extirper des bras de Max. Je n'arrivais pas à comprendre ce qui le poussait à se retenir, mais tant qu'il me donnait autant de plaisir, j'étais prête à patienter. J'essayais de m'en persuader, en tout cas. Si on n'allait pas jusqu'au bout bientôt, j'allais mourir. Oui, littéralement crever d'envie.

J'ai donc fait semblant de me concentrer sur la loi sur les noms de marques commerciales, tandis qu'il feuilletait un magazine, sur mon lit, seulement vêtu d'un boxer blanc. J'aurais pu lui demander de partir ; j'aurais dû, pour avancer dans mon travail, mais me séparer de lui me fendait le cœur.

J'avais tout de même posé certaines limites : hors de question de jouer à strip-révisions. Beau parleur comme il l'était, il avait réussi à me convaincre de lister mes objectifs pour la soirée et m'avait promis que, si je les atteignais tous, je pourrais jouer avec le contenu de ce boxer si sexy.

Stylo à la bouche, j'ai pivoté légèrement la chaise, mine de rien, pour tenter de l'apercevoir du coin de l'œil sans avoir à me tourner carrément. J'aimais le duvet sur son torse. J'aimais y passer les doigts, sentir ses poils. J'aimais particulièrement la façon dont il disparaissait sous son boxer. Comme un sentier prometteur qui conduirait au trésor.

Il a surpris mon regard.

— Tu as fini ?

J'ai secoué la tête. Ce n'était pas ma faute : comment ne pas être distraite, avec un mec si canon à moins d'un mètre ?

— Alors je garde le bas.

Il a dessiné un cercle de son index pour m'indiquer de retourner à mes moutons.

J'avais réussi à rester concentrée pendant cinq bonnes minutes quand la sonnette a retenti.

— Tu attends quelqu'un ? a demandé Max.

J'ai vérifié l'heure sur ma montre. J'avais quelques heures devant moi avant que Grace soit de retour, donc…

— C'est Sadie, j'imagine. Elle oublie tout le temps ses clés.

Au rez-de-chaussée flottait encore l'odeur alléchante des cookies. J'en avais déjà piqué quelques-uns pour Max et moi avant de commencer à réviser. Délicieux. J'en prendrais une autre poignée en remontant…

Mais quand j'ai ouvert la porte, tous les cookies du monde n'auraient pu me rendre le sourire : mes parents se tenaient sur le perron.

— Ma chérie, tu n'as pas regardé par le judas, a dit ma mère. Tu devrais être plus prudente, on ne sait jamais !

Justement, comment savait-elle que je n'avais pas vérifié ? Il ne faisait même pas nuit et le quartier était des plus calmes. Mais ma mère trouvait toujours un reproche à me faire.

— Qu'est-ce que vous faites ici ?

Mon but n'était pas de me montrer impolie, mais j'étais majeure et chez moi. La maison m'appartenait légalement. Ils ne pouvaient pas se pointer quand bon leur semblait sans prévenir.

— On était dans le quartier, a répondu mon père depuis sa place habituelle, c'est-à-dire, derrière maman.

Ils n'y venaient jamais. Ils détestaient cette partie de la ville. C'est pourquoi mamie avait tenu à y rester aussi longtemps que possible. Enquiquiner sa fille était son passe-temps préféré.

Je n'ai pu que sourire à cette pensée. Mamie me manquait terriblement.

Sans attendre d'y être invitée, ma mère m'est passée devant. Avec un sourire timide, mon père a attendu que je lui fasse signe.

J'ai fermé la porte derrière eux tandis que ma mère lançait :

— C'est un musée des horreurs, ici ! Il faudrait refaire cette maison de fond en comble.

On le savait tous, la déco datait, mais l'ensemble ne manquait pas de charme. Et si je n'avais pas passé le plus clair de mon temps à trimer pour devenir avocate, j'aurais pris du plaisir à m'en occuper personnellement.

Ma mère m'a empêchée de répondre avec un geste désinvolte.

— Ce qui ne veut pas dire que tu devrais perdre du temps avec des travaux manuels. Après ton diplôme, on verra ce qu'on fera.

Comme si j'avais l'intention de leur laisser voix au chapitre en ce qui concernait la décoration de mon intérieur !

— Il serait sans doute plus intéressant de la vendre pour acheter du neuf. Pour l'instant, c'est pratique. Mais une fois que tu auras fini la fac…

Elle n'a pas terminé sa phrase. Nul besoin : je connaissais la suite.

Mes parents toléraient que j'habite dans la maison de mamie à cause de sa proximité avec le campus. Du vivant de ma grand-mère déjà, ils avaient fait tout leur possible pour éviter qu'elle ait une quelconque influence sur moi. Femme éprise de liberté, mamie se désespérait de me voir passer ma jeunesse le nez dans les livres. C'est pourquoi elle m'avait légué la liste. Je l'aimais plus que tout autre, mais elle était un peu spéciale. J'avais eu beau lui expliquer mes raisons, elle n'avait jamais compris « cet entêtement à devenir avocate ». Jusqu'à la fin de sa vie, elle avait cherché à me convaincre de prendre les études moins au sérieux. Je ne l'avais pas écoutée. Elle aurait adoré Max, j'en étais certaine. Et son métier l'aurait réjouie. Elle était loin d'être bête et avait une intuition très fine — par exemple, elle avait deviné comment Grace gagnait sa vie. C'était aussi la raison pour laquelle elle avait accepté qu'elle emménage avec nous quand ses parents l'avaient mise à la porte, justement à cause de son gagne-pain. « Qu'elle soit en sécurité, au moins », avait-elle dit.

Ma mère a pris le chemin de la cuisine ; papa l'a suivie.

— Des gâteaux pour étudier tard ? a-t-elle demandé en prenant le plat de cookies.

— C'est Grace qui les a faits.

Mes parents ignoraient la double vie de Grace. Elle était ma copine de toujours, étudiante comme moi.

Je me suis glissée sur l'une des quatre chaises en chêne qui entouraient la table ronde.

Comme à son habitude, maman a passé le doigt sur le comptoir en formica. Ses cheveux bruns étaient tirés en un chignon serré, sa coiffure habituelle sauf pour les grandes occasions. Elle portait un tailleur noir de coupe classique et des talons très raisonnables de quatre centimètres. Mon père, lui, avait une tenue plus décontractée, un pantalon kaki avec la chemise bien rentrée dedans. Chaque fois qu'on se voyait, j'avais envie de le débrailler un peu… Mais ça n'aurait servi à rien.

— Et ta nouvelle colocataire ? a demandé ma mère. Sadie, c'est ça ?

Elle s'est assise sur le bord d'une chaise après avoir chassé la poussière inexistante sur l'assise d'un geste machinal. J'ai pris un cookie, tant qu'à faire.

— Elle est super. On s'entend très bien.

— Elle n'a pas passé l'âge de vivre en colocation ?

— Pourquoi tu dis ça ? Elle n'a que vingt-huit ans, et je la comprends. C'est beaucoup plus intéressant de partager un loyer que de louer en solo.

Mon père a sorti une enveloppe de sa poche et l'a laissée sur la table.

— Qu'est-ce que tu en sais, ma chérie ? Tiens, l'argent du mois.

C'était un coup bas, de faire comme ça. Je détestais dépendre d'eux mais, puisqu'ils préféraient que je ne prenne pas de job étudiant pour me concentrer pleinement sur les études, c'était la seule solution. J'avais réussi cependant à mettre une bonne somme de côté depuis le début de mes études. Quand on vit en ermite, on a peu de frais.

J'ai rangé l'enveloppe dans la poche arrière de mon pantalon.

— Vous n'êtes pas juste venus faire coucou. Ni pour me donner cet argent. Qu'est-ce qui se passe ?

— Comment ça va, les études ? a demandé ma mère, l'air de rien.

Bien sûr ! Ils voulaient vérifier que j'étais bien plongée dans mes livres. Que je ne faisais rien d'autre. Comme s'il n'y avait pas de vie en dehors des études. Comme si je n'étais pas en âge de m'amuser. Comme si je n'avais pas le droit de décider quoi faire de ma vie.

Mais tu sais déjà ce que tu veux faire de ta vie. Tu seras avocate, ma fille.

— Tes examens sont dans moins de deux semaines. Tu te sens prête ?

Pas prête, non. Absolument pas. Ou plus. Bien trop occupée à avoir des orgasmes multiples pour me soucier du droit des obligations.

Mais, avant que j'aie eu le temps de formuler une réponse…

— Hey, Evs, il reste des cook…

Max a pilé net sur le seuil.

— … kies ?

Merde, merde, merde.

Il se tenait debout, toujours aussi beau, toujours en boxer. Je lui ai jeté un coup d'œil discret. Ouf, au moins il ne bandait pas, c'était déjà ça.

— Everly, ma chérie…

La voix de ma mère était un pur grincement.

— Qui est ton ami ?

Poliment, j'ai procédé aux présentations.

— Maman, papa : voici mon ami Max Levin. Max m'aide à m'entraîner pour une course de deux kilomètres dans quelques semaines.

— Everly, tu n'as pas de temps pour courir ! s'est exclamée ma mère, exaspérée. Chaque minute de travail compte. Ton père et moi n'avons pas travaillé si dur pour que tu te la coules douce.

Tout ce qu'elle voulait, c'était que je marche dans ses traces. Mon père aussi, mais il ne passait pas sa vie et la mienne à le répéter.

— L'exercice est bon pour la concentration. Je ne peux pas rester vingt-quatre heures par jour sur une chaise.

— Eh bien…

Ma mère à court d'arguments. Alors ça !

Un silence tendu s'est installé. Max me regardait, les yeux écarquillés, incapable de réagir. Je le comprenais. J'aurais dû trouver un moyen de le prévenir de ne pas descendre, mais l'arrivée de mes parents m'avait tellement agacée que j'en avais oublié qu'il était dans la maison.

Mes parents ont procédé à l'un de leurs échanges télépathiques, j'en reconnaissais les signes. Mon père s'était approché de moi et se tenait à ma droite, secouant la tête pour une raison inconnue. Ma mère se frottait le cou en le regardant d'un air maussade. C'était leur petite chorégraphie chaque fois que je les décevais.

Max a tapé des mains d'un geste incertain et s'est éclairci la gorge, sans doute pour gagner du temps, mais c'est ma mère qui a parlé en premier.

— J'imagine que M. Levin a des vêtements… quelque part dans la maison, a-t-elle dit, glaciale. Nous devrions aller dîner ensemble afin de faire plus ample connaissance.

Plutôt me faire hacher menu !

J'ai carré le menton.

— Non, maman, tu as raison, il faut que je bosse.

Il était hors de question que je fasse subir à Max la suffisance et les *a priori* de mes parents.

C'est mon père qui a porté le coup de grâce.

— Tu peux bien prendre deux heures pour faire plaisir à ton vieux père, a-t-il fait en se penchant pour m'embrasser sur le front, avant de murmurer à mon oreille : Ce n'est pas comme si tu allais te remettre à travailler si on s'en va.

Et, pour faire bonne mesure, il a lancé vers Max un coup d'œil plein de sous-entendus.

Ma vie était-elle devenue une sitcom surréaliste ?

— Excellente idée, madame. J'ai des vêtements dans ma voiture qui conviendront parfaitement.

J'ai articulé un « non » désespéré depuis l'autre bout de la cuisine, mais il s'est contenté de hausser les épaules et de sourire. Ce n'était que justice, après tout, j'avais rencontré son père. Sauf que son père était cool. Alors que mes parents…

J'ai réprimé l'envie de me cogner la tête contre la table. La soirée allait être un vrai cauchemar.

Mes parents avaient proposé le restaurant de leur club de golf. Façon pour eux d'afficher leur standing et de faire comprendre à Max à qui il avait affaire. Heureusement qu'il avait plus d'argent qu'ils ne pouvaient espérer en gagner dans leurs trois prochaines réincarnations et qu'il s'en fichait comme de sa première chemise.

Je le sentais pourtant de plus en plus tendu — mâchoires serrées, épaules raides — au fur et à mesure qu'on approchait de l'entrée du club.

— Ça va ? ai-je murmuré pour que mes parents, qui marchaient devant nous, ne m'entendent pas.

Ma voix a semblé le détendre, ce qui m'a fait sentir spéciale, importante pour lui. C'était stupide, mais l'idée me plaisait énormément.

Il m'a serrée fugacement par la taille avec un sourire.

— T'inquiète, bébé. Tout est sous contrôle.

On nous a installés dans la véranda, avec vue sur le seizième trou. Les pelouses étaient d'un vert velouté, le printemps vibrait dans la végétation qui entourait le patio. Un fil musical ténu et le murmure des conversations créaient un agréable fond sonore. D'autant plus appréciable qu'aucun d'entre nous ne décrochait un mot. Nous sommes restés silencieux jusqu'à ce que la serveuse apporte les boissons, puis la conversation a pris la tournure que je craignais.

Ma mère a dégainé tout en sirotant son verre de vin rouge. Elle prenait toujours du rouge.

— Monsieur Levin, vous assistez aux mêmes cours qu'Everly ?

— Non, je ne fais pas des études de droit.

Lui, comme d'habitude, buvait de la bière.

— Qu'est-ce que vous étudiez ? a-t-elle insisté.

— Je ne fais pas d'études. Je travaille dans l'entreprise de mes parents.

Il a pris une nouvelle gorgée de bière, plus longue. J'ai hésité à lui en commander une autre.

— Un choix respectable, a commenté mon père en regardant ma mère, visiblement soulagé. Qu'est-ce que vous faites ?

Max a hésité, puis toussoté, puis grommelé :

— Des films.

On y était ! J'avais mis Max dans une situation où il allait devoir se défendre et défendre sa famille. Mes parents étaient extrêmement prudes, incapables de voir qu'il s'agissait, au-delà de sexes à l'écran, d'une véritable entreprise, avec de véritables enjeux financiers et managériaux.

— Intéressant, a dit mon père en faisant tournoyer le scotch dans son verre. Au début de ma carrière, j'ai poursuivi en justice une maison de production pour évasion fiscale. Comment s'appelle la vôtre ?

— White Lace Productions.

Sans surprise, le nom n'a rien dit à mes parents.

— C'est une entreprise européenne ? a demandé ma mère avec une curiosité sincère. Vos parents sont nés là-bas ?

— Non, pas du tout, ils sont canadiens. Nos films…

J'ai posé la main sur la sienne, qui reposait sur sa cuisse. Il a pris une longue inspiration avant de répondre, en dressant les épaules :

— Nous produisons des films pour adultes.

Le visage de mon père s'est décomposé.

— Comme… de la pornographie ?

Max a acquiescé. Ma mère a éclaté de rire, un rire hystérique. Elle m'a fait penser à une hyène.

— Excusez-moi. J'ai cru comprendre « pornographie ».

Je n'avais jamais vu Max aussi sérieux depuis que je le connaissais.

— Vous avez bien compris, madame Parker.

J'ai serré ses doigts. La moindre de choses, c'était de lui montrer que j'étais de son côté.

— Le père de Max est le plus grand producteur de films pour adultes du pays. Et Max s'occupe du développement de leur activité en ligne. Il a réussi à doubler le nombre de souscriptions en moins de quatre ans.

À son tour de me serrer la main. Mais je ne regardais pas son visage à ce moment-là, et je ne savais pas s'il me remerciait ou me demandait d'arrêter.

— J'ose espérer que c'est une plaisanterie, Everly, a dit ma mère. C'est avec lui que tu perds ton temps ? C'est pour ça que tu as eu à peine la moyenne en droit des assurances ?

— Comment tu le sais ?

J'ai failli crier, j'étais outrée.

— J'ai appelé ton professeur.

Elle a roulé des yeux. Comme si cela n'avait aucune espèce d'importance. Comme si c'était normal de fourrer son nez dans mon parcours universitaire. Je n'allais pas laisser passer ça.

— Ça ne te regarde pas, ce que je fais ni avec qui !

Ma voix était devenue si aiguë que j'avais du mal à la reconnaître.

— Et tu n'as absolument pas le droit d'appeler mes professeurs pour savoir où j'en suis ! Tu ne me fais pas confiance ?

Elle a toisé Max.

— Je *croyais* pouvoir te faire confiance.

— Avez-vous eu le temps de regarder la carte ?

Brian, notre serveur, s'est approché avec un sourire obséquieux.

— Si vous avez des questions sur la suggestion du jour, je me ferai un plaisir de vous répondre.

Ses cheveux étaient si abondamment gominés qu'il aurait pu faire les dix-huit trous du parcours sans être décoiffé, même au milieu d'un ouragan. Il devait être étudiant, lui aussi, et ce travail au club était probablement le seul moyen pour lui d'y mettre les pieds, du moins jusqu'à ce qu'il devienne banquier ou agent immobilier à succès. J'aurais parié qu'il s'épilait le torse… Mais ce n'était qu'une impression.

Il nous a regardés tour à tour, faisant de son mieux pour garder le sourire devant nos têtes d'enterrement.

— Brian, tu nous laisses un instant ? Nous n'avons pas encore choisi.

— Bien sûr, monsieur Parker. Toujours à votre service, monsieur Parker.

Et il s'est retiré avec un hochement de tête proche de la courbette. C'était à cause de ces salamalecs que ma mère adorait cet endroit. Je me suis assurée qu'il s'était suffisamment éloigné avant de reprendre la conversation d'un ton à peu près calme.

— Je sais m'organiser, maman. J'étudie pratiquement tout le temps.

Elle a pointé son verre vers moi.

— Étudier l'anatomie masculine n'améliorera pas ta connaissance de l'impôt sur les sociétés.

Qu'est-ce qu'elle en savait ? Comment osait-elle…

Max était pratiquement nu quand ils se sont rencontrés.

Ce n'était pas parce qu'elle avait vu juste que j'allais lui permettre de déverser son ignorance et ses préjugés sur mon ami.

— Je peux vous assurer qu'Everly travaille dur. Je ne me permets pas de la distraire avant qu'elle ait fini son programme de la journée. Je l'ai même aidée à réviser.

— Vous l'avez *aidée* ? est intervenu mon père, sceptique. Pour quoi faire ?

Les murs semblaient se resserrer autour de la table, et j'avais du mal à respirer. Crise d'angoisse, avez-vous dit ? C'était l'effet que mes parents produisaient chez moi.

Cette fois-ci, Max s'est redressé sur sa chaise, piqué au vif.

— Je sais à quel point il est important pour Everly d'obtenir son diplôme avec les honneurs, et je ferai tout pour l'aider à y parvenir.

Sois calme, ô mon cœur.

Alors que mes parents n'avaient montré qu'arrogance et petitesse à son égard, Max parvenait à répondre avec gentillesse et générosité.

Je le regardais en essayant de sourire, de chasser les larmes sur le point de déborder de mes yeux.

Il venait de prouver qu'il pouvait faire face à mes parents, et moi, je venais de comprendre que, quoi que je fasse, rien ne serait jamais assez bien pour eux.

J'ai fait signe à Brian d'approcher.

— Je voudrais commander. Je me suis beaucoup dépensée aujourd'hui et j'ai faim.

Max a failli recracher la gorgée de bière qu'il venait de prendre.

J'en avais ma claque de me plier en quatre pour faire plaisir aux autres.

Je gâchais ma vie. Il était peut-être temps que je me concentre sur ce qui m'intéressait vraiment.

19

Max

La veille, en rentrant du restaurant avec ses parents, Everly m'avait demandé de prendre ma journée. Refuser ne m'avait pas traversé l'esprit, même si j'avais le planning des productions à finir d'urgence et une réunion avec mon père que j'avais dû reporter.

En revanche, je ne me souvenais pas avoir accepté de passer deux heures dans un magasin de bricolage pour acheter de la peinture et des accessoires déco pour rafraîchir son salon.

J'ai posé dans l'entrée les cinq sacs pleins à craquer qui me cisaillaient les doigts.

— Tu ne devrais pas être en train de réviser ?

Elle a répondu en allant vers la cuisine :

— Je devrais, si.

Elle est revenue, deux bouteilles d'eau à la main.

— Mais, hier soir, j'ai pris conscience que mes parents ne seront jamais satisfaits, quoi que je fasse. Alors, à quoi bon me tuer à la tâche pour quelque chose que je risque de…

Elle s'est brusquement tue, mais j'ai deviné la suite. Je ne savais pas, cependant, si c'était une bonne idée de la pousser dans ses retranchements.

J'avais le sentiment qu'elle ne voulait pas finir ses études, encore moins travailler comme avocate. D'un autre côté, je comprenais qu'elle ait du mal à s'écarter de ce but auquel tout semblait la prédestiner. La pression familiale, je connaissais bien, même si mon père était moins… intrusif que ses parents. Déjà, il respectait mon intimité, contrairement aux Parker qui traitaient leur fille comme si elle avait douze ans. J'avais trouvé leur attitude odieuse et, tout en sachant que ce n'étaient pas mes affaires, je n'avais pu m'empêcher de la défendre. Son expression, chaque fois qu'ils la critiquaient et minimisaient ses efforts, m'avait fendu le cœur.

— J'ai besoin de faire quelque chose qui ne me stresse pas, a-t-elle dit.

— Moi, je trouve les travaux très anxiogènes. Rien qu'à l'idée de planter un clou, je stresse, et ce n'est même pas chez moi.

— C'est juste de la peinture. Rien d'irréparable.

Je voulais la voir heureuse, mais c'était à elle de décider de son avenir. Ce n'était pas à moi de la pousser dans un sens ou dans l'autre, elle subissait déjà assez de pression dans sa vie. Sans dire que j'avais moi-même des décisions à prendre dans ce domaine.

Elle est montée à l'étage pour se changer. Moi, selon ses instructions de la veille, je portais des vêtements qui ne craignaient rien.

Elle avait déjà vidé la pièce. Il ne me restait plus qu'à couvrir les meubles avec une bâche similaire à celle qu'elle avait étalée sur la moquette. J'étais en train de verser la peinture dans les bacs quand elle est redescendue, un grand sourire aux lèvres. Un sourire que je n'avais vu jusqu'à présent que lorsque ma bouche se posait sur son sexe. Ma fierté virile en a pris un coup.

— Tu as l'air heureuse, là.

Elle a trempé le rouleau dans la peinture.

— Je ne sais pas pourquoi, mais j'adore les travaux. Peut-être l'idée du renouveau.

— Si tu es passionnée par la déco, le droit c'est quoi, pour toi ?

Son geste s'est interrompu.

— C'est justement la question que je me pose, ces temps-ci.

Nous avons travaillé un long moment en silence, à bon rythme, et nous avions passé la première couche sur deux murs quand mon téléphone a vibré dans ma poche. J'aurais voulu me consacrer entièrement à Everly et l'aider dans son projet pour la maison, mais je savais qu'elle comprendrait que j'avais des obligations et que cette interruption était le prix à payer pour cette journée de congé imprévue.

— Désolé, il faut que je décroche.

J'étais persuadé qu'il s'agissait de mon père, dont j'avais déjà ignoré trois appels. Nous devions rencontrer le lendemain un nouveau distributeur et il craignait sans doute que j'ajourne encore.

Mais quand j'ai regardé l'écran, ce n'était pas la photo de mon père qui était affichée.

— Allô ?

— Max !

Chloé Daniels, notre plus grande star.

— Chloé, qu'est-ce que je peux faire pour toi ?

— Je viens de recevoir le prototype.

Chloé était faite pour ce travail et avait su, dès le début, établir et défendre son image de marque. Nous travaillions depuis quelques mois au design d'une ligne de sex-toys, dont un masturbateur masculin à son « effigie », un euphémisme que Ben et moi trouvions particulièrement drôle.

— C'est génial ! J'ai hâte de le voir.

Hâte de voir une reproduction en silicone du sexe de Chloé ? J'ai vraiment une drôle de vie.

— Moi aussi, j'étais impatiente.

J'ai senti mon ventre se serrer. Son ton ne présageait rien de bon. J'ai commencé à faire les cent pas entre le séjour et l'entrée. Everly continuait à peindre, mais je sentais qu'elle ne pouvait s'empêcher de suivre la conversation.

— Je ne sais pas à qui appartient ce vagin de seconde zone, mais ce n'est pas le mien.

Je me suis arrêté net.

— Comment ça, ce n'est pas ton vagin ?

Je me suis tourné ; Everly me regardait, éberluée, le rouleau en l'air.

— Je t'assure, je connais bien mon corps, a poursuivi Chloé, et ce truc ne me ressemble absolument pas. Ils ont dû prendre le moulage de quelqu'un d'autre. Ils ont dû confondre avec le modèle de quelqu'un d'autre !

— Pas de panique, d'accord ?

S'il y avait un problème, il y avait forcément une solution, et j'allais la trouver. C'était mon job. Pour le reste de ma vie.

— Je vais les appeler, je te téléphone quand j'en sais un peu plus.

— Merci, Max. Ce serait un cauchemar qu'on commercialise ça avec mon nom dessus.

J'ai failli éclater de rire devant son ton catastrophé. Je comprenais qu'elle surveille son image, mais il ne se passait rien d'irréparable. Et c'était son nom qui serait vendeur, plus que la fidélité au modèle original.

Rassurée enfin, elle a raccroché et je suis retourné auprès d'Everly.

Sans s'arrêter de peindre ni me regarder, elle a murmuré :

— Je déteste quand on m'envoie le mauvais vagin.

J'ai éclaté de rire. Ça me faisait un bien fou de partager ce moment avec quelqu'un qui comprenait l'absurdité de la situation. J'ai repris le rouleau en secouant la tête.

— Tu travailles aussi dur que moi, tu sais ?

Ah, cette tête bien faite qui n'arrêtait pas un instant de carburer !

— Je n'en suis pas sûr, mais c'est vrai que j'ai pas mal de responsabilités.

Qui n'allaient pas cesser d'augmenter.

Elle a poussé un soupir exaspéré en montrant le mur comme s'il s'agissait d'une pièce à conviction.

— Pourquoi ta part du mur est plus jolie que la mienne ?

J'ai reculé de quelques pas pour essayer de voir les différences. Il n'y avait qu'une explication possible.

— Tu n'appuies pas assez. C'est pour ça que ça laisse des traces.

Elle a pointé le rouleau vers moi.

— Tu es bon dans tout ce que tu fais ?

— Quoi ? ai-je dit en reprenant le boulot. Non, malheureusement.

— Tu peux tout faire. Diriger une entreprise. Courir. Peindre. Retrouver des vagins égarés.

J'adorais son sens de l'humour.

— Bien t'occuper d'une femme…

Elle a laissé la dernière phrase en suspens.

J'ai passé ma main libre autour de sa taille pour frotter mon nez contre son cou.

— Tu es bien placée pour le savoir.

Son corps s'est tendu, je n'ai pas compris pourquoi.

— Qu'est-ce qui se passe, Evs ?

J'ai posé le rouleau pour l'envelopper de mes bras et lui ai relevé le menton pour l'obliger à me regarder. Elle avait une expression triste.

— Tu… je ne m'occupe pas bien de toi ?

Mon pire cauchemar. Toute une vie à vivre du sexe et à prétendre tout savoir, et je n'étais pas capable de satisfaire une jeune femme sans expérience ? J'étais un bouffon, ou quoi ?

— Si, très bien, a-t-elle répondu avec un sourire sans joie. C'est juste que… Tu ne m'as montré qu'une partie de ton savoir-faire. Tu refuses d'aller jusqu'au bout avec moi.

— Je ne refuse pas…

Je lui ai caressé la joue. De toute évidence, je n'étais pas bon dans tout ce que je faisais. Notamment, je ne savais pas comment me conduire avec elle.

— C'est juste que je veux y aller doucement.

Elle avait le regard le plus triste, le plus confus, que j'aie jamais vu.

— Pourquoi ? a-t-elle demandé dans un murmure.

Parce que j'ai peur. Peur de te souiller. Peur de te briser. Peur que tu me brises.

Ces pensées m'ont pris au dépourvu. La situation devenait de plus en plus troublante pour moi. Je n'arrivais plus à dissimuler mes émotions, le vernis de l'indifférence craquait en présence d'Everly, qui lisait en moi comme dans un livre quoi que je fasse. Je n'avais d'autre choix que d'être moi-même.

Je m'étais engagé à l'aider à finir sa liste et je le ferais. J'allais mettre au placard mes émotions et éviter toute conversation profonde. Dont celle-ci.

— Nous avons encore plein de trucs à cocher, sur cette liste. Pas besoin de se presser, hein ?

— La liste, tu dis ? Tu l'as sur toi ?

Je me suis écarté d'elle pour sortir mon portefeuille de ma poche arrière, et je lui ai tendu le bout de papier. Sans rien dire, elle est partie dans la cuisine, me laissant seul avec son parfum.

Quand elle est revenue, elle a fait claquer la liste dans ma main. Aux onze éléments que j'avais appris par cœur s'ajoutait à présent un douzième.

Couche avec un gars que tu aurais normalement snobé.

Je n'en croyais pas mes yeux. Elle avait inclus *ça* dans la liste ? Elle trichait pour arriver à ses fins. Quelle vilaine fille !

— Je ne crois pas que ta grand-mère voulait que tu deviennes une traînée, ai-je plaisanté.

Elle m'a accordé un demi-sourire.

— Je n'ai aucune idée de ce qu'elle espérait en dressant cette liste. Elle aurait pu être plus claire, franchement. Mais je peux affirmer qu'elle voulait que je vive… de nouvelles expériences.

D'une certaine façon, je l'enviais. Elle avait tellement de choses à découvrir, tellement de premières fois devant elle ! L'aider était pour moi une façon de revisiter certaines de ces premières fois ; plus que ça, même, c'était une chance de les vivre à nouveau, autrement. C'était à peine si je me souvenais de ces quatre dernières années, non seulement parce que j'avais trop fait la fête, mais parce que j'étais malheureux. J'avais survolé ma vie en pilote automatique, désabusé et insatisfait.

Ma rencontre avec Everly m'avait ouvert les yeux.

Elle s'est lovée contre moi, et le mouvement m'a fait lâcher le rouleau. J'avais la gorge serrée, la bouche asséchée. Elle m'électrisait ; chacune de mes terminaisons nerveuses semblait crépiter lorsqu'elle s'approchait. Aucune femme ne produisait chez moi une telle réaction.

— Et là, a-t-elle murmuré à mon oreille, je voudrais une nouvelle expérience… avec toi.

Son parfum acidulé m'a enveloppé comme un philtre magique contre lequel je ne pouvais rien. Elle exerçait un pouvoir mystérieux sur moi, à son insu, ce qui ne faisait que renforcer la puissance du sort. Mon corps entier a flambé quand elle a collé ses lèvres à mon cou… avant de quitter la pièce.

Elle s'est retournée au pied de l'escalier pour me regarder. Je n'avais pas besoin de mots, je savais ce qu'elle voulait. Ce dont elle avait besoin. J'étais hypnotisé par le désir qui agitait les eaux profondes de ses yeux turquoise.

Jamais je n'avais désiré une femme avec une telle force. Je ne savais pas si c'était sa détermination farouche qui m'attirait, ou son indifférence lorsqu'on s'était rencontrés, ou encore sa capacité à me voir, à me voir vraiment, au-delà de mon personnage de mec qui travaille dans le porno.

Mais la raison importait peu.

Elle avait inclus le sexe dans la liste.

Comment aurais-je pu refuser ?

20

Everly

— Tu vas refuser à une fille ce dont elle a tant besoin ?

Je m'étais assise sur mon lit. Max se tenait sur le seuil de la chambre. Même si j'avais craint qu'il ne monte pas avec moi, j'avais suivi le conseil de Grace et lui avais demandé sans détour ce que je voulais.

Je l'ai invité d'un geste à me rejoindre. Ce qu'il a fait avec un grognement sourd d'animal sauvage.

Il a posé un genou sur le lit et m'a enlacée pour m'attirer contre sa bouche. J'ai senti le goût de cannelle du bonbon qu'il avait pris dans la voiture un peu plus tôt.

J'ai agrippé son T-shirt.

— Max… J'ai envie de toi.

Il a tiré sur les pans de ma chemise, les boutons ont sauté, je les ai entendus ricocher sur le sol et les meubles. Il a de nouveau fait entendre ce grognement animal. C'était toujours quelqu'un de très intense, mais à ce point, c'en était intimidant. Et même un peu effrayant.

J'avais déjà eu des expériences sexuelles, mais ce qui se passait entre nous était complètement nouveau pour moi. J'avais l'impression d'être vierge et sur le point de passer un cap dans ma vie de femme. Je sentais que coucher avec lui allait me transformer.

Il m'a enveloppée dans ses bras pour me plaquer contre lui et je me suis emparée de sa bouche. Il y avait une fébrilité nouvelle dans notre étreinte, une intimité différente, plus profonde.

Mais, aussi soudainement qu'il avait cédé, il s'est écarté, et a pressé son front contre le mien pour murmurer :

— Tu sais que ce n'est pas pour ça que je suis là. Tu le sais, n'est-ce pas ?

Je le savais, oui. J'avais cru, au départ, qu'il m'avait proposé son aide pour se prouver qu'il n'était pas égoïste, mais ce que j'avais appris au gala avait infirmé cette théorie. Il n'avait pas une once d'égoïsme. Mais, à vrai dire, à ce moment précis, ses raisons m'importaient peu : je ne pensais qu'à ce que je *voulais*, moi. Et je voulais faire l'amour avec lui.

Je l'ai de nouveau attiré contre moi pour coller sa bouche à la mienne. C'était la seule conversation qui m'intéressait, celle de nos lèvres, de nos langues, de nos corps. C'était surtout la seule dont j'étais capable, mon esprit ivre de désir n'aurait su former une phrase cohérente.

Il s'est allongé sur moi. Oh ! son poids ! Délicieux… Exactement ce dont j'avais besoin. Il m'a empoigné les cheveux et sa langue a cherché la mienne. Plaquée contre le matelas, c'était à peine si je pouvais bouger. J'ai essayé de rouler sur lui pour participer activement, mais il m'en a empêchée.

— J'adore ton odeur, a-t-il fait en inspirant longuement, le nez au creux de mon épaule. Citron sucré. Je pourrais te dévorer.

Max ne me donnait pas l'impression d'être l'archétype du gars qui y allait doucement et prenait son temps. Je le sentais plutôt du genre « sur-le-champ-vlan-merci-pour-le-moment ».

— J'ai envie de faire l'amour.

Et je voulais que ce soit bon. Aussi bon, au moins, que la meilleure de ses expériences jusqu'à ce jour.

— J'ai des préservatifs dans le tiroir de la table de chevet.

Il a ri. Comme si c'était une bonne blague ! Il se moquait de moi ! Je n'ai pas apprécié.

— Si tu ne veux pas, pas grave, hein.

J'ai essayé de le repousser pour me relever, mais il a pesé plus lourd sur moi pour m'en empêcher.

Merci Grace. J'ai demandé en toutes lettres ce que je voulais, et il se fout de ma gueule. Vraiment, merci !

J'avais pourtant cru comprendre qu'il le voulait autant que moi. Qu'il me désirait. Il me l'avait dit, d'ailleurs. Ce qui avait embrasé ma libido et m'avait donné envie d'essayer de nouvelles choses, des choses que je n'avais pas testées avec d'autres hommes. Du sexe sauvage et cochon, du sexe léger et fun. Toute sorte de sexe. Tant que c'était avec lui.

Sans crier gare, il m'a fait rouler sur lui et, avant d'avoir compris ce qui s'était passé, je le chevauchais. J'ai poussé un petit cri, qui s'est mué en gémissement de plaisir, en sentant son sexe dur, très dur, niché contre le mien.

— Bien sûr que si, je veux.

Il m'a attirée à lui pour coller mon front au sien.

— Je crève d'envie de te baiser, tu n'imagines même pas à quel point, ma belle.

Je n'étais pas sexy. Je ne prétendais pas l'être. C'était moi, tout simplement, Everly Parker. Bonnet 90B, pas de courbes et des sous-vêtements en coton. Mais il me désirait, et j'avais l'impression d'être la femme la plus sexy du monde.

J'ai cherché à tâtons la boîte de préservatifs. Une boîte intacte.

Faites qu'ils ne soient pas périmés, s'il vous plaît. Juste pas périmés.

J'ai trouvé la date sur le côté de l'emballage.

— Ouf!

Il m'a regardée, amusé par ma réaction.

J'ai dû m'expliquer :

— Ça fait longtemps…

— Mais elle est toute neuve, cette boîte!

— Très longtemps, en fait.

Il me l'a prise des mains.

— Dans ce cas, mademoiselle Parker, a-t-il dit. Permettez-moi…

Et il m'a de nouveau attirée contre lui. S'est emparé de ma bouche. L'a prise d'assaut. C'était inutile : il était déjà en terrain conquis.

Il a fait glisser ses mains de ma nuque à mes épaules, puis le long de mes bras, repoussant au passage ma chemise. J'avais la chair de poule et mes seins pointaient sous mon soutien-gorge en coton. Il a frôlé mes tétons, mais, très vite, il a préféré défaire l'agrafe au dos et s'est redressé pour en prendre un dans sa bouche.

Sa langue sur ma peau a déclenché en moi un frisson qui m'a coupé le souffle. La tête ployée en arrière, je me suis laissée aller aux sensations qu'elle me procurait. Il m'a aidée à garder l'équilibre, ses mains rivées à mes hanches, ses doigts enfoncés dans ma chair, pendant que sa bouche faisait l'inventaire des points les plus sensibles de ma poitrine. En même temps, chacun de mes pores était une zone érogène, lorsque Max était aux commandes.

Je lui ai empoigné les cheveux en me pressant contre lui. Ses baisers, devenus féroces, envoyaient des décharges de plaisir qui me traversaient, avant de converger dans mon clitoris.

— Je ne comprends pas…

J'avais la tête qui tournait — ce qui m'arrivait toujours en sa présence —, mais là, j'avais l'impression de ne plus rien maîtriser.

J'ai parlé pour tenter de garder le contact avec le monde réel.

— Dès que tu approches, mon corps réagit, et je n'ai qu'une envie…

Mon désir, à ce moment-là, effaçait tout le reste. Mes parents et leurs exigences. Mes études et mes projets. L'industrie du porno. Il n'y avait plus que Max et moi, nos corps enlacés, nos regards chevillés l'un à l'autre. Tout ce que je voulais, c'était être avec lui. Jouir et le faire jouir.

— Je veux que tu me dévores.

— Tes désirs sont des ordres.

Il m'a embrassée, avant-goût de ce qui allait suivre. Plaisir. Excitation. Désir déchaîné.

— Enlève ça, a-t-il dit en tirant sur la taille de mon pantalon.

J'ai obtempéré tandis qu'il se débarrassait de ses vêtements avec des gestes aussi précipités et fébriles que les miens.

Une fois nu, il m'a regardée. Non, il m'a contemplée. De la tête aux pieds, lentement, en prenant son temps. J'ai frémi sous son regard, incapable, à mon tour, de décoller le mien de son corps.

Il a glissé vers le bord du lit et tapoté le matelas pour m'inviter à m'allonger. J'ai fait un pas, il m'a tendu la main.

— Ta jolie culotte à pois aussi.

Son sourire de mauvais garçon aurait suffi à la faire fondre, mais je n'avais pas de temps à perdre et je l'ai enlevée avant de m'étendre sur le lit.

J'étais si excitée que j'avais du mal à respirer normalement. Il a couvert de caresses mes épaules, mes bras, mes cuisses, mon ventre qui s'est contracté au contact de sa main.

— S'il te plaît…

Une formule banale, devenue prière en s'échappant de mes lèvres.

Il a répondu en m'embrassant. J'ai accueilli sa langue et ses baisers comme un naufragé une gorgée d'eau douce. Je sentais sa main sur ma nuque, son sexe contre ma cuisse, mais j'étais incapable de le toucher. Un simple baiser, et je devenais bonne à rien.

Quand il a posé la main sur ma joue, j'ai tourné le visage pour embrasser sa paume, et il a souri.

Il a pris le préservatif et a ouvert l'emballage. Je l'ai regardé le dérouler sur son sexe qui se dressait contre son ventre.

Puis il s'est mis à genoux sur moi. Il était parfait. Solide. Mâle. Il aurait fallu être folle pour laisser passer la chance de coucher avec un homme comme lui ! Et je n'étais pas folle, ou pas de cette façon. J'avais l'impression que j'allais flamber d'impatience.

C'était comme un rêve. Un rêve explicite et torride qui se réalisait enfin.

Il a pressé le bout de son sexe à l'orée du mien, mais n'est pas allé plus loin. Les muscles de son cou se sont tendus comme des cordes. Qui aurait cru que des tendons pouvaient être aussi sexy ? Les siens l'étaient. Il a inspiré profondément, mais ne me regardait pas dans les yeux.

Alors, je l'ai aidé.

J'ai glissé la main entre nous pour frotter son gland contre moi. J'étais mouillée, prête à l'accueillir. Les préliminaires, on pouvait s'en passer. J'ai soulevé les hanches et l'ai guidé en moi.

Mon gémissement a accompagné nos mouvements ; il m'a pénétrée en douceur, éveillant des sensations dont je n'avais même pas idée.

— Que c'est bon !

Il s'est laissé tomber en avant, les mains de chaque côté de ma tête, le visage crispé comme s'il avait mal.

— Tu es si serrée !

J'avais l'impression qu'il me remplissait complètement, alors que son ventre n'était même pas collé au mien.

Un instant, j'ai eu peur qu'il soit trop grand pour moi, mais je me rappelais avoir lu que c'était scientifiquement impossible. J'ai soupiré doucement en avançant les hanches pour qu'il puisse entrer plus loin. Je le voulais tout en moi, tout contre moi, parfaitement emboîté.

— Everly…

Mon prénom était à peine reconnaissable dans son grognement éperdu.

Son corps était à la fois puissant et léger sur moi. Il essayait de ne pas peser, je le voyais à la tension de ses bras. Enroulant les jambes autour de sa taille, j'ai ondulé pour accompagner ses mouvements.

Il s'est retiré pour revenir d'un long coup de reins qui m'a poussée vers le centre du lit ; son ventre chaud contre mon sexe offert m'a arraché un gémissement qui l'a enhardi.

— C'est ça, mon cœur.

Il a augmenté la cadence, la tendresse de son regard occultée par quelque chose de sombre — de purement animal.

— Laisse-moi entendre ces petits bruits que tu fais quand tu es excitée.

Comme un homme possédé, il a bougé de plus en plus vite. C'était ce que je voulais. Exactement ça.

Je ne savais plus où donner des mains, je m'agrippais à ses biceps, lui griffais le dos, les abdos, enivrée par la beauté de notre étreinte.

Il a plié les bras — il me couvrait complètement —, et j'ai resserré les jambes autour de lui. Je voulais le sentir plus près, me fondre en lui.

Je voulais qu'il sente tout mon corps quand je jouirais. Et j'étais sur le point de le faire. Ses longues poussées et la friction de son pubis contre mon clitoris me menaient inéluctablement vers le point de non-retour.

Je l'ai senti trembler et, à ma grande surprise, il a ralenti la cadence. Je ne m'y attendais pas. Je m'attendais plutôt à des poussées violentes, de la sueur, peut-être même une fessée. Je n'avais pas imaginé ça. Les expressions de plaisir et de douleur qui se succédaient sur son visage, alors qu'il plongeait et replongeait en moi.

Je savais exactement comment il se sentait. Dépassé. Comblé. Vulnérable.

J'ai posé les mains sur ses joues pour lui faire relever doucement le visage et le regarder dans les yeux.

— Je suis ravie, mais *ravie*, de ne pas t'avoir snobé !

Il y avait trop de sentiments, trop de soupirs et de bruits complètement nouveaux pour moi, pour seulement commencer à décrire ce qui se passait dans ma tête et dans mon corps. Je voulais néanmoins qu'il comprenne. Qu'il sache. Qu'il ressente avec moi chaque nuance de plaisir, chaque tremblement de satisfaction.

Le Max devenu si important pour moi a alors réapparu, et son sourire irrésistible a éclairé la chambre.

Il a répondu au creux de mon oreille, et j'ai senti avec délice son haleine chaude contre mon cou.

— Et moi, je suis ravi, mais ravi que tu ne l'aies pas fait !

Ces mots ont déclenché l'orgasme qui a explosé dans mon ventre et s'est répercuté dans chacune de mes terminaisons nerveuses, jusqu'à ce que tout mon corps vibre de plaisir. C'était si intense, si puissant, que si on avait été filmés, la force de nos sensations aurait brûlé l'image.

Avec un râle défait, il a joui tout de suite après, puis s'est laissé rouler sur le côté en m'enlaçant pour que je me blottisse contre lui.

Nos respirations agitées ont empli la chambre, puis se sont peu à peu apaisées, en même temps que Max me disait des mots tour à tour tendres et coquins.

J'étais comblée. Je flottais sur un nuage parfait d'endorphines. Mais… on n'avait pas baisé. Non que je sois une experte en la matière, mais il s'était passé autre chose entre nous. J'aurais été incapable de mettre un mot dessus, mais c'était plus que du sexe, plus que ce que j'avais connu, en tout cas. Quelque chose de profond et d'émotionnel qui ne ressemblait en rien à ce que j'avais imaginé avec lui.

Tout avait été sexy, doux, lent. Comme si quelqu'un lui avait donné les clés de mon corps. C'était la meilleure expérience sexuelle de ma vie. Pourtant, position du missionnaire, avec préservatif, dans un lit. Max avait dû s'ennuyer ferme.

Cette pensée m'a fait dégringoler de mon nuage et une sensation peu habituelle s'est emparée de moi : je ne me sentais pas à la hauteur. J'avais toujours été dans les premiers de la classe, je comptais obtenir mon diplôme avec les honneurs, j'avais été retenue pour les stages les plus cotés, j'étais sur le point de démarrer une carrière plus que prometteuse comme avocate. Quand j'entreprenais quelque chose, je voulais non seulement réussir, mais aussi être la meilleure. Et jusqu'à présent, ça avait toujours été le cas.

Sauf… là.

Je ne pouvais pas me débarrasser de la désagréable impression, qu'en ce qui concernait Max Levin, je n'atteindrais jamais qu'à peine la moyenne.

21

Max

— C'est exactement comme je l'imaginais !

Everly venait d'entrer dans la salle de casting et découvrait les murs gris, la table qui aurait pu se trouver dans n'importe quel bureau, le canapé en cuir.

Des centaines d'hommes et de femmes nous contactaient pour nous montrer leurs talents sur ce canapé, et je devais refouler quatre-vingts pour cent des candidatures. Tout le monde n'était pas taillé dans l'étoffe dont on faisait les stars du cul.

J'avais proposé à Everly de m'accompagner au bureau parce que je devais retourner au travail mais n'avais aucune envie, absolument aucune, d'être séparé d'elle. C'était une prise de conscience troublante, puisque, en théorie, notre relation se cantonnait à venir à bout de cette fichue liste.

Qu'est-ce qui te prend, Max ?

— Tu filmes les auditions ?

— Non. Ce n'est pas nécessaire puisque c'est moi qui prends les décisions. En général, je sais dans les cinq premières minutes s'ils ont ou non du potentiel.

Elle m'a lancé un sourire par-dessus son épaule.

— Tu es très sûr de toi…

J'ai frotté mes ongles sur le revers de ma veste.

— C'est un don.

Elle s'est laissée glisser lentement sur le canapé, caressant le cuir de ses mains.

— Ne t'inquiète pas, on nettoie après chaque audition.

Elle a aussitôt serré les mains contre sa poitrine avec une grimace de dégoût. J'ai ri, soulagé qu'elle ne pose pas d'autres questions.

— Puis-je te montrer le saint des saints où l'on prend les grandes décisions ?

— Les toilettes ?

— Mon bureau, maligne ! Allez, viens.

Un des avantages à être le patron c'est que cette pièce offrait largement assez de place pour qu'elle se pose avec ses bouquins et son ordinateur. Comme ça, elle pouvait avancer dans ses révisions, et moi, je pouvais la regarder, la sentir, profiter de sa présence.

Dix minutes plus tard, je m'étais remis au travail… Ou plutôt, j'essayais. L'inviter n'avait peut-être pas été une si bonne idée… Je ne pouvais pas m'empêcher d'admirer son petit corps délicieux au lieu d'avancer dans mes tâches. Installée sur le canapé, les jambes repliées sous elle, elle semblait parvenir à se concentrer sans problème. C'était du moins l'impression qu'elle donnait.

J'ai dû faire appel à toute ma volonté pour décoller les yeux d'elle et j'ai pu, enfin, mettre au point le planning des tournages pour le mois suivant. J'avais ensuite à visionner six montages définitifs, mon feu vert étant indispensable pour la diffusion sur le Net. Aucun film n'était mis en ligne sans cela, mais le travail de Ben était irréprochable, et je n'avais renvoyé aucune de ses réalisations depuis quatre ans.

J'ai branché les casques sur le moniteur pour éviter que le

concert de gémissements ne déconcentre Everly et j'ai cherché l'e-mail que Ben m'avait envoyé avec la liste des fichiers. Il ajoutait toujours à côté de chaque lien un commentaire qui ne manquait jamais de me faire rire.

Le premier montage montrait une scène de bondage dont Ben disait : « Elle tire sur la corde, non ? » C'était une bonne chose qu'Avery Mills, l'actrice, soit blonde et pulpeuse, cela m'a évité de voir à sa place Everly, ligotée. D'autant que ce genre de pratiques ne m'intéressait pas.

Le deuxième film faisait partie de la série DILF. Commentaire de Ben : « Zoom hyper rapproché. Tu pourrais reconnaître la bite du mec dans une séance d'identification. »

Là, je n'ai pu que rire pour de bon, et Everly a levé les yeux de son livre. J'ai enlevé l'une de mes oreillettes en lui disant :

— J'écoute de la musique.

Ce clip m'a donné plus de fil à retordre. Iris, qui jouait la baby-sitter délurée, avait la même silhouette qu'Everly. Quand elle a mis la bouche autour de la queue de Cannon, j'ai réagi comme si c'était la mienne.

Bordel, qu'est-ce qui m'arrivait ? Ou était-ce mon sexe qui avait un problème ?

Tu n'es plus un ado bourré d'hormones, Ducon. Reprends-toi !

Pour la première fois depuis longtemps, l'un de nos films m'excitait. Je me suis redressé dans mon fauteuil en tirant sur l'entrejambe de mon pantalon. Si jamais Everly s'approchait, elle verrait tout de suite que je bandais.

Concentre-toi. Tu peux y arriver. Plus que quatre films.

Quatre encore… Je risquais fort de jouir dans mon boxer.

Chaque scène me ramenait, malgré moi, à la nuit précédente. La partie de jambes en l'air la plus vanillée de ma vie ! Everly s'était montrée si douce, si innocente. Je savais pourtant qu'elle possédait un côté plus sulfureux, que j'avais entrevu chaque fois que nous avions été ensemble *de façon intime*. Cela se produisait de manière imprévisible et durait un peu plus chaque fois. C'était terriblement excitant et je m'étais donné pour mission de le faire ressortir de façon permanente. Il n'y avait aucune raison pour qu'elle soit dans la retenue au lit, surtout pas avec moi. Parce que j'en avais vu, des trucs fous — des trucs carrément barrés même ! Quoi qu'elle veuille faire, ce serait pour moi une promenade dans le parc.

J'ai réussi à me concentrer assez pour valider les deux films suivants. C'est alors qu'elle m'a interrompu en faisant de grands gestes avec les bras pour attirer mon attention. J'étais au milieu d'une scène bien corsée et quand j'ai appuyé sur « pause », la vidéo s'est figée sur le gros plan d'une queue qui glissait entre deux fesses.

— Tu peux me donner le mot de passe pour le wi-fi ?

Je me suis reculé dans mon fauteuil avec une expression de désapprobation.

— Tu avais promis que tu réviserais d'arrache-pied.

— C'est ce que je fais ! a-t-elle protesté. J'ai juste besoin de vérifier un truc sur Google.

— À d'autres ! C'est ce qu'on dit toujours, et on y passe deux heures. Je ne peux pas le permettre, mademoiselle. En revanche, tu peux utiliser mon ordinateur pour ta recherche. J'ai deux ou trois choses à faire.

Elle a souri en refermant son livre. Bien. Je comptais utiliser la situation à mon avantage. J'allais laisser trois vidéos ouvertes, de sorte qu'en fermant le navigateur elle « tomberait » dessus. Leur choix était stratégique : voyeurisme, bondage et DILF. Je n'avais pas l'intention de lui trouver un mec plus vieux si c'était ce qu'elle voulait, mais si m'appeler « papounet » l'excitait, je jouerais le jeu sans problème.

J'ai ouvert Safari et l'ai laissée s'installer devant l'ordinateur.

Quand je suis sorti de mon bureau, Barb raccrochait le téléphone.

— Casey est prête à sauter le pas, a-t-elle annoncé.

— C'est vrai ?

Casey Cross, une de nos vedettes les plus vendeuses, avait passé les trois dernières années à tourner exclusivement des scènes avec des filles. Sa décision de coucher avec des hommes allait nous rapporter gros.

— Qu'est-ce qui l'a fait changer d'avis ?

Pour elle, c'était moins intéressant financièrement, car les scènes avec des partenaires du même sexe étaient mieux payées. Sauf si elle était partante pour un gang bang.

— Aucune idée, a répondu mon assistante en rangeant un dossier. Et je ne compte pas le savoir.

Il fallait que je réfléchisse à la façon d'optimiser cette bonne nouvelle. Déjà, trouver le partenaire idéal pour initier Casey au monde de la bite, ensuite, définir la bonne stratégie marketing pour booster les ventes.

J'ai fait une halte dans la salle de casting pour récupérer quelques préservatifs. J'allais repartir quand Ben est arrivé. Il a avancé son poing vers moi pour que je tope.

— Je viens de passer vingt minutes au téléphone avec Dane, qui trouve que Rayna…

Il s'est interrompu avec un soupir las.

— Il semble qu'elle ait un petit souci d'hygiène… au-dessous de la ceinture.

— Je suis content que ce soit tombé sur toi. J'ai déjà le masturbateur masculin fabriqué d'après Chloé à gérer. La réplique ne lui semble pas conforme.

Ben a éclaté de rire, mais je n'aurais pas su dire si c'était à cause de cette anecdote précise ou de l'absurdité de nos conversations en général. Notre vie était une comédie surréaliste où les clichés grossiers le disputaient aux moments cocasses, alors oui, autant en rire.

J'ai réglé deux ou trois questions avec lui avant de retourner à mon bureau. Everly avait dû tomber sur l'une des vidéos et, si mon plan se déroulait sans accroc, j'allais sous peu pouvoir plonger dans sa jolie petite chatte.

Tel que je l'avais prévu, elle avait mis mes écouteurs et fixait l'écran, les yeux écarquillés. Elle se caressait le sein gauche sans en être consciente, il me semblait, tandis que son autre main était emprisonnée entre ses cuisses serrées.

S'apercevant de ma présence, elle a enlevé les oreillettes d'un geste brusque et m'a adressé un sourire faussement timide.

— Je croyais que tu écoutais de la musique.

J'ai fermé la porte à double tour derrière moi, et me suis avancé vers elle.

— Techniquement, il y a de la musique de fond. Tu aimes ?

— Je… Je crois que…

Elle a dégluti avec difficulté, mais ce n'était pas, comme je l'avais cru, à cause de l'excitation. Elle a continué :

— Quand je regarde des trucs comme ça, je vois à quel point je manque d'expérience.

Comme toujours, elle analysait tout, réfléchissait trop. J'allais devoir faire quelque chose pour qu'elle perde cette fâcheuse habitude.

Je me suis penché pour repousser ses cheveux derrière son épaule et lui prendre le visage. Je voulais être sûr qu'elle m'écoute attentivement.

— Parfois, c'est le manque d'expérience qui produit les scènes de sexe les plus explosives.

Ce n'était pas du pipeau, mais du vécu.

— Elles sont authentiques, plus réelles. De véritables révélations.

— Je ne suis pas sûre que les philosophes grecs auraient approuvé ta définition du mot « révélation ».

C'était bien possible, mais j'étais convaincu de ce que j'avançais.

— Est-ce que tu as déjà vu une scène de sexe vraiment bonne ?

Elle a secoué la tête. Je me suis approché un peu plus pour qu'elle comprenne que je ne plaisantais pas, que c'était un sujet de première importance.

Pour moi et pour elle.

— Une bonne scène de sexe peut te faire oublier tout ce qui t'entoure.

J'ai laissé glisser mon doigt le long de son cou, vers le centre de sa poitrine.

— Elle te donne l'impression d'y être, tu sens chaque caresse, chaque baiser. Parfois, les deux personnes sont tellement en phase qu'elles se laissent aller complètement.

J'en avais été témoin à plusieurs reprises. L'alchimie entre les acteurs était importante et, quand s'y ajoutaient un même état d'esprit, le bon éclairage et des énergies complémentaires, le résultat vous coupait le souffle.

— J'aimerais te montrer ça un jour.

Il suffirait qu'elle m'accompagne sur un tournage… C'était peut-être ce dont elle avait besoin pour perdre le contrôle et s'abandonner au plaisir. Un autre des points sur la liste. Je comptais m'en occuper, mais pour l'instant…

— Dis-moi ce qui t'a plu, ai-je poursuivi en désignant l'écran.

Elle a réfléchi, le bout de sa langue pointant entre ses lèvres.

Pour lui rafraîchir la mémoire, j'ai débranché les écouteurs et j'ai mis en route la vidéo de la série DILF. Gémissements, soupirs.

— Qu'est-ce qui te plaît, à toi ? a-t-elle rétorqué.

Encore une fois, elle m'a pris au dépourvu. Chaque fois que je croyais prendre le dessus, elle changeait de jeu.

— Toi. Tu me plais beaucoup.

— Mais…

J'ai posé l'index sur ses lèvres.

— Dis-moi, allez. Je pourrais peut-être réaliser ton fantasme.

Ses yeux brillaient avec le feu du désir. Elle a poussé un long soupir.

— Je… j'aime la façon dont il la lèche.

Bon, ça, c'était largement à ma portée.

J'ai frôlé du bout du doigt la pointe de son sein qui avait durci. Mais pourquoi ? Je cherchais une logique à ses préférences. C'était à cause de l'âge du gars ? Ou ce qu'il faisait ? Ou bien était-ce moi qui ne l'avais pas satisfaite ? Je pouvais jouer le jeu, me glisser dans le rôle qu'elle voulait. J'étais prêt à tout pour lui donner satisfaction.

J'ai murmuré :

— Tu veux que je joue à être ton papounet ?

Après un silence qui était une pure torture, elle a éclaté de rire.

— Tu es un cliché sur pattes, tu sais ?

J'adorais son rire, la façon dont elle secouait les épaules. Même si c'était pour se moquer de moi.

— Déformation professionnelle, que veux-tu…

J'appréciais qu'elle arrive à voir le côté loufoque de ma vie. La façon dont les stéréotypes du porno déteignaient sur tout. Plus j'en prenais conscience, plus mon envie de partir grandissait… et ma culpabilité avec.

— Je ne veux pas de « papounet ».

Elle a posé les mains sur mes épaules et m'a attiré vers elle ; nos nez se touchaient presque.

— En revanche, je voudrais assister au tournage d'une scène.

— Tes désirs sont des ordres pour moi.

J'aurais fait n'importe quoi pour elle, et lui apporter du plaisir suffisait à mon bonheur.

— Je pourrais y prendre goût, tu sais, a-t-elle dit en pressant un baiser sur mes lèvres. À ce que tu réalises mes souhaits, j'entends.

Moi aussi, je pourrais.

22

Everly

Ça faisait un bon moment que nous n'avions pas coché un nouvel élément de la liste. À l'exception de « Couche avec un gars que tu aurais normalement snobé », mais, étant donné que c'était moi qui l'avais ajouté, ça ne comptait pas vraiment.

Aussi, lorsque Max m'avait appelée ce matin-là pour me demander si j'étais libre, j'avais sauté sur l'occasion. La liste était le cadet de mes soucis, à vrai dire, j'avais juste envie de passer du temps avec lui.

J'avais souvent entendu parler du « rayonnement de la femme bien baisée » et, pour la première fois, je rayonnais. Même si cela avait eu lieu deux jours plus tôt, j'en sentais encore les effets, je le sentais, lui. J'étais accro et je ne savais que faire. Je n'arrivais pas à me concentrer. J'étais incapable de lire, incapable d'écrire. Je ne pouvais même pas rêvasser sans que Max occupe le premier plan de mes fantaisies.

J'avais l'impression d'être possédée… Et j'adorais ça !

Max s'est garé dans la zone pour visiteurs du parking souterrain d'un building du centre-ville.

J'ignorais pourquoi nous étions là, mais j'espérais qu'il y serait question de lit. Et de corps nus. Et d'orgasmes. En fait, les orgasmes me suffisaient. J'aurais bien pu m'habituer à des pics de plaisir quotidiens. Comment allais-je faire quand mon deal avec lui toucherait à sa fin ?

Nous avons pris un ascenseur pour monter jusqu'au 33e étage, et nous nous sommes arrêtés devant l'appartement 3315. J'aimais cette habitude que Max avait prise de poser la main sur la cambrure de mes reins quand on marchait ensemble.

La lumière a éclaboussé le couloir lorsqu'il a ouvert la porte. Je suis entrée dans une grande pièce de type loft, qui comprenait une cuisine, une salle à manger et un salon. Des grandes baies vitrées, sans rideaux, occupaient deux des murs du sol au plafond. La vue sur la ville était magnifique.

Max a tendu le bras pour me présenter les lieux.

— Bienvenue à ton premier tournage en direct de White Lace Productions !

Toute la pièce était envahie de matériel : caméras, micros, perches, écrans… Ben discutait avec une jeune fille blonde qui trifouillait un caméscope. Une maquilleuse et un coiffeur s'affairaient autour d'une actrice du côté de la salle à manger.

— C'est ici que vous tournez ?

— Je suis en contact avec un agent immobilier qui me branche sur des locations brèves.

Il a refermé la porte derrière nous.

— C'est beaucoup moins cher que des studios. En plus, ça nous permet de varier les plaisirs… enfin, les décors. On ne veut pas que le spectateur se lasse.

C'était une excellente décision managériale, je n'y aurais jamais pensé. L'avocate en moi avait cependant des questions à poser, et n'a pas pu s'en empêcher :

— Les propriétaires savent que vous filmez ? J'espère que c'est stipulé dans le contrat de location, ils pourraient vous faire un procès, sinon, et…

Max m'a fixée avec un grand sourire. Je me suis mordu la lèvre.

— Désolée !

Tais-toi, Everly. Il y a d'autres choses dans la vie que les clauses restrictives dans les contrats.

— Je suis sûre que vous avez tout prévu.

— J'espère que tu n'es pas mal à l'aise.

Il avait l'air nerveux, ce qui ne lui arrivait pas souvent. Ce qui signifiait, à présent je l'avais compris, que ce qui se passait était important pour lui. Il tenait vraiment à ce que j'assiste à une véritable scène de sexe et, après ses explications de la veille, j'étais très curieuse.

— Pas du tout. C'est une chance qui ne risque pas de se représenter de sitôt ! Mais je ne voudrais pas que tu penses que j'abuse de notre accord. Je veux dire… Je me doute que tu n'invites pas souvent des gens sur les tournages, notamment tes copines. J'imagine qu'elles…

Et merde !

— Je voulais dire, des copines juste copines, pas des copines chéries, enfin, des petites amies…

Il a posé la main sur ma joue et j'ai enfin réussi à me taire.

— Everly…

— Je ne voulais pas dire petite amie. Je ne me prends pas pour ta petite amie, juste…

— Respire…

Il était si grand ! Il occupait tout l'espace autour de moi et sa présence me chamboulait tant que j'en avais même oublié comment faire pour respirer. Quant à penser droit, n'en parlons pas. Ce qui était un sacré handicap pour moi. Sans mon esprit rationnel, j'étais complètement perdue.

J'ai enfin réussi à prendre une grande inspiration.

— Je veux voir en quoi consiste ton travail.

Et je voulais aussi regarder des gens s'envoyer en l'air pour de bon, en direct. Max m'ouvrait les portes d'un monde nouveau pour moi. Un monde où j'avais enfin le droit de faire ce dont j'avais envie, mais aussi, un monde de plaisir. Un monde où les gens suivaient leurs instincts profonds et se laissaient porter.

Ce que j'étais totalement incapable de le faire. Mais peut-être que j'y arriverais, si je passais assez de temps dans le monde de Max.

— Tu es sûre que tu veux rester ? a-t-il demandé en me serrant contre lui. Ça pourrait te faire tellement d'effet que tu chercherais à tout prix à me mettre dans ton lit.

— Oh ! je sens que ça te fait peur, ça.

— Je mise là-dessus, j'avoue.

Mon estomac s'est noué. Est-ce qu'il…

— Max, Everly…

Ben a installé le caméscope sur le buffet du petit déjeuner, au fond de la grande pièce.

— Nous sommes sur le point de commencer, a-t-il dit avec un grand sourire à mon intention, tout en tapant sur l'épaule de Max. Lacey voudrait te parler.

Il a désigné du menton la jeune femme blonde à la table de maquillage.

Max m'a serré la main.

— Je peux te laisser un instant ?

— Bien sûr !

— Ben te fera visiter, il t'expliquera tout dans le détail.

Je n'avais vu Ben qu'une fois, le jour où j'avais rencontré Max, pourtant, il se comportait comme s'il me connaissait déjà. Est-ce que Max lui avait parlé de moi ?

— Il n'est pas génial, cet appart ? a-t-il demandé. Je ne suis pas citadin, mais si je devais vivre en ville, j'aimerais une vue comme ça.

— Elle est exceptionnelle, oui.

J'ai regardé par la baie vitrée. L'appartement jouissait d'une situation privilégiée à l'angle de l'immeuble, de sorte que, d'un côté, on voyait le lac Ontario et de l'autre, le cœur de la ville. Puissante et fière au loin, la CN Tour se dressait au-dessus des autres gratte-ciel.

J'étais capable d'apprécier la beauté de la vue, mais je préférais, de loin, habiter dans ma jolie banlieue. J'aimais ma maison, les rues calmes, la supérette du quartier. Je n'aurais rien eu contre une nuit dans un appartement comme celui-ci, mais ce n'était pas le genre d'endroit où j'aurais aimé vivre.

Ben excellait dans le rôle de guide : il m'a montré le matériel et m'a présenté l'équipe, aussi bien les techniciens que les acteurs. C'est seulement lorsque je me suis retrouvée face à l'acteur qui s'apprêtait à jouer que j'ai reconnu la « star du porno la plus sexy de l'histoire » : le gars que j'avais admiré avec Sadie et Grace, le jour où nous avions regardé ensemble des vidéos White Lace. J'ai piqué un fard en lui serrant la main. Je n'étais pas gênée à proprement parler, mais c'était assez bizarre de rencontrer en personne quelqu'un qu'on a déjà vu nu… et dont on connaissait la forme et la taille du pénis.

— Enchantée de faire votre connaissance, ai-je piaillé.

Il a repoussé une mèche avec un sourire de pub pour dentifrice. Il semblait plus jeune que sur les vidéos, à peu près de mon âge.

— Everly, tu rougis ? s'est enquis Ben.

Et merde !

— Je… Hum. Euh.

J'ai toussoté en tentant de me donner une contenance.

— J'ai vu récemment l'un de vos films.

— Sympa, a-t-il fait avec un clin d'œil. J'espère que le direct vous plaira aussi.

Puis la légende vivante du porno s'est excusée pour aller se préparer. Il était vraiment canon. Plus encore quand il a enlevé son T-shirt pour faire des pompes contre le mur, dans un coin de la pièce.

Ensuite, Ben m'a montré le coin-cuisine, où une femme plus âgée déballait de grands plateaux de nourriture : sandwichs, viennoiseries, crudités. Il s'est glissé à côté d'elle pour piquer un bâtonnet de carotte.

— Voici Aida. C'est notre maman sur le plateau. On mourrait de faim et de soif, sans elle. N'est-ce pas, Aida ?

Elle l'a repoussé d'un geste bourru pour continuer à préparer le buffet, qui était de toute évidence plus important à ses yeux que tout ce qu'il aurait pu dire. Elle avait environ le même âge que ma mère et je me suis demandé si elle avait été actrice porno dans sa jeunesse.

Tout était prêt pour tourner quand, de l'autre côté du salon, Max m'a indiqué d'un geste qu'il sortait dans le couloir pour répondre à un appel.

Son absence n'a pas empêché Ben de lancer :

— Moteur !

J'ai alors observé ce qui se passait, troublée. Max avait raison. Regarder deux personnes bien synchronisées était envoûtant. Comme eux, j'ai oublié où j'étais. Le temps d'un instant, j'ai même oublié qui j'étais, parce que, chaque fois que l'acteur caressait de sa langue le sexe de l'actrice, c'était comme si c'était mon sexe. Chaque fois qu'il glissait sa queue dans sa bouche et qu'elle le prenait tout entier, je sentais une pression contre mon palais. Appuyée sur le bar, j'ai pressé le ventre contre la surface lisse du granit. Le voyeurisme n'était pas mon truc — du moins me semblait-il — mais la scène commençait franchement à me troubler.

— Ça te fait de l'effet ?

Je me suis redressée en sursaut. La voix de Max était tout près, alors que je ne l'avais pas entendu revenir. Oublieuse de la scène, je sentais à présent sa chaleur m'envelopper, son nez contre mon cou.

Il a encerclé ma taille de ses bras, et ses mains sur mon ventre m'ont plaquée contre lui. J'ai laissé échapper un petit bruit surpris, je me suis tortillée pour lui échapper, mais il me tenait bien serrée.

J'ai balayé du regard la scène, l'équipe, Ben qui avait le visage collé au viseur du caméscope, la maquilleuse concentrée sur l'écran de son portable.

— Si je passe les doigts entre tes cuisses, ils vont être humides ?

J'ai oublié de respirer. Mon corps était en feu. C'était comme ça, en tout cas, que j'imaginais la sensation, une chaleur insoutenable, brûlante, aveuglante… En l'occurrence très agréable.

Il a écarté mes cuisses d'un petit coup de genou et glissé la main contre mon sexe. En dépit de la toile épaisse du jean qui s'interposait entre nous, j'ai senti une petite décharge sur mon clitoris.

— Tu as aimé quand il la léchait ?

Il avait raté les préliminaires — le couple devant nous venait de changer de position pour la deuxième fois —, mais il savait ce que j'aimais et, notamment, que j'aimais *ça*..

— Il était doué ? a-t-il demandé.

— Je… Je crois.

L'acteur s'en était donné à cœur joie, gémissant, grognant et léchant avec ferveur.

— Tu aimerais qu'*il* te lèche ?

J'ai fait non de la tête. Ce gars semblait très doué, mais… il n'y avait qu'une bouche que je voulais entre mes jambes. La bouche même qui couvrait mon cou et mes épaules de baisers langoureux.

— Il vaut mieux, a-t-il murmuré, ses mains à la jonction de mes cuisses. Parce que cette chatte est à moi.

Avec un gémissement à peine contenu, je me suis penchée en avant, poitrine contre le bar, bras en croix. Le granit était froid contre ma joue.

— Et je peux lui faire tout ce que je veux.

Son sexe dur se pressait contre mes fesses, mais mon attention s'était portée sur les doigts qui déboutonnaient mon jean et baissaient la fermeture Éclair. J'ai même entendu le crissement de la glissière par-dessus les cris extatiques provenant du canapé.

Max a fait glisser mon jean et ma culotte jusqu'à mes genoux d'un seul geste.

Je ne pouvais plus respirer. Il aurait suffi que quelqu'un tourne la tête, qu'un mouvement capte l'œil de n'importe qui pour qu'on comprenne ce qu'on faisait, mais je m'en fichais. Tout ce qui comptait c'était l'urgence entre mes jambes et la manière dont Max allait l'apaiser.

Il a enroulé mes cheveux dans sa main pour tirer ma tête en arrière, murmurant contre mon cou :

— N'écoute pas ce que te dit ton cerveau. Écoute juste ma voix et concentre-toi sur mes caresses.

J'ai regardé tout le monde. Est-ce que quelqu'un avait compris ce qui se passait ? Personne. Ils ne savaient même plus qu'on était là. Ils s'en fichaient éperdument, surtout. Il y avait déjà des gens en train de s'envoyer en l'air sur le plateau, et quand bien même on nous aurait vus, cela n'aurait eu aucune espèce d'importance. Pour eux, regarder des gens baiser était la chose la plus banale qui soit.

Mais pas pour moi, et j'étais nerveuse.

J'ai entendu la boucle de sa ceinture tinter, l'enveloppe d'un préservatif qu'on déchirait…

La seconde d'après, Max était en moi. Ma gorge a émis un

drôle de râle, un bruit qui venait de mon ventre et dont le volume augmentait au fur et à mesure qu'il me pénétrait. Il m'a mis la main sur la bouche pour me museler sans cesser un seul instant de bouger en moi avec une douceur déterminée. À l'exact opposé de ce qui se passait sous mes yeux.

Sur le canapé, ça baisait à bride abattue. Chairs qui claquaient, gémissements et cris, corps en sueur, cheveux en désordre.

Max, lui, prenait son temps. Il me pénétrait si consciencieusement, si profondément, que j'avais l'impression que mon sang voulait couler hors de mes veines juste pour se rafraîchir.

En dépit de la lenteur, ses assauts poussaient mon ventre contre le comptoir et je savais que, le lendemain, j'aurais des bleus. L'idée de porter sur la peau les marques de nos ébats rajoutait à mon plaisir.

— C'est ça, bébé.

Pour une raison quelconque, il connaissait mon corps mieux que moi.

— Lâche prise.

C'était peut-être la façon dont il m'empoignait les cheveux qui avait mis mon cerveau en veilleuse. Ou peut-être son sexe inlassable entre mes jambes. Peu importait, j'ai fait ce qu'il demandait. Mains agrippées au bar, j'ai resserré les cuisses pour augmenter la pression de mon sexe sur le sien, et j'ai perdu le contrôle.

Il s'est penché en avant pour presser sa bouche chaude sur mon épaule, ses doigts ont enlacé les miens. Sans jamais cesser de bouger, il a replié ses bras et les miens pour poser nos mains jointes sur mes seins. Il m'emportait de plus en plus haut, de plus en plus près du point de non-retour et, sans savoir comment, je me suis retrouvée complètement droite, le dos collé à son torse. En appui sur le bar, j'ai poussé les hanches à la rencontre des siennes.

Cela a semblé l'exciter. Avec un gémissement, il a plaqué sa paume sur ma nuque pour me maintenir en place. La pression à la base de mon crâne a engourdi mon corps, rendant les sensations encore plus intenses.

L'orgasme n'a pas tardé à éclater dans mon ventre. C'était comme si mon corps explosait en mille morceaux pour se répandre dans l'oubli absolu.

— Oh ! oui, oui, a-t-il grogné derrière moi.

Cette fois-ci, quand il a raffermi sa prise sur mes cheveux, j'ai tourné la tête, et nos bouches se sont rencontrées, nos lèvres trouvées. Dans un dernier coup de reins, il a joui aussi, son gémissement mêlé à nos souffles. Sa main s'est posée sur ma hanche, je l'ai senti chanceler.

Il a embrassé encore et encore mon cou et mes épaules, sa respiration chatouillant ma peau. Quand, enfin, il a lâché mes cheveux, je me suis laissée tomber en avant, le visage contre la fraîcheur du granit.

Quelque part, très loin, j'ai entendu des applaudissements et des cris. Dans un état second, j'ai fini par saisir ce que Ben claironnait :

— Et le prix de la meilleure interprétation féminine de l'année est attribué à…

J'ai cligné des yeux plusieurs fois, je n'arrivais pas à voir net, et quand j'ai enfin pu les ouvrir, l'équipe au grand complet nous contemplait. Ben avait un sourire de chat de Cheshire. Lacey et l'acteur porno le plus sexy de l'histoire, affalés sur le canapé, arboraient eux aussi une expression appréciative.

— Everly, tu es vraiment sûre que tu ne veux pas être la star de ton propre film ?

J'ai senti une vague de chaleur couvrir mes épaules et mes joues, mais je n'étais pas vraiment embarrassée.

Avant de rencontrer Max, tu n'aurais jamais fait un truc pareil.

Deux semaines plus tôt, Everly Parker se serait enfuie pour s'enfermer dans un placard jusqu'à ce que tout le monde soit parti.

À présent, je me sentais sûre de moi. Bien affirmée dans ma sexualité. Sans aller jusqu'à dire que je jouerais dans un film X, j'avais enfin compris ce qu'on pouvait y trouver. Le désir décuplé par l'idée de se faire surprendre, d'être vu. D'y prendre du plaisir. Parce que c'était fun. Parce que c'était bon.

Un peu plus tard, juste avant qu'on quitte la propriété, Max a sorti ma liste et coché un nouvel élément.

Accorde-toi le droit de te laisser aller.

Ce droit, je me l'étais accordé ! Grâce à Max, qui me faisait oublier mes inhibitions. Pour une raison qui m'échappait, il m'était plus facile de me laisser aller avec un homme comme lui. Une prise de conscience désolante. Ce n'était pas que je le trouvais inférieur à moi, non, mais qu'il travaille dans l'industrie du sexe rendait moins intimidant le fait d'aimer le sexe et de savourer le plaisir et le bonheur qui allaient avec.

Ma rencontre avec Max Levin, l'homme le plus insouciant et le plus épicurien que j'aie jamais connu avait changé la donne.

Soudain, ma vie austère et sur ses rails, cette existence étroite que je menais, le nez dans le guidon, avait été chamboulée. Tout était sens dessus dessous. Je n'étais pas *cette* fille. Je n'étais pas une midinette qui fantasmait à longueur de journée sur un garçon. N'empêche, je me retrouvais encore une fois au cœur du conflit qui me tiraillait depuis toujours. Encore une fois à essayer de choisir entre ce que je *voulais* faire et ce que je *devais* faire.

Et, pour la première fois de ma vie, ce que je voulais prenait le dessus.

23

Max

Il n'y avait plus de doute : j'étais prêt à tout pour cette fille.

J'avais donné mon accord pour me fourrer dans la gueule du loup. D'autres diraient « dans un nid de serpents », une image tout aussi appropriée pour décrire une soirée en compagnie de dizaines d'avocats. Mais Everly m'avait accompagné au gala et la moindre des choses, c'était de lui rendre la politesse.

Le cocktail collet monté était organisé par Sutherland, Sutherland & Marks dans un restaurant chic du centre-ville, à quelques pâtés de maisons de chez moi. Nous n'étions pas arrivés depuis cinq minutes que je pensais déjà à la meilleure façon de convaincre Everly de finir la nuit dans mon lit. Même si cela impliquait d'enfreindre mes propres règles : pas une seule fois, je n'avais invité de femme dans mon lit.

— Redis-moi encore pourquoi on est là ?

Je m'étais penché pour lui parler à l'oreille et j'en ai profité pour inspirer une longue bouffée de son parfum citronné, qui avait sur moi l'effet magique et rassurant d'un talisman.

— Je dois cirer les bottes des patrons du cabinet où je vais démarrer ma carrière d'avocate.

La salle était très sombre. Les appliques aux murs diffusaient une lumière tellement tamisée que c'était à peine si on pouvait voir le visage des gens. Mais lorsque Everly s'est arrêtée net, j'ai suivi son regard. Je n'avais pas besoin d'un spot de studio pour comprendre qu'elle venait de repérer ses parents à l'autre bout de la pièce. À ma grande surprise, elle les a ignorés pour s'approcher du bar.

— On ne va pas rester longtemps, a-t-elle annoncé. Tu me commandes un verre de blanc, s'il te plaît ?

Moi, j'ai opté pour un bon vieux scotch. Je comptais boire très modérément, étant donné les circonstances, mais quelques gorgées d'un whisky boisé ne pouvaient que me faire du bien.

— Pourquoi être venue, alors que tu n'en avais aucune envie ?

Je ne comprenais pas ce monde et doutais d'y parvenir un jour.

— Question d'apparences. Je dois faire acte de présence et montrer aux patrons ma capacité à frayer avec les grosses pointures. En plus, ce sont des amis de mes parents.

J'ai secoué la tête.

— La prétention de ces gens pourrait se couper au couteau.

Elle a ri. Autour de nous, je ne voyais que des costumes sombres et des colliers de perles. Ça me fendait le cœur de penser qu'elle allait plonger dans ce monde la tête la première. Mais je savais aussi que, même avec un sautoir de sept rangs à son cou, elle brillerait toujours comme une perle noire, unique, différente.

Elle a vidé son verre en trois gorgées et j'ai fait signe au serveur de lui en servir un autre. Je lui ai caressé le dos dans l'espoir d'apaiser son angoisse. Les raisons de sa tension m'échappaient. Ce n'était qu'un cocktail, après tout.

— Everly !

La voix tonitruante appartenait à quelqu'un placé derrière moi.

— Monsieur Marks ! Comment allez-vous ?

Elle a tendu la main à son futur patron, le sourire le plus artificiel qu'on puisse imaginer collé au visage. Elle savait frayer avec les grosses pointures, pas de doute là-dessus !

— Content que tu sois venue, a-t-il dit en lui serrant la main. Il faut que tu t'habitues à nos petites sauteries. Elles sont fréquentes dans ce métier.

— Je vous présente mon ami, Max Levin.

Marks m'a pris la main de façon automatique, sans montrer le moindre intérêt pour moi ou pour la raison de ma présence. Le sentiment était réciproque.

— Nous sommes impatients de t'avoir parmi nous. Nous travaillons sur quelques gros dossiers qui vont certainement se prolonger au-delà de ton stage, et ta formation en droit constitutionnel sera un grand atout pour nous. Et pour toi, bien sûr.

Il l'a désignée d'un geste du menton.

— Cette fille est d'une intelligence redoutable !

— Merci, monsieur Marks. C'est vraiment gent…

— Je dois y aller, l'a-t-il interrompue en posant la main sur son épaule. Robert Spencer vient d'arriver.

— Robert Spencer ? Le magnat des communications ? ai-je demandé.

Everly s'est accoudée au bar avec un soupir las.

— Probablement.

— Tu vas te faire des amis vachement influents.

— Des amis ? Détrompe-toi. Ma précieuse contribution sera de servir les cafés, de commander la bouffe au besoin, de m'occuper des photocopies et de surligner des dossiers fastidieux. C'est comme ça que ça marche.

— Mais tu es beaucoup trop douée pour te limiter à ça. Ton futur patron vient de le dire.

Elle a posé une main sur ma joue.

— Merci beaucoup, mais c'est normal. Il faut apprendre à marcher avant de courir. Tu le sais, d'ailleurs, a-t-elle ajouté en papillotant des cils, puisque tu es en train de m'apprendre, littéralement, à courir.

J'avais oublié nos séances d'entraînement, qui s'étaient espacées depuis que le sexe avait commencé à faire partie de notre relation. Mais j'allais y remédier : j'avais fait une promesse et je comptais la tenir.

Un trio, deux hommes et une femme, s'était installé à côté de nous. Everly a fait les présentations : il s'agissait d'associés de Sutherland, Sutherland & Marks, ses futurs collègues donc. Les deux gars ont descendu quatre verres de scotch pendant les vingt minutes qu'a duré notre conversation.

Je ne comprenais que la moitié de ce qu'ils racontaient. Leurs arguments politiques et légaux me passaient au-dessus de la tête, et personne n'a posé de questions sur les marges à tirer dans la commercialisation de sex-toys.

— Max, dites-nous… Que faites-vous dans la vie ?

Je me suis raidi. J'espérais m'en tirer sans avoir à décliner mon CV. Dans ce type de soirées, dès que je parlais de mon travail, je devenais le singe qui dansait pour amuser la compagnie.

— Je suis le vice-président de White Lace Productions.

Les deux hommes ont hoché la tête avec un sourire purement machinal, qui s'est effacé quand ils ont raccroché les wagons.

— La boîte de porno ?

J'ai acquiescé.

— Vous ne ressemblez pas à l'idée que je me faisais d'un

patron de l'industrie du porno, a commenté la femme, avec un intérêt soudain.

— Et comment vous l'imaginiez au juste…

— Je voulais vous demander ce que vous attendiez avant tout d'une stagiaire qui débute.

L'intervention d'Everly m'a empêché de justesse de devenir désagréable, mais l'un des bouffons en col blanc ne voulait manifestement pas lâcher l'affaire.

— Attendez, Levin, c'est ça ? La compagnie a été fondée par votre père. Et votre mère… Elle jouait dans les films, non ?

Everly m'a serré la main.

— En effet, Lana Lane, a-t-elle dit. Elle était charmante.

L'entendre prendre la défense de ma mère m'a touché et j'ai imité son geste pour le lui montrer.

Les deux avocats ont lâché un rire gras.

— Une charmante suceuse de bites, a murmuré l'un d'eux.

Leur collègue féminine m'a posé une main sur le bras.

— Vous avez dû avoir une enfance hors du commun.

Votre père doit sauter toutes les employées, ce veinard !

Le bouffon numéro deux était aussi lourd que son comparse.

Everly suivait l'échange, outrée.

— Faut bien tester la marchandise, a répondu l'autre. J'ai raison, non ?

— Et j'imagine que vous avez souvent vu votre mère nue, a continué l'avocate qui se prenait visiblement pour Freud. Elle devait avoir des comportements déplacés, je parie.

En général, quand on débinait mon père, je laissais couler. Dans ce métier, on vous prenait pour un dégénéré ou un proxénète et, le plus souvent, pour les deux à la fois. J'avais appris à encaisser, et je l'avais appris de mon père, mais personne n'insultait ma mère en ma présence. Personne.

— Ce ne sont pas vos affaires, a répondu Everly à ma place. Je n'ai pas invité Max pour qu'il se fasse agresser par des ignorants qui…

— Everly.

Je lui ai posé la main sur l'épaule, pour la calmer, mais aussi pour lui exprimer ma reconnaissance.

— J'aimerais répondre à cette question.

Les deux bouffons et la garce me contemplaient avec une expression apitoyée, imaginant sans doute un homme brisé par des souvenirs traumatiques.

— Ma mère était une grande dame et je ne changerais mon enfance pour rien au monde.

J'étais étonnamment calme. Elle était mon talon d'Achille, le sujet sensible qui me faisait sortir de mes gonds et devenir l'incroyable Hulk si on osait s'en prendre à elle. C'était du moins le cas jusqu'à deux semaines plus tôt.

J'étais persuadé que plus jamais je ne laisserais personne prendre une place aussi importante dans ma vie, mais, sans que je m'en aperçoive, Everly avait réussi à se faufiler entre les barbelés qui protégeaient mon cœur. Et plus je passais du temps avec elle, plus elle y avait sa place.

— Ma mère était membre de l'association des parents d'élèves, elle préparait mon déjeuner, m'emmenait à l'école chaque matin, et me récupérait en fin de journée. Elle me rassurait quand j'avais des cauchemars… Elle m'a aussi acheté ma première boîte de préservatifs et m'a appris plus que je n'oserais l'admettre sur l'anatomie féminine.

Bien que peu conventionnelle, j'avais eu une enfance merveilleuse. J'avais été aimé et accepté, chéri. On encourageait mes progrès chaque jour.

Depuis la mort de ma mère, j'avais perdu de vue tout ça. Puis la femme qui se tenait à mes côtés était apparue pour chambouler mon existence. Plus important encore, elle m'avait rappelé qui j'étais vraiment.

Je suis Max Levin, bordel ! Et je peux tout faire.

C'était peut-être ma propre insécurité qui m'empêchait d'oser changer de cap. Ou de croire que je pouvais rencontrer une fille bien avec laquelle m'engager, une fille que j'aimerais et qui m'aimerait en retour. J'avais grandi en croyant que c'était possible, mais l'industrie, avec son cortège de stéréotypes, avait terni cette conviction. Pourtant, Everly voyait qui j'étais réellement. Elle voyait au-delà de la façade et au plus profond de moi.

— Si vous voulez bien nous excuser, a-t-elle dit en entrelaçant ses doigts aux miens, nous avons un coup torride à tirer dans les toilettes.

Elle a posé son verre sur le bar et nous avons tourné les talons.

Avec elle à mes côtés, je quittais cette fichue soirée la tête haute et l'esprit en paix.

Nous sommes passés à côté de ses parents sur le chemin de la sortie, sans un regard. Nous ne nous sommes arrêtés que dix pâtés de maisons plus loin, devant l'entrée du Concord.

Une fois dans l'intimité du penthouse, je l'ai serrée dans mes bras.

— Je suis désolé d'avoir fait une scène.

Elle a levé vers moi des yeux pleins de larmes.

— Je suis désolée. Je n'avais pas… Je pensais que…

J'ai déposé un baiser sur ses cheveux.

— Ce n'est pas grave. J'ai l'habitude.

Je mentais. Chaque fois qu'un imbécile m'attaquait, ou attaquait ma famille, le couteau s'enfonçait un peu plus dans la plaie. Et je n'en pouvais plus de faire semblant de m'en foutre.

J'ai enlevé ma veste et l'ai jetée sur le canapé.

— Tu sais quoi ? Ce n'est pas vrai, je ne m'y suis jamais habitué.

Le parquet en acajou craquait sous mes pieds, tandis que je marchais d'un bout à l'autre du salon, incapable de tenir en place.

— Je suis plus qu'un vendeur de sex-toys et de scènes de cul. Je suis plus que le fils d'un producteur de porno et d'une star du milieu !

Everly, visiblement démunie devant ma tirade exaspérée, se tenait près de la fenêtre. Elle était belle, plus belle que jamais dans la lueur nocturne de la ville. Je l'avais invitée chez moi et, au lieu de fuir l'intimité comme d'habitude, ou de la renverser sur un lit, je mettais mon âme à nu devant elle.

— Je suis plus que ça.

Du moins, j'aspirais à plus. Le temps passé en sa compagnie m'avait fait croire que je valais mieux. Mais cette ambition nouvelle venait accompagnée d'une culpabilité écrasante à laquelle je ne m'attendais pas.

— Et je me sens comme une merde, ai-je conclu en m'écroulant sur le canapé. Si c'était assez bien pour mon père, qui suis-je pour vouloir plus ?

Elle est venue s'asseoir à côté de moi, gracieuse et désirable.

— J'ai honte. Honte de vouloir être autre chose, de vouloir faire autre chose, de chercher ailleurs. Mais ce n'est pas la vie que je voulais, c'est une vie qu'on m'a imposée, sans me demander mon avis.

— Je te comprends, a-t-elle dit, la main sur mon visage. Je bataille tous les jours avec ça.

Elle a pressé un baiser sur ma joue, un autre sur mon front.

— Tu n'as pas à en avoir honte. Je suis sûre que si tu parles à ton père, il comprendra. Il semble beaucoup moins buté que mes parents.

— Il serait dévasté. Il répète qu'il a bâti la compagnie pour moi, pour que je la mène encore plus loin.

— C'est une énorme pression.

— Je sais que tu es dans la même situation. Tu ne veux pas plus de ton avenir que moi du mien.

Elle s'est figée, son regard s'est voilé, et lorsqu'elle a ouvert la bouche pour répondre, aucun son n'en est sorti.

Quel abruti je faisais ! Qui étais-je pour juger sa vie ? Je n'avais pas prévu une conversation à cœur ouvert pour la fin de la soirée. J'aurais dû m'en tenir à mon plan initial, la déshabiller aussitôt arrivés, au lieu de me laisser emporter par ce flot de sentiments pathétiques.

— Si tu ne travaillais pas pour ton père, qu'est-ce que tu aimerais faire ?

J'ai regardé autour de moi : le penthouse, la vue imprenable sur la ville. Les murs crème, le parquet sombre. J'ai soupiré. J'ai songé à la réception, à tout ce qu'on pourrait faire si on modifiait le hall d'entrée et les couloirs. Au club, aux dizaines d'idées que j'avais pour attirer le public. Ben avait raison. Je vendais l'hédonisme comme personne. J'étais né dedans, après tout. Pourquoi ne pas essayer de capitaliser ce don ?

Mais il valait mieux que j'arrête de fantasmer. C'était absurde. Et je n'étais pas encore prêt à parler à voix haute de ce rêve fou.

Elle a insisté doucement.

— Alors…

— Je peux garder ça pour moi, pour l'instant ?

Nous sommes restés sans rien dire un petit moment, jusqu'à ce qu'elle relance la conversation sur un sujet parfaitement neutre.

— Donc c'est ici, ton humble demeure…

Elle est retournée vers la baie vitrée. Le Concord, avec douze étages seulement, n'appartenait pas à une grande chaîne. Sa taille lui donnait un charme intime, et si sa hauteur ne dominait pas la ville, les deux gratte-ciel, en face, laissaient assez d'espace pour profiter d'une vue sur le lac où la lune scintillait.

Je me suis approché et l'ai enlacée par-derrière ; elle s'est tournée vers moi.

— C'est un bel appartement, mais… il ne me dit rien de toi.

— Ce n'est pas le but…

Je lui ai embrassé le front.

— Le confort et l'esthétique me conviennent, ça me suffit. Tant que ça dure, bien sûr.

— Tu parles un langage codé ? Je ne comprends pas ce que tu me dis.

— Le Concord est en vente.

— Tu vas devoir déménager ?

— Oui. Probablement. Je ne sais pas.

J'ai secoué la tête. Mes propos décousus correspondaient au désordre de mes pensées.

Je ne voulais pas lui parler de mon rêve. Parce que ce n'était que ça, une chimère. Un fantasme.

— Viens.

Je lui ai tendu la main pour la guider jusqu'à la chambre. C'était une chambre d'hôtel classique : couette blanche sur le lit, dressing sur le mur de gauche. Fonctionnel. Je n'avais besoin de rien d'autre.

— C'est donc ici, le baisodrome ?

Nous étions debout face au lit, l'un contre l'autre.

J'ai répondu :

— Le moment est venu de passer aux aveux.

— Tu veux dire, en plus de ce que tu viens de me confier ?

Je me suis penché pour mordiller son sourire taquin. Elle a lancé un petit cri en me frappant la poitrine.

— Tu es la première femme que j'invite ici.

Son expression a brusquement changé.

— C'est vrai ?

— Ne prends pas cet air choqué !

— Désolée, c'est juste que… J'avais imaginé qu'en vivant aussi près du club… Enfin, tu vois.

— Je vois très bien. Mais non. Jamais. Ici, c'est mon jardin secret.

— Eh bien, monsieur Levin, on dirait que vous vivez beaucoup de premières fois avec moi.

— Je peux en dire autant de vous, mademoiselle Parker, ai-je répondu en m'emparant de sa bouche.

Chaque fois que je l'embrassais, c'était plus intense, plus personnel. Elle a approfondi le baiser en se serrant contre moi, ses hanches ondulant contre mon ventre. Elle voulait réveiller le dragon.

— Merci beaucoup de m'avoir invitée ici, a-t-elle murmuré. Mais je ne comprends pas. Ça a un quelconque rapport avec la liste ?

— Ce soir, la liste n'existe pas. Il n'y a que toi, moi et la façon sublime dont je vais te faire l'amour.

Elle a éclaté de rire et je lui ai souri.

— Eh oui. C'est toi qui l'as dit, la première fois qu'on est sortis ensemble.

Je m'étais lancé dans cette aventure, convaincu que j'allais lui offrir tout un tas de premières fois. Mais, le temps passant, il s'avérait qu'elle m'avait initié à pas mal de choses en retour.

Une idée effrayante.

Les membres emmêlés, nous sommes tombés sur le lit, et au contact de sa bouche, de son corps, j'ai tout oublié de ce qui était réel, authentique. Je n'ai pu identifier le sentiment qui grandissait et grandissait dans ma poitrine, mais il a envahi mon être, imparable comme un tsunami, engloutissant à son passage mes certitudes, mes sens et, sans doute, mon cœur.

24

Everly

Nous roulions sur la route sombre le long du lac que le clair de lune peignait d'argent. Sur notre gauche, des allées menaient vers les maisons nichées dans la forêt. On apercevait çà et là des manoirs imposants et des villas inaccessibles au commun des mortels.

Assise sur le siège passager, une lampe de poche à la main, j'essayais de ne pas me laisser distraire par la beauté du paysage pour avancer sur mon projet de fin d'études. Mais les idées peinaient à venir.

J'avais beau être surchargée de travail, quand Max me proposait un rendez-vous, refuser ne me traversait même pas l'esprit.

De temps en temps, je tournais la tête pour le regarder. Il le sentait et posait un instant la main sur ma cuisse. Même ce bref contact me mettait en émoi. C'était fou l'effet qu'il avait sur moi ! Mais je m'étais juré que j'allais travailler pendant le trajet jusqu'à la maison de Ben, et je reprenais systématiquement sa main que je posais sur le volant. Je voyais sa bouche s'incurver de façon presque imperceptible, c'était devenu une petite blague entre nous. J'adorais ce type de complicité.

Finalement, il a ralenti, et la voiture a remonté un petit chemin pratiquement caché par de grands conifères. L'hiver, l'accès à la maison devait devenir impraticable, mais pour l'instant, l'allée bordée d'herbe verdoyante zigzaguait doucement sous les arbres hors d'âge.

À quelques centaines de mètres, la maison semblait nous souhaiter la bienvenue. La lumière jaillissait de chaque fenêtre, les doubles portes étaient entrouvertes. Le jardin, visiblement aménagé par des professionnels, n'attendait que la floraison pour devenir vraiment somptueux.

— C'est magnifique !

Max s'est garé.

— Attends de voir la vue à l'arrière de la maison.

Quand il m'avait proposé de l'accompagner à la fête que Ben donnait dans sa nouvelle maison avec tous leurs amis, j'avais été assaillie par une vague de manque de confiance en moi, en m'imaginant au milieu d'une bande d'acteurs du porno. Et surtout d'actrices.

Comment ne pas se sentir anti-sexy, banale, insignifiante ?

Max m'a guidée vers l'entrée, la main sur mes reins. L'odeur d'un feu de bois m'a effleuré les narines, et j'ai tout de suite pensé à des marshmallows grillés avec du chocolat.

— Tu fais souvent la fête avec tes acteurs ?

— Tu crois que c'est une soirée porno ? a-t-il répondu en riant. Ça va te paraître fou, mais j'ai des amis qui ne bossent pas dans l'industrie.

J'ai articulé un *O* muet.

— Bien sûr. Désolée…

J'allais donc rencontrer ses « amis ». De vrais gens — non pas que les acteurs n'en soient pas, mais ils étaient ses employés. Les amis qu'il s'apprêtait à me présenter, il les avait choisis. Certains d'entre eux le fréquentaient depuis longtemps, ils connaissaient ses petites habitudes, ses rêves, peut-être même ses peurs. Tout un pan de sa personnalité qu'il cherchait à tout prix à ne pas me dévoiler. Je me suis demandé ce que j'allais apprendre de lui au cours de la soirée.

— Ben est mon meilleur ami depuis vingt ans, a-t-il dit en poussant la porte, sans se donner la peine de sonner. On se connaît tous pratiquement depuis le lycée.

J'ai pénétré dans une entrée vaste et lumineuse aux murs couleur coquille d'œuf.

— Grace est la seule véritable amie que j'ai eue dans ma vie, ai-je avoué.

C'était pathétique, mais voilà… Elle m'était restée fidèle en dépit des moments où je ne m'étais pas montrée à la hauteur. J'avais laissé mes parents me dicter chacun de mes gestes et, parfois, notre amitié en avait pâti.

— Je n'arrivais pas à me faire des amis. Je n'avais pas le temps.

— Le voilà ! a hurlé Fridge, que j'avais rencontré au club. M. Levin daigne nous honorer de sa présence !

Dans le couloir bien éclairé, j'ai pu me faire une meilleure idée de Ryan Maddox. Plus petit que Max, il était cependant séduisant, dans le genre trapu et solide. Il avait le torse large et musclé des accros à la fonte, mais son trait le plus saillant était ses yeux, d'une nuance de gris que je n'avais jamais vue.

Il a pris Max dans une embrassade d'ours.

— Content de te voir, toi.

— Mec, on s'est vus il y a trois jours, a fait Max en lui tapotant le dos à son tour. Tu te rappelles d'Everly Parker ?

— Évidemment !

Fridge s'est incliné devant moi en me faisant un baisemain.

— Hé ! Tu te calmes, a grogné Max.

Il a frotté ma main comme s'il voulait effacer le baiser.

Mon ventre a fait un drôle de bond. Malgré moi, ce petit élan de jalousie m'enchantait, même si je savais pertinemment que son geste tenait plus du concours de mâles que d'autre chose.

Ben est arrivé alors et m'a embrassée sur la joue.

— Fais gaffe avec celui-là. Il n'a peur de rien.

Il était adorable, Ben. Ses cheveux blonds étaient tellement ébouriffés que j'ai dû me retenir pour ne pas les recoiffer.

— Peur de quoi, alors que mes meilleurs potes n'arrêtent pas de me présenter des nanas canon ?

Pas faux.

— Eh bien, cette femme est hors limites pour toi, alors bas les pattes ! a répondu Max d'un ton bourru, en m'entraînant vers la cuisine.

— Bienvenue, Everly !

Ben nous avait suivis, Ryan sur les talons.

— *Mi casa es tu casa*. Fais comme chez toi.

— Tu ne m'as pas dit ça, quand je suis arrivé, s'est plaint Ryan en lui donnant une bourrade.

— Parce que tu n'es pas le bienvenu, a répondu Ben en se tournant vers nous : Bobbi et Drake sont sur le ponton. Carrington est en route. Woods est avec Able et sa chérie du moment dans le patio. El s'occupe du barbecue ; elle a amené deux copines.

— Qui sont à tomber ! a renchéri Ryan.

Max m'a expliqué :

— El est l'assistante exécutive de mon père. Ben et elle ont fait une année ensemble dans une école de cinéma, puis ils ont laissé tomber tous les deux.

Je pouvais comprendre qu'on décroche des études. J'étais tentée de le faire chaque jour.

— Et toi, tu bosses dans quoi, Everly ?

C'était Ryan qui avait posé la question. Assis sur un tabouret à côté de l'îlot, il était presque aussi massif que le meuble. J'ai adopté un ton léger.

— Je suis en dernière année de droit.

— Classe ! Dis, j'ai un souci avec ma voisine, mais je ne sais pas si je dois aller aux tribunaux. Elle est toujours…

Je l'ai arrêté tout de suite.

— Je ne peux rien te dire tant que je suis encore étudiante : c'est défendu.

Il a haussé les épaules ; ma réponse un peu sèche ne l'avait visiblement pas offusqué.

— Pas de souci.

Pour une raison quelconque, je m'étais attendue à me retrouver dans une fiesta déchaînée. J'avais eu tort. Max et ses amis étaient des adultes responsables, et la maison n'aurait pu être plus charmante.

Une grande porte vitrée coulissante ouvrait sur une terrasse en lattes qui faisait le tour de la maison. Sur la droite, une table et des chaises se trouvaient à proximité du barbecue. Sur la gauche, il y avait un salon de jardin — un canapé et deux fauteuils en teck avec des coussins bleu glacier. Un peu plus loin, la piscine attendait les beaux jours, tandis qu'un feu crépitait allègrement dans un foyer. De l'autre côté de la piscine, un petit ponton s'avançait vers le lac.

C'est là que j'ai rencontré Bobbi et Drake — le seul couple marié de la soirée, amis de Ben et Max depuis le lycée. Able, un ami qui avait rejoint le groupe quelques années plus tard, était accompagné de sa copine, une jolie blonde au doux sourire qui le collait comme de la glu. Ryan s'est empressé de m'informer qu'elle ne ferait pas long feu.

Plus tard, alors que nous nous trouvions tous dans le salon, Bobbi a pris la parole.

— Regardez ce que j'ai apporté !

Elle a montré une bouteille verte qu'elle a secouée sous le nez de Ben.

— Qu'est-ce que c'est ? ai-je murmuré en me penchant vers Max.

J'étais assise sur l'accoudoir du gros fauteuil crapaud où il s'était installé, dans un coin de la pièce.

— De l'absinthe.

À l'instar de tout ce qui était fun sur cette terre, je ne connaissais l'absinthe que par ouï-dire. Et si j'osais, pour une fois ? Si je tentais l'expérience, au lieu de me contenter de vivre en spectatrice ?

— J'aimerais bien essayer.

Max a levé un sourcil alarmé.

— Tu es sûre ? Je croyais que tu devais absolument réviser, demain.

Ma moue penaude a dû l'attendrir, parce qu'il m'a pris le menton pour que je le regarde dans les yeux.

— Tu peux essayer, bien sûr. Je suis là pour m'assurer que tu ne feras pas de folies.

Son instinct de protection m'inspirait toujours un profond sentiment de sécurité. J'étais certaine qu'il viendrait à ma rescousse, si la situation dérapait. Toujours prudente, j'ai voulu savoir quels risques je prenais.

— Qu'est-ce que ça fait ?

— Ça aiguise les sens, a répondu Bobbi, qui avait visiblement suivi notre conversation. Tout est plus lumineux, plus beau, plus savoureux.

Ses yeux pétillants rendaient ses arguments encore plus

persuasifs. Même si j'étais convaincue d'avance. Qui ne voudrait pas éprouver ces sensations ?

Même si nous avions couché ensemble, Max était encore un étranger pour moi. Il se protégeait derrière un mur. Je ne pouvais pas l'en blâmer, je faisais exactement la même chose. Mais, parfois, comme à ce moment-là, j'aurais voulu que ces barrières s'écroulent et sauter avec lui par-dessus les décombres pour partir ensemble vers le coucher de soleil, sans obligations et sans attentes, à la découverte du plaisir.

Ce que j'étais déterminée à faire sans plus tergiverser. J'allais céder à mon envie. J'avais confiance en lui, je savais qu'il ne permettrait pas qu'il m'arrive quoi que ce soit.

Bobbi nous a invités d'un geste à nous approcher de la table basse. Elle avait apporté tous les accessoires nécessaires, des petits verres à pied et une petite cuillère en forme de pelle.

Quand mon tour est arrivé, j'ai levé mon verre pour trinquer avec Ryan. Nous avons avalé cul sec la liqueur, et la fée verte a glissé chaudement dans ma gorge.

Je n'avais jamais touché aux drogues et je ne buvais que très rarement. Sans surprise, l'effet de l'alcool s'est fait sentir dès qu'il s'est propagé dans mon sang. La nuit était devenue une aventure.

Je suis alors entrée dans un tourbillon de lumière et de couleur. Les sons semblaient emmitouflés et pourtant plus nets que jamais. Les gens étaient plus drôles. Les mots révélaient leur sens profond. Les couleurs, très brillantes, se mélangeaient comme les pierres d'un kaléidoscope.

À un moment, je me suis trouvée au bord de la piscine, fascinée par les reflets dans l'eau ; la seconde d'après, je faisais griller un hot-dog sur le feu, en discutant des films des années 1980 avec Ryan. La nourriture n'avait jamais été aussi délicieuse, même si je m'étais brûlé le palais en croquant dans un manchon de poulet au barbecue sans attendre qu'il refroidisse. Quand Ben m'a prise à part pour me confier que j'étais la seule fille que Max leur avait présentée depuis le lycée, c'est à peine si j'ai réagi.

J'étais en train de reprendre mes esprits dans la cuisine, en buvant un verre d'eau, quand j'ai aperçu Max, assis tranquillement dans un des fauteuils crapaud du salon. Je me suis approchée. Je distinguais son sourire de mauvais garçon même si je voyais trouble. Même flou, il était sexy à se damner, et j'avais envie de lui sauter dessus. Je me fichais des autres. Je me fichais de tout. L'effet de l'absinthe, sans doute, qui m'incitait à baisser la garde et effaçait mes inhibitions au point que je l'aurais laissé me renverser sur la table basse et me prendre devant ses amis, si l'envie lui était venue.

Dans ma lancée, je me suis assise sur lui et lui ai embrassé le visage, les joues, le front, le nez, avant de lui dévorer la bouche. Ses bras musclés m'ont serrée fort. Oh que c'était bon !

— Trouvez-vous une chambre ! a crié quelqu'un depuis le canapé.

Quelque chose de mou a rebondi sur mes jambes. Quelqu'un nous avait lancé un coussin.

Bobbi m'a tendu la main. Très jolie, cheveux de jais, yeux de chat soulignés par un épais trait de khôl. Je savais qu'elle était sympa, pourtant, il y avait comme une lueur d'avertissement dans son regard. Je n'étais pas sûre de vouloir partir avec elle, mais ne pouvais pas ignorer sa main tendue. Je lui ai donc donné la mienne et j'ai embrassé Max une dernière fois avant de la suivre.

Elle m'a conduite dans la salle de bains et a fermé la porte derrière nous.

— Tu t'amuses ? a-t-elle demandé en déboutonnant son jean.

Ah. Elle voulait faire pipi. Très bien. Les bonnes copines papotent dans les toilettes. Je me suis appuyée sur le meuble du lavabo.

— Je m'éclate. Vraiment. Je pense que je ne m'étais jamais autant amusée de ma vie.

— On ne le devinerait pas. À te voir, on dirait une fêtarde chevronnée.

La chasse d'eau a coulé, et elle m'a repoussée doucement pour se laver les mains.

— Alors, Max et toi ?

Elle scrutait mon reflet dans la glace.

— On sort ensemble juste comme ça. Il m'aide à m'entraîner.

J'ai glissé un doigt sur le bord du marbre. La surface nervurée a ondulé comme si elle était liquide. Étrange.

Bobbi m'a posé une main sur l'épaule.

— Ne t'avise pas de lui briser le cœur, ou, la prochaine fois, ce ne sera pas de l'absinthe dans ton verre !

Sa voix douce me parvenait comme si elle parlait depuis l'autre côté de la porte.

Attends. Est-ce qu'elle venait de…

— Tout va bien, là ?

De nouveau, ce murmure emmitouflé.

Waouh. Ce truc était costaud ! J'entendais carrément des voix ?

— Oui, on va bien. T'inquiète, a répondu Bobbi.

La voix était réelle alors. J'aimais mieux ça.

Tout à coup, Bobbi était partie et Max venait de tourner le loquet de la porte pour, enfin, enfin, presser son corps contre le mien. C'était si bon !

Son parfum musqué aux notes épicées m'a enveloppée.

— Tu es très mignonne quand tu as bu.

Oh ! non, non, non. C'était déprimant, ça. C'était l'histoire de ma vie. Je n'étais jamais la fille sexy. Je n'étais jamais comme Grace.

— Mignonne ? Je ne veux pas être mignonne !

— Pourquoi pas ? C'est mignon, d'être aussi mignonne que toi.

J'ai soupiré. Je parlais en chinois, ou quoi ? Je ne voulais pas être mignonne, je voulais être sexy, bordel ! Je voulais être exactement le type de femme qui lui plaisait.

La tête me tournait. Pas d'une façon désagréable. Je n'étais pas malade, mon ventre se portait bien, pas de mal de crâne à l'horizon. J'étais un tourbillon de désir, je vibrais sous la tension sexuelle accumulée toute la soirée. Et à présent que j'étais enfin seule avec Max, je n'avais plus aucune raison de me retenir. Je me suis lancée, en commençant par sa bouche. Il a gémi, j'ai souri — dans la mesure où je le pouvais, avec mes lèvres à l'œuvre sur les siennes. Ses mains ont glissé vers ma taille, puis plus bas, pour me coller contre lui. Il était si fort, si mâle. J'aimais cette sensation de fragilité, de vulnérabilité, quand j'étais dans ses bras. Il me rendait toute chose rien qu'avec un sourire, et moi, habituée à toujours me maîtriser, à ne jamais perdre le contrôle, j'adorais ça.

— Je veux être sexy pour toi.

Je n'avais jamais dit un truc pareil. Pas à voix haute, en tout cas, et certainement pas devant un homme. Mais le fait qu'il côtoie tant de belles femmes dans le cadre de son métier me conduisait à douter de moi-même ! Quand il utilisait pour me qualifier des mots dans le registre du « sympa » — mignonne, gentille, adorable —, j'avais l'impression qu'il me condamnait à l'exil dans la *friendzone*. Un exil dont on ne revenait jamais.

Sans crier gare, il m'a soulevée pour me hisser sur le comptoir et j'ai lancé un petit cri.

— Tu *es* sexy.

Il m'a embrassée avec fougue pour souligner ses mots.

— Sacrément, épouvantablement sexy. Je bande rien qu'en te voyant. J'ai du mal à garder ma bite dans mon pantalon.

J'ai souri. C'était le genre de propos que n'importe quelle fille voulait entendre, mais pour quelqu'un comme moi, qui n'attirait jamais l'attention des mecs, c'était la Terre promise.

J'ai laissé ma main glisser de son torse à ses abdos, puis plus bas, pour frotter ma paume contre son sexe en érection. Il a gémi en grommelant des mots inintelligibles, sa bite encore plus dure sous la pression de mes doigts.

Bobbi n'avait pas menti, les effets de l'absinthe décuplaient ma sensibilité. Je n'aurais pas imaginé que Max puisse me plaire davantage, mais dans ce petit espace sa voix était plus profonde, ses caresses plus brûlantes. Son visage, plus beau.

Je ne pouvais plus respirer. Penser, même pas la peine. Je ne pouvais rien faire d'autre que le contempler, transportée, envoûtée par l'homme qu'il était.

En temps normal, sa beauté, son charisme, suffisaient à me chambouler. Mon cerveau, en sa présence, était réduit à une fricassée de neurones. Mais là, on atteignait des sommets. J'étais au centre d'un feu d'artifice dont les gerbes scintillantes jaillissaient en une danse sans fin. Sous l'effet conjugué de sa présence *et* de l'absinthe, mon cerveau explosait en 3D.

Il a joué avec mes seins avant de porter son attention sur mes fesses, les mains à l'intérieur de mon jean. Mais quand j'ai voulu passer à la vitesse supérieure, il s'est écarté.

Le souffle court, il a dit :

— Pas ici.

J'ai bondi du comptoir pour le plaquer contre la porte.

Il a secoué la tête en me saisissant les poignets, qu'il a ramenés dans mon dos pour se coller contre moi.

— Pas dans la salle de bains.

J'ai gémi, frustrée.

— On monte à l'étage, alors. Cette baraque doit avoir une centaine de chambres !

— J'ai une meilleure idée. Prends une couverture dans le bahut du patio et retrouve-moi sur la terrasse, à côté du feu.

Bien à contrecœur, j'ai fait ce qu'il demandait en tentant de me comporter normalement, en dépit de la *rave party* que mes hormones avaient organisée dans mon corps.

Je me suis assise près du foyer, seule avec mes pensées.

J'étais folle de vouloir être avec Max. Folle de l'avoir laissé prendre autant de place dans ma vie. Je n'avais pas passé mon existence le nez fourré dans les livres pour laisser tomber les études et perdre une année, alors que j'avais deux ans d'avance.

Ce soir, c'était la dernière fois. Encore une nuit, et ensuite, retour sans faute à mon emploi de temps bien cadré. J'allais le dire à Max dès qu'il reviendrait. Je devais le lui dire.

— Salut, toi.

Il a traversé le patio en pierre de son pas élastique. L'eau de la piscine se reflétait sur son visage, la lune mettait en valeur sa peau parfaite. Il était beau au-delà des limites permises.

— Je me suis dit qu'on allait grignoter quelque chose.

Il m'a montré ce qu'il apportait : des crackers, des chamallows, du chocolat. Les ingrédients pour préparer des s'mores !

J'en rêvais depuis que j'avais senti l'odeur du feu.

Il n'était peut-être pas l'homme pour moi, mais il était, sans aucun doute, l'homme dont j'avais besoin.

25

Max

Elle était absolument adorable, pelotonnée dans un plaid, devant le feu. Les flammes rouges et orangées dansaient sur son visage.

Elle a lancé un petit cri quand je lui ai montré le kit pour les s'mores.

— Dis-moi que je ne rêve pas !

— J'ai pensé que cette nuit serait vraiment parfaite avec une touche de douceur en plus.

Sans dire que l'alcool aiguisait mon bec sucré…

— La nuit est parfaite, alors.

Je me suis assis sur le banc en pierre, tout contre elle. J'avais besoin de la sentir contre moi, de sentir sa chaleur, son odeur plus enivrante que l'absinthe — même si je n'y avais pas touché, je voulais être sûr d'être en état de prendre soin d'elle si quelque chose arrivait.

— Il ne reste que nous, debout ?

J'ai acquiescé.

— Ry s'est écroulé sur le canapé, Ben est allé se coucher et le reste de la bande a suivi.

Il était tard. 2 heures du matin passées, mais je n'étais pas fatigué. Au contraire.

— Alors, nous sommes seuls ?

— Juste toi, moi et les s'mores, bébé.

Je l'avais invitée à la soirée parce que je voulais qu'elle rencontre mes amis. Qu'elle me voie tel que j'étais réellement : un homme de vingt-trois ans — le terme d'homme étant discutable, d'ailleurs — qui aimait faire le pitre avec ses amis, qui avait une vie en dehors du porno.

Je lui ai tendu une des brochettes en acier que j'avais trouvées dans le garage.

— Waouh, c'est du costaud, ça ! On n'est pas censés chercher des brindilles dans le bois ?

— Ben est un grand campeur. Il possède tous les gadgets et accessoires inutiles qui pompent tout l'air du grand air.

Elle a ri.

— J'adore l'idée de camper. Les feux à la belle étoile, l'odeur du bois qui brûle. Ça me rappelle les Noël de mon enfance, quand nous allions chez mamie. On faisait griller des marrons et elle me laissait m'occuper des s'mores. Je crois que c'est pour ça que je les aime tant, c'est ma madeleine de Proust.

Je chérissais le même type de souvenirs avec ma famille. Ceux de mes grands-parents maternels, de ma mère, bien sûr. Des souvenirs que je n'aurais pas changés pour tout l'or du monde.

— Cela dit, c'est toute mon expérience côté camping. Je ne suis pas très aventurière… Ça se voit, non ?

Elle a fait une moue d'autodérision. Craquante.

— Mes parents ne m'ont jamais poussée à m'engager dans des sports collectifs ou des activités de plein air. J'étais un rat de bibliothèque et je restais tout le temps à la maison.

— Alors, il faut que tu viennes camper avec Ben et moi. Il faut essayer le camping, au moins une fois dans sa vie !

Peut-être que je pourrais ajouter cela à la liste. Toutes les excuses étaient bonnes pour passer du temps avec elle.

La tête penchée, elle fixait les flammes, comme si elle essayait de se souvenir de quelque chose.

— Il me semble que Ben m'a dit quelque chose, ce soir.

— Ah bon ?

J'ai feint une curiosité indifférente, en dépit de l'appréhension qui m'avait envahi. Il manquait parfois de filtre, mon ami d'enfance.

— Il voulait me convaincre de jouer dans un de ses films…

— Quoi ? Comment ça ? C'est hors de quest…

J'étais furax. J'aurais pu lui mettre mon poing dans la gueule !

— Chut ! Du calme ! C'était une blague.

Elle a posé doucement la main sur ma joue pour me forcer à la regarder.

— Mais je suis flattée de ta réaction.

J'ai grogné.

— Personne d'autre ne te voit nue !

Je n'avais aucun droit de me montrer aussi possessif. Elle n'était pas ma petite copine. Elle n'allait même pas le devenir, mais j'éprouvais cet élan irrésistible de la protéger. Un instinct que j'avais eu dès que je l'avais vue. Comme si elle était à moi.

Une curiosité pas du tout indifférente m'a poussé à demander :

— Qu'est-ce qu'il t'a dit, en réalité ?

— Que j'étais la première fille que tu leur présentais, à lui et au reste de la bande, depuis le lycée.

Putain de Ben ! Cette grande gueule ! À la réflexion, j'aurais préféré qu'il essaie de l'embaucher pour un film.

— C'est vrai ? a-t-elle insisté.

J'ai haussé les épaules.

— Pourquoi ?

Tant de questions. Et encore plus de raisons pour ne pas répondre.

— Peut-être parce que j'ai pensé que tu es le type de personne qui s'intégrerait bien au groupe.

Elle a eu ce drôle de rire que j'adorais. Mon cœur semblait rire aussi quand je l'entendais.

— Tu n'es pas très crédible ! Je ne suis pas particulièrement à l'aise en société.

— Je…

Pourquoi insistait-elle autant ?

— Tu te souviens, l'autre jour, sur le bateau ?

Elle s'est appuyée contre ma poitrine, le visage tourné vers moi.

— Quand tu m'as demandé si j'aimais les hommes un peu mystérieux ?

Sa pupille dilatée laissait à peine voir un anneau de son iris bleu cobalt. C'était un effet de l'absinthe, qui n'entamait en rien la beauté de ses yeux.

— Tu n'as rien de mystérieux, a-t-elle dit en frôlant mon front dans une caresse d'une douceur renversante. Tu es exactement celui que tu es.

Et c'était bien ce qui fichait la frousse. J'avais cherché pendant des années la femme qui saurait voir le véritable Max derrière le roi du porno et j'avais jeté l'éponge. C'était alors qu'Everly avait croisé ma route. Dire que je lui en étais reconnaissant ne commençait même pas à décrire le sentiment de gratitude que j'éprouvais envers elle. Je lui devais gros, et plus que ça. Et il n'y avait qu'une façon de lui rendre la pareille.

Je me suis penché pour l'embrasser. Nos bouches ont fusionné, comme si elles étaient faites l'une pour l'autre.

J'ai mis ma main en coupe sur son sein pour le presser doucement. Avec un gémissement, elle m'a passé le bras autour du cou, tout en s'allongeant sur le banc. J'ai déplacé, sans cesser de l'embrasser, les mains sur la pierre pour ne pas l'écraser de mon poids. Comme je ne pouvais pas la caresser, j'ai pressé mon ventre contre le sien pour qu'elle comprenne que j'étais prêt. Que j'avais autant envie d'elle qu'elle de moi.

Mais c'était frustrant. J'en voulais plus.

Je l'ai soulevée pour l'emmener jusqu'au ponton.

La lune se reflétait dans le lac. Je me suis allongé sur une chaise longue en la guidant pour qu'elle s'installe à califourchon sur moi. Nous nous sommes embrassés comme si nous ne l'avions pas fait depuis des semaines.

L'absinthe avait eu raison de ses inhibitions. Elle me dévorait avec une intensité brûlante, ses gestes étaient impatients, impérieux. Elle a tiré sans façon sur mon T-shirt pour le relever et sucer l'un de mes tétons déjà durcis. Contrastant avec le froid de la nuit, son haleine chaude sur ma peau a suscité en moi une décharge électrique qui s'est répercutée au bas de mon ventre. Elle a porté son attention sur l'autre mamelon, et tout ce que je pouvais faire, c'était m'abandonner aux sensations. Je n'ai relevé la tête que lorsqu'elle a commencé à défaire ma ceinture. La boucle a tinté et, l'instant d'après, elle avait la main à l'intérieur de mon boxer et me caressait, ses yeux plongés dans les miens.

Au clair de lune, ils semblaient violets.

J'ai tiré un préservatif de ma poche arrière.

Elle a souri.

— Tu avais tout prévu.

— En fait, j'ai pillé la salle de bains de Ben.

— Excellente initiative !

Dans un geste inattendu, elle a serré les dents sur ma lèvre et l'a sucée.

C'était terriblement excitant, cette façon d'exprimer son impatience. Il fallait que je la prenne sur-le-champ.

J'ai tiré sur son pantalon.

— Débarrasse-toi de ça.

Elle s'est relevée, toujours drapée dans le plaid, et a enlevé son pantalon en même temps que sa culotte, avant de revenir à califourchon sur moi.

J'ai remonté la couverture sur ses épaules — pour qu'elle n'ait pas froid, et aussi au cas où un voyeur se promènerait au bord du lac. Elle s'est laissée glisser sur ma queue sans un mot. Je n'avais rien vu d'aussi sexy de ma vie.

Elle m'a chevauché jusqu'à ce que je me sente sur le point de craquer. Et je ne parle pas d'orgasme, mais des défenses que j'avais bâties autour de moi et qui semblaient vouloir s'écrouler.

C'était un moment parfait. Ma bouche sur ses seins. Ses mains dans mes cheveux. Ma queue dans sa chatte. C'était magique et romantique comme une scène de roman à l'eau de rose. Sauf que c'était réel. C'était vraiment en train de m'arriver.

Quelques déhanchements plus tard, elle a tremblé dans mes bras et son sexe s'est contracté. La douce pression de ses muscles a failli me faire jouir, mais j'ai tenu bon. Je voulais la regarder, regarder son visage, sa bouche entrouverte, ses cheveux en désordre. Puis elle a rouvert lentement les yeux et s'est blottie contre moi en murmurant à mon oreille :

— À toi.

Elle m'a chevauché avec une fougue renouvelée. J'ai joui, enveloppé par la chaleur tendre de son étreinte.

Chaque fois, avec elle, c'était comme un lever de soleil. Même dans le noir, elle était le rayon de lumière qui m'apportait l'espoir. Pour l'avenir. Pour mes choix. Pour la vie qui pourrait un jour être la mienne.

26

Everly

J'avais accepté d'accompagner Max à la fête de fin de tournage du film *World War Cock* chez son père, mais j'avais un peu peur de ce que je risquais d'y trouver.

On a traversé la cuisine pour atteindre la cour arrière, qui ressemblait plutôt à un jardin, huit fois plus grand que le mien.

Je m'attendais à quelque chose de vulgaire, or, tout était lumineux et sophistiqué. Je m'attendais à des corps dénudés et des échanges de fluides, j'ai trouvé des costumes sur mesure et des hommes rasés de près. J'étais venue munie d'une cargaison de préjugés qui n'avaient strictement rien à voir avec la réalité. Ce qui commençait à devenir un gag à répétition, chaque fois que j'en apprenais un peu plus sur Max Levin.

En regardant autour de moi, j'ai découvert, sidérée, qu'en me maquillant un peu plus et en me parant de quelques trucs de fille, j'aurais pu passer inaperçue au milieu de ces femmes, qui n'étaient pas si différentes de moi. Elles étaient jeunes et leurs corps semblaient aussi naturels que le mien — à l'exception peut-être des ongles.

Mon manque d'assurance a aussitôt refait surface. Ce n'était pas tant leur beauté qui me complexait, que leur aplomb. Pour vivre en colocation avec deux escortes, j'étais habituée aux femmes sûres d'elles, mais je n'arrivais pas à leur ressembler. Et je doutais d'y arriver un jour.

Depuis que les velléités professionnelles de Sadie et Grace m'avaient fait rencontrer Max, le porno avait pris beaucoup de place dans ma vie. Encore plus ce soir-là, puisque le film était projeté. Un écran géant avait été installé dans le jardin, ainsi qu'une tente de réception, au cas où il pleuvrait. Une haute haie de thuyas protégeait la cour des regards indiscrets, et je me suis dit que les voisins devaient l'apprécier particulièrement, ce soir-là.

Max s'est arrêté à quelques mètres de la petite foule qui suivait l'action à l'écran — à ce moment précis, un gars prenait en levrette une actrice dont la tête se perdait entre les jambes d'une collègue.

— Qu'est-ce que tu en penses ?

Son souffle chaud dans mon cou a fait naître une vague de frissons le long de mon dos. C'était fou, l'effet qu'il me faisait ! Mon cerveau se mettait déjà en veille dès qu'il parlait, alors si, en plus, mon corps me trahissait…

Comme je ne savais pas s'il faisait allusion au film ou à la soirée, j'ai donné une réponse tout terrain.

— C'est super !

Il a hoché la tête, amusé.

— Tu t'attendais à une orgie, n'est-ce pas ?

J'ai fait une moue penaude, trop embarrassée pour admettre à voix haute que mon imagination avait en effet coécrit avec mes préjugés un scénario graveleux. Mais il l'avait compris, et ne m'en tenait pas rigueur.

— Ne t'inquiète pas, a-t-il murmuré, la main sur ma taille. La partouze ne commence pas avant minuit.

Je savais qu'il plaisantait, pourtant, une partie de moi craignait encore qu'il y ait du vrai dans sa blague. Une autre, cependant, n'aurait rien eu contre l'expérience.

J'ai levé les yeux vers cet homme qui ne cessait de me surprendre.

— C'est *open bar*, n'est-ce pas ?

Il a éclaté de rire.

— Viens avec moi, ma belle. On va te trouver un petit décontractant.

Nous nous sommes dirigés vers la paillote installée à l'autre bout de la piscine rectangulaire. Les gens qui en sortaient avaient tous un verre ou deux à la main. Cela nous a pris un certain temps pour arriver à destination. Il y avait toujours un invité qui voulait saluer Max, lui faire la bise, le serrer dans ses bras. J'en ai reconnu certains, et ils semblaient tous posséder cette solide confiance en soi que j'enviais tant. Je l'avais pourtant éprouvée une ou deux fois auparavant. Quand j'étais avec Max également. La question était de savoir si ces femmes montraient toujours autant d'aplomb ou si c'était Max qui suscitait cette réaction ?

J'espérais qu'il s'agisse d'un mix des deux. J'aimais à penser que ma transformation, lente mais certaine, était liée à lui, mais aussi au fait que j'avais ça en moi.

Nous avons enfin réussi à entrer dans la hutte. L'intérieur était aussi charmant que l'extérieur. Un bar en forme de L longeait le mur du fond, derrière lequel s'alignaient, sur deux grandes tables, verres, coupes et toutes sortes de liqueurs. Un jeune serveur en chemise blanche et pantalon noir était en train de poser un seau à champagne sur le comptoir. Le tintement des glaçons était une invitation à la fraîcheur.

Pendant qu'on attendait nos boissons, un homme, à côté de

nous, a commandé une Heineken. Je me suis tournée vers lui, juste comme ça, et tout mon corps s'est tendu lorsque je l'ai reconnu. Il jouait dans le film que j'avais regardé dans le bureau de Max. Il savait vraiment comment se servir de sa bouche sur…

— Cannon.

Max lui a serré la main.

— Max, comment ça va ?

Il m'a lancé un clin d'œil. Très efficace, le DILF. Ce seul geste m'a mis le feu aux joues, et… bien plus bas. Comme s'il l'avait senti, il s'est penché vers moi.

— Elle est avec moi, Cannon, l'a informé Max, en posant la main sur mon épaule, marquant ainsi son territoire. Va cligner de l'œil ailleurs.

Donc, le DILF draguait par clins d'œil. Qui l'aurait cru ? Mais pourquoi pas, si ça marchait ?

— Cannon Slade, s'est-il présenté, courtois. C'est toujours un plaisir de rencontrer une amie de Max.

Je lui ai serré la main.

— Everly Parker.

— Everly ? a-t-il répété en un murmure rauque. C'est un prénom intéressant.

— Pas autant que le vôtre. Vos parents avaient-ils deviné que vous deviendriez une star du porno ?

Il a éclaté de rire. Les plis autour de ses yeux le rendaient encore plus séduisant, et je me suis demandé s'il en était conscient. Bien sûr ! Ce gars connaissait parfaitement l'effet qu'il faisait aux femmes et il en jouait.

— Drôle, intéressante et belle, a-t-il dit à l'intention de Max. Triple score. Tu devrais la garder.

De nouveau, il m'a fait un clin d'œil.

— Enchanté de vous rencontrer, Everly.

J'ai avalé pratiquement d'un trait ma coupe de champagne en entendant le rire étouffé de Max. J'étais hors de mon élément, alors que lui, il avait une sexualité décomplexée qui étayait sa confiance en lui. Les quelques acteurs que j'avais rencontrés depuis que je le fréquentais émettaient la même vibration : quelque chose de dangereux et sexy, empaqueté dans un joli emballage qu'il était impossible de ne pas défaire, même en sachant que le contenu nous était néfaste.

— Belle Everly !

J'ai failli m'étrangler avec la dernière gorgée de champagne devant le père de Max qui venait d'arriver.

— Comment te traite mon Max ?

« Mon » Max. Cet homme aimait son fils plus que tout au monde. C'était évident rien qu'à sa façon de le regarder.

— Max est adorable. Il se plie en quatre depuis ces trois dernières semaines pour m'aider.

Je me sentais reconnaissante et redevable, même si je n'avais pas encore compris ses raisons. Je l'ai regardé avec un sourire qui voulait exprimer toute l'admiration que je lui vouais.

— Pour tout vous dire, il a changé ma vie.

Max m'a caressé le dos, me rendant mon sourire. J'avais le mauvais pressentiment que même les séances d'entraînement allaient me manquer.

— Je ne suis pas étonné, il a été à bonne école : sa mère était la femme la plus généreuse du monde, a répondu Hirsh en nous regardant tour à tour, comme s'il voulait lire dans nos pensées. Je dois m'occuper des invités. Amusez-vous, les enfants.

Quand nous sommes ressortis de la paillote, Max a commencé à me présenter des collègues, des employés. Je sentais qu'il était fier de m'avoir à son bras, ce qui restaurait mon ego comme aucun manuel de développement personnel ne pourrait jamais le faire.

J'ai essayé d'en tirer le meilleur parti. J'ai fait la belle, fière du rôle qu'il me confiait, j'ai ri, j'ai bu, je me suis amusée en compagnie de ces gens charmants.

Bien sûr, j'ai récolté quelques regards de travers. J'ai même vu quelqu'un ricaner en me pointant du doigt, mais je n'en avais cure : c'était *moi* la cavalière de Max, *moi* qui étais à son bras, *moi* qui échangeais avec lui des regards complices.

À un moment, je me suis excusée pour aller aux toilettes. Il y en avait à l'extérieur, mais Max m'avait invitée à me sentir comme chez moi, et j'ai préféré utiliser celles qui se trouvaient dans le couloir de l'entrée.

J'étais en train de me laver les mains quand la porte s'est ouverte et une femme est rentrée. J'avais oublié de bloquer le loquet !

C'était une blonde maquillée comme une voiture volée. Elle portait une robe bleue en Lycra qui moulait à l'excès ses courbes exubérantes. Elle avait un corps superbe, cela dit, et un papillon tatoué sur l'épaule gauche, que j'ai remarqué quand elle s'est tournée pour refermer la porte.

— Euh… J'ai presque fini, alors si…

— Oh ! on est entre filles. Ça ne t'embête pas ? J'ai vraiment besoin de pisser !

Avant que j'aie pu lui répondre, elle était sur les toilettes, le string baissé. Je me suis concentrée sur mon reflet dans le miroir pour éviter de regarder cette inconnue qui se soulageait à côté de moi.

Pourtant, tu n'as pas trouvé choquant que Bobbi fasse la même chose. L'absinthe, probablement.

Elle a remis de l'ordre dans sa tenue avant de tirer la chasse d'eau, puis m'a poussée d'un petit coup de hanche pour utiliser le lavabo.

— Tu es venue avec Max.

Ce n'était pas une question. À l'heure qu'il était, tout le monde savait que j'étais venue avec lui.

J'ai acquiescé et, quand elle a fini de se sécher les mains, je lui ai tendu la mienne.

Elle s'est contentée de la regarder avec un sourire et un petit « hum » à peine audible. Elle s'est pincé les joues et passé les doigts sous les yeux pour corriger son maquillage, tout en m'examinant de la tête aux pieds dans le miroir.

— Il t'arrive d'essayer de te rendre présentable, de temps en temps ?

— Pardon ?

Elle a appuyé la hanche contre le meuble du lavabo.

— Ta robe. Tes cheveux.

Ses mimiques semblaient dire que j'étais un cas désespéré.

— Tu te pointes au bras de Max Levin, et on dirait une fille de ferme candidate à un concours de relooking.

Moi, je me trouvais plutôt en beauté. C'était aussi l'avis de Gracie et Sadie qui m'avaient conseillée sur ma tenue. Cette nana cherchait la bagarre, mais je n'allais pas tomber dans le panneau.

— Merci.

Elle était retournée à son image dans le miroir, pour me signaler qu'elle n'avait rien d'autre à me dire, mais ma réponse l'a prise au dépourvu.

— Merci ?

— Oui, merci, ai-je répété en la dévisageant. Merci de me faire remarquer que je ne suis pas dans mon élément. Je ne m'en étais pas aperçue.

Ne pas me laisser atteindre était la seule façon de garder le contrôle de la situation. Je savais déjà que je n'étais pas assez bien pour Max, que je n'étais pas son type, mais la plus oubliable des amantes. Je n'avais pas besoin que cette garce s'amuse à me le rappeler.

Elle était exactement le type de femme que je m'attendais à trouver à cette soirée : des faux seins, bonnets E probablement, qui débordaient du décolleté d'une robe qui semblait peinte sur son corps.

— Tu n'as pas cru un instant que Max finirait avec une fille comme toi, j'espère ?

Je n'étais pas une idiote, je le savais parfaitement. Ce qui ne m'empêchait pas de fantasmer.

Mon silence l'a fait sourire avec une joie mauvaise.

— Comme c'est mignon ! Mais enlève tes œillères, chérie…

Elle a sorti un tube de gloss de sa pochette.

— Je ne porte pas d'œillères. Je vois bien que Max et moi ne sommes pas compatibles.

— Vous êtes même à l'opposé l'un de l'autre ! a-t-elle dit en retouchant le maquillage de ses lèvres. Lui, c'est du caviar, toi, une boîte de sardines. Ou lui, une Bentley, et toi, la camionnette du boulanger, si tu préfères.

Et tu crois m'apprendre quelque chose, là ?

Ses mots me rappelaient que le temps que je passais avec lui n'était qu'une parenthèse enchantée. Ce n'était pas réel. Ce n'était qu'un moyen de parvenir à une fin, et dès que le dernier élément de la liste serait coché, il partirait sans se retourner.

C'était dommage. Il comptait pour moi. Même…

Non, non, non !

Comment pourrais-je, bientôt avocate d'affaires, former un couple avec le futur directeur d'une maison de production de films pornos ? Mes parents m'avaient fait comprendre que Max était *persona non grata* dans notre milieu. Et ce qui s'était passé à la soirée donnée par le cabinet l'avait confirmé.

J'avais passé ma vie à travailler pour atteindre un but — un but qui m'apporterait prestige et succès, et, plus important encore, le respect et l'amour de mes parents. Comment pourrait-on me prendre au sérieux si mon compagnon bossait dans le porno ?

Ça ne pourrait jamais marcher. C'était aussi simple que ça : quelqu'un comme lui ne rentrait pas dans mes projets d'avenir, pas de façon durable.

— Everly, tu es là ?

C'était Max.

Alléluia !

La femme, qui ne s'était pas donné la peine de se présenter, a ouvert la porte pour filer à toute vitesse vers le jardin.

— Tara, qu'est-ce…

Il s'est interrompu en me voyant.

— Tu es là ? Qu'est-ce qui se passe ?

J'ai hoché la tête.

— Rien, on faisait connaissance.

Il m'a serrée contre lui. J'ai senti son parfum, ses bras autour de moi. Son odeur me tournait la tête. J'ai senti également qu'on nous regardait et, tout à coup, j'ai eu envie de donner à ces curieux de quoi nourrir leurs cancanages.

J'ai enfoui les mains dans les cheveux de Max pour presser ma bouche contre la sienne. Quand on s'embrassait, j'avais l'impression que le tonnerre grondait, que des éclairs brillaient. L'orage se déchaînait en moi et le soleil ne perçait pas les nuages tant que mon désir n'avait pas été assouvi.

Comme je l'espérais, il a intensifié notre étreinte en me plaquant contre le mur.

J'ai alors aperçu Tara. Elle pouvait toujours m'attaquer et se moquer, c'était *ma* bouche que Max dévorait.

Et toc !

Tout à coup, j'ai été frappée par la petitesse de mon attitude. J'ai interrompu notre baiser, posé le front sur son épaule, le souffle court.

Je n'étais pas comme ça, la rivalité ne m'intéressait pas, la vengeance encore moins.

— Tu m'allumes, puis tu me laisses le bec dans l'eau ?

Il me mordillait le cou et, alternativement, le suçait doucement. Je savais qu'il y laisserait une marque, il l'avait déjà fait, et j'aimais ça.

— Je…

Son regard débordant de désir m'a chamboulée. En dépit des quelque soixante-dix personnes présentes, il avait envie de moi. Il voulait me baiser, ici et maintenant. Lui dire non dépassait de loin les capacités de ma volonté.

J'ai donc hoché la tête et il m'a prise par la main, direction le sous-sol.

— Ne t'inquiète pas, personne ne viendra.

On a descendu l'escalier ; on est passés devant deux portes dont celle de la Salle de Réussite, pour entrer dans une salle de projection. Un écran plasma géant était accroché au mur du fond, face à quatre énormes fauteuils de relaxation en cuir.

C'était génial ! Je ne pouvais imaginer meilleur endroit pour regarder des films avec lui.

— Pourquoi tu ne m'as jamais emmenée ici ?

— Je le fais maintenant.

Il m'a serrée contre lui, prenant mon visage en coupe pour m'embrasser. La température de la pièce était montée en flèche — ou bien était-ce la réaction volcanique de nos corps qui me donnait cette impression ? J'entrais en éruption dès qu'il me touchait.

— Tu sais à quel point tu es sexy ? a-t-il murmuré contre mes lèvres.

J'ai ricané. Il y avait de quoi.

— Ton jardin est plein de nanas avec des décolletés vertigineux et des minijupes, et tu me trouves sexy, *moi* ?

— Tu crois que je mens ?

Il a reculé d'un pas, les mains autour de mes bras, le regard sérieux, presque grave.

— Tu crois que c'est juste une formule de drague ?

Je n'en revenais pas. Il était vexé !

— Je ne cherche pas à t'embobiner, Everly. Je le dis comme je le pense.

— Max…

Je fixais le bout de mes chaussures. Je n'arrivais pas à affronter son regard, je me sentais insignifiante, vraiment pas à la hauteur. Et c'était un sentiment dont je n'avais pas l'habitude.

— Je ne suis pas comme ces filles, là-haut.

— Tu as raison, rien à voir !

Un doigt sous mon menton, il m'a relevé le visage pour plonger ses yeux sombres dans les miens.

— Tu es la seule femme de la soirée qui me fait bander d'un regard.

Il a repoussé tendrement une mèche de cheveux derrière mon oreille. Il souriait.

— Mon cœur s'emballe dès que je vois un petit bout de ta peau… Ou quand ton T-shirt remonte et que j'aperçois ton nombril. Tu es la seule à me faire cet effet-là…

Sa main a frôlé mon ventre.

— On pourrait même dire que tu es la fille la plus banale que j'aie jamais rencontrée, a-t-il continué, sa bouche tout près de la mienne, et c'est sexy à en crever.

J'ai poussé un long soupir, la tête renversée. Ses mots me faisaient l'effet d'une caresse brûlante.

— Dès que je te vois, je me demande quand que je vais pouvoir te déshabiller.

Il m'a fait pivoter pour me plaquer contre une étagère qui m'arrivait à la taille. Ses mains parcouraient mon corps avec une fébrilité que ses baisers confirmaient. Il n'avait jamais exprimé un désir aussi intense, aussi animal.

Et j'adorais ça.

27

Max

Je n'avais pas les mots pour dire à quel point elle m'excitait, et qu'elle ne veuille pas me croire me blessait profondément. J'avais passé des semaines à essayer de lui faire comprendre qu'elle était plus qu'une bonne élève qui réussissait ses examens.

Quelque chose dans la façon dont elle s'était jetée sur moi en sortant de la salle de bains m'avait mis dans tous mes états. J'ignorais d'où lui venait cette poussée d'énergie sexuelle. Je me doutais que c'était en rapport avec la présence de Tara dans les toilettes, mais j'avais préféré ne pas poser de questions.

Everly m'avait laissé la retourner contre l'étagère. Autant dire, la mettre en position idéale pour une levrette. La domination n'était pas mon trip, mais qu'elle se plie avec un plaisir évident à mes envies avait boosté mon ego. Sans parler de la réaction de ma bite.

J'ai posé la main à plat sur son dos pour l'inviter à se pencher en avant. Ce qu'elle a fait, sans émettre la moindre réserve. Sans hésiter un instant.

— Pose tes mains sur l'étagère.

Elle a obtempéré, en faisant tomber au passage quelques DVD. C'était là que je rangeais les films préférés de mon enfance. L'idée de la prendre contre ma collection de *Harry Potter* était à la fois dépravée et excitante.

Je lui ai fait écarter les jambes d'un petit coup du pied et, de son propre gré, elle les a écartées plus encore, s'offrant à mon regard et à mon désir. Comme si elle me demandait « Prends-moi. »

Je ne me suis pas fait prier. Je voulais la faire mienne. Je la voulais toute pour moi, car j'ignorais si je pourrais continuer à vivre sans son sourire, sans sa foi inébranlable en mes projets, en moi.

Avec une violence qui m'a surpris moi-même, je lui ai agrippé les hanches pour plaquer mon sexe contre son derrière. Elle s'est déhanchée pour se frotter contre moi. Je bandais si fort que j'en avais mal.

J'ai retroussé sa jupe. Ses fesses étaient parfaites, rondes et fermes. J'ai marqué une pause pour les admirer.

Sans cesser de la contempler, j'ai descendu la fermeture de mon pantalon. La main autour de ma queue, je la regardais, transporté.

Elle a tourné la tête en se relevant légèrement.

— Laisse-moi…

D'un geste, je lui ai indiqué de reprendre sa position initiale.

— On peut se passer de préliminaires. Je sais que tu es aussi prête que moi.

Elle m'a jeté un coup d'œil par-dessus son épaule, puis ses yeux se sont rivés aux mouvements de ma main sur mon sexe.

— Max…

Un murmure rauque qui m'a fait bander de plus belle.

— J'ai des capotes dans mon sac.

Elle a désigné du menton le sac bleu qu'elle avait laissé sur l'un des fauteuils.

J'ai traversé la pièce en deux foulées, et, trop pressé pour m'encombrer de bonnes manières, j'ai vidé le contenu sur le cuir du fauteuil.

En moins d'une seconde, le préservatif en place, j'étais de nouveau derrière elle. J'ai repoussé la ficelle de son string et caressé sa fente du bout de mon sexe, jusqu'à ce qu'il glisse en elle. Elle était tellement humide, tellement chaude, que je n'ai pu résister à l'envie de me frotter encore un peu contre sa peau soyeuse avant de plonger dans ce qui était devenu mon endroit préféré au monde. Son corps m'a accueilli, j'ai commencé à bouger, elle a suivi le mouvement. Nous nous comprenions si bien.

Je lui ai empoigné fermement les fesses. Oh que c'était bon ! Je sentais l'élastique du string sous mes doigts, serrais sa chair. J'allais lui laisser des marques, mais je ne pouvais pas m'arrêter.

Des deux mains, j'ai tiré sur l'élastique, et le tissu s'est déchiré.

Elle a lâché un petit cri qui s'est transformé en gémissement, la tête pendante entre ses bras.

J'ai laissé tomber la culotte par terre, mes coups de reins encore plus déchaînés. Je n'étais que désir, ne voyais que ses fesses, n'entendais que ses feulements, ne sentais que son sexe serré autour de moi.

Pour intensifier le contact, je me suis penché, mon torse contre son dos, mes mains en appui sur l'étagère. Je la pénétrais, encore et encore, le corps en sueur, le souffle court. Elle a tourné la tête, ses yeux ont trouvé les miens, et quelque chose m'a alors touché au plus profond de moi. Quelque chose qui allait bien au-delà de l'envie de la faire mienne. J'ai vu le reflet de ce sentiment dans son regard. Quel moment inoubliable, cet instant où l'on découvre qu'on est en parfaite symbiose avec l'autre !

Je n'avais jamais pensé que je jouerais un jour ma propre scène de sexe parfaite. Mais cela n'aurait pas dû me surprendre. Everly m'avait déjà donné tellement !

Je savais qu'elle était proche de l'orgasme, et qu'elle avait besoin d'un petit plus. Sans cesser de me déhancher, j'ai posé les doigts sur son clitoris et l'ai caressé, en rythme avec mes poussées.

Sa tête s'est relevée brusquement.

— Oh oui, oui, oui.

Tout ce que je voulais, c'était lui donner du plaisir. J'avais passé tellement de temps à rechercher ma propre jouissance que j'en étais las. Combler Everly, en revanche, était devenu une addiction. Son visage, au moment de l'extase, était plus beau que les mots ne pouvaient le décrire.

Avec un cri brisé, elle a tremblé dans mes bras au moment de l'orgasme, et je n'ai pas tardé à la suivre, mon propre gémissement beaucoup plus primitif.

— Waouh, a-t-elle fait, essoufflée. Waouh, waouh…

Je me suis affalé sur elle, le menton sur son épaule.

Elle avait changé ma vie. Mais est-ce que je pouvais le lui dire ? Est-ce qu'un aveu aussi personnel avait sa place dans cette relation qui se voulait légère ?

— Max, je…

Je l'ai arrêtée d'un doigt pressé sur sa bouche et j'ai murmuré, mes yeux dans les siens :

— Je sais.

C'est à ce moment-là que je suis tombé amoureux d'Everly Parker.

On a remis de l'ordre dans nos vêtements, et, comme on sortait, je lui ai donné une petite tape sur les fesses, qu'elle m'a rendue avec un cri faussement outré et un éclat de rire.

Avant même qu'elle ait pu mettre un pied hors de la pièce, je l'ai de nouveau attirée contre moi pour l'embrasser. J'avais besoin de sentir encore une fois son corps contre le mien, ses lèvres contre les miennes, avant de retrouver les invités, mon père et le monde extérieur.

Mais je n'ai pas eu ce loisir ; des murmures provenant du couloir nous ont interrompus.

— Ah, mais j'en sais des choses, ma chère ! Tu serais surprise…

Bien à contrecœur, j'ai dû briser notre étreinte. Les invités n'étaient pas censés descendre au sous-sol.

J'ai poussé un soupir et lui ai embrassé le bout du nez.

— Désolé. Je dois jouer les videurs.

J'allais m'élancer vers les intruses, quand j'ai reconnu la voix de la femme qui était en train de parler. C'était Aida, notre maman sur le plateau.

— Ce pauvre garçon ignore complètement que sa mère était toxicomane.

La main d'Everly s'est glissée dans la mienne.

— Je n'ai pas eu l'occasion de rencontrer Ellie.

Je reconnaissais aussi cette voix. Tara. Pourquoi parlaient-elles de ma mère ? Et qu'est-ce que la drogue venait faire là-dedans ?

— Je suis à White Lace depuis deux ans et je n'avais jamais entendu dire qu'elle avait ce genre de soucis.

Absolument. Ma mère n'avait jamais touché à la drogue. Le vin, oui, elle adorait, mais pas les drogues.

— En fait, Ellie n'était pas la mère biologique de Max.

J'ai eu l'impression de me prendre un bus dans la figure.

Everly m'a serré la main. Elle m'offrait du réconfort avant même que je sache que j'en avais besoin.

— Mais qu'est-ce que tu racontes ? N'importe quoi !

L'incrédulité de Tara m'a touché, parce qu'elle faisait écho à la mienne. Je flirterais peut-être un peu plus avec elle pour la remercier.

— Je suis ici depuis longtemps, a répondu Aida. Je sais des choses que personne d'autre ne sait.

J'ai voulu aller vers elles ; Everly, visiblement secouée, elle aussi, m'a retenu. Mais j'avais besoin d'en savoir plus. Il fallait qu'Aida m'explique de quoi elle parlait. J'ai libéré ma main d'un geste brusque, mais sa voix m'a poussé à m'arrêter. J'ai écouté, adossé contre le mur.

— La véritable mère de Max était la meilleure amie d'Ellie. Quand elle est tombée enceinte, elle a réussi à rester clean pendant la grossesse, mais elle a replongé dès que le bébé est né. Puis elle a pris la dose de trop. Ellie et Hirsh ont élevé l'enfant comme si c'était le leur.

Impossible ! Comment Aida pouvait-elle connaître ma vie mieux que moi ? Si elle disait vrai, c'était le secret le mieux gardé de l'Histoire ! Jamais je n'avais eu le moindre soupçon, rien, pas même l'ombre d'une intuition. J'avais passé vingt-trois ans à tenter de comprendre qui j'étais, et ces derniers temps ma confusion n'avait fait qu'augmenter, mais là… C'était le chaos dans ma tête. Si je n'étais pas un Levin, qui j'étais, alors ?

Le silence soudain autour de moi m'a fait sortir de mes pensées et j'ai découvert, en me tournant, Tara et Aida, tout près. Cette dernière a tendu le bras vers moi.

Je l'ai évité d'un geste brusque.

— Max… Tu n'aurais pas dû l'apprendre de cette façon.

Peut-être que je n'aurais pas dû l'apprendre du tout. Ou peut-être que mes parents — les gens qui m'avaient élevé, plutôt — auraient dû m'expliquer que ma véritable mère était une droguée morte d'une overdose quand j'étais bébé.

— Vous n'êtes pas censées être là.

C'était tout ce qui m'était venu à l'esprit.

— Max, je suis désolée. Je n'imaginais pas un instant…

Tara essayait de s'excuser. Comme si j'en avais quelque chose à foutre du rôle qu'elle avait joué dans cette révélation !

J'étais sous le choc, hébété.

Je ne ressentais rien.

— Il faut que je voie mon père.

J'ai repoussé Aida et Tara pour avancer vers l'escalier.

Everly m'a appelé, mais je ne me suis pas arrêté. Je ne comptais pas le faire avant de connaître la vérité. Cette histoire était sans queue ni tête, le délire d'une vieille femme qui avait vu trop de films. Son cerveau inventait des intrigues rocambolesques.

J'ai traversé la cuisine en bousculant des gens sans même m'excuser. Mon père était sans doute au bar.

Everly m'avait suivi, elle m'appelait encore. Mais j'avais besoin de réponses. Ma vie défilait par flashs sur l'écran de mon esprit.

Je n'étais pas le fils d'Ellie et Hirsh.

Je n'étais pas l'héritier légitime de White Lace.

J'ai trouvé mon père sous la paillotte, accoudé au bar, un verre de scotch à la main.

— Maxy…

— Quand est-ce que ma mère est morte ?

La question était partie toute seule. Je n'avais pas le temps de tourner autour du pot.

— Max, a-t-il répondu, l'air interloqué. Tu le sais aussi bien que moi. Il y a cinq ans.

— Non !

J'ai serré les poings, les bras raides le long du corps. J'avais besoin de frapper quelque chose, et si mon père me mentait encore, je risquais de ne pas me contrôler.

— Je vais te le demander encore une fois. Quand est-ce que ma mère — ma *vraie* mère — est morte ?

Un seul mot, et j'avais suscité chez lui une émotion à laquelle je le croyais immune : pour la première fois de ma vie, je voyais la peur dessinée sur son visage.

— Max, ce n'est pas l'endr…

Il a lancé un coup d'œil aux invités les plus proches. Mais je n'avais que faire qu'on nous entende.

— Quand, papa ?

D'un geste, il a tenté de m'écarter pour sortir. Mais je ne comptais pas bouger, pas avant d'avoir obtenu une réponse.

— Quand ?

Cette fois-ci, j'avais crié, ma voix râpeuse comme du papier de verre sur du vieux bois.

Avec un soupir résigné, il a baissé la tête, vaincu.

— Elle est morte quand tu avais six mois.

— Et vous avez décidé de me voler ?

Je n'arrivais pas à penser, je parlais sans songer aux conséquences, à ce que je ferais de ces réponses. Je devais bien avoir une famille quelque part ? Quelqu'un de mon sang, qui aurait voulu de moi ?

— Nous ne t'avons pas volé ! s'est-il insurgé, avant de reprendre un ton plus calme pour éviter d'attirer l'attention. C'était parfaitement légal. Nous t'avons adopté.

— J'étais une B.A. de plus, c'est ça ?

Pourquoi j'étais choqué ? Mon père, le bon Samaritain. Je n'avais pas imaginé un instant que je puisse être l'une de ses bonnes œuvres.

— Tu te trompes, Max. Sur nos intentions lorsque nous t'avons adopté. Sur nos motivations pour tenter d'aider les gens.

Sa voix tremblait de colère.

— Tout ce qu'on a fait, ta mère et moi, c'était par reconnaissance. La reconnaissance de t'avoir, chaque jour, auprès de nous. C'était aussi pour partager notre fortune, parce que cette industrie n'est pas tendre, que les gens font parfois de mauvais choix, et que ce n'est pas pour ça qu'ils ne méritent pas d'avoir une vie heureuse.

J'ai aperçu Everly du coin de l'œil, à l'écart pour ne pas être indiscrète, mais assez près pour que je comprenne qu'elle était là pour moi.

Je ne comptais pas la mêler à ce merdier. Elle avait un avenir brillant. Le mien venait d'exploser.

— Qui te l'a dit ? a demandé mon père avec une expression sévère.

Il se fâchait parce que quelqu'un avait dévoilé son sale secret ? La bonne blague ! Toute une vie à prêcher la liberté et la transparence, et il avait menti à son propre fils !

— Quelle importance ?

J'ai enfoncé un doigt accusateur dans sa poitrine.

— *Toi*, tu aurais dû m'en parler il y a des années.

— Max, s'il te plaît, laisse-moi t'expliquer.

Je ne voulais pas d'explications. Il n'y avait pas d'excuse possible. Ils m'avaient élevé dans le mensonge.

Quelque chose s'était brisé en moi, quelque chose d'irréparable.

— Vous m'avez peut-être adopté, mais je ne suis pas ton fils. Pas vraiment.

Levin. J'avais passé ma vie à essayer d'être digne de porter ce nom. Mais puisque je n'étais pas un Levin, à quoi bon ? La donne avait changé. Mon avenir, peut-être, aussi.

Everly s'est approchée, et m'a pris la main. Elle était trop bien pour moi, mais j'avais besoin de sa présence, besoin de quelque chose de réel maintenant que tout ce que je croyais savoir se révélait une illusion.

Je l'ai raccompagnée chez elle. Je n'arrivais pas à parler, elle a respecté mon silence. Quand elle a quitté la voiture et marché jusqu'à sa porte, elle s'est retournée sur le seuil un instant, puis elle est entrée dans la maison.

Je ne pouvais pas la mêler à tout ça. J'avais besoin de temps pour réfléchir. Je devais repenser toute mon existence.

28

Everly

J'avais passé les quatre dernières heures à faire des recherches en ligne sur White Lace Productions. Après la bombe nucléaire lâchée sur la vie de Max, la veille, il me semblait urgent de lui rappeler quel genre d'homme il était. Un homme plein de potentiel, plein de qualités. L'homme que je connaissais.

Et il n'y avait qu'un moyen de le faire : remettre à jour la Salle de la Réussite.

Mon idée était de trouver quelque chose, n'importe quoi — des faits, des chiffres — qui puisse être considéré comme une marque de succès.

J'avais été sidérée par mes découvertes.

Sous la direction de Max, les bénéfices générés par les films avaient augmenté considérablement. Le design du site web avait été applaudi par les professionnels, et les souscriptions avaient doublé. Deux des femmes ayant reçu la bourse Ellie Levin le remerciaient personnellement. En outre, trois de ses films avaient reçu plusieurs nominations aux oscars du film pour adultes, et lui en avait décroché six. Cette info, c'était Ben qui me l'avait soufflée. Je l'avais appelé pour être sûre de ne rien oublier, et pour ne pas trahir mon projet, j'avais raconté que je songeais à prendre un abonnement.

Il restait à présent une personne dont la collaboration m'était indispensable.

Hirsh Levin.

Mon comportement pouvait paraître déplacé — moi-même je me trouvais terriblement indiscrète —, mais si j'avais appris une chose sur cette famille, c'était que leur notion de ce qui se faisait et ne se faisait pas était pour le moins décalée.

J'ai donc contacté Hirsh, qui m'a proposé de passer à l'heure du déjeuner.

Avant même que j'aie sonné, la porte s'est ouverte, et il m'a accueillie avec un sourire chaleureux.

— Everly. Ravi que tu aies pu venir !

— Merci d'encourager mon projet. Ce qui se passe est terriblement compliqué, mais je pense que Max a peut-être simplement besoin qu'on lui rappelle ce qu'il vaut.

Je l'espérais sincèrement. Je ne voulais pas le voir s'écrouler. Il se sentait déjà très coupable de ne pas vouloir suivre les traces de son père, alors, avec la révélation de sa véritable filiation… Forcément, il devait être perdu.

— J'aurais dû continuer à m'occuper de cette salle. C'était un des projets d'Ellie, mais depuis qu'elle est partie…

Son regard s'est rembruni.

— Elle me manque tellement !

— Max finira par revenir, ai-je dit, espérant le consoler. Il lui faut juste un peu de temps.

— Viens, je t'accompagne en bas, tu es chez toi.

Il m'a aidée à porter mes sacs à l'intérieur et nous sommes descendus au sous-sol. Cette maison faisait déjà partie de mon histoire, j'avais ri et joui entre ses murs, et c'était ici que Max avait vu son monde changer dramatiquement.

— Vous avez trouvé la photo de lui bébé que je vous ai demandée ?

Il a acquiescé.

— J'avoue que ressortir toutes ces vieilles photos a réveillé plein de souvenirs. Des souvenirs merveilleux.

J'avais décidé que je ne me contenterais pas d'ajouter quelques objets dans la Salle de la Réussite : j'allais la transformer complètement. Et tout d'abord, je devais démonter une bonne partie des étagères.

J'ai travaillé pendant plusieurs heures. J'ai placé les sex-toys dans des cadres-vitrines. J'ai encadré des affiches et des jaquettes de DVD. Puis j'ai tout reposé à sa place, par année.

J'ai même ajouté deux certificats que j'avais imprimés moi-même et, grâce à Hirsh, deux des trophées cinématographiques. Mais l'élément le plus important correspondait à l'année 1991. L'année où Max était né. Il s'agissait de la photographie que Hirsch venait de me donner. Je savais, sans l'ombre d'un doute, que c'était l'accomplissement le plus important, le plus décisif, de la famille Levin. Lien du sang ou pas.

— Everly, tout se passe bien ? J'ai…

Hirsh est resté sur le pas de la porte, bouche bée, une réaction qui compensait largement mes efforts. J'avais hâte de venir ici avec Max, hâte de voir son expression lorsqu'il découvrirait la transformation.

— J'ai dit à mon fils qu'il devait commencer à faire des choses par bonté de cœur.

Max m'avait montré qu'il avait un grand cœur. Mais je ne voulais pas parler de notre relation avec son père.

— Il est très généreux. Il donne beaucoup d'argent au Foyer Phoenix.

— Signer un chèque, c'est facile. Je souhaitais qu'il fasse l'expérience d'aider quelqu'un concrètement. Il va bientôt recevoir une somme énorme et je ne veux pas qu'il perde de vue ce qui compte vraiment.

Qu'est-ce qui comptait vraiment pour lui ? Pas moi, apparemment. Je n'avais pas eu de ses nouvelles de la journée.

Il avait besoin de solitude pour réfléchir, et je pouvais le comprendre. Quand il m'avait raccompagnée, après la fête, la seule chose qu'il avait dite c'était qu'il m'appellerait.

Je l'avais cru.

Mais il n'avait pas appelé.

Trois jours plus tard, il ne m'avait toujours pas donné de signe de vie. Pas d'appel, pas de SMS. Même pas de note portée par pigeon voyageur.

— Je ne suis pas étonnée, a commenté Sadie en posant sa main sur la mienne dans un geste chaleureux qui contredisait son ton cassant. Tu es trop bien pour un mec comme lui.

Un mec comme lui ? Qu'est-ce qu'elle en savait ? Elle ne le connaissait pas. Très peu de gens le connaissaient. Ils ne voyaient de lui que ce qu'ils voulaient bien voir. Même moi, si je n'avais pas passé trois semaines à le côtoyer, j'aurais tourné la page sans regret. Malheureusement, j'avais appris à le connaître. Et le véritable Max était généreux. Intelligent. Ambitieux. Tout ce que j'attendais d'un homme. Mais il était aussi perdu. J'avais le cœur serré en imaginant ce qu'il traversait.

Ce qui n'excuse pas le fait qu'il n'appelle pas !

— Il traverse une mauvaise passe.

Je n'allais pas m'étendre sur les détails. Les squelettes dans le placard de Max étaient de taille monumentale.

J'ai regardé le salon, fraîchement refait. Le taupe chaud des murs s'accordait à la perfection avec le canapé ; les couleurs des coussins étaient un rappel des tons des tableaux. J'en étais très fière.

— Ne l'excuse pas !

Sadie avait décidé un peu trop vite à mon goût qu'elle détestait Max. Je trouvais son amertume excessive. Mais peut-être qu'elle avait eu trop de mauvaises expériences.

— Ce n'est pas ça. Écoute, je savais à quoi m'en tenir quand j'ai commencé… cette relation.

À vrai dire, je n'aurais pas su mettre un mot sur ce que nous partagions. Ou avions partagé.

— Mais il n'est pas comme tu penses, ai-je ajouté.

— Il te plaît vraiment ? a demandé Grace.

Ce que j'éprouvais pour lui n'était pas la question. Je voulais juste être sûre qu'il allait bien. Qu'il arrivait à faire face à la vérité. Sans dire que j'étais impatiente de savoir s'il était passé chez son père et s'il avait découvert ma surprise.

— Il va appeler. Ce n'est pas comme si je passais mon temps à me morfondre. Je… je fais des trucs.

— Tu as retrouvé tes mauvaises habitudes, a dit Grace d'un ton soucieux. Tu n'es même pas allée courir, ces trois derniers jours.

Je n'avais pas besoin de m'entraîner. J'avais décidé de me concentrer sur les examens. Je ferais le stage de course une autre fois. Les études passaient avant tout.

— Et au lit, c'est comment ?

Il n'y avait que Sadie, pour poser une telle question de but en blanc.

— Incroyable.

Une vague de chaleur m'a envahie rien qu'en y songeant,

mais je me suis vite refroidie en me rappelant que lui avait dû s'ennuyer ferme.

Sadie a cherché mon regard.

— Il y a un « mais ». Je le sens.

— C'était incroyable pour moi, mais je crois que… peut-être que… je ne sais pas.

Tu es ennuyeuse.

— Il s'est surtout occupé de moi.

— Rien de mal à cela, non ? a fait Grace en papillotant des cils.

— Non, mais, du coup, je n'ai pas pu découvrir ce qu'il aimait. Et, vu qu'il a beaucoup d'expérience, je me dis qu'il a dû me trouver assommante.

— Ma chérie…

Grace a quitté le fauteuil pour venir se blottir contre moi sur le canapé, la tête sur mon épaule.

— Je suis sûre qu'il ne s'est pas ennuyé.

— N'en sois pas si certaine !

Sadie ne prenait pas de pincettes, elle appelait un chat un chat, et, en général, j'appréciais sa franchise. Mais à ce moment précis, j'aurais préféré qu'elle soit le type de colocataire qui ne parle jamais.

— Il n'y a qu'une chose à faire, alors.

Je l'ai regardée, curieuse. Qu'est-ce qu'elle allait bien me proposer ?

— Il faut que *tu* t'occupes de *lui.*

Plus facile à dire qu'à faire ! Pour commencer, il aurait fallu qu'il soit à portée de main pour que je puisse tenter quoi que ce soit.

— Comment ?

— Comme pour les glaces, a-t-elle répondu avec une moue coquine. Tu lui fais goûter un petit échantillon de chaque parfum, et tu verras ce qu'il préfère.

— Mais…

Elle a balayé mes réserves d'un geste.

— Je crois qu'une virée au sex-shop s'impose.

Je me suis figée sur place.

— Oh ! non. Je ne suis p…

Grace m'a lancé un regard qui a coupé l'herbe sous le pied de l'excuse que je tentais de trouver.

— Sadie a peut-être raison.

— Bien sûr que j'ai raison ! Comment veux-tu garder un homme comme Max Levin, s'il n'est pas content au lit ?

Les bras croisés, debout devant moi, elle me faisait presque peur.

La question n'était pas de « garder » Max. Je n'envisageais pas une relation à long terme ; je savais depuis le départ que les jours de notre histoire étaient comptés. Mais il s'était plié en quatre pour m'aider avec la liste, et moi, qu'est-ce que je lui avais donné en retour ?

Tu ne voulais pas être sexy ?

J'avais passé ma vie à prouver aux autres de quoi j'étais capable. Il était peut-être temps de me prouver quelque chose à moi-même.

— Il est où, ce sex-shop ?

Sadie a levé les bras avec un cri de joie.

J'allais offrir à Max Levin une nuit qu'il n'oublierait jamais. Je n'étais pas qu'une bonne étudiante. Je n'étais pas que la fille de mes parents. J'étais Everly Parker, une femme, et il était temps que je me le dise.

Les deux vitrines du sex-shop présentaient l'une, de la lingerie, l'autre, une mise en scène de bondage, avec un masque, des menottes en fourrure et un fouet.

Je m'attendais à un lieu sombre et un peu crade, j'ai été surprise en découvrant une boutique à la fois moderne et accueillante. Sur les murs, des cadres dorés mettaient en valeur des ensembles coquins. Au centre du magasin, des vitrines exposaient toutes sortes de gadgets. Le rayon des sex-toys se trouvait au fond et Grace s'y est dirigée directement, en m'entraînant avec elle.

— Je sais exactement ce qu'il te faut.

Le jeune vendeur qui se trouvait derrière la caisse nous a souhaité la bienvenue en nous invitant à lui demander conseil si besoin.

J'ai examiné les étagères remplies de sex-toys, mes colocataires à mes côtés, comme deux anges gardiens de ma vie sexuelle.

— Je ne savais pas qu'il existait autant d'options pour s'amuser en solo.

Il y avait des petites options, des grandes, des très — très — grandes. Je n'ai pu retenir une grimace devant un… truc énorme — qui m'a paru une option pour le moins douloureuse.

— Ça ! s'est exclamée Sadie en attrapant une boîte argentée. Même si tu ne l'utilises pas avec lui, tu en as besoin pour toi.

J'ai lu le nom sur la boîte.

— Rabbit ?

— C'est magique, a-t-elle répondu en agitant les sourcils.

Elle a mis quatre autres jouets dans le panier : un œuf vibrant, un vibromasseur point G et un autre en verre. Puis elle a regardé les vitrines et a demandé au vendeur de nous trouver un « Lulu », sans se donner la peine de m'expliquer ce que c'était.

— Tu devrais prendre ça aussi, a dit Grace en me montrant une petite mallette rose.

Bien sûr. Une boîte à malices. Pile ce dont j'avais besoin.

— Et n'oublie pas ça, a renchéri Sadie en me mettant une boîte sous le nez.

— Des attaches pour le lit ?

Elle était folle !

— Je ne pourrai pas m'en servir !

— Mais si, avant qu'il arrive, nous pouvons t'attacher. Comme ça, quand il entre dans la chambre, tu es déjà prête pour lui.

Elle passait en revue les déguisements accrochés à un portant.

— Les hommes aiment dominer. L'accès illimité à tous nos trous.

J'ai commencé à m'affoler.

— Je t'arrête tout de suite. Pas à tous les trous. Je ne… Moi…

J'avais des sueurs froides rien que d'y penser.

— D'accord, d'accord, fais pas cette tête. Rien ne presse.

Elle a choisi un costume de soubrette. Grace avait ajouté des boîtes dans le panier. Heureusement que je mettais de côté mon argent du mois depuis des années !

— Vous voulez que j'achète toute la boutique ?

— Il faut être préparée. S'il aime le bondage, il te faut ça, a dit Sadie en montrant les attaches. S'il aime te voir jouir avec des jouets, il te faut ça.

Elle a montré les godes dans la vitrine.

— Et s'il veut que tu lui mettes…

— Merci ! J'ai compris !

Je doutais fortement que Max ait envie que je lui fourre des trucs… là.

— Je ne sais pas si je peux faire ça…

Sadie m'a pris les épaules pour que je l'écoute.

— Everly, ne sous-estime jamais le pouvoir de ce que tu as entre les jambes. C'est ce qui dirige le monde.

Avec un clin d'œil, elle m'a laissée choisir le parfum du lubrifiant. Cerise ou ananas ?

Max allait m'appeler. Ou alors j'allais me sentir très, très bête.

29

Max

Je n'avais pas vu Everly depuis quatre jours, ce qui me semblait terriblement long, étant donné que nous nous voyions pratiquement au quotidien depuis trois semaines.

Je m'étais terré au Concord pendant les trois premiers jours. Ben s'était finalement pointé et m'avait jeté sous la douche.

De nouveau, il était là, à traîner sur mon canapé, alors que personne ne lui avait rien demandé.

Il savait ce qui s'était passé à la fête de fin de tournage — tout le monde était au courant —, mais il n'avait pas posé de questions.

Une discrétion que j'appréciais à sa juste valeur.

Il a fixé un moment l'enveloppe en papier kraft sur la table basse et m'a demandé, sans lever les yeux :

— Ce sont les papiers pour ton fonds ?

J'ai acquiescé. Dans moins d'une semaine, le jour de mon anniversaire, j'allais devenir multimillionnaire.

— Vingt-quatre millions, c'est ça ?

J'ai acquiescé de nouveau.

Il a juré entre ses dents.

Ma mère n'avait pas dépensé un centime de son héritage, elle avait tout mis de côté pour moi. Vingt-quatre millions pour mes vingt-quatre ans.

Mon avocat m'avait envoyé les documents par courrier. Mon père gardait ses distances depuis la fête, et c'était pour le mieux. Je ne savais pas ce que je voulais lui dire.

— Quelle carrière tu vas suivre, maintenant que tu as ton propre argent ?

Je l'ai regardé, confus.

— J'ai déjà une carrière.

— J'étais au courant, oui, a-t-il dit avec un éclat de rire.

Il s'est penché en avant, les coudes sur les genoux.

— Je te connais depuis qu'on a neuf ans, Max. Je te connais mieux que toi-même.

J'ai pris une autre gorgée de bière, qui n'était pas la première du jour. Et il n'était que 11 heures du matin.

— Qu'est-ce que tu sais, au juste ?

Les perles de sagesse de Benson Lockwood. Maître Yoda pouvait rendre son tablier.

— Que tu veux te retirer du porno.

J'ai essayé plusieurs réponses dans ma tête, mais il ne m'a pas laissé le temps d'en choisir une.

— Si je n'avais pas déjà compris, ta réaction quand ton père a parlé de céder l'affaire aurait vendu la mèche.

Il a ramassé les bouteilles sur la table — presque toutes de la veille — pour les porter à la kitchenette.

— Je te comprends, Max, vraiment.

Il a fait tinter les bouteilles, je l'ai regardé.

— Je sais que tu culpabilises à mort vis-à-vis de ton père. Que tu te sens obligé de faire ce qu'il attend de toi, mais tu as le droit de choisir.

Finalement, il avait bien quelque chose de Maître Yoda. Ses perles de sagesse étaient exactement les mots dont j'avais besoin… Quant à les croire, c'était une autre paire de manches.

Pour lui, tout était beaucoup plus simple. Il travaillait dur, mais aucune attente, aucun plan prédéfini ne traçait son avenir. Il travaillait dans le porno parce qu'il le voulait, personne ne l'y forçait.

— Qui ne dit mot consent, je suppose.

L'eau a coulé, j'ai entendu le « pschitt » du savon pour les mains.

— Tu supposes mal.

Un nuage a bougé, et le soleil a soudain éclaboussé la pièce. C'était agréable de le sentir sur ma peau. C'était la première fois depuis quatre jours que les volets étaient ouverts, et la lumière me rappelait que tout un monde existait dehors, et que j'étais en train de rater ça.

Ben s'est assis en face de moi dans le fauteuil en cuir noir, une jambe repliée sur le genou. Il m'a dévisagé, intensément, si intensément qu'il m'a mis mal à l'aise.

J'ai sursauté quand il a hurlé :

— Mais où est mon pote, bordel !

J'ai éclaté de rire.

— Est-ce que tu sais qui c'est, ce mec ? Moi, j'en sais foutre rien.

Il a lancé sur la table le torchon qu'il avait rapporté de la cuisine.

— C'est pas mon job, de m'occuper de toi ! Je ne suis pas ta mère, et je ne suis pas ta nana non plus.

— Eh bien, je n'ai plus ni l'une ni l'autre.

Quand est-ce que je suis tombé dans ce puits déprimant ?

— Putain, Max ! Je ne peux plus te voir comme ça.

Il s'est levé et a commencé à faire les cent pas.

— Ta mère sera toujours ta mère, et Everly *pourrait* être ta copine, si tu décidais de te sortir la tête du cul.

Il avait raison. Ma tête était même enfoncée si loin que je ne savais plus où j'en étais.

— Tu t'apitoies sur ton sort, c'est de la connerie.

— Tu ne sais…

Il s'est lissé les cheveux des deux mains, geste qu'il faisait aussi en salle de montage, puis les a laissées à la base de son cou.

— Je ne sais pas ?

Non, il ne pouvait pas savoir ce que ça faisait d'apprendre que toute sa vie était un mensonge.

— Tu as raison, je sais qui sont mes parents. J'ai vécu avec eux pendant quelques années, et ils n'en avaient rien à foutre de moi. Tes parents n'ont peut-être pas les mêmes gènes que toi, mais ils ont été — ils sont — des parents merveilleux.

Il a carré les épaules en poussant un long soupir.

— Je vais te dire encore autre chose… Après, je te laisse tout seul et je ne reviendrai que quand tu me le demanderas.

Il ne dépassait jamais les bornes, mais, cette fois-ci, il l'avait fait. Il s'était mêlé de mes affaires et il était encore en vie. En grande partie parce qu'il avait raison.

— Je ne crois pas à l'âme sœur. Je ne crois pas au grand amour. Qu'est-ce que tu veux, dans ce métier…

C'était la triste vérité. J'avais grandi avec des parents amoureux l'un de l'autre, une chance qu'il n'avait pas eue, et je ne savais pas non plus si j'y croyais.

— Mais je crois en toi, Max, a-t-il dit en pointant l'index vers moi. Tu es mon frère, et quoi que tu décides, où que tu ailles, je serai à tes côtés.

Avec un hochement de tête et un demi-sourire, il a pris sa veste et le chemin de la porte.

Il s'est tourné une dernière fois avant de partir.

— J'espère juste que tu auras trouvé la réponse avant qu'il ne soit trop tard.

De quoi parlait-il ? De mon job ? De mon père ? D'Everly ? De tout à la fois ?

Le silence s'est abattu lourdement sur moi quand la porte a claqué derrière lui.

Je ne savais pas où trouver les réponses. Je ne savais même pas où commencer à les chercher. Mais je savais qu'une personne pouvait m'aider. La personne que j'évitais depuis quatre jours.

Elle était excitée et guillerette quand je l'ai appelée. Moi, j'étais si heureux d'entendre sa voix que j'ai bêtement accepté de la retrouver chez elle, alors que je devais éviter toute tentation.

C'est Grace qui m'a ouvert la porte, m'indiquant qu'Everly m'attendait en haut.

Je ne souhaitais pas me retrouver avec elle dans une chambre, mais elle saurait comprendre que j'avais envie de parler et rien d'autre. J'avais besoin de vider mon sac. De dire des choses que je ne pouvais pas dire à mon père. Ni à Ben. Peut-être qu'en les formulant à voix haute, je parviendrais à tourner la page, à laisser tout ça derrière moi et à décider enfin de ce que je voulais faire du reste de ma vie. Parce que, pour l'instant, j'étais encore déchiré.

La main encore sur la poignée, je me suis arrêté net.

La lumière vacillante des bougies éclairait d'une lueur dorée la peau crémeuse d'Everly. Elle était écartelée sur la couette blanche, poignets et chevilles attachés aux coins du lit, les yeux couverts d'un bandeau argent.

Elle a murmuré mon nom.

— Max ?

— Je suis là.

J'ai fermé la porte. Il n'y avait pas de loquet, mais il était évident que Sadie et Grace avaient participé à la mise en scène, et qu'elles n'allaient pas nous interrompre.

Everly portait un ensemble de lingerie sublime. En temps normal, j'aurais déjà été en train d'examiner de très près sa culotte en dentelle. Là, je n'ai pu que sourire. C'était un rôle tellement à contre-emploi pour elle ! Mais j'étais touché qu'elle ait fait tant d'efforts pour me remonter le moral. Même si le sexe ne pouvait pas m'aider. Pas ce soir.

La façon dont elle remuait les doigts trahissait sa nervosité.

— Tu t'es donné du mal.

— Tu n'aimes pas ?

Sa tête s'est relevée en direction de ma voix. Ses lèvres brillaient, roses, douces, parfaites pour se fermer autour de ma queue. Seigneur, elle avait mal choisi son moment !

Je me suis assis sur le bord du lit. Le matelas a cédé sous mon poids avec un petit grincement.

— Everly ?

Elle a dégluti avec difficulté.

J'imaginais ce qu'elle ressentait. Rester dans la pénombre, les yeux bandés, ne serait-ce que quelques minutes, aiguisait tous les autres sens. Son toucher, son ouïe étaient aux aguets.

Elle a expiré longuement.

— Tu aimes ma surprise ?

J'ai fait remonter un doigt le long de son bras, dessiné la courbe de son épaule, suis redescendu entre ses seins. Elle a tiré sur les attaches, son corps en tension à ce simple contact.

Je ne voulais pas qu'elle fasse des efforts pour moi. Je n'attendais pas de contrepartie pour mon aide avec la liste. Et surtout, pas de contrepartie en nature. Elle n'avait rien à prouver dans le domaine de la sexualité. Elle était parfaite comme elle était, avec sa naïveté et ses hésitations. C'était comme un aphrodisiaque pour moi. J'aimais ça.

— On a dit que je t'aidais avec ta liste… mais je ne me souviens pas d'y avoir lu ça.

— J'en avais envie. Je sais que tu as probablement… Je me suis dit qu'on pouvait essayer quelque chose de différent.

J'ai tiré sur le nœud du bandeau.

— Et si on l'enlevait ? Je veux voir tes jolis yeux.

Son regard me manquait. Ils m'apaisaient, ces magnifiques lagons bleus de compréhension. D'acceptation.

— Tu veux que je voie ce que tu fais. D'ac… cord.

Une fois le bandeau retiré, elle a cligné plusieurs fois des paupières pour se réhabituer à la lumière.

Je lisais tout dans son regard. Ses peurs. Ses désirs. Ses envies et ses attentes. Tout était là chaque fois qu'elle me regardait. Ce qui rendait encore plus dangereux les moments qu'on passait ensemble, parce qu'elle voyait sans doute la même chose dans les miens.

Dans ses yeux, le désir dominait toutes les autres émotions. Pourtant, en dépit de mon envie de la rendre heureuse… ce soir, je ne pouvais lui donner ce qu'elle voulait.

J'ai décroché les sangles qui retenaient de mon côté son poignet et sa cheville.

— Qu'est-ce que tu fais ? Tu ne veux pas…

J'ai fait le tour du lit pour la détacher complètement.

Elle s'est appuyée contre la tête du lit, les jambes repliées, le menton sur les genoux.

— Tu ne me trouves pas sexy ?

— Tu es belle, Everly.

Ça me tuait, qu'elle refuse de voir à quel point elle me plaisait. Je ne savais plus quoi dire pour qu'elle me croie.

— Te voir attachée comme ça c'est terriblement excitant…

— Mais tu m'as détachée.

Elle était si déçue ! Or, la dernière chose que je voulais c'était la blesser.

— C'est juste que…

— Oh !

Dans une BD, on aurait dessiné une ampoule au-dessus de sa tête.

— Tu n'aimes pas le bondage !

Soudain plus légère, elle s'est redressée, les yeux brillants.

— Pas de souci.

Elle s'est laissée glisser hors du lit pour aller chercher quelque chose dans le placard et, quand elle s'est penchée, la réaction au niveau de ma braguette n'a laissé aucune place au doute. La dentelle couvrait à peine ses fesses, deux globes parfaits qui ne demandaient qu'à être empoignés. Seulement, ça, c'était pour l'ancien Max Levin. J'étais maintenant quelqu'un de différent. Je ne savais pas encore qui, mais j'étais déterminé à le découvrir.

Elle est revenue sur le lit, un sac en plastique à la main.

— Si tu t'installais confortablement et me regardais me servir de ça ?

Elle a étalé plusieurs sex-toys.

— C'est sexy, ça, non ?

Son sourire s'est effacé quand je n'ai pas répondu.

— Un jeu de rôles ? Allonge-toi, on dira que je suis ta masseuse et je te ferai un massage que tu n'oublieras jamais.

Elle m'a montré un flacon d'huile.

— Je peux rendre ça très, très sexy.

J'ai montré le sac du menton.

— Tu as tout ça depuis le début ? Tu nourris des fantasmes torrides que tu n'as pas pensé à me raconter ?

— J'ai tout acheté hier. Je croyais…

Elle a baissé les yeux.

— Tu n'en as pas besoin, ai-je dit en lui prenant le flacon des mains. Et je n'en ai pas besoin non plus.

— Oh !

De nouveau, elle avait cru comprendre. Elle s'est mise à genoux.

— Je sais ce que tu veux.

Sa main s'est avancée avec détermination entre mes jambes.

— Everly, qu'est-ce que tu fais ?

— Je veux t'offrir une chose que je n'ai pas assez faite.

Elle a tiré sur ma ceinture. Que j'aimais ses petites mains sur mon corps, ses seins pressés contre mes cuisses !

Quand elle a levé les yeux vers moi en se passant la langue sur les lèvres, ma queue a répondu « Présente. ». Et merde ! Le temps d'un instant, j'ai hésité, je sentais presque la caresse délicieuse de ses lèvres autour de mon sexe. Mais je me suis vite ressaisi.

— Arrête.

Je lui ai attrapé le poignet, elle ne voulait rien entendre.

— Arrête, Everly. Je t'en prie.

Finalement, elle s'est écartée.

— Je ne comprends pas.

Assise sur les talons, elle a enfoui le visage dans ses mains.

— Tu ne me trouves pas sexy, a-t-elle marmonné derrière ses doigts. Il n'y a rien que je puisse faire pour t'exciter.

— Mais qu'est-ce que tu racontes ?

Je lui ai fait écarter les mains. Des larmes coulaient sur ses joues. Je les ai essuyées.

— Bien sûr que tu m'excites ! J'ai toujours envie de toi. Je n'ai jamais autant désiré une femme, bon sang !

— Alors, pourquoi tu ne me laisses pas te donner ce que tu veux ? C'est bien ce que tu cherches, non ?

Ces quelques mots m'ont fait l'effet d'une douche froide. Glaciale. J'avais cru qu'elle était différente des autres femmes, qu'elle avait su me voir, moi, le véritable Max derrière le personnage, mais… elle n'avait rien vu.

Peut-être que ne pas avoir de sang Levin dans mes veines ne changeait rien. L'éducation m'avait façonné autant que la génétique. Je remplissais mon rôle à la perfection.

J'avais passé les quatre derniers jours à remettre en question ma vie, mon rôle en tant que fils, en tant qu'homme. Everly venait de me prouver que je n'avais pas le choix. Je ne pouvais pas échapper à mon destin. Je ne pouvais pas recommencer à zéro. Je serai toujours ce mec-là. Celui qui exploitait les femmes, le marchand de chair humaine. Le type pour qui les femmes ne servaient qu'à soulager ses besoins sexuels.

J'étais à la fois abasourdi et plus lucide que jamais. Si Everly Parker, cette fille adorable qui s'était donné la peine de me connaître, pensait que j'étais ce type d'homme, à quoi bon tenter de lutter ? Personne ne me verrait jamais autrement.

Autant lui donner ce qu'elle voulait.

Je me suis relevé et placé au pied du lit, devant le coffre de rangement.

— Mets-toi à genoux.

Elle a retenu son souffle. Est-ce qu'elle s'attendait à ce que je l'arrête ? Que je lui dise que je n'étais pas comme ça ? Si elle n'avait pas compris après tout ce temps, je ne pouvais rien faire.

— Je suis prêt. Donne-moi ce que je veux.

Je ne savais pas comment je faisais pour bander encore, mais je bandais.

Elle a souri, elle n'avait rien compris. Elle a marché à quatre pattes vers moi. Est-ce qu'elle songeait à ce qu'elle allait faire, à comment me donner du plaisir ? Elle déchanterait vite ! J'allais contrôler la profondeur, la vitesse, la durée.

Parce que c'était ce qu'aurait fait le mec qu'elle voyait en moi.

Sans façons, j'ai repoussé la dentelle de son soutien-gorge pour exhiber ses seins. J'ai pincé son téton droit au passage. Elle a contenu un gémissement.

— Prends ma queue.

Sans hésiter, elle a défait ma ceinture et poussé mon pantalon pour qu'il tombe. Le bout de sa langue a pointé entre ses lèvres, j'ai bandé de plus belle. Mon instinct animal avait pris le dessus, plus fort que ma tristesse. Mais mon cerveau livrait une bataille féroce avec mon cœur et ma conscience.

Je lui ai empoigné les cheveux, elle a poussé un petit cri.

J'ai fait tout ce que je pouvais imaginer pour lui donner l'expérience pornographique qu'elle recherchait. Je lui ai fait tirer la langue, j'ai tapé dessus avec ma bite. Je me suis frotté contre ses lèvres, contre ses joues, ses seins. La totale. Il ne manquait plus que le petit numéro de gorge profonde indispensable à tout film porno digne de ce nom.

— Ouvre !

J'ai fait glisser mon sexe le long de sa langue, mais je n'ai pas été capable d'aller jusqu'au bout. Pas tout de suite. J'ai pris mon temps, entrant et sortant lentement, allant de plus en plus loin. Mais chaque poussée à l'intérieur de sa bouche me brisait un peu plus le cœur.

J'ai tiré sur ses cheveux.

— C'est ça. Prends tout.

Elle a produit ce bruit d'étouffement qui faisait décharger pas mal de mecs.

J'ai lâché prise et l'ai laissée s'écarter. Elle respirait à grandes goulées, un filet de salive sur le menton.

— C'est ça que tu voulais me donner ?

Je l'ai attirée à moi et me suis penché pour placer mon visage à hauteur du sien. Une larme solitaire coulait sur sa joue.

Avec elle, j'avais quelque chose d'authentique. Ou du moins c'est ce que j'avais cru. Cette scène qu'elle voulait jouer en était l'exact opposé. Elle était synonyme de sexe factice, de fantasmes. Ça n'avait rien à voir avec la réalité. Mais notre histoire, avec tous ses moments romantiques, n'était finalement pas réelle non plus.

— Je ne veux plus faire ça.

Assise par terre, les bras autour des genoux, elle s'est essuyé la joue.

— Ce n'est pas comme dans les films, hein ?

— Pourquoi tu es comme ça ? a-t-elle dit dans un sanglot.

— Ce n'est pas ce que tu voulais ? Une nuit chaude avec Max Levin, le roi du porno ?

Elle a secoué la tête, pleurant maintenant à chaudes larmes. Je me détestais de lui faire ça.

— Je… Je voulais juste te donner du plaisir.

C'était à peine si j'arrivais à entendre ses mots.

— Tu l'as toujours fait, ai-je dit d'un ton plus sec et plus fort que je ne l'aurais voulu. Pourquoi tu dis ça ?

Ça m'échappait. Je ne comprenais vraiment pas pourquoi elle croyait devoir aller si loin pour me combler.

Elle a pouffé.

— Comment une fille comme moi pourrait satisfaire quelqu'un comme toi ?

J'étais curieux, là.

— Quelqu'un comme moi ? C'est-à-dire ?

Les larmes baignaient ses joues.

— Expérimenté. Plein d'assurance. Sophistiqué.

— Tu en as eu aussi, des expériences.

— Avec toi !

Je l'avais encouragée à vivre de nouvelles expériences, oui, et certaines étaient de caractère sexuel. Mais ce n'était pas le véritable but de la démarche.

— Tu as aimé ?

Elle n'a pas hésité.

— Oui. Bien sûr que j'ai aimé. Mais ça ne se reproduira pas. Je suis presque au bout de ma liste.

— Pourquoi ça ne pourrait pas se reproduire ?

Elle a tapé des deux poings sur le sol.

— Tu crois que c'est si facile, d'avoir ce qu'on veut ? On ne reçoit pas tous un fonds fiduciaire !

Je me suis laissé tomber à côté d'elle pour la serrer contre moi. J'avais tellement de choses à lui dire, mais à quoi bon ?

— C'est tout, alors ? On va retourner à nos vies d'avant et oublier ce qu'on a partagé ?

Je me demandais si j'en serais capable.

— C'est ce que tu veux ? Revenir à cette vie où tout t'est dicté par quelqu'un d'autre ?

Elle s'est tendue sous l'effet de la colère. Elle a incurvé la bouche, non pas dans une de ses moues adorables, mais dans une grimace de mépris.

— Comment tu te permets ? Tu ne sais rien de…

— Je sais tout.

Je m'étais juré de ne pas la pousser dans ses retranchements, mais si j'avais appris quelque chose, ces derniers jours, c'était qu'il ne fallait pas se voiler la face.

— Je sais que tu détestes le droit, je sais que tu ne veux pas devenir avocate. Tu n'as pas à le dire, je le vois dans tes yeux.

J'ai essayé de lui faire tourner le visage, mais elle a refusé de me regarder.

— Je crois qu'il vaut mieux que tu partes, Max.

Elle ne voulait pas m'écouter, et moi, j'en avais ma claque d'essayer. Oui, il valait mieux que je parte.

Mais je lui avais promis de l'aider avec cette putain de liste, et je ne m'en irais pas sans lui dire qu'elle pouvait cocher un nouvel élément.

— Encore une chose…

J'ai remonté mon pantalon et, avec un marqueur piqué sur sa table, j'ai barré d'un gros trait noir l'une des lignes de la liste que j'avais sortie de mon portefeuille. Puis je l'ai jetée à ses pieds.

Elle l'a regardée un instant, puis ses larmes ont redoublé.

— Je m'en serais bien passé, mais content d'aider quand même !

J'avais espéré que la tâche reviendrait à quelqu'un d'autre, un pauvre type dont je ne saurais rien. Je m'étais trompé : Everly Parker m'avait bel et bien brisé le cœur.

30

Everly

Après mon horrible dispute avec Max, impossible de me concentrer sur mes études. Deux semaines plus tard, alors que j'étais sur le point de passer un examen décisif, je pleurais encore autant que lorsqu'il avait quitté la chambre et que j'avais mouillé de mes larmes la liste, *sa* liste, celle où il avait biffé d'un gros trait noir : « Briser le cœur de quelqu'un. »

Au départ, j'avais cru qu'il me donnerait un coup de main, qu'on coucherait ensemble éventuellement, puis qu'il suivrait son chemin et moi le mien. Merci, c'était chouette, à la prochaine. Mais non. Jour et nuit, il occupait mes pensées — comme si on l'avait collé à ma psyché avec de la Super Glue. Je n'avais pas imaginé qu'il me laisserait en partant un si profond sentiment de perte. C'était comme s'il avait emporté avec lui un bout de moi. J'étais en deuil pour la deuxième fois en moins d'un an.

Quant à la liste, il ne restait plus que trois lignes à rayer. Il y avait tellement de gens à qui je devais des excuses que ce point-là ne m'inquiétait pas. Quant à rater quelque chose, l'examen était dans quelques heures, ce serait donc chose faite. Et, si par miracle je réussissais, il restait le dernier élément, et je ne voyais pas comment je pourrais changer la vie de qui que ce soit.

Je pensais à tout cela sur le chemin du campus. Je me suis garée et j'ai traversé les pelouses, désertes en cette période d'examens finaux. Il y avait moins de monde, mais la tension était palpable. Les étudiants se bousculaient dans les couloirs, trop distraits par leurs révisions pour faire attention. La consommation de café et de Red Bull atteignait son pic annuel. J'ai même vu une fille sucer un tube de ces gels d'endurance qu'utilisent les marathoniens. Les gens n'avaient plus le temps de manger. J'étais comme eux tout récemment encore. Je survivais avec un régime de bananes, réglisse fraise et Coca-Cola. Mais ce matin-là, la tension m'avait quittée. Je n'étais pas nerveuse, et je n'étais pas préparée non plus. C'était, littéralement, juste une épreuve à passer.

Une voix familière m'a interpellée, alors que je m'apprêtais à entrer dans le bâtiment où avait lieu l'examen. Ma mère, à l'angle, agitait le bras pour attirer mon attention.

Je me suis approchée d'elle d'un pas affolé, mon anxiété étant revenue d'un coup.

— Qu'est-ce que tu fais là ?

Je l'ai prise par le bras et j'ai marché sur quelques mètres pour l'entraîner à l'écart. Je n'avais pas envie de passer pour la fille qui a besoin de sa maman pour la rassurer avant un examen. J'étais déjà plus jeune que tous mes camarades, pas la peine d'en remettre une couche.

— Je voulais te souhaiter bonne chance.

J'ai croisé les bras sur la poitrine.

— Tu veux dire, me fliquer ?

Soupir.

— C'est le dernier examen de ta dernière année. Il signera ton échec ou ton succès.

Pour elle, tout ce qui me concernait « signait » mon échec ou mon succès.

— J'en suis bien consciente, maman.

— Tu es sûre ? Tu as…

Elle a touché mes cheveux encore mouillés d'un air navré.

— Tu ne ressembles à rien.

Comme si ma coiffure pouvait m'aider à répondre aux questions !

— Tu as pensé à étudier la jurisprudence dont je t'ai parlé ? Ces décisions peuvent s'avérer…

Et merde. Complètement oublié. Sans doute parce que la conversation avait eu lieu au moment où je passais le plus clair de mon temps avec Max.

— Tu ne l'as pas étudiée, a-t-elle dit d'un ton accusateur.

J'ai secoué la tête.

— Mais qu'est-ce qui te prend, Everly ? Tu n'es pas du tout concentrée !

Elle a levé les yeux au ciel, rageuse.

— C'est à cause de cette fichue liste ! Il n'y a bien que ta grand-mère pour semer la pagaille depuis la tombe.

Je ne supportais pas qu'elle dénigre mamie. Elles étaient si différentes… Il semblait impossible que ma grand-mère ait mis au monde cette femme froide, psychorigide et trop exigeante. Oh ! Seigneur. J'étais sur le point de devenir comme elle !

— Ne parle pas comme ça de mamie. Elle ne cherchait pas à semer la pagaille, juste, elle n'allait pas dans ton sens. Mais ça, tu ne le supportes pas, n'est-ce pas ?

Ce n'était pas souvent que je m'opposais à ma mère. En fait, cela n'arrivait jamais.

— Disons que je suis contente que tu n'aies pas hérité de sa nonchalance, quoique… Vu ton manque de tenue aujourd'hui, on peut se poser la question.

— Je suis en burn-out, maman. Je travaille dur à l'école depuis que j'ai… huit ans.

J'ai repensé à toutes les fêtes d'anniversaire que j'avais manquées. Aux vacances passées devant mes cahiers. À toutes les fois où j'avais dit à ma meilleure amie : « Désolée, je ne peux pas venir au ciné parce qu'il faut que je révise. » C'était pathétique ! Et moi, qui ne m'étais pas rebellée, je l'étais plus encore.

— Oh. C'est ce garçon, alors ! Il t'a tourné la tête et tu ne sais plus ce qui est bon pour toi.

Max. Elle ose ramener Max sur le tapis.

J'ai pris un instant pour la regarder en détail. Le temps avait adouci ses traits et amélioré ses choix vestimentaires, mais pas son caractère. Elle ne songeait pas qu'il pouvait y avoir des choses plus importantes dans la vie que le travail. C'était à se demander pourquoi elle avait fondé une famille.

J'ai ricané.

— Au contraire. Je crois qu'il m'a fait comprendre justement ce qui est bon pour moi.

— On n'est pas du même monde. Ne me dis pas que tu ne l'as pas compris, après la fête du cabinet ?

— Tu ne connais rien à son monde.

Tout comme moi, avant que son irruption dans ma vie m'ouvre les yeux à la possibilité de quelque chose de différent.

— C'est certainement le cas… Mais ne me dis pas que ça ne t'inquiète pas qu'il soit constamment entouré de femmes aux mœurs pour le moins douteuses, prêtes à faire tout ce qu'il voudra, qu'il ait une copine ou pas.

J'ai poussé un soupir dépité.

— Je ne suis pas sa copine.

Je ne comptais pas lui expliquer ce qui s'était passé. Je ne lui donnerais pas la satisfaction de me balancer un de ses : « Je te l'avais bien dit. »

— Raison de plus pour laisser tomber, alors. Tu n'as pas de temps à perdre avec cette liste — ni avec ce garçon.

— Il s'appelle Max, maman, ai-je rétorqué, serrant les poings.

— Peu importe.

Elle m'a pris le bras pour m'accompagner à la porte du bâtiment.

— Tu vas t'installer dans l'amphi et réussir cet examen haut la main. Nous allons faire de toi l'avocate la plus brillante de cette ville. D'ici peu, les étudiants analyseront *tes* cas pour présenter leurs examens.

« Nous ». Ce qui signifiait que, si je devenais avocate, j'allais me la coltiner au quotidien jusqu'à la fin de mes jours.

Ce n'était pas ce que je voulais. Max avait raison. Grace aussi, d'ailleurs, même si elle ne l'avait jamais formulé à voix haute. Je ne supportais plus l'idée de passer ma vie à faire quelque chose que je détestais sous la pression maternelle. Mes études ne me définissaient pas. Cet examen ne « signait pas mon échec ou mon succès », n'en déplaise à ma mère. C'était moi qui signais ou pas les contrats que la vie m'offrait. Point barre.

Il ne me restait qu'une option. Une seule décision pour que le sourire que j'arborais si rarement s'épanouisse et que la boule de nerfs et de tension qui m'étouffait disparaisse une fois pour toutes.

— Au revoir, maman.

Sur ces mots, j'ai tourné les talons à ma mère et au droit. À la vie dans laquelle je m'étais projetée sans l'avoir jamais voulue.

Mais chacun des pas qui m'éloignait de cet avenir tracé suscitait un chœur de voix apeurées.

Qu'est-ce qui te prend ? Et maintenant, qu'est-ce que tu vas faire ? Tu n'as pas de travail. Tu n'as pas de diplôme. Tu n'as… rien.

Cette décision changera le cours de ma vie. Cette décision prise sur un coup de tête…

Eh bien, tant pis !

Je me suis assise sur un banc, mon sac sur les genoux. J'ai fouillé dedans jusqu'à trouver ce que je cherchais.

J'ai déplié la liste et fixé le dernier élément.

Changer la vie de quelqu'un.

J'ai commencé à rire. Je ne pouvais pas m'arrêter. Sacrée mamie ! Elle m'avait toujours montré le chemin, et il avait fallu qu'elle meure pour que je trouve enfin le courage de suivre ses conseils.

La fille assise à l'autre extrémité du banc m'a regardée comme si j'étais folle. Et peut-être bien que je l'étais.

Décider de ne pas passer cet examen revenait à décrocher des études, autrement dit à changer de vie.

Les moments partagés avec Max m'avaient ouvert les yeux sur une nouvelle façon de vivre. Et Max avait rempli, pour un temps, un vide dans mon cœur dont je n'avais même pas conscience. À présent qu'il n'était plus là, quelque chose d'essentiel me manquait, mais même sans lui, il fallait que je tourne la page, que je trouve quelque chose ou quelqu'un qui produise ce même effet magique et m'apporte le bonheur.

J'ai vérifié l'heure. Si je roulais assez vite, je pouvais encore arriver à temps au stage de course. Je devais me prouver, tout de suite, que je pouvais faire autre chose qu'ingurgiter des lois.

J'ai regardé le ciel dégagé et bleu, j'ai songé à ma grand-mère, à son visage que j'aurais voulu revoir une dernière fois.

J'ai pris une longue inspiration pour me vider la tête. Il suffisait de continuer à avancer. Vers ma nouvelle vie. Vers mon nouvel avenir. Quoi qu'il puisse me réserver.

31

Max

Pendant deux semaines, je m'étais démené pour garder la tête hors de l'eau, me plongeant dans le travail pour éviter de penser.

Mon père était ravi de me voir aussi investi dans les affaires.

Mais moi, j'étais malheureux. Rien n'allait. Non seulement je détestais mon travail, mais Everly me manquait douloureusement. Son absence m'avait fait comprendre à quel point j'aimais l'avoir dans ma vie. Et ça me tuait que ce soit fini, même si c'était sans doute pour le mieux.

Elle m'identifiait à mon métier, comme les autres, et je ne pouvais pas être avec quelqu'un incapable de me voir véritablement. J'avais aussi pris conscience que, peut-être, je ne trouverais jamais ce quelqu'un, et qu'il me fallait m'habituer à l'idée de rester seul.

Mon père m'avait appelé pour me demander de passer chez lui à midi. J'en avais été étonné, car il ne rentrait jamais à la maison en journée, mais, étant donné que nous nous étions à peine parlé depuis l'incident, j'en avais déduit qu'il souhaitait qu'on discute en privé de ce qui s'était passé.

Il me semblait que tout avait été dit, pourtant.

J'ai sonné avant d'entrer pour le prévenir de mon arrivée, mais quand j'ai ouvert la porte, la maison était silencieuse. Je me suis dirigé dans la cuisine où j'ai trouvé un mot qui me demandait de descendre à la Salle de Réussite.

Je le voyais venir de loin avec ses gros sabots. Il voulait essayer de me prouver que tout ce que j'avais accompli dans la vie, c'était eux — mes parents — qui l'avaient rendu possible.

Quand je suis entré dans la pièce, ce que j'ai vu a failli me faire tomber à la renverse.

La salle avait été complètement transformée. Quatre années avaient été ajoutées sur le mur de droite, comprenant mes prix cinématographiques, de faux certificats pour le succès du site web et des témoignages sur mon soutien à Phoenix House.

Presque toutes les étagères avaient disparu. La ligne de sex-toys de ma mère était à présent exposée dans d'élégants cadres-vitrines. Les couvertures de *Playboy* et autres images avaient également été encadrées dans un style plus contemporain.

Une seule personne avait pu faire ça : Everly. Elle était venue ici. Chez mon père. Mais quand ?

J'ai fait le tour de la salle de gauche à droite, passant en revue les réussites de la famille de la plus récente à la plus ancienne, sans imaginer que je trouverai, tout au bout, à l'année de ma naissance, un nouvel objet. Une photo de moi bébé.

— C'est, sans conteste, notre plus grand accomplissement, a dit mon père derrière moi. Cette pièce est remplie de souvenirs précieux, mais aucun ne peut rivaliser avec le jour où tu es arrivé dans notre famille. Le jour où tu es devenu notre enfant pour la vie.

J'ai baissé la tête en essayant de retenir le cri de frustration qui me brûlait la gorge. J'avais tellement de questions et tellement peur des réponses…

Mais il y en avait une que je devais poser.

— Pourquoi vous ne me l'avez pas dit ?

Je ne m'étais pas retourné. Je n'étais pas sûr de pouvoir regarder mon père en face quand il essaierait d'excuser un mensonge qui avait duré toute ma vie.

— Nous y songions, nous voulions le faire, mais ce n'était jamais le bon moment.

Là, je me suis tourné. Je méritais mieux qu'une réponse aussi banale. C'était l'histoire de ma vie, bon sang !

— À trop attendre le bon moment, on le laisse passer.

— Je l'ai compris trop tard.

Il avait le regard rivé au sol et, en dépit de ma colère, je ne supportais pas de le voir dans cet état. Il ne baissait pas les yeux, jamais, devant personne.

— Pourquoi te donner tant de mal pour me faire sentir comme… ? Pourquoi veux-tu que je continue le travail de ta vie, si je ne suis pas…

J'étais incapable de mettre de l'ordre dans mes pensées. Seul un fait revenait, clair, net.

— Je ne suis pas ton fils.

— N'importe quoi ! a-t-il aboyé, me faisant sursauter. Tu es à moi. À nous. Une famille, c'est plus que les liens du sang.

Il s'est approché de moi et m'a regardé dans les yeux.

— Tu es mon fils. Évidemment que je veux que tu continues à diriger White Lace ! Tout ce que j'ai est à toi. Je ne voudrais pas qu'il en soit autrement.

— Mais…

— Il n'y a pas de « mais », Maximillian.

Un frisson m'a traversé.

— Est-ce seulement mon vrai prénom.

Il a eu un sourire triste.

— Oui. Ta mère biologique s'est laissé convaincre par ta mère… Par Ellie.

Qu'il utilise le prénom de maman m'a fait l'effet d'un coup de poignard.

— Dès qu'on t'a mis dans les bras de Liz, Ellie a su que tu ferais de grandes choses. Elle était dans la salle d'accouchement avec elle.

— Liz ?

Le prénom de celle qui m'avait mis au monde. Comment était-elle ? Est-ce que je lui ressemblais ? Je n'ai pas eu à poser ces questions, parce que mon père continuait à parler.

— Liz Sanders était la meilleure amie d'Ellie depuis des années. Quand tu es né, comme nous ne pouvions pas avoir d'enfants, ça a été comme si tu étais à elles deux. Mais Liz avait beaucoup de problèmes, notamment avec la drogue. Ellie a essayé de l'aider pendant des années, et quand elle a replongé, après ta naissance, nous avons pris soin de toi. Ne te méprends pas, le jour où Liz est morte, ta mère a été dévastée.

Je ne croyais pas pouvoir m'habituer à l'appeler Ellie. Je n'en avais pas envie, d'ailleurs. Bien qu'elle ne soit pas ma mère biologique, elle serait toujours « maman » pour moi.

— Nous ne savions pas quoi faire, nous n'avons jamais su qui était ton père. Liz n'avait pas de famille, Ellie l'avait entendue parler d'un oncle, ou d'une tante, mais ils avaient perdu le contact. Tu aurais fini dans une famille d'accueil, et l'idée nous était insupportable.

— Donc, vous m'avez gardé ?

Il a poussé un soupir.

— Adopté. Tout s'est fait dans la légalité, Max. Nous avons dû attendre que la procédure soit finie avant de retourner au Canada, mais tu étais enfin à nous.

Ses yeux étaient remplis de larmes, mais il a continué, des sanglots dans la voix :

— Le jour le plus heureux de ma vie !

Je me suis soudain rendu compte que je n'avais pas été heureux depuis longtemps, depuis mon enfance, probablement. Or, je voulais être heureux, comblé, comme j'avais vu mes parents l'être. Si je restais dans l'industrie du porno, mes chances d'y parvenir étaient quasiment nulles.

Mon père me regardait, les yeux pleins d'amour et de fierté. J'aimais l'image de moi qu'il me renvoyait : celle d'un homme capable, déterminé. Et je voulais lui donner raison. Je pouvais marcher dans ses pas, mais comment savoir si ce qu'il voyait en moi n'était pas juste une projection de lui-même ? Ces questions rendaient ce que je devais lui dire encore plus difficile.

— Papa, il faut qu'on parle.

Ben avait raison. Everly avait raison. Le seul qui ne voulait pas regarder la vérité en face, c'était moi.

— Je…

J'ai hésité, mais le doute était un luxe que je ne pouvais pas me permettre, si je voulais avancer.

— Je veux changer. Essayer d'autres choses.

— Bien sûr ! Tu peux faire ce que tu veux pour donner un nouveau souffle à White Lace.

Il a marqué une pause pour regarder avec satisfaction les prix et les nouveaux cadres.

— Je te fais entièrement confiance.

— Non, je…

Merde. Comment dire à l'homme qui avait travaillé toute sa vie pour m'offrir une fortune et un avenir prospère que je n'en voulais pas ?

— Je voudrais essayer quelque chose de *complètement* différent. En dehors de White Lace.

Silence.

J'ai ajouté, pour être sûr qu'il comprenait :

— Je ne veux plus travailler à White Lace.

J'ai poussé un long soupir. Le dire à voix haute faisait un bien fou !

— Je ne veux pas prendre la suite, papa.

Voilà, c'était fait. Il savait enfin. J'allais cesser de vivre avec la culpabilité tenaillée au ventre.

Quand je l'ai regardé, j'ai vu la confusion dans ses yeux.

— Je ne comprends pas.

Je lui devais d'être franc jusqu'au bout.

— Je ne veux plus écouter de plaintes concernant l'hygiène des acteurs. Je ne veux pas connaître le prix du lubrifiant au litre.

Il a essayé de m'interrompre. Je ne lui en ai pas laissé le temps.

— Je ne veux pas que White Lace soit mon avenir. Ce travail ne me rend pas heureux.

Il a chancelé. Dévasté. Abasourdi. Défait.

— Qu'est-ce que tu es en train de me dire ? Tu… démissionnes ?

— Papa, il le faut. J'ai besoin de faire quelque chose de ma vie et… White Lace n'est pas ce que je veux.

J'avais eu la chance de l'avoir comme père. Encourageant, fier de moi, admiratif. Mais il était temps que, *moi aussi*, je puisse être fier de moi. Que je relève mes propres défis, que je forge mon propre avenir. Même si je devais pour cela le décevoir.

— Allons, Maximillian… Tu dis ça juste parce que tu penses que tu n'es pas mon fils. Mais tu l'es. Tu l'es !

— J'ai envie de partir depuis un bon moment, papa. J'ai vraiment besoin de changer de vie. Tu as bâti une grande entreprise, tu as réussi, et, plus important encore, tu as mis cette réussite au service des autres. Mais c'est *ton* entreprise.

— Tout ce qui est à moi est à toi, Maxy.

J'entendais son désarroi, et je détestais le blesser, mais je ne pouvais pas céder.

— Qu'est-ce qu'on va devenir ?

— Papa, toute ma vie j'ai essayé d'être digne de porter le nom de Levin, mais… après ce que j'ai appris… Je t'admire, je suis fier d'être ton fils, mais je veux plus que ça. Je veux dire, je veux être plus que le fils de Hirsh Levin. Je veux être moi-même.

— J'imagine…

Il a secoué la tête avec un soupir.

— J'imagine que je te comprends.

— Je sais que tu m'aimes, je sais que vous m'avez aimé, maman et toi, plus que tout. Mais, ai-je ajouté en montrant la salle, tout ça ne m'intéresse plus. Je veux te rendre fier, mais je ne peux pas continuer… C'est juste du sexe. J'ai besoin de plus.

Il m'a pris par les épaules et m'a secoué comme s'il voulait me faire revenir à la réalité.

— J'ai passé vingt ans à te dire que le sexe est juste du sexe

Il avait dû me le répéter des centaines de fois, en effet. C'était la seule façon de rester sain d'esprit, quand on travaillait dans cette industrie.

Ce qu'il m'a dit ensuite, je ne l'avais jamais entendu de sa bouche :

— Mais quand tu es avec quelqu'un que tu aimes, c'est… beaucoup plus, a-t-il murmuré en regardant un portrait de ma mère. Et ça peut changer ta vie.

Je ne comprenais pas où il voulait en venir. Je venais de lui dire que je quittais White Lace, et il se mettait à philosopher. Ma décision l'avait peut-être trop affecté.

Je lui ai serré l'épaule, un peu inquiet. Nous sommes restés comme ça un long moment, moi qui le dévisageais, lui qui contemplait la photo de maman.

— Papa, ça va ? Pourquoi tu me dis ça ?

Il a eu un sourire fatigué.

— Tu as cette expression…

— Quelle expression ?

J'avais dû en changer vingt fois depuis que j'étais entré dans la pièce.

— La même que la mienne, quand je regardais ta mère. Tu l'as quand tu es avec Everly.

— Tu perds la boule.

Je n'avais pas d'expression particulière quand j'étais avec elle. Et si j'en avais eu une, elle s'était effacée à jamais ce soir-là, dans sa chambre.

— Je ne crois pas que je connaîtrai un jour un amour comme le vôtre. Everly n'est pas différente des autres, elle ne voit chez moi qu'un mec qui bosse dans le porno.

— Elle a passé toute une journée ici dans l'espoir que tu prennes enfin conscience de tout ce dont tu es capable, a-t-il dit en penchant la tête pour essayer de capter mon regard. Est-ce qu'elle aurait songé à le faire, si elle ne te voyait pas tel que tu es vraiment ?

Je n'allais pas lui raconter l'étendue de ma déception.

— On s'est disputés. Elle a dû vouloir se faire pardonner.

— Vous vous êtes disputés à la fête de fin de tournage ?

La fête s'était très bien passée. Sauf pour la bombe lâchée à propos de mon adoption.

— Non, c'était après.

— Elle est venue le lendemain de la fête.

Elle avait transformé la salle avant que je l'accuse d'être comme les autres ? Je ne comprenais pas… Comment pouvait-elle faire ça et, en même temps, me tenir en si piètre estime ?

Peut-être que tu as eu une réaction excessive. Peut-être qu'elle cherchait juste à t'offrir un bon moment.

Je me suis repassé le film de la soirée. Elle avait dit qu'elle voulait être sexy. Elle en avait déjà parlé, chez Ben. Elle voulait être sexy, parce qu'elle croyait que je ne la trouvais pas assez excitante. Elle m'avait parlé de ses doutes, et en refusant de l'écouter je n'avais fait que les aggraver.

Elle croyait vraiment en moi.

J'en ai éprouvé un immense soulagement. Après cette période lourde de culpabilité et de chagrin, c'était comme si on m'avait ôté des épaules le poids du monde. Je vivais dans un brouillard épais depuis des années sans même m'en rendre compte — avançant à tâtons, manquant de confiance. Mais j'avais rencontré Everly, et le brouillard s'était levé.

J'étais tellement persuadé d'être celui qui l'aidait, qui voulait la rendre heureuse, que je n'avais pas vu le bonheur qu'elle m'apportait. La route s'était dégagée devant moi et je ne m'en étais même pas aperçu !

Toute ma vie durant, j'avais voulu être génial. À la hauteur de mon nom de famille. Et je me contentais de faire des choses pour lesquelles j'étais bon, pour nourrir ce prétendu talent. En clair, je me voilais la face. Le porno était ma zone de confort, mais l'amour… L'amour en était si loin que c'en était carrément une autre planète.

Everly m'avait sorti du brouillard. Grâce à elle, j'avais eu le courage de quitter White Lace et… d'oser aimer. Je l'aimais. Et même si, en fin de compte, nous ne vivions pas heureux à jamais comme mes parents, je n'allais pas gâcher la belle confiance qu'elle avait placée en moi.

— Papa, je dois y aller.

— Max, a-t-il dit en essayant de me retenir. On a encore beaucoup de choses à se dire.

— Je sais.

J'ai regardé la salle, les preuves de réussite de notre famille. Oui, on devait encore parler. De ma mère. De ma mère biologique. Des raisons de me mentir. De mon avenir.

Mais tout cela pouvait attendre.

J'ignorais encore quel serait mon prochain pas. Si j'allais réussir dans mes projets futurs, dont j'ignorais encore tout. J'avais besoin de réfléchir, de mettre de l'ordre dans mes idées, de trouver un projet qui me fasse vibrer. Acheter le Concord, pourquoi pas ?

Et il n'y avait qu'un endroit où je pouvais réfléchir vraiment.

Sur la piste de course.

J'avais deux kilomètres à courir.

32

Everly

J'ai roulé comme un kamikaze jusqu'au parc. J'étais passée à la maison en coup de vent pour me changer, j'avais même pensé à prendre une bouteille d'eau. C'était la première chose que Max m'avait apprise sur la course à pied.

Max.

J'ai claqué la portière de la voiture en regrettant qu'il ne soit pas aussi facile de refermer la porte sur notre histoire. Je ne voulais plus être envahie par son souvenir. Notre relation était condamnée d'avance. Les astres n'auraient pas pu nous être plus contraires. Comment avais-je pu tomber amoureuse d'un type que, normalement, j'aurais snobé ?

À défaut d'un « happy end », j'avais cependant appris une leçon fondamentale. Je pouvais être ce que je voulais. Je pouvais être sexy et bonne étudiante. Je pouvais être ni l'un ni l'autre, et survivre tout de même. J'avais un bel avenir devant moi, et je n'allais pas en gaspiller une seule minute !

Une petite brise soufflait et — bonne nouvelle pour moi — elle soufflait dans le bon sens. Il n'y avait pas de petite aide, quand il s'agissait de faire huit fois le tour de la piste.

J'ai vu une foule en mouvement, un peu plus loin. Le stage avait commencé. Je me suis élancée vers le comptoir d'accueil, si vite que j'ai failli passer par-dessus.

— Je peux encore participer ? ai-je demandé, le souffle court.

— Bien sûr.

Le jeune sportif blond qui m'avait répondu avait un sourire aimable, même si son regard disait qu'il doutait que j'aie la moindre endurance. On pouvait le comprendre. J'étais hors d'haleine rien qu'en galopant depuis ma voiture, alors, il était ridicule de penser…

Non.

J'ai serré les poings. J'en étais capable. Et j'allais le faire. Je le devais à mamie.

J'ai donné mon nom au blondinet et il l'a trouvé dans la liste de participants… À laquelle je ne m'étais pas inscrite, parce que je n'en avais pas eu le temps. Mais alors…

Max.

Il m'était apparemment impossible de faire un pas sans penser à lui. Je ne pourrais plus jamais courir sans penser à lui, quant au sexe… Eh bien, j'allais devoir faire une croix sur ma vie sexuelle pour un bon bout de temps, si je voulais essayer de l'oublier.

J'ai dû faire appel à toute la force de ma volonté pour ne pas demander s'il était inscrit, lui aussi. Il n'avait aucune raison de le faire, cela dit ; pour lui, deux kilomètres, c'étaient à peine un échauffement.

J'ai fini la bouteille d'eau et procédé à mes étirements sans même réfléchir. J'avais répété les mouvements tellement de fois avec Max que je les faisais à présent en pilote automatique.

La première foulée sur la piste ocre avait le goût d'un premier pas vers mon avenir. J'avais la pêche. J'étais sûre de moi. J'étais sur le point d'entamer une nouvelle vie, celle de l'Everly que je voulais devenir.

Mais après le premier kilomètre, mes pieds me semblaient coulés dans du béton, chaque pas plus dur que le précédent. Le groupe s'était dispersé sur la piste ; chacun courait à son rythme. J'ai commencé à paniquer. Je me suis pliée en deux au milieu de la piste. La femme qui courait derrière moi a lâché un juron entre ses dents. Je n'en ai pas fait cas.

J'ai finalement compris ce qui se passait. Rien à voir avec le sport. Je venais de prendre conscience de la portée de ma décision. J'avais décroché de la fac. Mes parents allaient être déçus, confus, en colère. Et il n'y avait pas de retour possible en arrière.

— Tu as encore oublié de t'hydrater ?

J'ai pris une grande inspiration en reconnaissant la voix sexy qui venait de s'adresser à moi.

Max.

Il était là.

Sur la piste.

Il devait être dans le groupe de tête quand j'étais arrivée, c'est pourquoi je ne l'avais pas vu. Tant mieux, parce que j'aurais probablement pris la fuite.

— Qu'est-ce que tu fais là ?

Je l'ai regardé, ce qui a failli me faire perdre l'équilibre, mais je serais tombée par terre volontiers et y serais restée, pour contempler à loisir ce visage toujours aussi beau et sexy.

— J'avais besoin de mettre de l'ordre dans mes idées.

Il parlait normalement. Comme si, au lieu d'avoir fait huit fois le tour de la piste, il était passé du canapé à la cuisine.

— Tu ne t'es pas entraînée une seule fois ces deux dernières semaines, hein ?

Il avait une expression sévère que je lui avais rarement vue.

— Je… J'étais occupée.

Trois personnes nous ont doublés, déjà proches de la victoire. Moi, j'avais un point de côté qui risquait de me conduire à la défaite.

— Respire profondément. Comme moi. Comme ça. Très bien. Ne t'arrête pas, tu peux le faire. C'est plus facile que la fac.

J'ai failli éclater en sanglots. Il y avait tellement de choses que je voulais lui dire, lui expliquer !

— Je suis là, a-t-il fait, en me pressant le bras. Je ne vais nulle part.

Je l'ai regardé et j'ai enfin pu sourire. C'était adorable ! Même si ce n'était qu'une phrase toute faite, et qu'après la course chacun partirait de son côté.

Mon corps brûlait, mais pas de désir, comme quand on faisait l'amour. C'était une brûlure rageuse et piquante qui me donnait envie d'enlever ma peau comme on enlèverait une combinaison de ski.

— Max, je te dois des excuses.

Quelqu'un est passé si vite à côté de moi que j'ai failli tomber. Max m'a retenue, ses mains chaudes autour de mes bras. Il portait le même sweat à capuche que la première fois où nous étions venus ici. J'aurais tout donné pour remonter le temps jusqu'à ce moment-là et repartir de zéro. Avec la ferme intention de ne pas tomber amoureuse d'un homme que je ne pourrais jamais avoir.

— Je suis désolée pour ce qui s'est passé chez moi, l'autre jour. Je te connais, j'aurais dû savoir que tu n'avais pas besoin de tout ça… Je me suis laissé influencer par mes copines.

Mon manque de confiance en moi m'avait poussée à me fier plus aux autres qu'à ce que je percevais de lui. Grossière erreur. Le mec qu'elles imaginaient ne se serait jamais arrêté sur la piste, il ne serait pas à côté de moi en ce moment.

— C'est juste que je ne comprenais pas qu'un homme comme toi puisse vouloir d'une fille comme moi.

J'étais si honteuse que je n'osais pas le regarder. Je ne savais toujours pas ce qui l'avait attiré chez moi, mais j'aurais dû lui faire confiance.

Il a glissé un doigt sous mon menton, pour m'obliger à croiser son regard.

— Tu n'es pas la seule qui doit se faire pardonner.

Il a regardé autour de nous, se passant la main dans les cheveux.

Nous étions au milieu de la piste et les coureurs nous lançaient des regards de travers. Mais je n'en avais rien à faire. Recoller les morceaux avec Max m'importait plus que tout.

— J'ai eu tort de partir comme ça, l'autre soir. J'aurais…

Il a posé sur moi un regard plein de tendresse.

— J'ai cru que tu n'avais rien compris. Que tu ne voyais pas que je n'étais pas l'homme que tout le monde pense que je suis.

— Je te vois comme tu es, Max, ai-je répondu en lui prenant la main. J'ai tout de suite compris que tu étais bien plus que ton personnage.

Il m'a caressé la joue.

— C'est que… tu es si déterminée ! Tu entames une brillante carrière, alors que moi…

Il a marqué une pause, cherchant ses mots.

— Je n'ai pas le droit de te poser des questions, mais…

Je me doutais que la question qui fâchait allait arriver à un moment ou à l'autre.

— Je me demande pourquoi tu es ici, à cette heure-ci.

— Je ne me suis pas présentée à l'examen. Je…

Je n'arrivais pas à le dire à voix haute. Il allait être le premier à connaître ma décision. Et j'avais peur. Même si je savais qu'il comprendrait, j'avais peur. Peur qu'il soit déçu. Peur qu'il soit jaloux parce que j'avais eu le cran de me rebeller. Il se sentait lui aussi emprisonné par son avenir tracé d'avance et, lui aussi, voulait y échapper. En dépit de la petite crise de panique que je venais d'avoir, je ne m'étais jamais sentie si légère. Si heureuse. Si insouciante.

— J'ai laissé tomber.

Il m'a regardée, abasourdi.

— C'est une blague ?

— Non. J'ai compris que ma grand-mère avait raison. Je pouvais changer la vie de quelqu'un, depuis le début : la mienne.

Un groupe d'une dizaine de coureurs est passé à côté de nous avec l'énergie d'une horde de buffles. Max m'a attirée contre lui pour me protéger de leur détermination athlétique. Un grand sourire illuminait son visage.

— Pourquoi tu souris ?

J'adorais son sourire, j'aurais voulu m'en faire un hamac et m'allonger dedans, mais là, il me fichait les jetons.

— Tu as coché tous les points de ta liste.

J'aurais dû deviner qu'il le déduirait sans que je le lui dise. Il l'avait apprise par cœur, comme moi. Et puisque je venais de lui présenter des excuses sincères, oui, j'en étais enfin venue à bout.

— Tu devrais avoir une petite récompense pour avoir fini dans les temps !

— Il n'a jamais été question de prix, mais… je suis ouverte à toute suggestion.

— Un aveu, ça te dirait ?

Un aveu ? Et dire que je croyais qu'après la scène avec ma mère la journée ne pourrait pas empirer…

— Tu n'as pas seulement changé ton existence, tu sais ? Tu as aussi changé la mienne. Tu m'as aidé à croire qu'il y avait une vie après le porno. Que je valais mieux que ça.

La journée n'allait peut-être pas être si catastrophique, finalement… Je lui ai pris la main.

— Mais c'est que ça saute aux yeux ! Cela dit, le porno ne me pose aucun problème.

— Tu n'imagines pas à quel point ça me rend heureux !

Je savais qu'il avait peur que son travail me dérange. Qu'il savait mieux que personne qu'être en lien avec son milieu pouvait être lourd au quotidien. Moi, les préjugés, les insultes et l'ignorance des gens qui ne connaissaient rien à l'industrie du porno, je m'en moquais.

— Mais tu n'es pas la seule à t'être détournée de ton avenir, aujourd'hui.

— Quoi ? Tu… Tu as quitté White Lace ?

Il a acquiescé. C'était une journée à marquer d'une pierre blanche pour nous deux. Nous avions refusé d'endosser les rôles qu'on nous avait attribués, alors que nous n'avions même pas de plan B. Sauf que Max avait un gros fonds fiduciaire, alors que moi…

— Poussez-vous de là ! a crié un coureur.

Nous nous sommes rangés sur le bord de la piste, main dans la main.

— Je vis dans un monde où tout est du toc, mais toi… tu es réelle. Je vivais comme un zombie, entouré de chairs, de plaisirs, de passions… Mais je t'ai rencontrée, et tu m'as fait me sentir vivant.

Il a mis les mains en coupe sur mes joues, en pliant légèrement les genoux pour placer son visage en face du mien.

— Je t'aime, Everly Parker.

Je me suis figée.

— Quoi ?

J'étais la fille la plus banale du monde. Comment… ?

Mais je ne suis pas allée au bout de ma pensée, car sa bouche était déjà sur la mienne, et sa langue se glissait entre mes lèvres.

Il me dévorait avec fougue, comme si le monde allait disparaître dans le quart d'heure. Au beau milieu de la piste, au beau milieu du parc.

Je n'avais jamais pensé que les lèvres de quelqu'un pourraient rendre ma vie meilleure, mais celles de Max avaient ce pouvoir. Elles apaisaient même la douleur. Les seules sensations que j'éprouvais à ce moment-là se concentraient au bas de mon ventre.

J'étais convaincue de survivre à cette période difficile. D'avoir un avenir en dehors du droit, en dépit de la colère de mes parents, et malgré l'absence de Max. Mais je savais tout aussi sûrement que cet avenir, sans lui, resterait incomplet. Parce que je l'aimais. Je l'aimais depuis le moment où, sur le bateau, il avait fait mine de me montrer son sexe.

Quelqu'un a crié quelque chose à notre intention. Max s'est écarté pour poser son front sur le mien. J'aimais sentir son haleine contre ma peau.

— J'aime beaucoup ce que tu as fait dans la Salle de la Réussite.

— Tu l'as vue ?

— Mon père m'a invité et… j'ai compris que je m'étais trompé sur toi dès que j'y ai mis les pieds.

Mission accomplie.

— Comment ça va avec ton père ?

Je m'étais fait tellement de souci pour lui, pour leur relation. Son monde avait été chamboulé, je voulais savoir comme il s'en sortait.

— On a parlé. Nous n'avons pas encore fini de tout mettre à plat mais je commence à me sentir mieux. J'aurais préféré qu'ils me disent la vérité, néanmoins, je comprends leurs raisons.

Si seulement ma relation avec mes parents pouvait s'arranger aussi facilement… Mais ce n'était qu'un vœu pieux, je n'avais pas besoin d'une relation idéale avec eux. Je n'avais plus besoin de les rendre heureux pour être heureuse. Je les avais toujours laissés décider à ma place ; j'avais à présent l'intention d'écouter mes envies. De faire les choses pour mon bon plaisir. Et tout d'abord, j'allais m'assurer que l'homme qui m'avait donné plus de plaisir que personne resterait à mes côtés.

— Je suis tellement heureuse que tu sois venu ! J'aime ta façon de me regarder. J'aime que tu saches comment me rassurer. J'aime ce que je ressens quand je suis avec toi. Bref… Je t'aime, moi aussi.

Il a répondu à ma déclaration par un autre baiser. Même si seules nos lèvres se touchaient, c'était comme s'il m'embrassait tout entière. La sensation était délicieuse, le sentiment plus encore. Je ne me lasserais jamais, jamais, de me sentir à ce point aimée et désirée.

Il a murmuré contre ma joue :

— Alors, tu ne vas pas devenir avocate ? Vraiment ?

— Vraiment. Et je ne sais pas ce que je veux faire quand je serai grande.

Mais j'allais prendre mon temps pour le décider. L'homme qui m'enveloppait de ses bras était la personne idéale pour m'accompagner dans ce cheminement.

— Je suis vraiment soulagée de ne plus avoir à me farcir ces soirées collet monté du cabinet.

— Moi aussi ! En revanche, j'ai l'intention de continuer à assister aux fêtes de tournage. Être le fils de Hirsh Levin a tout de même ses avantages.

J'ai haussé plusieurs fois les sourcils.

— Dont un abonnement à vie au site White Lace.

Il a éclaté de rire. Oh ! que ce rire m'avait manqué !

— Je peux te proposer mieux, a-t-il fait en se penchant pour murmurer : Si tu finis les deux kilomètres, on pourra regarder quelques petites scènes en *live*.

Mon pouls s'est accéléré ; l'idée de regarder des gens s'envoyer en l'air faisait monter mon désir en flèche. Le point de côté avait disparu, et j'avais envie de traîner Max sur le banc, à quelques mètres, et de plaquer mon corps au sien. Finir le stage de course ne me disait rien, mais…

Il ne m'a pas laissé le choix.

Après m'avoir gratifiée d'une tape sur les fesses et d'un clin d'œil, il s'est élancé sur la piste.

Je n'aimais pas le voir s'éloigner, non, je n'aimais pas ça. Il fallait que je m'habitue à vivre au jour le jour. Je n'avais pas de projet. Lui non plus. L'un de nous…

— Attends !

Il ne s'est pas arrêté, mais il s'est retourné en faisant du surplace.

— Tu ne vas pas me dire ce que tu comptes faire de ta vie ?

Il est revenu vers moi en montant les genoux à angle droit à chaque foulée.

— Aujourd'hui, on navigue à vue, a-t-il répondu en déposant un baiser sur mes lèvres. Et demain, on verra.

Avec une énergie renouvelée, j'ai fait, pour la deuxième fois de la journée, le premier pas vers une nouvelle vie.

Une vie avec Max.

Une vie sans projet à l'horizon.

Épilogue

Max

— Chérie, je suis rentré !

J'ai fermé derrière moi la porte de chez Everly — de chez nous.

J'avais emménagé quelques semaines plus tôt, juste après le départ de Grace et Sadie. Elles avaient compris qu'Everly et moi ne tarderions pas à passer à la vitesse supérieure, et pris l'initiative de déménager.

J'ai trouvé Everly sur le canapé du salon, exactement au même endroit que la veille, quand j'étais parti.

Penchée sur un tas de catalogues de formations, elle mordillait un stylo. Un autre retenait ses cheveux en un chignon et elle avait des traits de marqueur sur les doigts. Deux bouteilles de Coca vides traînaient sur la table, à côté d'un paquet de réglisse à la fraise… Elle avait les yeux explosés : manifestement, elle n'avait pas fermé l'œil de la nuit.

Encore une fois. J'ai croisé les bras.

— Tu n'as pas dormi ?

— Tu sais bien que je n'y arrive pas quand tu n'es pas là, a-t-elle répondu avec une moue boudeuse. Je n'aime pas être seule.

Ça me serrait le cœur chaque fois qu'elle le disait. Mais j'allais devoir m'absenter la nuit encore longtemps.

— Comment s'est passée ta journée… ta nuit ?

Elle s'est recroquevillée au bout du canapé et a repoussé les livres pour me faire de la place. Dès que je me suis assis, elle a posé la tête sur mon épaule et passé les bras autour de moi, m'enveloppant dans la bulle de bonheur qui se créait dès qu'on était ensemble.

— Bien. Nous sommes presque complets jusqu'au printemps.

J'avais réalisé un rêve fou. J'étais devenu le fier propriétaire du Concord, avec le soutien enthousiaste de mon père. Grâce à l'argent de mon fonds, et après quatre mois de travaux, j'avais pu inaugurer mon propre hôtel.

— Combien de ces nuitées sont offertes ?

Elle a soulevé un sourcil pour signaler son désaccord avec ma stratégie marketing. J'avais proposé à pratiquement tous les contacts de mon carnet d'adresses White Lace une nuit gratuite, à la date de leur convenance. Ceux qui apprécieraient l'expérience reviendraient ensuite, j'en étais persuadé.

Nous n'étions pas d'accord sur tout, mais je n'aurais jamais pu réaliser ce projet sans elle. Elle avait mis son bon goût et son sens du détail à l'œuvre pour diriger la rénovation, donnant à chaque étage son style, du jane-austenien, avec édredons brodés, au minimalisme le plus contemporain. Et elle m'avait aidé à bétonner mon *business plan*.

Son portable a vibré sur la table basse. Elle a lancé un coup d'œil à l'écran et a roulé des yeux.

— Mon père. Encore ! C'est la cinquième fois en deux jours.

Le chemin vers sa réconciliation avec ses parents était long et accidenté. Ils n'avaient pas encore digéré qu'elle ait abandonné ses études.

— Pourquoi tu ne décroches pas ?

Je croyais que les choses s'étaient améliorées. Le week-end précédent, ils nous avaient invités à dîner chez eux. L'ambiance avait été tendue, mais sans dispute. Ils faisaient des efforts : ils avaient posé des questions sur l'hôtel, sans émettre la moindre remarque désobligeante.

— Un repas sans incident et il croit que tout va bien, a-t-elle grogné en se blottissant contre moi. C'est loin d'être le cas.

Je compatissais. Ma relation avec mon père n'avait jamais été aussi bonne. J'avais passé des heures à parler avec lui, à regarder des vieilles photos, à écouter des anecdotes sur Liz. Everly trouvait que j'avais ses yeux.

Durant les six mois qui s'étaient écoulés depuis qu'elle avait quitté la fac, notre vie avait changé de façon radicale. Déménagement, travaux… Après ceux de l'hôtel, Everly s'était lancée dans ceux de la maison.

Je savais qu'elle adorait cette bâtisse, c'est pourquoi j'y avais emménagé sans hésiter. Mais j'avais aussi une raison égoïste de le faire : cette maison n'avait aucun lien, aucun, avec le porno. Ce qui la rendait précieuse à mes yeux. Et ce soir, j'avais été particulièrement impatient d'y retourner. J'avais une surprise pour Everly.

Le premier jour de notre vie commune, je m'étais réservé l'une des chambres. Elle ne m'avait pas laissé dépenser un seul centime pour la nouvelle décoration, et rénover cette pièce était le seul moyen que j'avais trouvé de participer. Et de la remercier.

Elle a repris l'un des catalogues, un marqueur à la main. Elle était infatigable.

— Des progrès ?

Elle a secoué la tête en collant un Post-it sur une page.

— Rien. À moins de retourner dans le domaine du droit, il faut que je parte de zéro.

— En parlant du droit, ai-je dit en posant une jambe sur ses cuisses. Est-ce que j'aurais droit à un petit câlin ?

Elle m'a donné une tape faussement agacée.

— Max, c'est important ! Je ne sais pas ce que je vais faire de ma vie.

— Tu vas la passer avec moi.

C'était plus que des mots. J'étais persuadé que nous allions vieillir ensemble. Elle était à l'opposé de moi en presque tout et, en même temps, nos creux et nos pleins s'emboîtaient à la perfection.

Elle a souri.

Après tout ce temps, son sourire continuait à me faire fondre.

— Oui, ça, bien sûr. Mais je parle de ma carrière. Je ne peux pas passer mes journées à ne rien faire pendant que tu bosses.

Elle n'avait pas besoin de travailler, j'avais assez d'argent pour nous deux pour les cinq prochaines réincarnations, sans compter l'hôtel. Mais je savais qu'une femme comme elle avait besoin de travailler et je la poussais instamment à se lancer dans la décoration d'intérieur.

— Allez, tu as besoin d'une pause. Tu l'as méritée.

— Peut-être. Mais il est temps que je m'y mette sérieusement.

Le rythme frénétique des six derniers mois ne lui avait pas permis de se faire du souci pour son avenir. Mais, sans un projet pour la distraire, elle passait la journée à stresser.

— Tu veux dire que tu n'as pas le temps de découvrir ta surprise ?

Elle s'est redressée avec un petit cri excité.

— J'avais complètement oublié ! C'est prêt ?

J'ai acquiescé.

Elle a bondi du canapé et était au pied de l'escalier avant même que je me sois relevé.

— Max ! Allez !

Quand je suis arrivé à l'étage, elle se tenait devant la porte de la chambre en sautillant. Le vieux parquet avait été remis à neuf, mais il gardait tout son charme, et le beige lumineux des murs donnait l'impression que le soleil brillait jour et nuit.

— C'est fermé !

Elle a tourné la poignée d'un geste impatient. J'avais mis un cadenas sur la porte dès que j'avais commencé à travailler à la surprise. C'était le seul moyen d'éviter qu'elle y fourre son petit nez.

Je suis allé chercher la clé que j'avais cachée dans une paire de chaussettes, dans la commode de notre chambre à coucher.

— Tu es prête ?

Elle a hoché la tête en me faisant signe de me dépêcher. Je me suis mis derrière elle, mon torse contre son dos, mon souffle contre son cou. Elle a frissonné. Lui faire encore un effet aussi fort boostait mon ego et, plus important, embrasait mon cœur. Je n'imaginais pas pouvoir un jour me lasser d'elle. Et la surprise à l'intérieur de la chambre allait nous faire passer encore plus de temps ensemble, dans les bras de l'autre, à rire, à pleurer — enfin, Everly — et à essayer de ne pas succomber trop vite aux désirs de nos corps.

J'ai posé la main sur ses yeux en murmurant :

— Garde-les fermés.

J'ai ouvert la porte et, ma main toujours sur ses yeux, je nous ai fait entrer.

— Tu peux regarder.

J'ai entendu un petit halètement, puis elle a hurlé :

— Un home cinéma ! Tu es fou !

Je n'avais pas oublié qu'elle avait adoré la salle de projection chez mon père.

— Nous n'avons pas beaucoup de temps pour nous. Et quand

tu auras choisi ce que tu veux faire, ce sera pire encore. Alors, j'ai pensé qu'il nous fallait un endroit pour nos soirées romantiques.

Un écran géant occupait pratiquement tout le mur du fond. Sur un côté, des étagères contenaient ma collection de DVD. J'avais acheté une Apple TV pour avoir accès à Netflix et iTunes, ainsi qu'une machine à pop-corn que j'avais installée dans un coin. Au centre, le fauteuil double que j'avais mis plus de deux semaines à trouver — un modèle avec l'accoudoir central amovible pour pouvoir nous blottir l'un contre l'autre.

— C'est génial. J'adore !

Pourtant, elle était moins emballée que je l'avais espéré. Je voyais, dans ses yeux, une pointe de déception. Ce qui a suscité la mienne.

— Tu n'aimes pas ?

— Mais si !

Elle m'a pris dans ses bras.

— C'est super. C'est juste que… je m'attendais à autre chose.

Je n'avais rien laissé filtrer de ce que je concoctais, et je n'avais pas la moindre idée de ce qu'elle avait pu imaginer.

— Autre chose ? Quoi ?

Elle a secoué la tête.

— Ah, non ! Je me suis donné beaucoup de mal pour faire tout ça en secret. Il faut que tu me dises.

— Je croyais…

Elle avait les joues en feu. Elle était… gênée ?

Finalement, elle a relevé la tête, son menton contre ma poitrine.

— Je croyais que ce serait une… *sex-room.*

— Pardon ?

— Une *sex-room*, a-t-elle répété en agitant sa petite main en l'air. Une pièce où on aurait une balançoire, peut-être aussi un de ces coussins spéciaux pour faciliter les postures, ou des accessoires pour bond… Oh ! Seigneur !

Elle a caché son visage dans ses mains.

Je tombais des nues. Nous avions une vie sexuelle exaltante en dépit d'emplois du temps bien chargés. Nous étions créatifs, enthousiastes et passionnés. On aurait pu créer une nouvelle série White Lace rien qu'avec nos ébats d'un week-end.

Dans l'esprit de la liste qui nous avait réunis, je cherchais toujours à lui apporter de nouvelles expériences. C'était encore plus excitant à présent que je pouvais créer mes propres règles. Rien ne me faisait plus plaisir que de lui donner du plaisir. C'était une émotion dont je ne me lasserais jamais.

Je lui ai fait écarter les mains.

— Tes désirs sont des ordres, tu le sais bien. C'est juste que je n'avais pas imaginé un instant que tu veuilles… une chambre spécialement dédiée au sexe.

— Comme nous passons notre temps à expérimenter, je me disais que… Et comme l'autre jour, quand je suis rentrée, Sadie était ici…

C'était donc ça ! Je n'ai pu que rire.

— Elle était dans le quartier, et elle est passée dire bonjour. Tu as cru que je l'avais embauchée pour m'aider à équiper une *sex-room* ?

Elle a haussé les épaules, penaude. Je n'en revenais toujours pas.

— Tu en veux une, vraiment ?

— Ce n'est pas que j'en *veux* une. Disons que je n'aurais rien contre le fait de rentrer un soir et de trouver de nouveaux jouets, a-t-elle expliqué avec un petit sourire coquin.

Je n'ai pu que rire en la serrant contre moi.

— C'est vrai que nous avons de la place, après tout.

Elle a murmuré, tout doucement :

— C'est pour de bon, tout ça ?

— Bien sûr, tout est à nous.

Aussi longtemps que je vivrais, elle aurait tout ce qu'elle voudrait. Et quand elle souhaiterait l'obtenir par elle-même, elle aurait toujours mon soutien.

Elle a secoué la tête en levant les yeux vers moi.

— Je veux dire, cette vie. Nous. C'est vraiment vrai ?

— Absolument vrai !

Everly Parker avait changé ma vie. Je ne pourrais jamais la remercier assez pour la foi qu'elle avait eue en moi, alors que je ne savais plus qui j'étais. C'était elle qui m'avait permis de croire que je pouvais devenir l'homme que je voulais être.

— Nous aurons toujours, toi et moi, tout ce que nous voudrons. Et ce n'est pas parce que nous avons de l'argent.

Je l'ai embrassée sur le front.

— C'est parce que je t'ai et que tu m'as.

Remerciements

J'ai adoré écrire ce livre. C'était un travail à la fois simple et étrange. Je n'ai jamais vu une idée fleurir de façon aussi frappante dans mon esprit, ni les mots s'aligner avec autant de facilité sur l'écran. J'espère que vous aimerez lire l'histoire d'Everly et Max autant que j'ai aimé l'écrire.

Merci à Sue Grimshaw ! Ton enthousiasme et soutien sans faille pendant tout ce processus d'écriture ont été de la plus grande aide. Merci d'avoir cru en l'histoire d'un héritier d'empire pornographique.

Merci à mon agent, Victoria Lowes. Nous avons encore de belles années d'élaboration d'intrigues devant nous.

Merci à Amanda Usen et ses super talents de brainstorming. C'est merveilleux d'avoir un métier qui permet de parler de héros avec d'autres obsédées de bibliothèques.

Merci, Cari Quinn, de m'avoir poussée à m'essayer au New Adult.

Comme toujours, merci aux femmes qui me maintiennent saine d'esprit, Lindsay Below, Stacey Kennedy, Cristal Ryder et Debra Kayn.

À paraître

Tournez vite la page et découvrez un extrait de

Believe Me

le deuxième tome de la série ,
prochainement disponible dans la collection &H.

Grace

— Messieurs, j'espère avoir répondu à vos attentes.

Je n'avais jamais imaginé que ce serait aussi bon de prononcer ces mots sans être nue dans un lit.

L'un des cadres dirigeants assis autour de la table me regarda, halluciné.

— Vous voulez que nous informions le personnel de nos projets ?

J'avais été engagée par Ken Wilson, le PDG de Plastic Solutions Inc, pour procéder à une évaluation de son entreprise, proposer des solutions afin d'optimiser leurs performances et mettre en place une politique d'adaptation destinée à un personnel âgé et réticent au changement.

Je regardai les cinq hommes assis autour de la table.

— Je sais que la transparence fait souvent peur, mais c'est la seule stratégie qui fonctionne.

Deux d'entre eux secouèrent la tête pour marquer leur désaccord. Ken, lui, resta impassible.

— Si vos employés ont le sentiment de participer pleinement

à la vie de l'entreprise, le changement fonctionnera. C'est une question de confiance réciproque.

La transparence. Amusant que ce soit toujours ma recommandation numéro un. Et dommage que je ne puisse pas l'appliquer à ma propre vie !

Les hommes assis autour de cette table savaient un certain nombre de choses à mon sujet. Par exemple, que j'étais diplômée en gestion et que je dirigeais depuis peu ma propre société de conseil. Et j'avais cru comprendre qu'ils me trouvaient sympathique, loyale et d'une compagnie plutôt agréable.

Mais il y avait un petit détail qu'ils ignoraient à mon sujet : j'étais une ancienne escorte.

— Mademoiselle Nolan…

Le plus jeune me regarda avec une sorte de condescendance, comme s'il m'était supérieur simplement parce qu'il avait des couilles.

— … Il y a transparence et transparence.

Il repoussa la chemise cartonnée contenant mon rapport.

— Nous ne pouvons pas demander au personnel d'approuver chacune de nos décisions. Non seulement ce serait inefficace, mais ce serait suicidaire.

— Je n'ai pas dit que vous deviez leur demander de valider quoi que ce soit, mais que vous deviez leur donner le sentiment qu'ils ont leur mot à dire. Que vous les respectez assez pour les faire participer à la vie de l'entreprise.

Pendant mes entretiens avec le personnel, j'avais glissé quelques questions sur la vie quotidienne dans l'entreprise. Sans surprise, j'avais découvert qu'installer un purificateur d'eau dans le réfectoire ou acheter une machine à expresso serait bon pour le moral de tout le monde.

Ken me sourit.

Extrait

— Je pense que vous nous avez donné matière à réflexion, mademoiselle Nolan.

J'avais traumatisé ses cadres dirigeants, oui… Je n'étais pas loin du septième ciel.

Il conclut la réunion, puis se tourna vers moi.

— Vous voulez bien attendre quelques instants ?

Il me montra son téléphone portable.

— Juste un détail à régler.

J'acquiesçai et rassemblai mes affaires.

J'avais travaillé comme une forcenée pendant des mois pour essayer de lancer ma propre société de conseil en management, mais l'entreprise se révélait plus compliquée que prévu. Mon pire cauchemar ? Que quelqu'un me reconnaisse et révèle à tout le monde mon ancien métier. J'avais cru qu'en arrêtant de travailler comme escorte, je ne me réveillerais plus chaque matin avec une boule de la taille d'un melon dans l'estomac. Mais je m'étais trompée.

Mon contrat dans cette boîte prenait fin ce jour-là. J'enchaînais la semaine suivante avec un autre contrat de courte durée dans une entreprise familiale qui souhaitait revoir son organisation interne dans l'espoir de s'étendre.

Ces quelques jours de battement arrivaient à point nommé, puisque j'allais quitter le seul endroit où je me sois jamais sentie bien.

J'avais emménagé avec ma meilleure amie, Everly Parker, et sa grand-mère, quand mes parents m'avaient flanquée à la porte.

Cette maison avait été mon sanctuaire, mon filet de sécurité. Le seul endroit où j'avais pu me maintenir la tête hors de l'eau et faire ce que je devais pour m'en sortir.

Même si j'étais sincèrement ravie de ce qui arrivait à Everly, je me sentais perdue et vulnérable. Après avoir bossé aussi dur aussi longtemps pour atteindre mon but, je ne pensais pas qu'au final je me sentirais si seule.

Extrait

Et si frustrée.

Me retrouver sans vie sexuelle du jour au lendemain était plus compliqué que je ne l'avais imaginé. Je m'étais inscrite à toutes sortes de stages — peinture, poterie, yoga, broderie. N'importe quoi pour m'occuper l'esprit. Mais j'avais beau me concentrer, j'étais à cran. Incapable de calmer le volcan qui couvait entre mes cuisses. Le jour où j'avais cessé mon activité d'escorte, je m'étais également promis que le sexe et moi, c'était fini. Après tout, j'en avais eu largement ma dose, je pouvais m'en passer. Hélas, ma libido était d'un autre avis !

J'avais mené une double vie pendant trois ans et j'étais écartelée entre mon ancienne vie et mon avenir. J'avais dû devenir quelqu'un d'autre pour exercer mon premier métier et, maintenant que j'essayais de reprendre le cours normal de ma vie, je me rendais compte que j'avais laissé mon alter ego, Jade, prendre totalement le contrôle de mon existence ; bref, je n'avais plus aucune idée de qui j'étais aujourd'hui.

Je savais néanmoins que l'amour avec un grand A existait, et qu'il y avait quelqu'un, quelque part, qui m'attendait. Toute petite déjà, je rêvais du prince charmant qui m'emporterait dans son château sur son cheval blanc.

Était-ce si irréaliste ?

— Je crois que je vais devoir insister pour que certains de mes cadres viennent travailler le lundi.

La voix de Ken me fit tressaillir.

— Vous avez fait sensation.

Je me levai, tirai ma jupe sur mes cuisses et le regardai en souriant.

— N'était-ce pas le but ?

Je l'avais rencontré au Salon de l'entreprise, l'année précédente, et je lui avais fait bonne impression, apparemment. Il m'avait tendu sa carte en me disant que je pouvais l'appeler n'importe quand pour du travail. Une fois mon diplôme en poche, je l'avais donc contacté.

Il s'assit et se balança doucement sur sa chaise.

— Vous êtes trop intelligente pour votre propre bien.

Son entreprise n'avait pas réellement besoin de cette évaluation, je le savais quand j'avais accepté le contrat. Il voulait simplement déclencher une prise de conscience dans son équipe, mais ça ne me dérangeait pas d'être un pion dans son jeu.

— Je m'en suis tirée comment ?

— Vous avez été aussi judicieuse et professionnelle que je l'avais imaginé.

Il pianota sur le plateau en verre de la table.

— Vous avez parfaitement démontré que mes cadres doivent s'adapter et modifier leurs méthodes de management.

— Tout changement induit une révision des priorités et des règles. C'est toujours un défi pour la direction d'une entreprise.

Je glissai mon ordinateur portable dans ma sacoche, rangeai mes surligneurs et mes stylos.

Il s'adossa à son siège avec un soupir.

— Vous ne voulez vraiment pas travailler pour moi ?

Il m'avait proposé d'être son assistante de projets, mais je ne souhaitais pas travailler sous les ordres de quelqu'un. Je voulais être maîtresse de mon calendrier, prendre mes propres décisions. Et puis, en acceptant des missions courtes et en restant mobile, je diminuais le risque que quelqu'un découvre mon passé.

— C'est une offre qui me flatte, mais je veux conserver mon indépendance.

Son insistance était déconcertante et déclenchait tous mes systèmes d'alarme, parce que les hommes ne s'étaient jamais intéressés à moi que pour deux raisons : mon physique et mes compétences au lit.

— Sachez que la proposition demeure. Si, un jour, vous vous lassez de travailler en solo, passez-moi un coup de fil.

Il me fixait, et je n'eus pas d'autre choix que de soutenir son regard. La nervosité m'envahit, non parce qu'il me mettait mal à l'aise, mais parce que j'avais peur qu'en me scrutant trop longtemps il finisse par percer mon secret. Comment réagirait-il, s'il découvrait la nature de mon ancien métier ? S'il savait, me ferait-il la même proposition ?

Je n'avais pas envie de connaître la réponse.

— J'ai su que vous étiez spéciale le jour où nous nous sommes rencontrés et que vous avez contesté les arguments de votre professeur au sujet de la théorie du choix.

Étrange, vraiment, qu'il m'ait jugée sur ce critère, parce que je n'avais pas été très avisée dans mes choix de vie. J'avais été escorte, bon sang !

— Ma porte vous sera toujours ouverte, Grace.

Il me tendit la main, et je la serrai.

Le sourire aux lèvres, je quittai l'immeuble de bureaux et traversai le parking pour rejoindre ma berline.

Je ne regrettais pas ma décision de devenir escorte. J'avais fait ce que j'avais à faire, à l'époque, pour aider ma famille et préparer mon avenir — devenir mon propre patron et travailler dans une branche qui me passionnait. La prochaine étape serait de trouver l'homme de ma vie.

Il était là, quelque part. Je devrais probablement retourner plus d'une pierre et embrasser plus d'un crapaud avant de le trouver, mais peu m'importait, j'étais prête.

Et quand je l'aurais trouvé, je me blottirais dans ses bras et je ne le laisserais jamais partir.

Découvrez sans plus attendre
la suite des expériences d'Everly dans

BELIEVE ME

de Gina Gordon

Elle est Grace le jour, Jade la nuit. Pendant trois ans, Grace a mené une double vie, à la fois brillante étudiante en gestion et *escort* de luxe. Mais aujourd'hui cette existence est derrière elle : diplômée et à la tête de sa propre entreprise de conseil, Grace a tout ce dont elle rêvait. Il ne lui manque plus que l'amour. Car oui, on peut avoir vu le pire aspect des hommes et croire encore au prince charmant. La seule difficulté, pour Grace, est de se convaincre que Ben Lockwood ne peut pas être cet homme-là. Il est trop lié à son sulfureux passé, trop abîmé par la vie. Entre eux, il ne peut s'agir que de sexe – brûlant, bouleversant, tumultueux, mais rien d'autre que du sexe…

www.harlequin.fr

Composé et édité par HarperCollins France.

Achevé d'imprimer en juin 2017.

BRODARD & TAUPIN

La Flèche

Dépôt légal : juillet 2017.

Pour limiter l'empreinte environnementale de ses livres, HarperCollins France s'engage à n'utiliser que du papier fabriqué à partir de bois provenant de forêts gérées durablement et de manière responsable.

Imprimé en France